二两鱼卷 著

Un coup de foudre

慢热

目录 Contents

Five 第五章 美梦成真 …… 167

Six 第六章 虔诚似她的信徒 …… 221

Seven 第七章 见字如晤，万事顺遂 …… 313

第一章 重逢 001

第二章 夏日相遇 015

第三章 年少心动 091

第四章 少年明媚似阳光 137

明芙和陈屿舟的重逢在夏日，初遇也是在夏日。

第一章 —— 重逢

1

　　初夏，蝉鸣声渐起。

　　昨晚下过一场雨，阴沉了一周的天气终于放晴，太阳高挂，空气中浮动着些微热意。

　　昨天看卷宗看得有些晚，今早闹钟响了好几遍，才把明芙彻底从床上叫起来。

　　今天周一，正是上班高峰期，在路上堵了会儿后，到事务所的时间将将好。

　　瑞升事务所坐落于B市四年前新开发的创业园区内，三层独栋小楼，现代工业风的设计，冷峻严肃又不缺乏个性。

　　车停好后，明芙和司机师傅道了声谢，抱着卷宗提着包从车上下来。

　　"明律快来快来！"前台的朱乐乐看到明芙，连忙朝她招手，"还剩十几秒！快快快！"

　　听到朱乐乐的喊声，明芙加快脚步，踩着点打了卡，紧绷着的一口气松了下来。

　　"真是稀奇，我们的'万年劳模'明丫头也有踩点上班的一天。"

　　身后突然响起一道雄浑的声音，带着戏谑，引得明芙回头看去。

　　说话的男人五十多岁的样子，鬓边有些许的白发，长相端正和蔼，此时正笑眯眯地看着她，脸上满是"终于被我逮到了吧"的得意神情。

　　这般幼稚哪还有半点在庭上正儿八经的模样！

　　明芙叫了声："老师。"

　　徐秋宏扫过明芙眼下透出的淡淡乌青，知道这丫头昨晚肯定又看卷宗到半夜，有些心疼，但嘴上说出来的话却是另一番感觉："丫头你昨晚几点睡的？瞧瞧这黑眼圈都掉到嘴角了，小姑娘家家的怎么一点都不注重自己的形象?你看看你师母,五十多岁了还面膜敷个不停,你多学着点……"

熟悉的味道,熟悉的配方。

这些话明芙几乎每天都要听上一遍,她都能背下来了。

徐秋宏是明芙的大学老师,也是业内有名的大状。在外面和其他人合伙开了间律师事务所,明芙大学毕业后就被徐秋宏拉进了瑞升,跟在他手底下做事。

业内的人都知道徐秋宏有一得意门生,端着一张清纯无辜的初恋脸,主攻的却是刑事辩护方向,知识丰富,口才一流,在法庭上优游不迫,言语间没有丝毫起伏就能把对方律师撑得急赤白脸。

明芙父亲去世得早,徐秋宏于她,是老师,也像父亲。

许是感受到了她的无奈,身后的朱乐乐倾身往前,凑到明芙耳边,小声地报时:"明律加油!再坚持两分钟,徐教授的晨训就结束了。"

按照以往的经验来说,徐秋宏的晨训内容会围绕明芙的身体健康和工作安排进行,时间大概为五分钟。

"明丫头啊,你有一颗勤奋爱岗的心,身为老板的我很是欣慰,但身为老师的我就不得不说你了。"徐秋宏的语速突然变缓,开始语重心长起来。

明芙右眼皮跳了一下,直觉不妙。

果然,徐秋宏下一秒说的话完全印证了她的猜想:"人再忙也不能忘了终身大事啊,我像你这么大的时候,你轻语姐已经满地跑了。你再看看你,连个男朋友都没有,一心扑在工作上,我有时候都在想是不是我耽误了你。"

以往的剧本里可没有这一环节啊!

这怎么还临时加戏呢?

朱乐乐从明芙身后探出头:"徐老,您什么时候还担起催婚的工作了。"

"那还不是因为这丫头天天就知道工作,眼里除了卷宗和案子啥也没有!身边一个异性都没有,闹心!"

"谁说的!咱律所不就有个现成的——"余光瞥到一抹身影,朱乐乐扭头,"欸,说曹操曹操到,这不,人来了。"

"什么来了?"一名身材高大长相温润的男人从外面走来,他先是跟徐秋宏打了声招呼,而后看向明芙,徐徐道:"怎么都在这儿站着?"

明芙喊了声"师兄",而后意识到两人站得有些近,便不动声色地往旁边挪了半步。

"冯律你忘啦？这是咱们律所每天早上进行的必备活动啊！"朱乐乐朝明芙那边眨了眨眼，一脸八卦，"不过今天徐老的训话内容多了一项，催着明律找男朋友呢，我说咱们律所不就有现成的吗。"

冯越听出朱乐乐话里的意思，眼里掠过一抹笑："是吗？"

徐秋宏拍了下脑袋："看我，我真是老糊涂了，还想着舍近求远，自家这不就有一个吗？"

周遭的氛围莫名地暧昧了起来，明芙觉得尴尬，她蹙了下眉，看向徐秋宏："老师，您就别操心我了，我还没有找男朋友的想法。"

"欸，怎么就没有呢？怎么能没有呢？"徐秋宏一听，急了，"这可不行，你——"

虽然打断老师说话很不礼貌，但明芙实在不想再继续刚刚的话题，她目光在徐秋宏脸上转了一圈，最后落在他嘴角："老师，你刚吃了什么重辣的东西，嘴边红油都没擦干净，师母不是说了要您清淡饮食吗？这要是让师母知道可怎么办啊。"

"……"

徐秋宏滔滔不绝的话戛然而止，立刻从前台抽了张纸巾擦嘴，边擦还边对明芙强调："不许告诉你师母！"

明芙笑了下，没说答应也没说不答应。

转身就要走的时候，手腕被人拉住，明芙顿了下，看过去。

冯越把手里拿着的纸袋递给她："还没吃早餐吧？给你买的。"

"不用了，我——"

拒绝的话说到一半，冯越就不由分说地把东西放到了她怀里："快上去吧，你一会儿不是还要见委托人吗？"

知道对方是铁了心要把东西给她，再拒绝下去也没意义，明芙点了点头："那我等下把钱转给你。"

冯越："……"

看着那道消失在楼梯的身影，冯越叹了口气。

朱乐乐最见不得帅哥发愁，出声安慰道："冯律不要气馁！像明律这种温柔款的美女其实都不好追的。要坚持，我看好你哦！"

"明丫头感情方面是迟钝了点，小冯你多主动点，早晚有一天她能看到你。我也看好你。"徐秋宏拍了拍冯越的肩膀，"明芙跟我的亲女儿差不多,你可得好好对她,不能欺负她。"

冯越笑着应道:"我知道,您放心。"

徐秋宏满意地点了点头,又问:"我嘴擦干净没?"

见小老头当了真,朱乐乐笑着揭穿了明芙:"明律唬您的,您嘴边什么都没有。"

徐秋宏低头看了眼手里白白净净的纸巾,气得竖起了眉毛:"这丫头!越来越不可爱了!"

忙起来的时间过得也算快,明芙接见了两位委托人,将他们的情况整理成档,又复盘了一下上周徐秋宏胜诉的那桩案子,差不多就到了下班时间。

想起和别人约好了见面,明芙把桌子上的东西收拾好,提前一会儿下了班。

早上踩点打卡,晚上提前下班,这种情况在明芙身上可是史无前例,朱乐乐见状,秉着替冯越打探敌情的原则,调侃道:"明律今天下班这么早啊。"

"嗯,去医院看个人。"

"啊,是你和冯律一起帮忙要回房子的那对母女吗?"

"对。"

"那你们怎么不一起去啊?"

明芙笑笑:"没必要。"

B市很少会有不堵车的时候,但是明芙提前下了班,避开了高峰期,一路上还算是走得比较顺利。

中途路过商场,明芙买了点水果和小孩子爱吃的零食。

明芙有点儿路痴,算上上周苗苗做手术的时候来过一次医院,今天也只是第二次来,往四周扫了一圈,明芙朝着咨询台走去。

"欸,你听说没,咱们医院今天新来了个男医生,据说超级帅!"

"听说了听说了,今天下午空降的,心外科,年龄二十七,身高目测一米八八,海外留学回来,宽肩窄腰大长腿,身材倍儿板正,帅得惨绝人寰,简直就是院草好吗!"

"我还听说,这人来头还不小,是院长副院长亲自接待的,平时轻易见不着的几个人今天跟导游似的,带着人家把医院上上下下逛了一圈。"

咨询台的三个姑娘凑在一起八卦得正起劲,冷不丁听到"咚咚"两声,三人皆抬头看去。

面前的女人穿着浅杏色的西装外套,巴掌大的鹅蛋脸,一双细长的柳叶眼,清纯中透着点妩媚,右耳戴着一枚与她气质不太相符的黑色耳钉。

许是才从外面进来的缘故,她小巧挺翘的鼻尖上泛起一层细小的汗珠,脸颊也红扑扑的。

见三人齐刷刷看向自己,明芙短暂地愣了一下:"那个,请问心外科怎么走?"

"心外科在七楼,出了电梯左拐,病房号都在墙上贴着,要是找不到,楼上也设有咨询台,可以再问。"

"好的,谢谢。"

进了电梯按下要去的楼层,明芙站在里侧,给后面进来的人腾地方。

手机振动了一下,明芙低头看去,是苗苗发来的消息,问她什么时候来。

明芙嘴角带上一抹笑,回了句"马上就到"。

电梯门缓缓关上,只剩最后一道缝隙的时候,明芙收了手机抬眼随意往前方看了眼,随后蓦地怔住。

一直到出了电梯,明芙都还没从刚刚那一瞥中回过神来。

应该是她看错了吧?

没听说他回国了。

明芙舒了口气,按照苗苗发给她的病房号找过去。

"明姐姐!"

躺在病床上的小女孩看到明芙后眼睛登时亮了起来:"你终于来啦!"

坐在病床旁边的苗苗妈站起来:"明律师你来了,快坐快坐。"

她往明芙身后看了眼:"冯律师没跟你一起来啊?"

"没有。"明芙把提着的东西放到柜子上,苗苗妈看到之后,连忙推拒:"来就来,还带什么东西,瞎花钱。"

"就买了些小零食,没事。"明芙摸了摸苗苗的头:"感觉怎么样?没有什么不舒服吧?"

苗苗一脸骄傲:"没有!我现在可好了!活蹦乱跳的。"

"那就好。"

苗苗患有先天性心脏病,单亲家庭长大,父亲早些年因为工伤去世,让家里雪上加霜,这些年只靠着苗苗妈摆摊挣钱给她治病。

苗苗妈摆摊卖煎饼的地方就在明芙租住的小区对面，明芙经常在那里买早饭，次数一多就熟悉了起来。

前段时间，苗苗姑姑听说苗苗爸的工作单位赔偿了一套小面积的房子给她们，顿时心动，用了点流氓招数把苗苗母女赶了出来，明芙知道后和冯越一起帮忙把房子拿了回来。

后来明芙又拿了点钱给她们，凑够了苗苗做手术的钱。

明芙和苗苗见面的次数不多，但苗苗却特别亲近明芙，拉着她的手一口一个"姐姐"，把攒了一个礼拜的趣事跟她说了个遍。

苗苗妈说道："这丫头是真喜欢你，平时跟我这个妈都没这么多话可说。"

明芙揉揉苗苗的脑袋："我也喜欢苗苗。"

苗苗妈看了眼时间："到饭点了，明律师你要是不嫌弃的话，我下楼去买点，咱们一起吃个饭？"

明芙刚想拒绝，话到嘴边，袖子被人扯了一下。

苗苗眼巴巴地看着她，生怕她说出一个"不"字。

明芙只好点头："那麻烦您了。"

"不麻烦不麻烦。"

苗苗妈走后，苗苗眼睛滴溜溜地转了圈，最后落在明芙带来的那包零食上："明姐姐，这些我可以吃吗？"

"当然可以，"明芙笑道，"但是马上就要吃饭了，你不能吃太多。"

"我知道我知道。"

苗苗扒着那袋零食，翻找了一会儿，拿了个小包巧克力出来，撕开包装正准备动嘴的时候，病房门口骤然响起一道略显急促的男声："不能吃！"

一大一小两位姑娘都被这道男声吓了一跳，齐齐向声源方向望去。

等看清站在病房门口的那道身影后，明芙的脑子有片刻的空白。

原来刚刚在电梯里她没看错。

真的是他。

2

男人穿着一袭白大褂，身姿笔挺，胸口左侧别着工作牌，随着他的走近，面容在白炽灯的照耀下愈发清晰。

干净利落的黑色短发，眼皮略窄，下三白极具压迫感，鼻梁高挺，薄唇，下颌骨线条凌厉分明。

与此同时，明芙也看清了他胸口工作牌上的名字——陈屿舟。

明芙回过神之后的第一个反应是之前一楼大厅咨询台那三个护士讨论的内容——

宽肩窄腰大长腿，身材板正，帅得惨绝人寰。

可以说是十分贴切了。

陈屿舟的视线只在明芙身上略过一瞬，复又看向苗苗："你才做完手术不久，不能吃巧克力，否则会引起消化不良，以后这种甜食也尽量别吃。这些注意事项，术后医生没告诉你们吗？"

男人声音冷淡，最后那句话多了几分威压。

明芙愧疚不已："对不起，我不知道……"

苗苗把巧克力丢到桌上，急吼吼地说道："不怪明姐姐，是我自己嘴馋，她不知道的！她就是好心来看我。"

陈屿舟的目光这才落到面前的女人身上，嗓音平平："明小姐是吧？你好，做了心脏手术的病人饮食要清淡，这是常识。身为病人家属，你更应该帮助病人康复，而不是影响病情。"

看着男人眼里布满的陌生，听着他口中说出那疏离的"明小姐"三个字，明芙脑中有片刻的愣怔。

他是，不记得她了吗？

这个认知让明芙耳边"嗡"了一声，鼻尖顷刻涌上一股酸涩，原本想说些什么也都憋了回去，她低下头，小声说了句："我知道了。"

女人垂着头，只留一个发旋对着自己，陈屿舟垂在身侧的手微微蜷了一下。

他偏头看向苗苗："下次注意。"

说完，转身离开病房。

"这个医生好凶啊……"等人走了，苗苗拉着明芙小声吐槽，"下午他来病房的时候我觉得他长得可帅了，我以为长得好看的人都很温柔，没想到……"

明芙整理好情绪，还是没忍住扭头看了眼门口的方向。

空荡荡的，早已经没了那男人的身影。

她牵了下嘴角，像是附和苗苗又像是自言自语："是挺凶的……"

和苗苗母女俩吃完晚饭，又陪苗苗待了会儿，走出医院的时候天已经完全黑了下来。

明芙走到公交站，看了眼要乘坐的公交还有几站到达后，目光随意落在某处，开始出神。

脑海中不由自主地浮现出病房里男人那陌生的眼神和冷淡的话语。

末了，明芙舒了口气。

想想也是，短短两年的同班情谊怎么抵得过八年时间洪流的冲刷？

他不记得她很正常。

明芙就是突然觉得自己挺好笑的，当初人家随口一句安慰，她竟然放在心上惦记了这么多年。

这也不能说是他的错，怪只怪她记性太好。

其实早在当初不就已经知道了吗？他对她只是一时兴起。

她只是他人生中的一个调剂生活的小配角，他的女主角另有其人。

正发着呆，面前一辆车飞速驶过，轮胎轧过地面的水洼，带起大片水花。站在公交站台边上的明芙不幸被溅了个彻底。

B市初夏的夜晚还是有些凉意，水落到腿上让明芙打了个冷战。

看着裙子上的斑斑泥点，明芙泄气。

早知道这样，她出了医院就该打车。

余光瞥到那辆车又靠了过来，明芙连连退后两步，摸出包里的卫生纸擦着裙子。

鸣笛声响起，明芙下意识抬头。

一辆黑色SUV停在她面前，靠近她这边的车窗降下。

昏黄的路灯下，男人的脸半明半暗，衬衫顶端的扣子解开，领口敞开，褪去穿着白大褂时的严谨，显得随意又慵懒，手肘随意搭在车窗边，微偏着头，看向她。

"上车。"

明芙回过神，摇头："不用了，我——"

"快点。"陈屿舟不耐烦地蹙起眉，"这儿不让停车。"

那你直接开走不就行了？

明芙腹诽，但目光触及对方那张脸，抿了抿唇，拉开车门坐了进去。

车门刚关上，车就开了出去，速度快得生怕什么跑了似的。

"地址。"

"繁华里。"

陈屿舟单手搭在方向盘上，目视前方："储物柜里有毛巾，把腿擦干净了。"

听出他语气里的嫌弃，明芙自动补上后半段他没说出口的话——

别把我的车弄脏。

"谢谢，不用了。"明芙淡淡道，"我有卫生纸。"

一时无话，车内安静下来。

莫名的气氛围绕在两人之间，明芙有些紧张，小腹也隐隐有些不舒服。她抬手捂上肚子，侧头去看窗外不断倒退的街景。

视线不可避免地落在了陈屿舟映在车窗上的身影上。

少年时期的青涩褪去，男人的轮廓变得更加成熟，也多了几分不近人情的清冷。

明芙睫毛颤了颤，垂下眼，心里思绪翻涌。

他不是不记得自己了吗？现在这又是搞哪一出？

余光瞥到女人用后脑勺对着自己，陈屿舟扯了下唇，眼里情绪更淡了。

许是陈屿舟开车太稳，后半段路程明芙有些昏昏欲睡。

"到了。"

男人淡漠的声音赶跑了她的瞌睡虫，明芙解了安全带，道了声"谢谢"，推开车门下车。

"等会儿。"迎着女人不解的目光，陈屿舟下了车。

"我自己上去就行了。"

"想多了你。"陈屿舟"嗤"了声，把手机递了过去，"微信加上。"

明芙更不解了。

陈屿舟语气里透着点讽意："怎么，你当我的车是免费坐的？坐公交你还得投俩钢镚儿呢吧。"

明芙沉默了两秒，接过手机，输入自己的微信号，加上好友之后，把手机还回去，说了句"那我回去把钱转你"，就转身进了楼。

等那道浅杏色的身影进了电梯，陈屿舟点了根烟，望向这栋楼。

夜晚蝉鸣声渐弱，男人靠在车上，寥寥白雾升起，指尖猩红明灭。

等了几分钟，看到十二楼的一扇窗户亮起了灯，他才灭了烟，上车。

把手机丢到副驾驶座上,正准备驱车离开,却在看到座椅上那抹红色时顿住了。

明芙是到了家之后在室友陶璐的提醒下才知道自己来了例假。

她的经期一向不准,刚刚觉得小腹不舒服也没多想。

她看着裙子上被染红的那片,担忧起来。

也不知道陈屿舟的车座有没有被蹭到,要有的话,那可太尴尬了。

点开刚加上的那个头像,手指悬在屏幕上好一会儿都没能打出一个字来。

算了,不问了。

到时候直接出清洗费。

明芙把手机放到一边,拿了换洗衣服走进浴室。

等她洗完澡,陶璐已经吃上了外卖,见明芙出来,陶璐指了指桌子上的另一个袋子:"你的。"

袋子里装着一杯姜汁牛奶和一碗红糖小圆子。

明芙以为是陶璐给她订的,挨着她坐下,拆开吸管戳进去喝了口:"谢谢璐。"

陶璐摆摆手:"甭客气。"

拿个外卖而已。

明芙想起今早出门前看到隔壁在搬家,随口问了句:"隔壁的人今天住进来了吗?"

她们租的这间公寓是一梯两户,隔壁的房子空了好久,一个月前突然开始装修,里里外外都翻新了一遍,丁零当啷的,把陶璐吵得不行,她是自由职业者,每天到了晚上才有工作灵感,作息昼夜颠倒,所以隔壁装修了多久她就遭受了多久的折磨。

明芙倒是没什么感觉,她上班早,回来也晚,完美避开了隔壁装修的时间。

一提起这个,陶璐就气得不行,她咬掉面条:"鬼知道搬没搬进来,天天装修吵得人要死,要是搬进来他最好知情识趣一点给我们这两个盘踞在这儿已久的老邻居送点见面礼弥补一下我被折磨的那一个月!"

最后一句话说得连口气儿都不带喘的,看来是积怨已久。

明芙笑了笑:"你往好处想,万一搬进来的是个帅哥,你不就有眼福享了吗?"

这个说法果然安慰到了陶璐,她嘿嘿笑了两声:"那这样的话,我分分钟原谅他。"

来例假导致她精神不济,明芙今晚没再看卷宗,吃完红糖圆子刷了牙,上床准备休息。

想起下车后陈屿舟说的话,明芙点开微信。

刚加的好友在列表最上方。

他的微信头像是很简单的纯黑图片。点开他的名片,明芙看到了熟悉的微信号。

这么多年,他好像没换过微信号。

明芙眼眶莫名有点儿酸涩,她眨了下眼,把打车费和清洗费一起给他转了过去。

又补上一句"谢谢"。

发完消息后,明芙定好闹钟,打开音乐播放软件,点开其中某个音频,闭眼开始睡觉。

城市另一头。

酒吧街可以说是 B 市的一大特色,夜幕降临,属于它的欢闹才刚刚开始。

斑斓的灯光,劲爆的音乐,舞池里扭动的身姿,无一不彰显着夜生活的精彩。

陈屿舟坐在卡座中央,任凭周围怎么喧嚣他都不为所动,只盯着手机看。

其间不断有女人朝他投去眼神,想上前搭讪但是又被他冷峻的神情逼退。

程里从舞池里回来,看到卡座这边的情形,莫名觉得眼前这画面有点儿像"唐僧误入盘丝洞"。

他走过去一屁股坐到陈屿舟旁边:"终于回到祖国母亲的怀抱了,你怎么还端着张死人脸?今儿为了给你接风,我可是费大功夫了,找了这么多美女过来,各有各的特点,你——"

程里说了好一阵,才发现身边的男人根本没听,一直盯着他的手机,都快盯出两个洞来了。

"我说你老盯着手机看什么呢,里面有宝啊?"程里趁其不备,一把夺过陈屿舟的手机,待看到屏幕上的内容后,调侃地"哟"了声,"还真有个宝,这妹妹谁啊?用的头像这么萌,'明月照芙蕖',这名儿还挺文艺,不过她为啥给你转钱啊?"

明芙的微信头像是一个穿着律师袍的漫画版小女孩,大眼睛,比着剪刀手,又乖又可爱。

陈屿舟把手机拿回来,眼睛微眯:"想死?"

"不想不想。"程里勾住他的肩膀,"可以啊舟舟,回国第一天就有情况了。"

"不是,"陈屿舟顿了顿,再开口嗓子有点儿发紧,"是明芙。"

"明芙?"程里反应了一会儿,才从脑海深处挖出了跟这个名字有关的回忆,嘴里立刻蹦出两个字,"是她?!"

陈屿舟抬眼看他。

"不是,都过去多少年了,你还惦记她呢?"程里不可置信,"大情种啊你。"

那他今天组的这个美女局岂不是白瞎?

陈屿舟没说话,过了会儿,拿起杯子把里面的酒喝完,撂下一句:"走了。"

其他女人见陈屿舟走了,直觉可惜。

"里哥,刚刚那帅哥怎么走了?"

"他微信能不能推我一个?"

"电话、支付宝、微博,不然网易云账号也行。"

听着周围七嘴八舌的声音,程里摇了摇头:"别了,你们没戏。"

有人不服:"还没试呢,怎么就知道我们没戏?"

程里想起什么,意味不明地哼笑了声:"他心里有人,你们比不了。"

第二章 ── 夏日相遇

3

明芙和陈屿舟的重逢在夏日,初遇也是在夏日。

五月,期中考刚结束,走廊热闹无比。

讨论卷子对答案的声音,挪动桌椅的声音,还有凌乱嘈杂的脚步声。

明芙抱着新教材跟在吴鹏旭身后,小心地避开周围打闹的人群。

一路走到走廊最里面,吴鹏旭转头对明芙说道:"就是这儿了。"

明芙抬头看了眼教室门口挂着的牌子——高二(9)班。

正要走进去,一个急速飞过来的不明物体闯入视线内,随后一道喊声在教室里传出:"旭哥快躲!"

吴鹏旭下意识朝后伸手,护着明芙往旁边躲去。

但门口的地方就那么点大,才挪了一步就靠到了门边,那个不明物体直直地砸了过来。

明芙害怕地闭上眼,抱着书的手也不自觉攥紧,准备迎接这份转学礼物。

"啪"的一声轻响在身后响起,预想中的疼痛并没有袭来,她睁开眼,余光一晃,一道白色身影从她身边擦过,明芙闻到了空气里残留的冷香。

他手里抓着一个篮球。

想来应该就是刚才砸过来的东西。

明芙的视线从那只骨节分明的手上停留了两秒,随后上移。

男生穿着白色T恤、黑色工装裤,肩膀宽阔,因为用力,手臂上的青色血管微微凸出,皮肤冷白。

"程里!又是你这个兔崽子!我说过多少次不能在教室里玩球,还玩!"

耳边乍然响起吴鹏旭的怒吼,拉回了明芙的思绪:"还有陈屿舟你,你们两个一投一接配合得倒是挺好啊,NBA(美国职业篮球联赛)怎么还没把你们招揽过去?"

拿着篮球的男生转过身,眉梢轻挑:"老吴,你要骂就骂程里,别殃及无辜啊,我刚才可什么都没做,还给你挡了球。"

明芙这才看清他的长相。

黑色短发,眉眼桀骜凌厉,脸部线条轮廓分明,嘴角挂着一抹懒散的笑,漫不经心中带着点坏。

吴鹏旭:"你们俩都是一丘之貉,你一点都不无辜。"

"旭哥,看不出来你还有唱 rap(说唱)的潜质呢,刚刚那一串词儿说得真顺!"一个穿着黑 T 恤的男生从教室后面走过来,胳膊搭上陈屿舟的肩膀,看到吴鹏旭身边跟着的女孩后,眼睛一亮,同时拍了下陈屿舟,"这是新同学?"

听程里这么一说,陈屿舟像是才发现吴鹏旭身边站着个女孩,他抬眼看过去。

女生规规矩矩地穿着长立中学的校服,怀里抱着一摞书,皮肤白皙,乌溜溜的眼睛明澈,扎着高马尾辫,颊边垂着些碎发,清爽又干净。

"是。"吴鹏旭没好气道,"你们倒是给了新同学一份难忘的迎新礼物。"

"意外哈意外。"程里热情地往前走了两步,还没来得及跟新同学打招呼,就被吴鹏旭给拦了回去:"臭小子起开,你们两个都回座上。"

陈屿舟和程里被轰回座位上,吴鹏旭带着明芙走上讲台,他敲了敲黑板,示意班里的人安静下来。

"都消停会儿,今天班上转来一位新同学,大家欢迎。"

说完,吴鹏旭带头鼓起了掌。

许是刚刚差点砸到新同学,程里格外捧场,手掌拍得啪啪响。

他还碰了下陈屿舟的胳膊,示意他也鼓掌。

陈屿舟无语,抬手随便拍了两下便放下了。

吴鹏旭往旁边挪了一步,让明芙过来:"来,明芙,做个自我介绍。"

明芙抱着书的手紧了紧,缓缓吸了一口气,站到讲台中间把在心里滚过无数遍的内容说出来:"大、大家好,我叫、明芙,希望日后,能和你们,相处愉快。"

明芙因为小时候发高烧没能及时医治,说话有些结巴,再加上她性子内向,更不爱讲话了,所以这个毛病一直没能得到纠正。

017

她特意放缓了说话的速度，停顿的时间也不长，大家一时间也没听出什么来。

"愉快愉快！肯定愉快！"程里活跃得像个气氛组，他一边鼓掌一边低头跟陈屿舟说："这新同学不光长得好看，声音也好听，温温柔柔的，听得我心都颤了。"

陈屿舟睨他一眼："上周你被学校清洁阿姨追着骂的时候也是这么说的。"

"……啊？我说过？"

"你说她声音洪亮吓得你心跳加速，体会到了心动的感觉。"

程里："……"

"那，明芙你——"讲台上的吴鹏旭扫视了一圈教室，指着陈屿舟斜前面的位子："你先坐那儿。"

"谢谢、老师。"

明芙抱着书本朝着吴鹏旭安排的座位走过去，坐在外面的是一个娃娃脸、长相很讨喜的女生，还没等明芙过来，就从位子上站起来给她腾地方。

"你好呀同桌，我叫郑颜芗，颜料的颜，草字头加一个水乡的乡。"

明芙看到她这个举动，弯唇角冲她笑了笑："你好。"

"刚刚新同学笑起来那样你看到没？眼睛弯弯的，能放电一样。"坐在后面的程里见状，捅了捅陈屿舟，"我这次感觉我真心动了。"

陈屿舟被捅得不耐烦，眼睛从手机上挪开，骂人的话到了嘴边，却在视线掠过斜前方女生的侧脸后，莫名咽了回去。

"你说话能不能注意点？"陈屿舟抛出三个字，"没素质。"

程里："……"

不是您骂人的时候了？

程里不理解，程里要为自己辩解："不是，我——"

陈屿舟道："再烦我就滚。"

"哦。"

程里委屈巴巴地闭了嘴。

视线收回的时候，又向斜前方扫了一眼，陈屿舟垂眸重新看向手机。

"你的芙是芙蕖的芙啊，真好听。"

"你的名字、也好听。"

前方的说话声飘进陈屿舟耳中，他脑海里不自觉蹦出程里刚刚说的话。

人长得好看，声音也好听。

确实好听，轻轻软软，跟小奶猫叫似的。

回过神，屏幕上的微信对话框里多个问号。

三双桑桑：我说我一会儿路过学校，要不要把你捎回去，你回的是什么玩意儿？

陈屿舟这才发现他不知道什么时候在对话框打了"芙藁"两个字。

C：发错了。

今天天气出奇热，还有些闷，陈屿舟懒得顶着太阳骑车回家，又回了个"好"。

期中测试考完，走读生只需要上完下午最后一节自习课就可以回家，住宿生可以在教室继续自习或者回寝室。

明芙和郑颜芗都是住宿生，郑颜芗是个特别活泼的女生，一听说明芙和自己同寝室更是热情，一节课下来就把明芙划进了自己的朋友圈内。郑颜芗知道明芙刚转学过来怕她孤单，约着跟她一起吃晚饭。

"芙妹，一会儿你想吃什么？"

郑颜芗比明芙大两个月，她觉着叫明芙太生疏，就选了这么个称呼。

"我都、可以。"明芙合上书，揉了下眼睛，"你想吃、什么？"

"学校对面开了家烤鱼店，听说味道还不错，去试试？你吃鱼吧？"

"吃的。"明芙点头，"但是，我们可以、出去吗？"

"当然可以，长立只是对学习抓得严了些，其他方面管得还是比较松的，而且学校食堂的饭太难吃了。

"收了我们那么多学费，也不知道请点好的做菜师傅过来，上次我去食堂吃饭，看到里面摆着的菜都以为自己走错地方了！"郑颜芗毫不客气地跟明芙吐槽学校食堂的操作，"黄瓜炒西瓜你能接受吗？虽然都是瓜，但是它们之间差太远了啊，这两个东西放一起炒，很奇怪啊，而且西瓜怎么能炒啊，那不闹呢吗？"

明芙愕然，显然是没想到食堂的做菜师傅这么会创新。

"郑颜芗，你这辈子是鹦鹉托生的吧，这张嘴这么能叨叨，也不怕新同学嫌你烦。"后座的程里突然插话："明芙是吧，我叫程里，'里程'掉过来的那两个字，你别怕啊，我们班不是所有人都像她话这么多。"

明芙摇头："没……没关系，不、不烦。"

"哎，芙妹，你说话是不是有点儿结巴啊？"

程里也是个自来熟的，两三句话的工夫，称呼直接从明芙变到芙妹。

程里没有别的意思，但这么直白地说出明芙结巴的事情，还是让她有些尴尬。

气氛安静下来。

明芙抓了下颊边碎发："啊，是……"

郑颜苪简直要被程里蠢死，她狠狠拍了程里一巴掌："找揍是不是？"

"对不起对不起，我这人说话有时候不受脑子控制。"程里也意识到自己说错了话，连连道歉。

"没事……"

反正她也不是第一次听到这种话了，何况程里并没有恶意。

"芙妹，那你这病——"

程里话说到一半，就被椅子摩擦地板划出的声响打断，陈屿舟站起来，揪着程里的衣领带着他往外走。

"走了。"

程里踉跄着脚步："你拽我干啥？我话还没问完呢。"

"问题那么多，你是《十万个为什么》托生的？"陈屿舟语气淡淡丢出暴击，"你就是这样才招女生讨厌，懂？"

"陈屿舟你这是人身攻击，过分了啊！"

对着被拽走的程里翻了个白眼，郑颜苪安慰明芙："你别在意程里的话，他那人从出生就没脑子这高级玩意儿。"

"没、关系，我知道，他没恶、意。"

明芙温暾地笑笑，不经意往后门处看了眼，恰好对上男生过来的目光。

视线短暂交会后，陈屿舟先移开目光，他的身影也随之消失在门口。

4

"我们班的位置在走廊最边上，比较偏，但是也更安静些，而且活动空间大，你看这外挂楼梯还有楼下的那个小花园基本都是咱们九班人的活动场地。"

刚刚在教室里耽误了那么一会儿，等明芙收拾完东西后，楼道里的人走得也差不多了。

郑颜苧挽着明芙的胳膊,一边往外走一边给她介绍他们九班的"领土"范围。

"是学校、划分、的吗?"

郑颜苧被明芙单纯的样子逗笑,耐心答疑:"当然不是啦,因为其他班离这里远啊,下课什么的也不会来这边,然后小花园正好是咱们班的卫生区,再加上平时陈屿舟程里他们都喜欢在外挂楼梯那里待着,其他人就是想也不敢过来。"

明芙好奇宝宝似的提问:"为什么?"

"当然是害怕啦,你知道陈屿舟是谁吧?就是坐我后面那个。"

明芙想起刚刚教室后门的那一个对视。

"知道。"

顿了顿,她又补上一句:"他长得、很好看。"

跟展示柜里的精致娃娃一样。

"呀,原来我们芙妹也看脸啊。"郑颜苧调侃了一句。

明芙眨了下眼:"实话实、说,而已。"

"这倒也是,陈屿舟长得确实好看,学习也好,但脾气有点儿差,我有幸见过一次他发火,直接导致后来跟他同学快两年都没怎么敢跟他讲话,学校里追他的女生也多……"郑颜苧小嘴不停地说着,末了凑到明芙耳边小声八卦,"他和艺术班的桑吟玩得特别好,两人是青梅竹马来着。"

明芙觉得有哪里不对劲,但思绪过得太快,她没抓住,也就放弃了。

两人边走边聊,出了校门口,郑颜苧带着明芙先去了马路对面的一家招牌奶茶店买喝的,她把自己觉得好喝的给明芙推荐了个遍。明芙选完,正准备跟服务员点单的时候,郑颜苧抢先一步开口了:"你好,一杯桃子莓莓,一杯杨枝甘露。"

明芙心里一暖:"谢谢。"

"谢什么,一会儿请我吃烤鱼就行。"

明芙乖乖点头:"可以。"

"跟你开玩笑呢,怎么还当真了。"郑颜苧见她一副很好骗的模样,没忍住捏了下她的脸。

"您好,您的小票,请在旁边稍作等候。"

服务员递过小票。

郑颜芗接过来，和明芙去一边等。

刚一转身，明芙就对上了一双熟悉的眼睛。

十几分钟前，才在教室后门对视过。

想着怎么着也是同班同学，明芙短暂地愣了一下之后，冲他点了点头。

算是打招呼。

"欸，那儿有座，我们过去坐着等。"

还没看到陈屿舟的反应，明芙就被郑颜芗转移了注意力。

女生身姿挺拔，肥大的校服穿在身上，衬得人更瘦了，垂在身后的马尾辫随着她的走动轻晃着。

直到耳机里的音乐停顿了一下，随后发出更大的声响，陈屿舟才低下头，手机屏幕已经变成了黑白，中间显示出一行红色的英文字母——

Game over！（游戏结束！）

他抿了下唇，退出游戏界面。

正好点的奶茶做好了，他刚拿过来，就听到有人喊他。

"陈屿舟！"

长立中学对面商铺多，奶茶店只占据了一块小小的地方，场地有限，店内没有设置桌椅，只在外面摆放了几个凳子供客人等候的时候坐。

这一道女声响起，喊的又是"陈屿舟"，顿时吸引了一堆人的视线。

郑颜芗颇为激动地抓紧了明芙的胳膊："快看，传说中的青梅竹马现身了。"

明芙顿了一下才反应过来郑颜芗说的是什么，顺着她的视线看过去。

黑色轿车停在马路边，后车窗降下，长相明艳的少女探出头，正朝着奶茶店这边挥手。

陈屿舟拎着奶茶走过去，把奶茶递给她。

桑吟接过来，插上吸管喝了一口，顿时满足地喟叹了一声："喝过那么多，还是咱们学校的最好喝，出去这么久，我都想死了！"

陈屿舟没接她这话茬，居高临下地看着她："过去。"

桑吟搅动着吸管去够底下的珍珠："你绕到那边上车。"

"懒得走。"

"我也懒得动。"

"我哥好像很久没回家了,要——"

陈屿舟话还没说完,"啪嗒"一声,车门被打开,桑吟挪到另一边:"陈少,请。"

陈屿舟扯了下唇角,坐进车内。

车子向前驶去,陈屿舟正要关窗,无意一瞥,看到后视镜里的一个身影,动作停了下来,直到拐弯,才升上了车窗。

等车子驶离视线,郑颜芗咂了咂嘴:"果然还得是青梅竹马啊!能使唤陈屿舟买奶茶,还能和他一起回家。"

因为结巴,明芙基本上是能不说话就不说话,许是受了郑颜芗健谈的影响,明芙的话稍稍多了些。

她"唔"了声:"这大概、就是,关系好和关系一般的、区别?"

郑颜芗竖了个大拇指:"到位。"

又等了一会儿,奶茶做好了,明芙和郑颜芗一人捧着一杯奶茶去烤鱼店吃饭。

女生吃饭都慢,等从烤鱼店出来,天色已经有些暗了。

明芙第一天来学校,住宿的东西只是匆匆放到宿舍就去了教室报到,还没来得及收拾,所以她便没回教室上晚自习。

同桌走了,郑颜芗也不想自己回去孤零零地看书,跟着明芙回了宿舍帮她收拾。

长立中学的食堂虽然不怎么样,但是住宿条件还是很不错的,四人寝上床下桌,配有独立卫浴。

同寝室的另外两个女生是隔壁班的,也很好相处。

东西都归置好后,明芙去洗了个澡,看时间还早,坐在下面看了会儿书才关灯准备上床。

宿舍里的其他三人都睡了,明芙轻手轻脚地爬上床,躺到床上,拿出手机定了个闹钟,切换到微信。

并没有收到期盼的消息。

点开那个熟悉的头像,她发了条消息过去。

明芙:妈妈,我都收拾好了,同学也很好,不用担心我。

等了会儿,没收到回复,明芙也没再坚持,手机锁屏,闭上了眼。

可能是换了新环境,明芙有点儿认床,晚上没怎么睡好,放在枕头下的手机只振动了一下她就醒了。

揉了揉眼，叠好被子，下床。

洗漱完，见郑颜苈还在睡，明芙给她发了条消息说自己先去教室了。

去食堂买了份早饭，明芙一边咬着包子，一边拿着手机背单词，慢悠悠地往教室走。

长立中学对学生带手机这件事管理得并不严，只要不是上课期间玩，其他时间就是当着校领导的面把手机拿出来，都没关系。

明芙吃东西向来不快，到了教室门口，第二个包子才吃到一半。

她低着头背单词，并没有注意到前方的情况，等撞到了人，脚步才被迫停了下来。

明芙连忙后退一步："对、对不起，我没、没看到……"

"没事。"

清冽的男声在头顶响起，明芙抬头，看到了陈屿舟那张带着倦意的脸。

明芙以为自己来得已经足够早了，没想到他居然更早些。

看着面前女生呆呆的模样，陈屿舟带了一路的起床气莫名散去一大半，他扫了一眼她的手机屏幕："这么用功啊？吃饭还背英语。"

"啊……"明芙没想到他会主动跟自己说话，但她在不熟的人面前向来寡言，她点头，"嗯。"

陈屿舟看出她不想多说，侧身给她腾出地方："进去吧。"

"谢谢。"

明芙从陈屿舟身边擦肩而过，往里面走去。

"陈屿舟？"一道女声从教室外响起，含着惊喜，"你这么早就来学校了啊！"

陈屿舟"嗯"了声，往前走。

女生跟在他旁边，双手背在身后："怪不得我今早提前半个小时就醒了，原来学校里有惊喜等着我呢！"

女生的直球打得简直不能再明显。

陈屿舟似是笑了声："是吗？"

拐角处有工人搬着梯子上楼，女生只顾着跟陈屿舟说话，一时没注意到。

他们靠着右边下楼，工人也靠着右边上楼。

陈屿舟抬手把她往自己这边扯了一下："看路。"

女生顺势扑进他怀里,手撑着他的胸膛。

明芙微微瞪大眼眸,没想到还在学校里他们就敢这么亲密。

这也太大胆了。

不敢再看,慌乱地收回视线,闷头走向座位。

女生离他很近,陈屿舟抵着肩膀把她推开,似笑非笑地看着她:"别干不该干的事儿啊。"

女生以为他是指在学校要收敛点,拢了下头发,低头不好意思地笑了笑:"噢,知道了。"

明芙吃完饭,做了两篇英语阅读,班上的人才逐渐多了起来。

一直到快上早自习,最后一排的人都没回来。

郑颜苪在早自习打铃的前一秒冲进了教室,英语老师站到讲台上的那一秒,她的屁股也落到凳子上:"吓死我了吓死我了,差点就迟到了!"

明芙递过去一张纸巾:"擦擦。"

"谢谢芙妹。"郑颜苪擦干额头上的汗,"不过你怎么起那么早啊?我那时候还在做梦,并且梦到了我男神呢!"

"习惯了。"

两人借着上课铃的遮掩说了几句话,铃声停下,明芙和郑颜苪的悄悄话也结束了。

"报告。"

"报告。"

参差不齐的两道男声在后门响起,有人回头看了眼,发现是迟到常客。

英语老师看了眼后门,习以为常道:"迟到半分钟,早自习站着上。"

"别啊老师,才半分钟,给个——"

程里求情的话还没说完,就被英语老师冷冰冰地打断:"再废话,第一节课也站着上。"

陈屿舟骂了程里一句,朝着教室里走去。

"大家把昨天考试的卷子拿出来,早自习讲卷子。"

英语老师发话,教室里响起一阵稀稀拉拉的声音,陈屿舟翻出卷子,平摊在桌子上。

"都赖你,要不是二班那女生拦你,能迟到?"

程里举着书挡着脸,冲陈屿舟龇牙咧嘴地抱怨。

陈屿舟懒懒地乜他一眼："我让她摔我怀里的？"

瞧着他一副"人太帅太受欢迎了没办法，你多担待"的神情，程里无语地翻了个白眼。

"你这张脸真是保你一辈子荣华富贵了，走在外面都有人平地摔往你怀里靠。"

程里压低了几分声音，距离远的可能听不到，但坐在他前排的明芙可是听得一清二楚。

笔尖在纸上一顿，墨色洇溢开来。

英语老师带着冰碴的声音从前方响起："程里你干什么呢！书举那么高生怕别人不知道你在偷着说话是吧？再给我搞小动作就出去站着。"

程里："……"

陈屿舟也说话了，凭什么只骂他一个人！

感受到程里的怨念，陈屿舟轻哂了声，往后懒散地靠在墙上。

目光在教室里转了半圈，最后落到了斜前方的那道身影上。

昨天的马尾辫今天变成了圆滚滚的丸子头，露出半截脖颈，阳光恰恰好地透过窗户笼罩在她半边身子上。这么一照，显得皮肤又白又细，跟糯米团子似的。

蓦地，糯米团子转头看了他一眼，面带着好奇，见他盯着自己，微蹙了下眉。

陈屿舟抵在墙上的脚下意识放下。

糯米团子黑溜溜的眼睛往前瞟了下，似是在提醒他。

陈屿舟看向讲台，英语老师正目光不善地盯着他。

余光瞄到斜前方的糯米团子又有了动作。他看了眼，端正地放在桌子上的胳膊下面冒出一张小字条，被两根手指捏着，上面写着"选B"。

陈屿舟："选B。"

英语老师神色稍缓："嗯，注意听讲，别以为自己成绩不错就能为所欲为。"

陈屿舟应了声："知道了。"

小字条被收回去，斜前方的身影坐得板板正正，像是什么都没发生过一样。

陈屿舟唇角微翘。

这糯米团子还挺可爱！

5

上午两节课上完,有二十分钟的大课间休息时间。

郑颜芗拉着明芙去了学校超市。

大课间的超市总是人满为患,放眼望去,人头一颗挨着一颗,还没进去都觉得逼仄。

明芙没有要买的东西,就在超市外面那棵杉松底下等她。

斑驳的阳光透过树叶洒下,少女安静地站在树下仰着头,双手背在身后,也不知道在看些什么。

风一吹,宽大的校服贴在身上,勾勒出纤瘦的身材。

超市旁边供学生乘凉的四角遮阳篷下坐着几个人,其中一个男生张立注意到明芙,拍了下大腿:"哎呀,那妹子正啊。"

一听有美女,程里活跃了:"哪儿呢哪儿呢?"

"就那树底下站着的。"

程里看过去,"欸"了声:"这不芙妹吗!"

一旁一直耷拉着眼皮的陈屿舟闻言,抬了眼。

张立见程里认识,立刻来了兴致:"谁啊?你们班的?介绍介绍。"

"啊,新转来的,叫明芙,芙蕖的芙。"程里看向那个男生,"怎么,你有想法?"

张立嘿嘿笑了两声:"你看你这话问的,没有想法我能让你介绍?"

"啪"的一声轻响,一个盒子被人丢在桌子上,陈屿舟淡淡地瞥了那男生一眼:"别想了,你没戏。"

张立一看陈屿舟这样子,猜测道:"咋?我跟屿哥看上同一个人了?"

陈屿舟没说话,但那表情又好像是说了什么。

张立显然是对明芙有意思,但看陈屿舟好像也对明芙有意思,一时间犹豫起来。

他是有些怕陈屿舟的。

长立的富家子弟不少,又正是年少冲动的阶段,家里有点儿家底的人都挺横,谁也不服谁。

但陈屿舟鲜少有人敢惹他。

之前职校有个女生对他有意思。那女生有个关系很近的男生朋友，男生找人在陈屿舟落单的时候堵他。

程里收到消息的时候，正跟人在外面玩游戏，其他人一听立马赶着要去帮忙，程里坐得稳如泰山，说他自己完全能解决，让其他人安心。

别人见程里都不急，也都半信半疑地坐了回去。

打完两盘游戏，程里看时间差不多了，才过去找陈屿舟。

陈屿舟半点事都没有，头发丝儿都没乱一根。

他掸掸衣角上并不存在的灰尘，像看垃圾一样看着地上那人："下次再找事儿，就不是今天这么简单了。"

说起这事，陈屿舟真挺冤，他看都没看过那女生一眼，就摊上这么个麻烦，也是够倒胃口的。

陈屿舟其实根本不喜欢动手，他有点儿洁癖，嫌脏，遇到这种事儿的次数屈指可数，但一次就足够令人印象深刻。

他们这些在别人面前横行霸道的人，在陈屿舟面前，都老实得跟鹌鹑似的。

张立眼睛滴溜溜转了两圈，打着商量："那屿哥，老规矩？三个月，看看谁能和明芙走得近一些？"

陈屿舟懒洋洋的："我为什么要跟你玩这么无聊的游戏？"

张立："那你这么说的话，我可就……"

陈屿舟窝在椅子里，手抵着太阳穴，眼里带着不可明说的情绪看着张立，过了会儿，问："赌什么？"

说了各凭本事，但这场较量总要有个彩头才有看点。

本来程里只在一旁看戏，听到陈屿舟居然答应了，一时间觉得不可思议。

人家明芙满打满算才转来一天的时间，陈屿舟就看上人家了？

这速度也太快了点。

"你真来？"程里问他。

陈屿舟不置可否。

张立想了想："输了的人就给对方当一年小弟吧。"

说是加大赌注，但其实也没人真敢往大了玩，万一应验到自己身上了呢。

陈屿舟嗤了声："可以。"

说完，起身离开。

距离第三节课还有五分钟的时间,陈屿舟拎着一杯奶茶走进教室。

他径直走到座位上,程里看到他手里拿着的奶茶,伸手过去接:"客气了兄弟,回来就回来,还带什么礼物?"

陈屿舟避开他:"有说是给你的?"

"你又不爱喝这玩意儿,不给我还能给——"

那个"谁"字还没说出来,程里就眼睁睁看着陈屿舟往前探身,把那杯奶茶放到了明芙的桌子上。

这就行动上了?

明芙刚翻开下节课要用的书本准备预习一下,就感觉耳朵突然被什么碰了下,随后桌上多了杯奶茶。

她转过脑袋,闻到了和昨天同样的味道。

陈屿舟还没来得及站直,糯米团子就转了身,两人一站一坐,距离有些近。

明芙也是没想到转身后会是这个情形,愣了一下,往墙根靠去,白净的脸蛋也变得有些粉。

"你干、干什么?"

声音紧张又恼怒。

陈屿舟看着受惊的糯米团子,莫名想逗,他身子下压又靠近她些许,两人距离不过一拳,他挑眉:"你以为我想干什么?"

明芙背抵着墙,抿了下唇,没说话。

早自习她就不该好心帮他,让他被骂算了。

眼瞅着糯米团子要炸,陈屿舟见好就收,站直了身子,抬了抬下巴示意桌上的那杯奶茶:"谢礼。"

明芙拿过奶茶,刚准备放到他桌子上,就听他说:"不要就扔了。"

这不是强制收礼吗……

明芙张了张嘴,想说些什么最后又闭嘴,手缩了回去,转过身把奶茶放到桌角,低头看书。

坐在后方目睹两人你来我往全过程的程里目瞪口呆。

想起他答应的那个赌约,程里凑到陈屿舟身边,压低了声音问:"你真打算跟张立打赌啊?"

陈屿舟从书桌里抽出下节课要用的书丢在桌子上:"不行?"

029

"行，你干什么不行？"程里悠悠调侃了句，"就是觉得难得，你陈少居然也有看得上的女生。"

程里穿开裆裤时就认识了陈屿舟，这人从小就招人喜欢，但他却是没看上过谁。

有时候他也会跟对他有意思的女生聊上那么一两句，可也没见他真跟谁在一起过。

程里评价陈屿舟这人就是缺德，平时人模人样，骨子里却还是顽劣的。

心情好了就赏你个面子，心情不好你就哪儿凉快哪儿去，待人处事全凭他心情。

但女生们好像就迷他这股劲儿，前赴后继地拥上来。

要是能跟他说上那么一两句话，就开心得不得了。

所以在程里心里，陈屿舟是和"渣男"画等号的。

思及此，程里看了眼正前方坐得挺直的背影，内心悠悠地叹了口气。

可怜的芙妹。

长立阅卷速度很快，半天的时间，期中考试的成绩就出来了。

成绩单贴在了讲台边的黑板上，一下课"呼啦"一堆人围了过去。

陈屿舟被吵醒，眯着眼从桌上抬起头来，眼底有些不耐。

程里看了眼堆在讲台边的人，问旁边的人："成绩出来了，你不去看看？你哥不是说这次考不好，答应送你的车就没了吗？"

"有什么可看的？"陈屿舟满不在意，"考什么样我自己有数。"

程里就看不惯他这样儿，翻了个白眼："装还是你会装。"

"陈屿舟第一？"

"这一下直接往前飞了二十名啊，他作弊了？"

"没吧，我跟他一个考场，没看他有什么小动作。"

"写作文了吧他这次，之前语文老师不是说过他考试不写作文吗？语文总是七八十分，这次一百三了！"

讲台处叽叽喳喳的声音传到教室后面，原本专心做题的明芙听到他们说话的内容，讶然地转头看向身后的人。

她总算反应过来昨天的不对劲是从哪儿来的了。

陈屿舟学习这么好，怎么还会坐在最后一排？

陈屿舟刚给他哥霍砚行发完消息，一抬头，就看到糯米团子眼里带着不解和疑惑看着自己。

他从座位上起身，靠近明芙："怎么，有事？"

6

男生刚睡醒，眼尾处被压出了红印，嗓音低低的，带着倦怠和沙哑，尾音上扬，听得人耳根泛痒。

"你，第一。"明芙按捺不住心里的好奇，尽量缩短句子的长度。

"嗯。然后呢？"陈屿舟问。

"可你，坐、坐最后。"

陈屿舟刚开始没明白这两者之间有什么联系，反应了一会儿，说："没听他们说？之前作文没写，没分。"

"为什、么？"

"因为懒啊。"陈屿舟有问必答。

明芙显然不理解他这种因为懒就不写作文不要分数的行为。

眉头不自觉地皱起来。

陈屿舟笑了声："欸，你问题怎么那么多？"

顿了下，又说："觉得我不错啊？"

有病。

明芙看了他一眼，转身，继续做题。

一旁围观的程里没忍住，"扑哧"一声笑出来："兄弟，咱要是不会，能别硬来吗？问你两个问题就是觉得你不错？你看芙妹刚刚跟看傻子一样的眼神，我真要笑抽过去了。"

陈屿舟冷冷地乜过去："我现在就让你过去，信不信？"

"信，信。"

程里憋着笑点了点头，嘴角抽动，在破功的前一秒连忙把头转向墙那边。

陈屿舟："……"

这人怎么那么烦？

他看了眼斜前方的糯米团子，想了想，重新从书桌里摸出手机，侧了侧身子，挡住程里。

点开某软件，在搜索栏里输入一行字——

怎么样和女生聊天能显得不生硬？

成绩出来之后，座位就要重新排了。

下午最后一节自习课上到一半，陈屿舟突然离座。

程里问他："干吗去啊你？"

陈屿舟没理他，径直出了教室。

他站到高二教研组办公室门口，懒懒地敲了两下门，听到里面一声"请进"，就推门进去。

吴鹏旭正在门口的饮水机接水，见是陈屿舟，问："这时候你不应该在教室上自习吗？"

"找您有点儿事儿。"

吴鹏旭"哦"了声："你这次考得不错啊，语文老师刚过来跟我夸了你半天，终于知道写作文了。"

陈屿舟扯了下唇，算作回应。

"什么事儿？"吴鹏旭朝着自己的办公桌走去，坐下后看他，"说吧。"

"我想换个同桌。"

吴鹏旭面露奇怪："你跟程里一起坐得不挺好吗，怎么突然要换？"

陈屿舟没有丝毫愧疚之心地出卖兄弟："他上课老抓我说话，影响我学习。"

坐在教室的程里猛地打了个喷嚏："谁想我了……"

吴鹏旭狐疑地瞅着他："以前也没见你对学习这么上心啊，六十分的作文写都不写。"

"这不是我哥把我的卡给停了嘛。"

"你想换成谁？"

陈屿舟装模作样地思考了一会儿："就新转来的那个同学吧，我们不熟，她话也少，影响不了我。

"而且，我也可以帮她追之前落下的课。"陈屿舟语调慢悠悠的，"您不总教育我们同学之间要互帮互助吗。"

"话是这么说没错，可——"

"人家看着也挺聪明的，没准我还能给您帮出来个年级第二呢！"陈屿舟不紧不慢地抛出最后一个筹码，"您要答应，以后考试我都写作文。"

"那就这么定了。"吴鹏旭答应得十分痛快。

陈屿舟犯懒不写作文这一点真是让他们这些老师最头疼的地方，而且吴鹏旭从高一开始带他，知道他初升高的时候是以第一名的成绩进的长立。

但他后来每次考试都不写作文，六十分就这么白白浪费，实在可惜。

而且当年升学考试的第二名就在隔壁八班，八班的班主任老张跟他一直都是死对头，两人从上大学就开始较劲，后来工作又到了一个学校，较劲程度更上一层楼。

对于把陈屿舟这个第一名分到吴鹏旭班上，隔壁老张十分不满，结果陈屿舟次次考试次次不写作文，把年级第一拱手让人，隔壁老张每次见到吴鹏旭都恨不得用鼻孔对他。

现在听陈屿舟这么说，他觉得扬眉吐气的时候到了。

不过冷静下来一想，他又觉得不太对劲："你不会是看上人家小姑娘了吧？你可别给我打什么不该有的主意啊！我告诉你，别祸害人小姑娘。"

陈屿舟扬了扬眉："老吴，你这么说自己的学生不太好吧？"

吴鹏旭咳了两声："你别给我皮，我在跟你说正经的。"

"人家刚转过来，哪那么快？"

"这倒也是……"吴鹏旭喃喃两声，"不对，那按你意思，过后相处相处就会有想法了？"

"……"这老吴什么时候这么精了？

吴鹏旭越想越觉得自己的猜想有道理，可他既不想放弃扬眉吐气的机会，又想要杜绝自己学生早恋的可能。

思索了一阵，他眼带坚定地看着陈屿舟："你发个誓，保证高中这段时间不会追明芙，影响人家学习，还得帮助她。"

陈屿舟服了。

"不发的话，这同桌就不换了。"

吴鹏旭慢悠悠地喝了口茶，等着陈屿舟做选择。

两秒后，陈屿舟竖起三根手指，按照吴鹏旭的要求发了个誓。

"成。"吴鹏旭心满意足地放下茶杯，站起来，"走了，回去排座。"

到了九班，距离下课正好还有十分钟的时间。

吴鹏旭从前门进去，上了讲台，陈屿舟从后门回到座位。

程里见他回来，随口问了句："干吗去了？"

"找老吴说点事儿。"

程里顺着往下问："啥事儿？"

还没等陈屿舟回答，讲台上的吴鹏旭就回答了程里的疑惑。

"又到了一月一换座的时候了，同学们按照新座次表自己找位子，然后明芙——"吴鹏旭抬了下手，"你搬着书坐到陈屿舟旁边，他学习还凑合，你要是有什么不会的就问他。"

这话一出，多少引起了其他人的诧异。

从高一开始，陈屿舟和程里就是雷打不动的同桌，这回突然分开两人，不免让人好奇个中缘由。

程里显然是没想到陈屿舟去找吴鹏旭说的事情就是把自己这个"中国好同桌"给换掉，但是听到吴鹏旭给他安排的新同桌后，又觉得正常。

"你可真行啊陈屿舟。"程里阴阳怪气地看着陈屿舟，"竟然抛弃兄弟。"

陈屿舟八风不动："兄弟不就是用来抛弃的吗？"

"是谁在你睡觉的时候给你挡太阳？又是谁！"程里控诉的声音拔高，"和你一起迟到早退，共进退！"

"所以，我要改掉这些陋习。"陈屿舟懒得跟他再演戏，他敲了两下桌子，"收拾完了麻溜滚，快点。"

程里没好气地翻了个白眼。

明芙也是没想到吴鹏旭会把她调到陈屿舟旁边，想起男生轻佻的举动和语气，她有点儿迟疑。

但她又不好意思当着全班人的面直接跟吴鹏旭说，只好先收拾了东西放到后面那张桌子上。

程里跟托孤似的对明芙说道："芙妹，你要好好对待这套桌椅，它们毕竟陪了我一个春夏秋冬，有感情了。"

明芙不知道该说什么，只点头："好……"

"搬着桌椅一起滚。"陈屿舟把那套桌椅拉出来，又把明芙坐过的那套桌椅搬过来，"别在这儿恶心人。"

"搬就搬，我还舍不得呢！"

程里"呸"了声，把座椅挪去前面，摆明了要坐在他们前面硌硬陈屿舟。

陈屿舟才懒得管他坐哪儿，把明芙的桌子摆正后，他歪头看着她："你好啊，新同桌。"

明芙低头整理着桌上歪七扭八的书，不理他。

这人不正经。

陈屿舟也不在意，正好下课铃响，程里瞬间忘了陈屿舟抛弃自己的事情，勾着他的肩膀就拽人出去吃饭了。

等陈屿舟走后，郑颜芗过来。

"怎么回事啊，老吴怎么会把你跟陈屿舟排在一起？"

明芙摇头，她也不知道。

"估计是老吴看程里他俩太闹腾了，所以把他俩分开。"郑颜芗瞧着明芙蔫巴巴的模样，以为她是被自己昨天说的话给吓到了，便摸了摸她的脑袋，安慰道，"没事儿，你不用担心，陈屿舟是浑了点，但你这种乖乖女他是绝不会招惹的，放心。"

明芙张了张嘴，想说些什么，最终又咽了回去。

上午大课间快结束和下午出成绩的时候，郑颜芗正好都不在教室，所以她还不知道陈屿舟和明芙之间的互动。

"发什么呆？"郑颜芗挥手在明芙眼前晃了一下，"去吃饭啦。"

明芙点头，和郑颜芗一起出去。

考试结束，晚自习恢复正常，吃完饭回来，距离晚自习上课还有十分钟左右的时间。

到了高二楼层，要往左边拐的时候，明芙说想去个厕所，让郑颜芗先回班。

郑颜芗："用不用我陪你？"

"不、用。"

"那行，你抓紧时间别迟到啊，晚自习是英语老师看的。"

"好。"

明芙往楼梯右边走去，到了高二教研组办公室门前，抬起手。

7

长立中学对面商铺林立，各种平价餐馆、小吃店鳞次栉比，也有高消费的私房菜馆和西餐厅。

后者是陈屿舟和程里这种公子哥儿经常光顾的地方。

私房菜馆的包厢里围坐了五六个人，除去陈屿舟和程里，还有其他班的几个人。

吃饱喝足,有人开始想着消遣:"一会儿去哪儿?"

"市中心新开了家店,去看看?"

"成啊,走走走。"

他们这群人恣意惯了,翘晚自习也是常有的事,老师们睁只眼闭只眼也懒得管,更何况他们不在教室,反而给其他同学提供了更好的学习环境。

程里见陈屿舟没有要动的意思,问他:"舟舟,走不走?"

"你们去,我不去。"

包厢门被敲响,服务员走进来,递给陈屿舟一个盒子:"您要的甜品已经打包好了。"

陈屿舟接过来:"谢谢。"

"哟,陈少又给桑青梅带东西回家啊。"

桑青梅说的是桑吟。

他们这群人都知道陈屿舟和桑吟关系好,青梅竹马,起哄的时候就爱这么叫。

其实要真说起来,程里也是和他们俩一起玩到大的,但其他人都觉得桑吟和陈屿舟要更亲近一点。

陈屿舟:"不是她。"

其他人一听,来劲了:"不是桑青梅那是谁?还有谁能支使我们陈少代买东西?"

陈屿舟没多说,说了句"走了",拿着甜品离开包厢,吊足了其他人的胃口。

留在包厢的程里成了为众人答疑解惑的。

"什么情况?屿哥那甜品给谁买的?他又不爱吃甜的,总不能是回去孝敬老妈的吧?"

程里笑得一脸高深莫测:"他啊,买甜品'热脸贴冷屁股'去了。"

众人更蒙了。

程里看了眼又喝起汤来的张立,抓起桌上的餐巾纸盒丢过去:"就知道吃。"

张立被砸得一脸蒙。

明芙从高二教研组出来,轻轻叹了一口气。

她是去找吴鹏旭说换座位的事情，但是提议被否决了。

明芙本就不是强硬的性子，来找吴鹏旭说这件事都用了好长时间做心理建设，现在想法被拒绝，过后还听吴鹏旭说了半天和陈屿舟坐同桌的多个好处，她觉得有些无奈。

不过也好，给了她一个可以安心坐在陈屿舟旁边的理由。

正往教室那边走着，一道人影出现在旁边，紧接着脸颊贴上了什么冰冰凉凉的东西。

明芙偏头，看到了一个四四方方的小蛋糕盒。

陈屿舟的脸随之出现在蛋糕盒后面，他将拎着的蛋糕盒贴在明芙脸上："想什么那么入迷？叫你都没听见。"

明芙往后躲了一下："没……"

陈屿舟侧了下头："走吧，去教室。"

明芙走在他旁边，两人并排着往前。

明芙的身高在女生里算是高的，但和陈屿舟站在一起也才只到他下巴那里，两人身高差了一截，走在一起的速度竟然出奇一致，迈的步子大小也差不多。

明芙觉得有些新奇。

她低头研究着两人的脚步，没注意看前面的路。

又往前迈了一步，额头撞上一片温热，明芙愣了一下，抬头。

陈屿舟手垫在门框上，垂眸看着她："你真是一点路都不看啊。"

明芙脸蓦地有些红，她声如蚊蚋："对不起……"

陈屿舟不动声色地摩挲了下被她撞到的指尖，朝教室里抬了抬下巴："进去吧。"

他把蛋糕递给她："拿进去。"

明芙以为他是要自己帮他拿进去，乖乖接过来抱着："你不进、去吗？"

小姑娘眼眸黑亮亮的，声音又轻又缓，像是羽毛撩拨在心间，带起一片痒。

陈屿舟咬了下后槽牙："进，等会儿进。"

明芙进去，把蛋糕放到陈屿舟的桌子上，坐到旁边，想了想，还是把桌子往另一边拽过去了一点。

一条小小的缝隙出现在两张桌子中间。

高跟鞋落地发出"嗒嗒"的声响，英语老师的身影比上课铃声快一步出现在教室。

原本热闹吵嚷的教室瞬间变得安静了。

明芙拿出理综卷子，看了眼时间，开始计时答卷。

写了两道选择题，眼睛不由自主地落到那条缝隙上。

这样做，会不会不太好？

她把两张桌子重新合并。

陈屿舟回来了。

他一进门就看到了放在桌子上的蛋糕，没说什么，把蛋糕小心地放进书桌，偏头看向身边的女生。

他原本只想过来把蛋糕给她，没想坐教室里老老实实地上晚自习。

但现在，感觉待在教室里好像还不赖。

明芙正计算着数字，一片阴影晃过，陈屿舟在她卷子的某一处点了点："这题算错了。"

男生的手很好看，指骨分明，指甲修剪得干净整洁，手背的筋骨随着手指的动作微微凸出。

明芙扫了一眼匆匆收回视线，在草稿纸上重新演算了一遍。

真的算错了。

她把答案改过来，在草稿纸上写上两个字，然后把纸推到旁边。

陈屿舟看着纸上的"谢谢"二字，有些意外。

都说字如其人，可这大气遒劲的字迹和身边小姑娘乖乖巧巧的模样截然不同。

他拿起笔在上面写：打个赌？

相比之下，陈屿舟的字迹就十分符合他这个人的性格——瘦金体，笔走龙蛇，自成一派。

写完把草稿纸原路推回。

明芙蹙眉，赌什么？

他们两个之间有什么可赌的吗？

陈屿舟继续在纸上写：赌同一套卷子，谁得分更高。

明芙不理解，这有什么必要吗？

所以和他做同桌的好处之一就是能激励她的斗志？

许是觉得写字速度太慢,陈屿舟丢了笔,压低了声音:"要是我分数比你高,你就老老实实当我同桌,别再想着偷偷去找老吴换座。"

明芙倏地转头看他——他怎么知道她去找了吴鹏旭?

看出明芙眼底的疑惑,陈屿舟哼笑了声:"就知道你不老实。"

明芙脸上浮起在背后说别人坏话被对方抓包的尴尬。她低头在纸上写:如果是我的分数高呢?

"那你想干什么都成。"

明芙笔尖顿了下,点头。

陈屿舟翻遍了桌子上所有的练习册才找到一本和明芙共有的,随便找了套卷子,按下计时,明芙就开始动笔。

陈屿舟则慢悠悠的,手拿着根笔,指尖一动,笔也跟着转了两圈。

相较于他的散漫,明芙就认真多了,肩背挺直,低着头,马尾辫贴着脖颈,颊边的碎发垂落,半边脸被遮挡得有些朦胧。

陈屿舟看着,突然伸手过去。

马上就要碰到的时候,明芙倏地转头,看着陈屿舟意图不轨的手,清凌凌的眼眸满是疑惑。

"你干吗?"

陈屿舟手顿在半空,停了会儿,若无其事地收回去:"没什么,刚才有蚊子。"

明芙不知信了没有,没有说什么,低头继续做题。

陈屿舟也终于看向了面前的卷子。

只不过卷子上印着的字像是长了翅膀一样在他眼前乱飞,他一个字都没看进去,满脑子都是刚刚明芙看向他时的那双眼。

清清冷冷的,又带着点被惊扰的无措。

一眼,就让他忘了他要干什么。

陈屿舟捏了捏眉心,让自己冷静下来,强迫自己去看卷子上的题。

半晌,他低骂了声。

真出息!

第一节晚自习下课的时候,明芙和陈屿舟没动,依旧在履行他们的约定。

最后一节晚自习还有十五分钟下课的时候,两人几乎是同时停了笔。

随后交换着判了卷子。

明芙从一开始心态就很稳，而陈屿舟前半段时间根本没静下心，即便这样，他的分数也还是比明芙高。

他以两分之差险胜。

陈屿舟靠在椅背上，笑得一脸得意："愿赌服输啊小同桌，老老实实在我身边待着。"

明芙没理他，看着卷子不满地皱起眉。

陈屿舟见状，问她："就这么不愿意跟我同桌？"

明芙盯着卷子，摇头。

陈屿舟心情稍稍放松："那你这一脸苦瓜相是干吗呢？"

明芙伸手把他的卷子拿过来和自己的对比着，过了会儿，指着他卷子上最后一道大题的其中一个步骤，示意他看。

"想让我给你讲？"

明芙点头。

见她怎么着都不肯说话，陈屿舟逗她："怎么跟小哑巴一样？"

原以为小姑娘会恼，结果她只是在草稿纸上写了一行字——

是你话太多了。

陈屿舟："……"

得，他话多。

他拿起笔在那道题旁边画了个受力分析图，把卷子转向明芙："明白没？"

明芙看着卷子随手在草稿纸上写上两个"谢"字。

陈屿舟撑着脸，笑了声。

还真是固执。

晚自习下课后，住宿生要回宿舍，走读生回家。

陈屿舟把蛋糕拿出来塞给明芙，依旧是上午那套说辞："给你的，不吃就扔了。"

明芙从小就被爸爸教育一米一水皆来之不易，不可浪费，哪怕不愿意收，也不可能真的丢了。

她拿着蛋糕和郑颜芗回宿舍，路上的时候郑颜芗问蛋糕哪儿来的。

"陈屿舟，给的。"

这是明芙第一次说陈屿舟的名字，竟然意外地顺口，没有结巴。

顺利得，好像在心里念过无数遍。

"啊,他怎么会送你蛋糕?"

明芙一早就想好了说辞:"其他女、生。"

她这么一说,郑颜芗立刻就明白了:"要不说陈屿舟人缘好呢,这种蛋糕只有咱们学校对面的那个私房菜馆有卖。这个六寸蛋糕,看着就不便宜,也有女生舍得花钱。要是那个女生知道陈屿舟转手就把蛋糕给你了,不得气死?"

郑颜芗说了半天,明芙关注的重点只放在了蛋糕的价钱上。

这么贵?

明芙的生活条件不差,应该说在长立上学的学生家庭条件都不错,但陈屿舟就这么随随便便送她一个这么贵的蛋糕,明芙还是觉得奢侈。

"你有没、有程里的、微信?"明芙问郑颜芗。

"有啊,你找他有事吗?"

"有点儿、小事。"

"成,那我回去推给你。"

陈屿舟到家没多久,程里就从隔壁阳台翻了过来。

"怎么样啊陈少,晚自习圆满不?"

陈屿舟从冰箱拿了瓶可乐:"关你什么事?"

"还装上了——"

程里话说到一半,手机响了声,他点开看了眼消息,退出聊天框,果然看到联系人那里多了个红点点。

程里抬头看向陈屿舟:"芙妹加我微信了。"

8

陈屿舟把原本要给程里的可乐放了回去,手指屈起勾了两下:"拿来。"

程里眼看着自己的可乐被拿出来又放回去,无语地翻了个白眼,拿着手机晃了晃:"叫声爸爸就给你。"

"滚。"

"得嘞,我这就滚,正好回去跟芙妹好好聊聊,增进增进感情。"

程里不紧不慢地说着,路过陈屿舟身边的时候还故意停了下,当着陈屿舟的面,同意了明芙的好友申请:"也不知道这大晚上的芙妹找我什么

041

事,这回去可得好好问问……"

说完,热情地给明芙发过去一个问好的表情。

"呀,芙妹回我了。"程里啧啧感叹,"看看人家芙妹,长得漂亮,用的表情都这么可爱。"

陈屿舟扫了眼屏幕上那个花栗鼠探头的表情,圆滚滚的脑袋从墙根探出,圆溜溜的眼睛又黑又亮,乖巧又可爱。

像极了今晚明芙抱着蛋糕仰头问他进不进教室时候的模样。

陈屿舟舌尖顶了下腮,眼里意味不明。

程里适时说道:"走了啊。"

陈家和程家是邻居,陈屿舟和程里的房间离得很近,从阳台一跨,就能到对方的房间。

程里刚走到阳台,陈屿舟开口了:"回来。"

他露出意料之中的笑:"干什么?"

陈屿舟看着他,半晌,妥协地喊了声"哥"。

程里夸张地把手放到耳后:"啥?没听清,再喊一次。"

陈屿舟眼睛危险地眯起:"别逼我揍你。"

听出陈屿舟语气里的恼怒,程里笑得十分放肆,折返回去,把手机丢给陈屿舟,径直去了冰箱那里。总算喝到了可乐。

陈屿舟拿着手机,单手打字。

程L:我是陈屿舟。

程L:加这个微信。

顿了顿,又补上一条——

程L:快点!

把自己的微信号发过去,又拿出自己的手机,点开微信等着。

过了两分钟,看到联系人那里出现了红点点,陈屿舟立刻把明芙从程里的微信里删掉。

手机扔给程里,陈屿舟朝阳台抬了抬下巴:"你可以滚了。"

"你还真是用完就丢啊!"程里骂他,"我一瓶可乐还没喝完呢。"

"送你了,拿回去喝。"

程里:"……"

他是真服这少爷。

骂骂咧咧地翻回去，程里落地，听到身后传来一道"咔嗒"声，转头。

隔壁阳台的门已经被人从里面关上了。

程里点开微信，想跟明芙好好说说陈屿舟这人不地道，结果翻遍了消息列表和联系人，都没看到明芙的头像。

程里不敢置信地回头看去。

陈屿舟这家伙！

陈屿舟对明芙居然越过自己先去加别人的微信这件事十分不爽。

看着新的朋友一栏里那个瞪大眼满是惊讶的花栗鼠卡通头像，陈屿舟的不爽又散了点。

他没点同意，把手机丢到一边，进了浴室。

洗完澡出来的时候陈屿舟才同意了明芙的好友请求，等着她也给自己发来那个花栗鼠探头问好的表情。

他一点都不想收到和程里相同的消息，可又觉得那个表情和明芙很像。

又小又乖，看着就想摸摸脑袋。

等了半天，手机一点动静都没有，陈屿舟皱眉，重新连了下网，给程里随便发了个标点符号过去。

网没问题。

手机也没问题。

想着人家可能在收拾洗漱，陈屿舟又耐着性子等了会儿，其间手指不停地滑动微信界面，刷新消息。

"叮"的一声，消息提示音响起。

陈屿舟抬眼看过去，是程里发来的问号。

C：没，试试网。

程L：咋，等芙妹消息呢？她还没理你？

程L：不应该啊，她刚给我发消息的速度可快了，一加上就把表情发过来了。

陈屿舟等消息等得本来就有点儿不耐烦，程里还在那儿贫，他沉着脸，干脆利落地把程里拖进了黑名单。

想了想，还是主动给那只花栗鼠发了条消息——

C：？

第二天早上醒过来的明芙看着陈屿舟发来的问号，也是满脸问号。

他这是什么意思？

明芙本想回复一下，但又不知道回什么，看了眼时间，放下手机匆匆去洗漱。

比昨天稍晚一点到了教室，陈屿舟已经坐在了他的位置上。

听到脚步声，他转过头去，直勾勾地看着明芙："你昨天怎么没给我发消息？"

明芙脚步顿了下："你没、同意。"

"我后来同意了。"

"可我已、已经睡、了。"

陈屿舟神色稍缓："那你今早起来看到消息了吗？"

明芙点头。

刚缓和的情绪立刻又变得不爽："看了你不回我？你不给我发消息还加我微信干什么？"

明芙瞅着他："是你，让我加、你的。"

陈屿舟兴师问罪的嚣张气焰霎时被打散，他抿着唇，坐在椅子上生闷气。

明芙觉得莫名其妙，她搞不懂陈屿舟的情绪变化。

掏出手机，指尖在屏幕点了两下，安静的教室随即响起一道提示音。

明芙下意识盖住手机，看向教室前后门，等反应过来教室里现在只有她和陈屿舟才松了口气。

而后发现，刚发出声音的手机好像不是她的。

陈屿舟瞥了眼旁边那只受惊的兔子，掏出手机，看到微信的转账消息后，把手机转向明芙。

他点了点屏幕上的转账信息："什么意思？"

"蛋糕钱。"

昨天陈屿舟给她的那个蛋糕，回了寝室明芙就给舍友们分了，她思来想去，觉着一定要把蛋糕钱转给陈屿舟。

无功不受禄，更何况她和他之间也不熟，不好平白收下他的东西。

"不用。"

钱被退了回来。

明芙嘴唇嗫嚅两下，陈屿舟抢先一步开口："你要觉着过意不去，给我买个一样的还回来。"

那也行。

明芙点点头。

"走吧。"陈屿舟站起来。

明芙有点儿蒙："去、哪？"

"你刚才不是点头了吗。"陈屿舟隔空点了下她手里的包子，"我还没吃早饭。"

十分钟后，明芙看着陈屿舟拿着的那个跟她同款的包子，不解地问："不是说，要一、样的吗？"

"是啊，这不都是吃的吗？"

可是价钱差很多啊！

那一个蛋糕的钱可以买下好几十笼包子了。

"你还债，要看债主想要什么，懂吗？"

明芙今天又扎了丸子头，圆滚滚的丸子中间竖着一缕调皮的头发，陈屿舟手欠地拨弄了一下："行了，赶紧付钱。"

明芙往后躲了下，拿着手机扫码付款。

折腾了这么一趟，两人再从食堂出去，学校里的人多了起来。

俊男靓女的组合到哪里都是吸睛的存在，更何况其中一个还是学校的风云人物。

一路上不断有好奇的目光投过来，明芙不喜欢这样被人看着，闷头快步往前走，企图和陈屿舟拉开距离，快点回到教室。

奈何陈屿舟就像橡皮糖似的，怎么都甩不掉，慢悠悠地跟在她身边，还伸手扯了她一下："刚吃完饭走那么快也不怕岔气。"

明芙躲开他的手，摇头。

她更不喜欢被别人这么注视。

"走慢点。"陈屿舟说，"不然我牵着你手走。"

明芙看着他，眉头缓缓皱起。

"你再这么看着我，会让我误以为你在暗示我。"

"你怎么、这么、无赖？"

还是第一次有女生这么说陈屿舟。

他垂眸看着明芙，小姑娘脸上一本正经，耳朵尖又透着点红，大概是被他恼的。

含混的笑声从喉咙里溢出。

明芙皱起的眉松开，呆愣愣地看着他。

粉嫩的耳尖也在顷刻染红。

以前不是没有男生跟明芙示好，她在这方面也不算迟钝，但从未有人像陈屿舟这样直接，弄得她措手不及。

她想起郑颜芗评价陈屿舟的一句话：长得帅玩得花。

是真的很有道理了。

他们才认识几天，他就这样。

陈屿舟见她半天没反应，抬手在她眼前打了个响指："回神，小呆子。"

明芙眨了下眼，秀气的眉毛又倏然皱起，连连往后退去。

手腕再次被人圈住。

还没等明芙挣脱，陈屿舟就松开了她，朝她身后抬了抬下巴："你是要跟垃圾桶相亲相爱吗？"

明芙抿抿唇，语速虽慢但也认真："我只、只想学习。"

以往跟明芙示好的男生都是斯文型的，她这么说了之后，那些人就知难而退，不会再打扰。

但陈屿舟显然跟斯文二字扯不上关系。

陈屿舟淡淡道："知道。"

清晨明媚的阳光擦着红色楼墙洒在少年的半边身子上，连头发丝都泛着光。

"你学你的。"

过了周三，时间就突然快了起来，转眼到了周六下午。

长立中学除去高三的学生，高一高二两个年级每周六下午上完两节课后开始放假，周日晚自习返校。

下午放学的时候，明芙收拾着书包，陈屿舟就坐在旁边看着她把一本又一本的书塞进书包里。

"装这么多书回家，不嫌重啊？"

"不重。"

"难得放天假，就在家看书，不出去玩吗？"

"不去。"

还真是个小书呆子。

陈屿舟拽了下她的书包带子:"我要叫你出来,你来不来?"
明芙把书包摆正:"不来。"
不管陈屿舟说什么,都被明芙用二字真言挡了回去。
"明芙,你能耐了啊,撑我的时候说话那么顺。"
"没有。"
说完,明芙回想了一下刚刚两人的对话,好像的确挺顺的。
她弯了下嘴角。
陈屿舟见状,心里那点郁气顷刻消散:"那一天不见,你想不想我?"
"不想。"
明芙眼里明晃晃地写着四个大字:你好自恋。
陈屿舟笑出了声,往她那边靠了点:"那我要想你了怎么办?"

9

周六下午,长立中学的门口人来车往,大批学生拖着行李箱朝校门口拥去,万向轮在地面上滚过,周遭是吵吵嚷嚷的说话声,夹杂着几声微弱的蝉鸣。

明芙没有拿任何行李,只背着装得鼓囊囊的书包慢吞吞地朝公交车站走去。

运气还算不错,明芙刚走到公交车站,她要坐的那辆公交车就到了。

坐这辆公交的学生很少,排队上车刷卡后,明芙径直走到最后一排角落的位置坐下。

这辆公交直接到她现在住的小区门口,小区位置离长立不近,路程有点儿长,大概要坐一个半小时才能到。

明芙把窗户打开一条小小的缝隙,公交车向前驶去,带着热意的风从缝隙里卷进来,吹得人很舒服。

"那我要想你了怎么办?"

脑海中浮现出陈屿舟那张脸,眉骨清越,有点儿内双的眼,面无表情的时候看着很难接近,但他又总是带着慵懒又散漫的笑,中和了那点凶。

明芙把窗户关上,坐直了身子,热风消失,只剩车厢内流动的冷空气萦绕在周围。

她小声咕哝:"不正经……"

几乎坐到了终点站明芙才下车。

过了条马路,便到了小区门口。

她现在住的小区算是 B 市的富人区,欧式独栋别墅错落有致,小区四季常绿,季季有花。

明芙只在转学过来的前一晚在这里住过,因此对这里陌生至极。

给门口保安看了通行证,明芙跨进了小区大门,按照记忆里的路线朝着里面走去。

最终停在了某栋别墅门前。

刚刚在公交车上的愉悦此刻已经变为了忐忑,她按了门铃,等了大概两分钟,才有人出来开门。

保姆看着明芙先是愣了一会儿,想起她是谁后,连忙开门把她迎进来:"回来啦?太太没跟我们交代,刚看到你我都没反应过来。"

明芙朝对方点了点头:"赵姨。"

"快进来快进来,热坏了吧?"

"还、还好。"

赵姨热情地领着她进屋,给她拿了双拖鞋,朝客厅喊了声:"太太,二小姐回来了。"

明芙垂在身侧的手猛地攥紧,她换了鞋,走进客厅。

背对着玄关的沙发上坐着一个仪态端庄的女人,明芙走过去,指甲抠进掌心,有些紧张:"妈、妈妈。"

徐欣荣扭头看了她一眼,脸上神情没什么变化,淡漠地"嗯"了声,又移开目光。

明芙站在原地,有些不知所措。

玄关处传来开门关门的声音,随后是钥匙被丢在橱柜上的当啷声。

一道男声紧跟着响起:"赵姨,有吃的吗?我饿了。"

原本还端坐在沙发上的徐欣荣闻言立刻起身,带着笑容热切地迎了过去,态度跟刚刚面对明芙时的冷淡截然相反:"阿铭回来啦,怎么也不提前说一声?我也好叫人准备准备。"

徐欣荣身上的丝绸披肩从明芙眼前滑过,她眼神顿了下,扭头看向徐欣荣的方向。

杨铭不耐烦地看着面前的徐欣荣:"我回自己家,还要跟你报备?"

"我不是这个意思,这不是想着你要是回来了,好让人做你爱吃的菜。"徐欣荣丝毫不在意杨铭恶劣的态度,温声和赵姨说道:"赵姨,快,今晚上多加几个菜,阿铭爱吃的醋熘鱼段和黄焖鱼翅必须有啊!"

"好的。"赵姨应下,转而又问:"那二小姐爱吃什么菜?"

徐欣荣滞了下,一时没说出话来。

杨铭挑了下眉:"二小姐?"

"哎,看我这记性,忘给你介绍了。"徐欣荣转身朝明芙招了招手,示意她过来,又跟杨铭说道,"上次明芙过来你没在家,就没见过。"

她把手搭在明芙肩上,拍了下:"明芙,这是你杨铭哥哥,快叫人。"

明芙顺着徐欣荣的意,喊了声"哥哥"。

杨铭打量着面前穿着宽大校服的小丫头,长得倒是挺漂亮的。

"叫得挺好听,再叫一声。"

轻浮亵慢的语气让明芙心里一阵犯呕,她低下头,没作声。

见人不给面子,杨铭嗤了声:"徐阿姨,你这女儿不太懂事儿啊!"

徐欣荣脸色一僵。

杨铭没再看她们,转身上楼。

等人消失在楼梯拐角,徐欣荣拿下放在明芙肩头的手,垂眸看着自己的女儿:"明芙,希望这是你最后一次让我失望。"

那条色彩艳丽的披肩再次从眼前滑过,等明芙抬头,面前已经没了徐欣荣的身影。

一旁的赵姨看不下去,走上前:"二小姐,你的房间在三楼左手边第一间,都收拾好了,去休息一会儿,吃饭的时候我再叫你。"

明芙声音平稳,听不出起伏:"谢谢,赵姨。"

进了房间,明芙绷着的一口气才缓缓舒出来。

房间的摆设很简单,一张床,墙边放着一个衣柜,窗户边有一张写字桌。空荡得好像客房一样。

明芙并不在意这些,毕竟这里不是她的家。

放下书包,把书本拿出来放到桌子上。

"当"的一声,有什么东西从书包里掉出来,落到了地板上。

明芙看清是什么东西后,连忙蹲下身捡起来。

是一枚某篮球运动员卡通造型的胸针。

明芙检查了一下，见没有摔坏，松了口气。
　　指腹下意识地摩挲着背面印着的字母，而后小心地把胸针放进书包里兜，拉上拉链。
　　搁在桌子上的手机亮起来，明芙看到屏幕上显示出来的消息提醒后，把手机拿起来。
　　C：到家没？
　　隔了十分钟——
　　C：还害羞呢？
　　又过了十分钟，也就是刚刚——
　　C：给你三秒钟，再不回消息我打电话了啊。
　　看到这儿，明芙赶紧打字回复，但还是晚了。
　　视频通话的请求在屏幕最上方弹出，紧接着一条消息又发了过来——
　　C：快接！不然我给你打一晚上。
　　明芙点了接通，少年清俊的面容出现在屏幕上，也出现在她眼前。
　　明芙嗖的一下把手机挪远些。
　　"怎么不回消息？"
　　掺杂了电流声的声音多了份慵懒。
　　"没、看到。"
　　"是真没看到还是看到了不回？"
　　"真没、看到。"
　　"行吧。"
　　明芙还是第一次和男生打视频电话，有点儿不自在，拿着手机的手指因为用力有些泛白："你、有事吗？"
　　"有啊。"陈屿舟吊儿郎当的，"不是说过了吗。"
　　明芙抿了抿嘴唇，手指悬在红色按键上，准备按下去。
　　"行了不逗你了。"许是猜到她要干什么，陈屿舟正经了点，"就问问你到家没。"
　　明芙乖乖应了声："到了。"
　　看着小姑娘淡淡的眉眼，陈屿舟凑近了屏幕："你怎么了？"
　　"啊？"
　　明芙没懂他这一句没头没脑的话。

"你都把'不高兴'这仨字写脸上了,我又不瞎。"

明芙愣住。

她没想到陈屿舟会看出她的不高兴,她以为自己已经适应了徐欣荣对自己的冷漠,没想到居然这么轻易就被人看了出来。

而且,还隔着屏幕。

明芙有些泄气,但还是摇了摇头:"没。"

"真没有?受欺负了就说,别闷着,我给你出气。"

"你怎么、出?"明芙问。

"这还用问,拉巷子里揍一顿啊。"

"那你,打、不过呢?"

陈屿舟觉得自己遭到了质疑,他坐直了身子:"来来来,你把人拉过来我看看,我怎么不信还有我打不过的人。"

看着男生一心想要证明自己又有点儿不屑的表情,明芙笑了起来。

陈屿舟:"舍得笑了?"

明芙顿了下,弯起的嘴角渐渐往回收。

"想笑就笑。"陈屿舟看着屏幕里的明芙,语气莫名多了些认真,"我都没舍得欺负,别人更不能。"

"叮"的一声,视频被挂断。

陈屿舟看着回到对话框的屏幕,手抵着额,哼笑了声。

挂得倒是快。

吃晚饭的时候,赵姨上来叫明芙。

想到杨铭那句话,明芙心里生出了一抹抵触。

但转而又想到徐欣荣和爸爸去世前的叮嘱,明芙还是点了点头:"好。"

到了饭桌边,明芙才知道杨枭群回来了,对着主位的男人喊了声:"杨叔叔。"

杨枭群看了她一眼,点了点头:"坐吧。"

明芙的座位在徐欣荣旁边,杨铭坐在她的斜对面,明芙没看他。

徐欣荣还记着之前的事,提醒明芙:"怎么不和哥哥打招呼?"

明芙看到徐欣荣眼底的警告,突然觉得面前这个面容姣好的女人十分陌生。

这是她的妈妈,不是吗?

可为什么一点都不在意她的感受？

指甲抠着掌心，明芙硬着头皮，对着杨铭又叫了声"哥"。

许是顾及着杨枭群在场，杨铭没再说什么让人不适的话，"嗯"了声算作回应。

明芙一顿饭吃得味同嚼蜡，吃完回了房间才得到些许放松。

明芙锁上房门，拿着衣服去了浴室洗漱。

心里沉甸甸的，睡觉也不安稳，躺在床上辗转到了凌晨，明芙实在忍不住，从书包里找出褪黑素吃了一颗，才晕晕沉沉地睡过去。

第二天在房间里窝了大半天，等到下午看着时间差不多了，明芙收拾书包去了学校。

下楼的时候徐欣荣还和昨天一样坐在沙发上看电视，面前的茶几上摆着精致的甜点。

"妈妈，我去、去学校、了。"

大概是她昨晚在饭桌上表现得还不错，徐欣荣这次多说了几个字："去吧，注意安全。"

又坐了一个多小时的车回到学校，看着熟悉的场景，明芙浑身都轻松了不少。

买了两杯奶茶，想着到教室给郑颜芗一杯。

明芙喝着奶茶，一边低头数着路上的石砖一边往学校里走。

一层一层往上迈着台阶，揣在兜里的手机振动了一下。

明芙抱着奶茶，腾出手拿出手机看了眼。

C：还没过来？

她不自觉地咬了下吸管，正准备回复的时候，一道娇俏的女声突然从楼上传来——

"陈屿舟，我做了点甜品，赏个脸尝尝吗？"

10

明芙脚步一滞，悬在台阶上迟迟没有落下。

"给我的？"

是男生一贯散漫的嗓音。

明芙抬头往上看了一眼。

从下往上看，楼层之间只有一道窄窄的缝隙，能看到的画面极其有限。

透过错落排放的楼梯栅栏，明芙看到了女生的侧影，微鬈长发在身后披散，短 T 恤下是一截纤细的腰肢，百褶裙下是一双笔直的长腿。

距离她大概半步远的位置，白色的板鞋露出了一个鞋尖。

"是，给你的。"女生停顿了两秒，继续道，"陈屿舟，我知道你喜欢吃甜品，所以特意给你做的，如果你愿意的话，以后我都可以做给你吃。"

明芙缓缓眨了下眼，放轻了脚步，用极快的速度转身下楼，没有发出半点声响。

出了教学楼，明芙才敢正常呼吸。

触觉也随之恢复正常，明芙松开紧握着的手，掌心已经被汗水浸湿，上面有四个明显凹进去的指甲印。

她擦干手，把对话框里还没来得及发出去的"已经到了"四个字删掉。

把手机揣进兜里，朝着宿舍楼走去。

楼上的人丝毫没有察觉到楼下有人来了又离开了。

陈屿舟知道明芙肯定会早早来学校，今天中午问了她大概什么时间过来。

得到回复后，他在家吃完午饭就出门了。

吴鹏旭向来主张班级一家亲，让班里的学生都互相加了微信，所以即便陈屿舟和很多人都没怎么说过话，也还是有他们的好友。

郑颜芗就是其中之一。

以往刷到不熟的人的朋友圈，陈屿舟看都不会看一眼，昨天郑颜芗在朋友圈分享了一个网红甜品店的开业宣传，陈屿舟正准备滑上去的时候，突然在点赞列表里看到一只熟悉的花栗鼠。

明芙嗜甜，教室桌子里侧挂着的一个小布袋里经常装着各种甜品，袋子从来没有空的时候，每天都塞得满满当当的。

陈屿舟还笑过明芙：怪不得那么喜欢花栗鼠，原来是属性跟它一样。

看到明芙的点赞，他点开那条朋友圈，记下了店铺地址。

那家店所在的地方有点儿远，但宣传工作做得好，开业第一天人多得不行，陈屿舟提前三个小时赶过去，才将将在明芙要到学校的那个时间段赶了回来。

陈屿舟最怕热，这种天气他排了将近一个小时的队，人都累坏了。

一想起昨天视频电话里小姑娘闷闷不乐的样子,他就觉得烦,要是这点东西能让她开心点,那也挺值。

快要走到班里的时候,有个女生叫住了他,手里拿着个包装精美的盒子,说是送给他的。

陈屿舟觉得有点儿好笑。

"不好意思啊,你情报有误,我不爱吃甜。"他抬了下手里拎着的东西,"这东西是买给其他人吃的。"

女生到底脸皮薄,她看到陈屿舟总是买奶茶蛋糕带回教室,便以为他爱吃甜,又被这么直白地拒绝,脸立刻涨红,说了句"打扰了",就跑走了。

陈屿舟进了教室,把甜品放到明芙桌上,见她还没来又给她发了条消息。

C:还没来?

C:快点,有东西给你。

明芙看到这两条消息的时候,已经到了宿舍。

她不知道说些什么,索性没回。

把手机倒扣在一边,明芙拿了套卷子出来做。

一套卷子做完,郑颜芗也来了宿舍。

"呀,芙妹你来这么早啊。"

明芙把奶茶递给她:"买得、有点儿早,不冰了。"

"这有什么,芙妹给我买的,就是烫的我都喝。"

郑颜芗接过奶茶,插上吸管,猛地吸了一大口,末了,夸张地说道:"芙妹买的奶茶就是不一样,甜滋滋的。"

明芙抿唇笑了下。

"哦对了,我也有东西给你。"郑颜芗把奶茶放到桌上,从拿回来的行李箱里翻出一个罐子,"我妈给我做的麻辣牛肉,可好吃了,我给你带了一罐,你能吃辣吧?"

"能的。"

"那你快尝尝,我妈做的麻辣牛肉简直一绝。"郑颜芗把罐子递给她,转身去收拾行李,"我妈怎么又给我装了这么多东西?这又是什么时候塞进去的?我就说这行李箱怎么那么重,不知道的还以为我逃难来了……"

明芙听着郑颜芗的碎碎叨叨,打开罐子,拈了块沾满了辣椒的牛肉放进嘴里。

味蕾瞬间被浓重的辣味侵袭,明芙的脸一下子涨得通红,她忍住咳意,匆匆嚼了几下咽下去。

嘴里像是被火烧过一般,麻麻的。

她其实一点都不能吃辣,平常的饮食也以清淡为主,稍微吃点辣的,嗓子都能哑上半天,但她却仿佛自虐一般,一块接一块地往嘴里塞着。

许是适应了这股辣,明芙脸上的红也慢慢褪去。

那头郑颜芗的抱怨还在继续:"真是服了我妈了,每次回家都给我装一堆东西,学校超市里是没有卖的还是怎么着。"

明芙轻声道:"你妈妈,挺好的,她是,关心你。"

"我知道她是关心我,可这箱子臣妾真的搬不动啊。"

明芙揩了下湿润的眼尾:"下次,我帮你、搬。"

郑颜芗回头,一脸得逞地笑:"就等你这句话了。"

一直到晚自习上课前十分钟,明芙才和郑颜芗从宿舍出来去教室。

在她们刚踏进教室后门的时候,陈屿舟朝她们这边看了过来。

郑颜芗看着面色阴沉的陈屿舟,迈出去的脚下意识缩回去,小声道:"大佬这是咋了?表情也太吓人了。"

明芙摇摇头,表示自己也不知道。

恰好吴鹏旭从前门走进教室,两人也没再多说,朝着各自的位置走去。

手刚碰到椅子,男生带着浓浓不满的声音响起:"去哪儿了?"

明芙拉开椅子坐下:"宿舍。"

"怎么没来教室?"

"热。"

"没看到我给你发的消息?"

"没。"

短短一天时间,二字真言缩短成了一字真言,陈屿舟等了一下午的情绪变得更糟了,但他到底压住了,推了下放在她桌子上的甜品盒:"给你的。"

"不用。"明芙把甜品盒放回他桌上,"谢谢。"

这一句疏离的"谢谢"让陈屿舟的眉头霎时皱起,烦躁得不行:"不要就扔了。"

过了两秒，桌子上的东西被拿走，陈屿舟脸上的阴沉刚散了点，紧接着就听到"咚"的一声闷响。

是东西被丢进垃圾桶的声音。

陈屿舟抬眼看去。

明芙平静地和他对视："是你说、可、可以丢、的。"

沉默半晌，陈屿舟倏然笑了下："行啊你，明芙。"

语气带着点冷，又有点儿嘲讽，这还是他第一次用这种语气跟明芙说话。

椅子划过地面带起刺耳的声音，上课铃刚打完，在安静的教室里显得格外突兀。

讲台上的吴鹏旭抬头看过来的时候只捉到了男生离开教室的背影。

"这浑小子！"

明芙扫了眼垃圾桶里的那个甜品盒，安静地转身看书。

明芙和陈屿舟莫名其妙就进入了冷战状态，明明是抬个胳膊就能碰到对方的距离，一整天下来两人愣是半个眼神交流都没有。

这种状态持续了几天，程里忍不住了。

明芙那边怎么样程里不知道，但他知道陈屿舟已经烦躁得不行了。

连带着他这几天都伏低做小，喘气声都放轻了不少，生怕一个失误惹到这不讲理的。

"不是，我说你跟芙妹咋了啊？"

陈屿舟窝在单人沙发上，拿着游戏手柄打游戏，闻言没什么反应："没怎么。"

"没怎么你这几天跟要来大姨妈的那些女生似的。"程里勾着他的肩膀在他身边挤着坐下，在陈屿舟发火之前抢先说道，"在我面前还装什么？说说吧，给你出出招。"

陈屿舟没作声，程里也不急。

过了半分钟，陈屿舟操控着的人物再次倒在地上的时候，他扔了手柄："我哪知道。"

陈屿舟还没被人这么撅过面子，下午顶着太阳排了近一个小时的队买的小蛋糕，想着能哄小姑娘开心，结果可好。

人家什么都不说态度就来个一百八十度的大转弯，东西丢得干净又利落，完事还睁着那无辜的眼睛瞅他，说是他让丢的，堵得他都没地方出气。

这么些天过去，别说一句话了，连一个字都没跟他说过，脾气比他还大。

其实挺莫名其妙的，从来都是别人哄着陈屿舟，他还是头一次想着哄一个女生开心。

长着一张好皮囊，他从不缺女生喜欢，但他就是没对别人动过这种心思。

明芙是第一个。

结果人家根本不领情。

陈屿舟高高在上惯了，拉下脸求和这种事他肯定干不出，但他又想不通明芙到底怎么了，所以这几天脾气都很暴躁。

"女生嘛，耍耍小性子很正常，多哄哄就好了，别老端着你那少爷架子，不过兄弟——"程里拱了拱他，"你这上心程度，可不像是假的啊。"

B市持续了几天的高温，今天，天气终于阴沉下来，像是在酝酿一场大雨。

早自习又是英语，讲昨天布置的三篇阅读理解。

"明芙，来，把这句话翻译一下。"

冷不丁的，英语老师点了明芙的名字。

她愣了一下，站起来："虽、虽然、美国拥有、如此多、多的土地，土地的、粮食、也远远超过……"

明芙磕磕巴巴的，话说不完整，但是英语老师跟没意识到这点似的，没喊停，明芙只好继续翻译下去。

教室里逐渐响起稀稀拉拉的笑声。

陈屿舟原本趴着，他从桌子上起来，往旁边瞥了眼。

小姑娘低着头，看不清表情，耳朵尖已经红得能滴血了。

"啪"的一声巨响，书被重重拍在桌子上，周遭的哄笑像是被按了暂停键，瞬间安静。

少年抵着椅背，下巴微抬，傲慢又冷漠地扫视了一圈教室里的众人。

"笑什么，你们都会？"

11

男生冷淡的嗓音让教室里的笑声瞬间消失。

郑颜苨往后面看了眼。

陈屿舟靠在椅背上,姿态懒散,明明没什么明显的表情,但从周身散发出的气场能感受出来他是动了怒的。

明芙明明是站着的,却好像被他圈进了所属领地一样护着。

她眨了眨眼。

怎么感觉好像发现了什么不得了的事情?

英语老师也没因为陈屿舟的打断生气,她赞赏地看了眼明芙:"很好,坐下吧。"

明芙松了口气,拉过椅子坐下。

握着笔的手顿了下,笔尖在纸上留下一个黑点,念起陈屿舟刚刚的举动,明芙有些走神。

正准备说些什么的时候,余光一晃,看见男生又趴到桌子上。

大课间照常是郑颜芗拉着明芙去超市采购的时间,天气又闷又热,两个小姑娘买了两个冰激凌边走边吃。

想起早自习的事情,郑颜芗好奇地问道:"芙妹,你跟陈屿舟相处怎么样啊?"

"一般。"

"一般?不能吧,早自习陈屿舟护着你那样子,看着就不一般。"郑颜芗大胆猜测道,"啊!大佬是不是对你……"

明芙转头看她,模样有点儿呆。

郑颜芗眨了眨眼。

"不是。"

明芙摇摇头,他应该就是觉得吵,不耐烦,所以才说了那句话。

她不会多想。

郑颜芗越回想早自习的那一幕越觉得不对劲,但她见明芙没什么兴趣,也就没再提,转了别的话题。

明芙一边剥冰激凌的外包装一边听郑颜芗讲话,一时没看路,不小心和一个人撞了一下,她看了眼对方,是个男生,她退后一步:"对、对不起。"

还没等男生说话,要去班里抓人帮忙整理往年例卷的吴鹏旭路过,看到明芙和郑颜芗后眼睛亮起来:"欸,你们俩小姑娘挺闲的吧?过来给我帮帮忙。"

一声闷雷从天空中炸开,雨滴淅淅沥沥地落下来,没过一会儿就转成了瓢泼大雨。

程里从外面跑回来，见陈屿舟跟入定了一样待在椅子上一动不动，走过去在明芙的座位上坐下："我说你别不是傻了，下课也不出去？"

陈屿舟眼睛斜斜地睨了他一眼："起来，滚你座上去。"

程里被气笑了："这又不是你的座，我坐坐怎么了？有本事你坐啊。"

陈屿舟懒得再说话，屈指点了点桌子，意思很明显了。

"得，我起来，芙妹的座位不是我这等凡人能碰的，行了吧少爷？"

程里从座位上起来，还做作地擦了擦椅子。

恰好，教室外两个男生的说话声响起——

"确定那女生是九班的？教室里也没她人啊。"

"你这不废话，人被吴鹏旭叫办公室去了还在什么教室？你去找他们班的人问问。"

明芙和陈屿舟坐在靠近走廊窗户的位置，夏天天气热，窗户整日开着，外面的人说什么都听得一清二楚。

陈屿舟对他们说的内容没兴趣，耷拉着眼皮神情恹恹。

程里倒是看了那两个男生一眼，他俩看着像是高三年级的。

其中一个男生见他看过来，问："哥们儿，问你个人，你们班是不是有个长得挺漂亮，挺白挺瘦——"他想了想，"说话好像还有点儿结巴的女生？"

听到最后那句话，程里下意识看了眼陈屿舟。

陈屿舟依旧没什么反应，就是抓了根笔在手里转着。

程里问道："有事？"

"想认认识识。"

跟他一起来的男生拆台："滚吧你，还认识认识。"

"这不怕吓着人家嘛，长那么纯，声音也好听——"

男生之间说话都没什么顾忌。

他话还没说完，一个黑影猛地砸过来，险些砸在男生脸上，是一本书。陈屿舟动作太快，谁都没反应过来。

另一个男生愣了一下，上前一步嚷道："你干什么！"

陈屿舟定定地坐在椅子上，下巴微抬，乌黑的眼眸没有半分温度，嘴角却扬着玩味的笑，"你们声儿太难听，我听烦了。"

快到上课的时候，吴鹏旭才放明芙和郑颜芍回去。

吴鹏旭笑得跟弥勒佛一样："下课了再过来继续啊。"

郑颜芗苦着张脸："老吴，压榨学生下课时间是不对的，除非你给点报酬。"

"嘿你这丫头！"吴鹏旭虚虚点了点郑颜芗，恨铁不成钢地道，"看看人明芙，一句怨言都没有，多乖。"

"那是，我们芙妹就是全天下最乖的乖宝宝。"郑颜芗一脸骄傲地揽着明芙的肩膀，"就冲这，老吴你真好意思一点表示都没有？"

"有有有，下节课给你们买饮料喝，行了——"

吴鹏旭话说到一半，办公室的门被人猛地推开，班长徐一帆冲进来："老吴，你快去看、看看，陈屿舟和高三的一个人打起来了。"

办公室师生三人皆是一愣。

吴鹏旭反应过来，赶紧朝教室走去："这浑小子，又给我找事儿！"

明芙也立刻跟上。

"哎——"胳膊搭着的"支架"骤然离开，郑颜芗趔跄了一下，和徐一帆对视了一眼，一前一后地跟上去。

高二（9）班在楼道最里侧，远远看去，周围围了一圈人。

上课的预备铃已经打完，其他班的学生都回到了教室，靠着走廊窗户的人好奇地探头探脑出来打探。

吴鹏旭走得急，衬衫下裹着的肥肚子一颤一颤的，拨开最外圈的人，看清里面的情况后，吴鹏旭先是松了口气。

紧接着，他又板起脸："陈屿舟！干什么呢你？赶紧把手给我松开！"

陈屿舟置若罔闻，抓着男生的手反剪在身后，听见他嘀嘀咕咕又说了些什么，不耐烦地冲着对方踹了一脚，男生膝盖磕到瓷砖上，发出"咚"的一声闷响。

吴鹏旭急了，上前拽他："松手，听见没有！你想背处分？"

少年力气大得很，吴鹏旭掰了半天愣是没掰动，程里见状也有点儿急。

陈屿舟父母最近去国外旅游了，家里只剩他哥，霍砚行可是一点都不惯着陈屿舟，要是被叫家长，他回去肯定得褪层皮。

正发着愁，瞥见明芙过来了，程里眼睛噌地一亮，跟看到救星了似的，走过去把明芙拽过来："芙妹快去，劝劝他，估计现在也就你说的话他能听了。"

明芙疑惑地看了程里一眼,吴鹏旭说话他都不听,她的话他怎么可能会听?

而且最近他们之间的气氛也怪怪的。

程里没想那么多,手在她背上推了下,直接把她送到陈屿舟面前。

明芙傻了。

怎么,都不打一声招呼的啊!

少年瞥眼看过来,还带着些许的戾气。

明芙看到他眉骨处划了个半截手指长的破口,下意识蹙眉。

陈屿舟莫名有点儿心慌,抓着男生的手不自觉松了点。

明芙轻轻叹了口气,走过去:"陈屿舟。"

这是明芙第一次在陈屿舟面前叫他的名字。

"上课、了,回去吗?"

12

这堂课陈屿舟到底没能上了,吴鹏旭把围观人群轰回教室后,带着陈屿舟和被揍的男生回了办公室,联系了对方的班主任。你来我往一番商量后,两个老师决定把事情压下来,男生的班主任也了解自己的学生,觉得他们是一时冲动才闹起来,教育一下就行了。

那男生也没什么意见。

等人离开后,吴鹏旭开始训陈屿舟。

"你说说你!一会儿不看着你就犯事儿!真是没人能治得了你了是吗?"吴鹏旭把桌子拍得震天响,"说了多少次,武力不能解决任何问题,别遇到什么事都想着动手,要是为了这么个冲动背上处分,你说值不值?!"

陈屿舟满脑子想的都是刚刚小姑娘站他面前,叫他名字,喊他回去上课的那一幕。

听到吴鹏旭这么问,应了声:"挺值的。"

"值个屁!我看你是把自己脑子揍傻了。"吴鹏旭转身坐下,喝了口水润润嗓子,"说说吧,这次为什么动手?"

"没什么。"陈屿舟不想再提那件事,"就是看他不爽。"

吴鹏旭一噎,没好气地瞪了他一眼,倒也没再问。

教了陈屿舟快两年,吴鹏旭多少也了解他,这小子虽然浑了点,但还算讲理,从来不主动找事儿。今天出的这件事,多半是有原因。

而且,看到刚刚他那么听明芙的话……

吴鹏旭心思转了转,说道:"行了,我也不问你了,回去上课吧。"

陈屿舟挑眉。

老吴什么时候这么好说话了?

吴鹏旭吹了吹茶杯上漂浮着的茶叶,慢条斯理地说:"再有下次,我就把明芙从你旁边调开。"

陈屿舟:"……"

到教室的时候,课上了一半,陈屿舟站在后门口,懒懒地敲了两下门:"报告。"

老师讲课的声音顿了下:"进来吧。"

陈屿舟进去,拉出椅子,坐下。

明芙小幅地动了动,有点儿不自在。

杵在地上的脚突然被人轻轻踢了下。

明芙眼睛不离黑板,手握着笔记笔记,腿动了下,躲开。

下一秒,又被人轻轻踢了下,这次没等她躲,对方的脚就钩住了她的脚,让她逃脱不开。

耳尖顷刻变红,她羞恼地小声跟旁边的人说道:"放开!你放、放开我!"

"舍得理我了?不装小哑巴了?"

明芙不理他,加重力道把被钩着的脚往外抽。

得,又变成小哑巴了。

陈屿舟"啧"了声,松了腿。

明芙立刻搬着椅子往旁边挪了挪,离他远远的。

陈屿舟:"……"

他是瘟神吗?让她这么躲。

他往讲台上看了眼,见老师正在写板书,陈屿舟转身,手往旁边伸去,抓住明芙的椅子一拉。

连人带椅子一起拉了回来。

小姑娘是真的瘦,陈屿舟没使多大力就把人拽了回来。

椅子划过地面也只发出了点轻微的声响。

明芙完全没反应过来。

她才挪开不到五秒钟就回到了原位。

扭头愣愣地看过去,清凌凌的眼里满是疑问:他怎么就把她弄回来了?

陈屿舟单手撑着脑袋,看着明芙呆呆的模样,勾了勾嘴角:"再乱动就不是把你拉回来这么简单了。"

男生压着嗓音说话,带着点气音,听得人耳朵泛痒。

明芙手指微动,想去揉揉耳朵,意识到陈屿舟还在看她,便放弃了这个念头。

一个粉色卡通印花的创可贴被推过来。

是她放在他桌子上的。

陈屿舟凑过去趴在桌子上,下巴抵着胳膊:"送佛送到西,你给我贴上?"

"自己贴、贴。"明芙磕巴了一下。

他学着她讲话:"可我不会自己贴贴。"

明芙看着他,面无表情。

她长得乖,这么看人的时候没有丝毫的威慑力,安安静静的模样反倒让人……

"你不给我贴,那我就不贴了。"

又不是我的脸。

明芙腹诽,但到底不舍,拿过那个创可贴,撕开包装,斜斜贴在陈屿舟的眉尾处。

男生长相凌厉,脸上突然多出来个跟他气质完全不符的粉色创可贴,看上去有点儿不伦不类。

明芙没忍住,弯唇笑了一下。

陈屿舟看着她近在咫尺的笑颜,嗓子有点儿哑:"笑我呢?"

明芙还没说话,前方讲台处响起老师咳嗽的声音:"下面的安静点,别以为我背对着你们就什么都不知道。"

这话说完,刚刚还笑得一脸温软的小姑娘倏地板起脸,恢复正襟危坐的模样,埋头看书。

乖如鹌鹑。

陈屿舟慢悠悠地直起身子,靠在椅背上,低低地笑出了声。

吴鹏旭还是给了陈屿舟一点实质性的惩罚,让他接替了明芙和郑颜艻的工作，下课了去办公室整理往年的例卷。

明芙和陈屿舟上课时的那些小交流程里没听太清，也不知道两人和好没有。

虽然陈屿舟少爷脾气是大了点，还动不动就过河拆桥，但程里自认为是百年难得一遇的好兄弟，为了保持自己的口碑，怎么着也该出手调和一下兄弟和明芙之间的关系了。

陈屿舟那人是个张扬的性子，可他有些方面又有点儿闷，对一个人好从来不说，都揣心里，做了什么好事也无所谓对方知不知道。

程里一点都不理解他这种做好事不留名的"活雷锋"行为，在他看来，付出是要讲究回报的。

这可是妥妥的刷好感的机会。

不然那些事还有什么做的必要？

现在陈屿舟不在，程里觉得机会来了。

他转了个身，跨坐在椅子上面对着明芙："芙妹，忙着呢？"

明芙一看，猜程里应该是有事跟她说。

她放下笔，神情认真："你说。"

"也没什么事，你不用这么严肃。"程里随意地摆了摆手，"今天陈屿舟跟别人打架你也在场是吧？"

可不在场吗。

还被他推出去劝架来着。

明芙看着他，有点儿莫名。

程里也意识到自己说的这句是废话了："这不重要，重要的是你知道他为什么跟高三那人起冲突吗？"

明芙摇头。

"因为你啊！"程里激动了，"你认不认识高三那男的？你当时没在教室没听到，那人过来打听你，说想认识你之类的，完了还说你声音好听什么的，恶心得不行。陈屿舟就在旁边，那人说完这话他直接砸了本书过去，然后就打起来了。"

程里抑扬顿挫跟说相声似的，也没顾及明芙是个女生，把那男生的原话直接倒了出来。

明芙听得有点儿蒙，连程里复述那男生说的是什么都没注意。

她压根没想到陈屿舟跟别人打架的原因会是她。

指甲无意识地抠着掌心，明芙张了张嘴，想说些什么，最后只回复了程里的第一句话："我不、不认识他。"

"不认识就成，遇上那种猥琐男你一定得躲得远远的。"

程里时刻带着给兄弟刷好感的任务，来了个画龙点睛："其实你别看陈屿舟吊儿郎当的，但他对身边人都挺好的，我记得他上周日特别早就从家出去了，真把我稀奇坏了。我问他去干吗，他说给你买小蛋糕去，就是郑颜芗朋友圈发的那个网红店。"

末了，他问："哎，那家味道咋样？好吃吗？郑颜芗也爱吃甜的，好吃的话下次惹她生气我好有办法哄她。"

掌心已经被抠出一道深深的指甲印，明芙摇摇头，垂下眸。

她不知道味道怎么样。

她把蛋糕丢了。

她以为，那是别人送给陈屿舟的。

13

这场闷了近一周的雨下了一整天，直到傍晚才停下来。

阴沉的天空被雨冲刷得干净透亮，晚霞铺散，大片的火烧云聚起，染红了半边天。

明芙和郑颜芗在外面吃完晚饭，准备回学校。

再过几天就是高考了，高三生一走，他们这群高二生就是准高三生，学习压力和作业量与日俱增。

每天都是成堆的卷子发下来，各科老师好像不准备给他们留活路一样。

学不死就往死里学。

"我现在可是半天假都不敢请了，因为大姨妈在宿舍躺了半天，下午回教室一看，好家伙，桌子被卷子袭击了。"

郑颜芗挎着明芙的胳膊，苦兮兮地抱怨着。等了会儿，见明芙没有像往常那般安慰自己，她好奇地扭头看去，发现对方正发着呆。

"芙妹！"她捏了下明芙的胳膊，"你想什么呢？"

明芙回神，轻轻地"啊"了声："没什么……"

顿了顿,她又问:"如果,你误会、了一、一个人,还把他、给你的东、东西丢了,怎么办?"

说得有点儿费劲,但极其认真。

郑颜芗问:"什么东西?"

"小蛋糕。"

"就这啊,那跟他道歉不就行了,你也说了是误会,肯定不是故意的。"郑颜芗说,"再买点东西,显得更有诚意一点,也不用很贵,毕竟我们还是学生,他送你蛋糕你也买吃的给他就好啦。"

郑颜芗经常光顾的那家奶茶店正对着学校门口,每次回校都要经过。

奶茶店今天在门口放了个音响,机械的女声传出:"Sweet dream(甜蜜的梦)今日上新,第二杯半价,欢迎各位小主前来品尝。"

郑颜芗这个"奶茶控"一听,立刻拽着明芙进了奶茶店。

激情下单了一杯新品后,郑颜芗转头看明芙:"你不是不知道怎么办吗,正好买杯奶茶回去给陈屿舟,算是赔礼道歉了。"

明芙眼睛睁大:"你怎、怎么知道、是他?"

"这还不好猜,你刚转来,每天接触最多的人除了我就是陈屿舟。啊对,还有程里,他那不靠谱的根本不在考虑范围内。那不就只剩一个人了吗?"

郑颜芗分析得头头是道。

她指着菜单:"而且第二杯半价呢,可以跟我凑个单。"

明芙想了想,摇头:"不凑单、我单独、买。"

郑颜芗拉着长音"哦"了声,一脸意味深长:"我懂了,那行,你单买,我再买一杯,回去你帮我给程里,算是谢他上午替我值日了。"

"好。"

买奶茶耽误了一会儿,明芙和郑颜芗到教室的时候都快上晚自习了。

陈屿舟已经在座位上坐着了。

明芙拎着两杯奶茶过去,陈屿舟正拿着手机看球赛,听到动静抬头看了她一眼又收回视线。

直接把奶茶递过去好像不太行,说点什么她又不会,想了想,明芙扯了张白纸,一笔一画地写着。

写完看了两眼,觉着不太满意,又添了两笔,然后把字条和奶茶一起推到旁边那张桌子上。

陈屿舟瞥见她的小动作，从球赛中挪开眼，看见桌子上多出来的东西："给我的？"

明芙没说话，只把那张字条又往他面前放了放。

陈屿舟拿过字条，上面写着两行字——

蛋糕不是故意丢的，对不起，我用奶茶赔给你。
还有，上午的事情，谢谢你。

旁边还画了一只胖乎乎的简笔画花栗鼠。

陈屿舟想起上午那高三男生说的话，眼神沉了下："程里跟你说的？"

明芙点头，解释了一下："我不认、认识他，就是出去、去的时候，不小心、撞到了。"

她不想被陈屿舟误会。

"我知道，就那种人渣跟你八竿子也打不着。"陈屿舟说，"不过你这不看路的毛病什么时候能改改？今天撞这个明天撞那个，不知道的还以为你搁这儿学碰瓷呢！"

明芙默不作声，乖乖听训。

陈屿舟看她这模样，登时来劲了，少爷架子又摆了起来："一杯奶茶就想完事？"

明芙看向他脸上贴着的创可贴。

好像是过于简单了。

"不是那儿，别看了。"陈屿舟拿着字条在她眼前晃了一下，"快一个礼拜没理我，一杯奶茶就想把我打发了？不得给我个理由？"

理由……

明芙不知道该怎么说。

她自动忽略这个问题，喃喃辩解："你也、没理我……"

"那是谁先把我给她买的蛋糕丢了的？"陈屿舟慢悠悠补充道，"还丢得那么痛快。"

是她。

明芙自知理亏，挺直的脊背泄气地弯下去："对不起……"

听着小姑娘软乎乎的道歉，陈屿舟哼了声："下次再这么长时间不理

067

我,就等着挨收拾吧。"

持续了将近一周的冷战破冰,陈屿舟阴沉了好些天的心情也终于转晴。

他是真的不爱吃甜的,但这奶茶是小姑娘给他的求和礼物,意义不一样。

他把奶茶从袋子里拿出来,看到上面贴着的标签——

新品上市,第二杯半价。

这广告词有点儿熟悉。

没吃过猪肉也见过猪跑,陈屿舟不喝奶茶,唯一一次进奶茶店还是帮桑吟买,但他知道第二杯半价这种活动好像都是情侣活动。

陈屿舟往明芙那边看一眼,她桌子上的确还有一杯奶茶。

嘴角不自觉爬上一抹笑,陈屿舟拆了吸管,正准备戳进去,就看到他的小同桌又扯了张纸条,在上面写了几个字,然后放进奶茶袋子里,拿起一支笔轻轻戳了戳程里的后背。

他的第二杯半价是跟程里一起的?

程里转过来:"咋了芙妹?"

明芙把奶茶递过去。

"哟,给我买的?"程里往她旁边看了眼,果不其然看到了陈屿舟变黑的脸色,他特意拿着奶茶绕一个大圈从陈屿舟面前晃过,跟明芙道谢,"谢了啊芙妹。"

明芙拿起笔,刚要做作业,笔突然被人抽走。

不解地侧头看去,对上陈屿舟不善的眼神。

"你还给他买了奶茶?"

"没有。"明芙小声说,"他那杯、是芗芗买、买的。"

"郑颜芗?"陈屿舟问,"你平常都这么叫她?"

明芙点头。

"你没给自己买奶茶?"

明芙摇头:"不想、喝。"

"那你只给我买了?"

明芙眼神变得有些莫名,他问题好多。

但还是乖乖点头。

"那你什么时候叫我舟舟?"

话题跳跃得太快,明芙愣了一下,反应过后凝眉看他。

男生嘴角坏坏地勾着,眼里情绪愉悦。

对视两秒,明芙转过头去,又恢复到不理人的状态。

陈屿舟笑了声,凑过去:"下次再给我买奶茶你也要给自己买,第二杯半价,省钱,听到没?"

他顿顿,喊她:"芙芙。"

14

六月五号,长立作为高考考点之一,开始给高一高二年级放假。

上完下午两节课,就可以回家了。

明芙慢吞吞地收拾着座位上的东西,一想到要在那个根本不是她家的地方待上三天,她就浑身抵触。

自从上次回去那么一次之后,这两周周末明芙都是待在学校的,徐欣荣也不关心她回不回去,甚至可能都不知道她周末放假这件事。

但是这几天要确保高考顺利进行,学校全面清空,宿舍楼不让住人。

把最后一本书塞进书包,明芙蔫蔫地往前趴去,下巴搁在桌子上。

头顶的丸子被人捏了两下,下一秒,明芙听见陈屿舟不正经的声音:"想什么呢,芙芙?"

自从上次陈屿舟知道明芙叫郑颜芍"芍芍"后,就开始这么喊她。

每次陈屿舟叫她"芙芙"的时候,都拖着调子,听着特别不正经。

明芙歪头,小脸皱在一起:"说了,你不要、这么喊我。"

陈屿舟看着她白净的小脸,一阵手痒,又捏了捏她头顶的丸子:"那你叫一声'舟舟哥哥',我就听你的。"

什么啊,还哥哥。

明芙拍掉他的手,脑袋偏过去,留给他一个后脑勺。

陈屿舟哼笑了声,又不要脸地伸手去捏她的丸子。

"啪"的一声,手背被一沓卷起来的纸打了一下。

声音就在耳边,明芙下意识坐直身子。

吴鹏旭的声音紧接着从身后响起:"你手怎么那么欠儿呢,拽人家小姑娘头发,还以为自己是幼儿园小朋友呢?"

陈屿舟蒙了一下:"您从哪儿冒出来的?"

"我从地底下冒出来的！"吴鹏旭见他手还没放下，又是一下子拍过去，"把你那爪子给我放下，女孩头发是你这种没轻没重的大小伙子能碰的吗？"

吴鹏旭一边叨叨一边往讲台走去，中途还转头瞪了他一眼，以防他再有小动作。

他还没干什么呢，怎么就没轻没重了？

转头看见漾着一脸笑的明芙，陈屿舟扬眉："看到我挨说这么开心？"

小姑娘没收敛，还点了点头："开心。"

陈屿舟看着那双清亮的眼睛，"啧"了声："行吧，祖宗高兴就成。"

吴鹏旭把手里拿着的那沓放假须知发下去，又叮嘱了些安全事项后宣布放学。

其他班级也差不多在同一时间放学，原本安静的楼道霎时变得喧闹起来。

明芙背着书包，刚抱起桌上那摞书，紧接着手上一轻，那摞书跑到了陈屿舟手里。

"就你那小细胳膊抱这么一摞书还不得折了？"陈屿舟单手勾上放在桌子上的黑色书包挂在肩上，朝门口抬抬下巴，"别废话啊，走！"

明芙抓着书包带，往外走去。

陈屿舟抱着书跟在她旁边，另一只手不动声色地托住她的书包下端。

其实这么托着书包挺费力的，但他已经抱了一摞书，明芙是肯定不会再把书包给他了。

正是放学高峰，放眼望去楼道里全是人头，教学楼两边的楼道都堆满了人。

明芙随着人群的挪动往前小幅移动着，朝旁边看了一眼："重吗？"

"不重。"陈屿舟一脸闲适，"看路，别看我，一会儿再撞别人身上。"

明芙"哦"了声，把头转回去专心看路。

好不容易到了一楼，狭窄的一段路过去，视野变得宽阔起来，空气瞬间清新。

明芙小小地舒了口气。

刚刚楼道里人挤人，呼吸间都是汗臭味，要憋死她了。

陈屿舟轻笑了声："小矮子。"

明芙不服气地辩解："是你，太高。"

明芙一米六八的身高在女生里不算矮了，但是站在陈屿舟身边才堪堪到他下巴那里，刚刚她被难闻的汗味折磨，他仗着身高优势压根没这困扰。

即便北方男生普遍都很高，陈屿舟一米八八的身高依旧能打。

"高点不好吗？正好能罩住你。"

意料之中没得到回应，陈屿舟知道明芙这是又开始装听不见了，他掂了掂她的书包："不是我说，你这书包里装的都是些什么乱七八糟的？这么鼓，你这小身板也不嫌沉。"

明芙回得一本正经："装的、知识。"

陈屿舟："……"

小姑娘低头看着脚下的路，长而密的睫毛像把小刷子似的扑闪，双手抓着两根书包袋子，乖巧得不行。

陈屿舟看了两眼，偏过头去闷笑。

这也太可爱了。

"三、二、一！"

倒计时的喊声倏然从楼上响起，明芙抬头看去。

入眼是一片凌乱的白，无数纸张从高三的楼层飘下来，伴随着的是一声震耳欲聋的"我们毕业啦"。

明芙之前读的那所学校管理很严格，方方面面都很严格，像这种高考前丢书的活动是绝对不允许举办的。

现在看到这一幕，她有点儿兴奋又有点儿蒙。

一转头，猝不及防撞进了陈屿舟的目光。

他正一错不错地看着她，嘴角带着清浅的笑容。

在她看向别处的时候，他在看她。

这个发现让明芙心跳蓦地漏了一拍。

她眼神闪烁着避开，问："这样，不会被、被说吗？"

长立的教学楼呈"回"字形，四周围着教学楼，中间是一块露天空地，数不清的纸张还在被往下丢着，现在往外走极其容易被砸。

陈屿舟拉着明芙往里面挪了两步："不会，每年都要来这么一出，校领导也习惯了。

"明年也轮到我们了。"他说。

明芙看着漫天飘散的放纵,声音轻而缓:"还有、一年。"

陈屿舟盯着她的侧脸,语气意味不明:"一年,这时间有点儿长啊。"

回家的那段路是陈屿舟送的。

明芙拒绝过,但陈屿舟说什么这么多书都给她一个人拿着,他很担心书的安全,硬要送她回去。

阻止无果,明芙和陈屿舟一起坐到了公交车后排。

两周没回家,明芙也没再坐过这条公交线,不知道其中有段路在翻修。

旁边辟出来的那条路坑坑洼洼的不是很好走,公交车晃晃悠悠的,他们坐在最后一排晃得更加厉害。

晃动间,两人露在外面的胳膊时不时蹭到一起。

明芙往另一边缩去,尽量避免和陈屿舟的肢体接触。

正挪着,公交车一个颠簸,明芙只感觉胳膊一紧,反应过来的时候,人已经靠近了陈屿舟。

抬头,对上男生稍显冷淡的眼神。

"接着挪,我看看你什么时候能从窗户这儿掉下去。"

"才不会……"

窗户那儿明明横着一根杆子,怎么可能会掉下去?

她挣了下:"放开。"

陈屿舟垂眸睨她:"你老实坐着我就放开。"

"知道了。"

禁锢消失,明芙"嗖"的一下坐直身子,似是一秒都不愿意跟陈屿舟近距离接触。

瞥见少女变红的耳尖,陈屿舟没什么表情地收回视线。

只是突然抬起刚刚抓住她胳膊的手,捂住半边脸,又轻又淡地笑了声。

15

高考结束之后,高三生毕业,高二生就成了学校重点监管的对象,这三天难得的假期成了他们开学前最后的放纵。

明芙刚来 B 市,对这里不熟悉,也没什么兴趣出去玩,就闷在房间里看书。

让她松了口气的是，在她回来之前徐欣荣和杨枭群出去旅游了，杨铭也没回来，恰好赶上端午假期，主人都不在家，阿姨也回家过节去了，整栋房子只有明芙一个人。

空荡荡的，不过她也乐得自在。

还是不熟悉这里，明芙睡得不踏实，整个晚上迷迷糊糊的，早上天一亮就醒了。

起床倒了杯水慢吞吞地喝着，戳开聊天列表最上方的那个消息框。

最后一条消息停留在昨晚，是陈屿舟发给她的"晚安"。

她还没有回复。

手指悬在屏幕上方，停了半晌，最终退出了聊天界面。

洗漱完，坐在桌前继续做题。

重复昨天的事情。

一套卷子做完，放在旁边的手机亮了起来。

她看了一眼屏幕，是陈屿舟发来的消息。

C：醒没？

明芙：醒了。

C：醒了不给我发消息？

明芙：忘记了。

消息刚发出去，一个电话就弹了出来。

房间里安静得不行，乍然响起的铃声吓了明芙一跳，缓了缓，她点了接通。

手机还没放到耳边，陈屿舟的说话声就从听筒里传了出来："什么忘了，你就装吧，就是故意不回我。"

少年的嗓音有点儿嘶哑，带着刚睡醒的倦怠。

明芙动作顿了下，才把手机贴到耳边，另一只手拿着笔在草稿纸上胡乱画着："没有。"

陈屿舟轻哼了声："小骗子。"

无意识地在草稿纸上写了个"陈"字，明芙反应过来，立刻心虚地划掉。

"你今天，怎么这么早？"她问。

"有点儿事，得出去。"陈屿舟说，"今天不跟你打电话了，乖乖在家待着。"

昨天陈屿舟给明芙打了一天的电话，明芙一开始还以为他有什么事，结果他就是打给她闲聊。

明芙不习惯跟人打电话，她又不爱说话，但陈屿舟就是不让她挂，他没话说的时候两人之间就沉默着，偶尔陈屿舟会突然喊她一声，确定她还在。

晚上挂断电话的时候，陈屿舟说明天还会给她打，现在却突然说要出门。

明芙垂下眼，小声咕哝："我又不是，小朋友……"

"行，你不是小朋友。"陈屿舟笑道，"你是我祖宗。"

这人又开始了。

"你不是要，出门？"明芙说，"我挂了。"

陈屿舟也习惯了明芙的"战术性回避"，"嗯"了声："晚上回来找你。"

电话挂断，明芙看了一遍她和陈屿舟的聊天记录，退出界面点开资料，把微信名字改成了 M。

过了两秒又改回了原来的名字。

翻出答案订正刚刚做的那套卷子。

一上午过得有些心不在焉，强迫自己听了会儿听力，发觉效率不高，明芙揉了揉眼，便放弃了。

拿过手机，眼睛落在和陈屿舟的聊天框好一阵，才点开朋友圈。

她微信里的好友不多，加的都是班上的同学，朋友圈也没什么好刷的，一滑就能到底，百无聊赖地重复着刷新的动作，她的视线蓦地一顿。

一分钟前，程里发了条朋友圈——

谢谢桑桑小富婆请客吃饭！

程里是"朋友圈大户"，每天都能发上十几条朋友圈，有时候甚至连一日三餐都晒出来。

明芙点开他配的那张图。

照片上的人挺多的，但程里应该只是随手一拍，不是什么正经合照，照片上有人侧着脸有人背对镜头。

正中间，一个女生正对着镜头，笑容明媚，手举过头顶比了个"V"。

而照片左侧，露出了男生极窄的背影。

明芙一眼就认出入镜的男生是陈屿舟。

他后颈有颗痣，低头的时候后颈骨头凸出，那颗痣正好长在凸出的一块骨头上。

原来他说今天有事,是和桑吟出去啊。

明芙突然觉得自己特别无趣,放假了大家都迫不及待地出去玩,而她却闷在这个四四方方的地方做题看书。

每天都重复着同样的事情。

换成她自己,她也不会喜欢这么无聊的人。

明芙放下手机,望着窗外发呆。

过了会儿,她给郑颜芗发了条消息。

明芙:芗芗,你今天有空吗?

市中心商城。

某餐厅包厢。

今天是桑吟生日,她的做派一贯张扬,一年一次的生日能大张旗鼓就绝不低调行事。

她在餐厅订了个包间,请了几个玩得还不错的人一起来给她过生日。

陈屿舟和程里作为跟她从小一起长大的铁瓷儿,一大早就被她从家里拖了出来,跟俩保镖似的跟在她后头陪着逛街。

好不容易熬到了中午,终于能坐下来吃口饭歇会儿了。

包厢中间放着一张能坐下十五个人的大圆桌,桑吟一共叫了七个人,位置很宽敞。

桑吟坐在首位,陈屿舟和程里坐在她两边,除了他俩,其他人都是桑吟的朋友。程里是个自来熟,跟谁都能扯,没一会儿就跟包厢里的人打成了一片。

陈屿舟这人骨子里挺傲的,可面上不显,别人跟他说话他都理,至于是真心还是敷衍那就只有他自己知道了。

以往一群人出去玩,就算有不认识的人他也如鱼得水,只不过今天有点儿不一样。

他懒散地坐在椅子上,拿着手机在手里把玩,耷拉着眼皮显得有些兴致缺缺。

坐他左手边的女生倒了杯饮料,状似随意地问他:"陈屿舟,你喝饮料吗?"

陈屿舟眼都没抬一下:"不用,谢谢。"

女生眼里闪过失落,把饮料放回原位。

小腿冷不丁地被人踹了一下,他慢腾腾地抬眼看过去:"有事儿?"

"那不然?"桑吟瞅着他,"我今儿是过生日,不是过头七,你端着这张脸是来给我哭丧的?"

陈屿舟嗤了声算作回应,按亮了屏幕。

桑吟见状,问:"等那姑娘的消息呢?"

"你怎么知道?"

"我可是长立八卦小天后,学校有什么事是我不知道的?"桑吟说,"别以为我现在在外边集训就与世隔绝了。"

"八卦小天后"拍了下桌子:"哎正好,你把人家约出来一块玩,让我也见见能让我们陈少春心萌动的小美女本尊。"

陈屿舟:"她不来。"

"你约都没约怎么就知道人不来?试试。"桑吟怂恿他,"台阶都给你铺好了,赶紧给我下。"

"成吧。"

陈屿舟点开明芙的微信,发了条消息给她。

C:在干吗?

桑吟在一边看他发的这条消息,无语得直翻白眼:"你怎么不从盘古开天辟地开始聊?给她发语音,说你想她了,约她出来。"

陈屿舟斜眼睨她:"你当我是你呢?"

"我听程里说了,小美女长得水水灵灵的,特招人喜欢。"

陈屿舟眼前闪过小姑娘安静漂亮的模样。

他的喉结滚动了一下。

是特招人喜欢。

尤其招他喜欢。

"叮"的一声,消息进来。

陈屿舟点开。

明芙:在吃饭。

过了会儿,又发了个图片过来。

陈屿舟看着图片右下角露出来的那个餐厅的标志,挑了下眉。

桑吟刚去跟别人聊天了,余光瞥见陈屿舟突然站起来,看过去:"干吗去?"

"接小美女过来给你见见。"

照片发过去后,明芙的手心顿时覆了一层细密的汗珠。

她第一次做这种事情,很紧张。

"给陈屿舟发消息呢?"郑颜芗咬着筷子看着对面的明芙。

"啊。"明芙呆了下,点头,"是他。"

"你们两个联系这么频繁的吗?"郑颜芗另一只手托着脸,"还说跟大佬关系一般,你一个睡前都不刷手机的人居然在吃饭的时候回他消息,这要是还一般,我把头摘下来给你当球踢。"

"没有。"明芙解释,"恰好看到,就回了。"

"那我还挺荣幸,让我们芙芙在吃饭的时候回我消息。"

清冽的男声从两人头顶上方响起,紧接着,明芙旁边的座位就多了一个人。

明芙看着突然出现的陈屿舟,有点儿没反应过来。

她这是,赌成功了?

对面的郑颜芗被陈屿舟这一出从天而降的操作弄得也有点儿傻,但更让她激动的是陈屿舟刚刚说的话。

他说,我们芙芙。

我们!芙芙!

郑颜芗看着对面坐在一起的两人,眼里自动升起粉红泡泡:"大佬,你也在这儿吃饭啊?"

"嗯,有个朋友过生日。"陈屿舟看向明芙,"过去一起?"

明芙摇头:"不了,我不认、认识。"

"没事,你认识我就成。"陈屿舟往她那边靠近了点,开口带了点哄的语气:"去呗,我都跟他们说出来接人了,等会儿要一个人回去多没面子啊,怎么说都是同桌,照顾一下我?"

明芙拿着筷子的手指紧了紧,看向郑颜芗。

郑颜芗在对面看他俩互动看得心里已经开始尖叫了,接收到明芙的眼神后连连摆手:"你去你去,不用管我,大佬的面子重要。"

"一块儿过去,省得她不自在。"陈屿舟想起什么,又补了句,"程里也在。"

16

跟着陈屿舟进了包厢,明芙才知道过生日的人是桑吟。

包厢里的人刚刚都看到陈屿舟出去了,原本以为他只是去洗手间,没想到再回来的时候还带了两个人。

还是两个女生。

桑吟叫来的朋友女生居多,有长立的学生也有她集训的时候认识的朋友,一顿饭下来她们的眼神没少往陈屿舟身上瞟,但都端着矜持的架子,没怎么主动跟他说话。

现在看见他带了两个女生进来,都十分好奇。

程里看见陈屿舟突然把明芙带过来也是愣了一下,等看到最后面跟着的郑颜芗后,挑眉问她:"你怎么来了。"

"这地方你家开的?你能来我不能?"

郑颜芗和程里很少有好好说话的时候,交流基本都是用吵的。

许是顾及这里外人多,程里收敛了点,从旁边拉了张椅子:"能来能来,过来坐。"

郑颜芗跟桑吟也认识,她们高一的时候是一个班的,高二分班后桑吟才去了艺术班。

再加上她算是被陈屿舟带进来的,莫名就有一种被大佬光环笼罩的感觉,更是不认生,走过去坐下,和桑吟打了个招呼,就被程里转移注意力拌嘴去了。

一共进来两个女生,其中一个和程里更熟悉一点,再看看陈屿舟一直站在另一个女生身边,众人瞬间明了。

看向明芙的眼里也多了点探究。

长立的女生们则兴致一般。

她们都知道陈屿舟是个什么样的人,身边女生不断,现在看到明芙出现在陈屿舟身边,也不觉得奇怪。

刚刚要给陈屿舟倒饮料的那个女生倒是多看了明芙两眼。

明芙不喜欢被别人这样打量,有些不自在。

陈屿舟侧了侧身,挡在她身边,朝最里面的座位抬了抬下巴:"去那边。"

他虚揽着明芙朝里面走去，让她在他的位置坐下，抬手从墙边拉过一张椅子放到明芙旁边坐下。

明芙感受到来自身边人灼热的目光，转过头，对上了一双亮晶晶的眼睛。

自陈屿舟说出去接人开始，桑吟就左盼右盼，等他把人带过来终于看见明芙的长相后，她兴奋了。

小美女长得白白净净、娇娇软软的，像极了她小时候最喜欢抱着睡觉的那种洋娃娃。

一下子就戳中了她的萌点。

近距离观察小美女，桑吟说话的声音都变轻了："嗨，小美女，我叫桑吟。"

"你好，我叫明芙。"

"我知道，芙蕖的芙，陈屿舟说过。"

陈屿舟说过？

他跟她提过自己？

可他们两个不是青梅竹马吗，他提自己，桑吟不会不高兴吗？

一个个问题接连出现在明芙脑中，她有点儿搞不清楚状况。

"我要是男的肯定喜欢你。"桑吟感慨。

明芙被她的话惊到，眼眸瞪得大大的，不自觉往陈屿舟那边挪了挪。

一旁正好给明芙涮完餐具的陈屿舟听到桑吟这话，皱眉看过来："你能正常点吗？我好不容易把人哄过来，吓跑了你负责？"

桑吟认识陈屿舟这么多年，还是第一次见他这么护着一个女生，还放低了自己的身段，因此对明芙在陈屿舟心里的地位也有了个大概了解。

她举手投降示意了下，把菜单推给明芙："芙芙想吃什么，自己点。"

明芙拒绝的话还没说出口，身边男生不满的声音再次响起："瞎喊什么，人家没名字？"

"你才应该正常点吧？"桑吟搬着椅子靠近明芙："芙芙点菜。"

"我吃得差不多、多了，不用了。"明芙摇摇头，顿了顿，补上一句，"生日快乐，我不知道，没准备、礼物。"

陈屿舟和明芙同桌之后，每天都抓着明芙说话，她不理人的时候他就闹她，不让她做事，次数多了，明芙也没有之前那么寡言了，说话也流畅了一些。

她语速有些慢，夹着点南方人的吴侬软语，说话的调调特别好听。

桑吟注意到明芙说话结巴这一点，往陈屿舟那边看了眼。

他斜坐在椅子上，胳膊搭在明芙的椅背上，什么也没说，全然是保护的姿态。

明芙说话的时候，他就那么直勾勾地盯着她，像只眼里只有主人的大狗狗。

桑吟在心里"啧啧"两声，没想到陈屿舟这么个人也会有栽了的一天。

"礼物什么的不重要，今天得了你这么个朋友就是送我的礼物了。"

就，是朋友了吗？

明芙眨眨眼，扭头看向陈屿舟。

她也不知道自己看他干什么，就是觉得挺无措的，她向来不会回应别人的热情。

郑颜芗不在身边，她熟悉的只有陈屿舟。

陈屿舟见小姑娘看向自己，对她无形中的依赖很受用，愉悦地勾起嘴角："她是个自来熟，不适应你就别理。"

明芙这才发现两人之间的距离过于近了，立刻搬着椅子往桑吟那边挪。

完全忘记了自己刚刚主动靠近陈屿舟的事情。

陈屿舟被气笑了："用完就丢啊你。"

明芙淡定摇头："没用。"

简简单单的两个字，也不知道是在说她没用他，还是在说他没用。

桑吟在一旁乐得不行，热情地招呼明芙："小美女再往这边挪挪。"

明芙顿了顿，还真往桑吟那边又挪了点。

挨着女生近点总归比较安全。

看着迫不及待和自己划清界限的明芙，陈屿舟冷哼了声："小没良心的。"

桑吟过生日，行程都是一整天的，中午吃完饭，众人商量着下午去哪儿继续。

大小姐还有陈屿舟和程里都是一个类型的，散漫惯了，出门玩懒得做计划，都是想一出是一出。

说了几个方案，都被桑吟否决了。

明芙没参与讨论，拿着勺子一勺勺挖着陈屿舟给她点的布丁吃。

桑吟在椅子上瘫了会儿，转头问明芙："小美女，你有什么建议吗？"

明芙下意识想摇头，想起什么，从兜里摸出一张传单："要去玩、这个吗？"

是一家新开的密室逃脱，就在商场六楼，明芙过来的时候，在商场大门口发传单的小姐姐给了她一份，她后来忘记丢了，没想到现在还能派上用场。

桑吟拿过传单看了一眼："看着是挺不错的，可陈屿——"

话没说完，就看到了陈屿舟遥遥投过来的眼神。

桑吟会意，闭嘴。

不在学校不用穿校服，明芙也没那么板着，她今天穿了件较宽松的深蓝色背带裙，里面搭配白色的泡泡袖上衣，头发松松垮垮地绑了个低丸子头。

有一缕头发不听话地跑出来，陈屿舟看着那缕发丝，问她："想去？"

"看着、还可以。"

"那就玩这个。"

寿星和其中最有问题的人都同意了，其他人自然也没什么意见。

一群人浩浩荡荡地前往密室逃脱那家店。

明芙和桑吟还有郑颜艿走在一起，陈屿舟和程里在最后缀着。

程里还是觉得不可思议，压低声音确认似的问陈屿舟："你真要玩？"

"不然有假？"

陈屿舟怕黑，更不喜欢全封闭的环境，属于那种晚上睡觉都要开着灯放着电视入睡的程度，电视节目最好是《动物世界》，音量控制在三到五，解说老师那浑厚的嗓音让他有种国泰民安、风调雨顺的安全感。

像密室逃脱这种游戏，只要有陈屿舟在，他们都会避开。

结果这人今天自己主动往枪口上撞了。

"你是因为芙妹想去才松口的吧？"

陈屿舟一脸"你在说什么废话"的表情："那不然还能是因为你？"

"陈少，牛。"程里给他竖了个大拇指，"世界末日来了，丧尸吃完你脑子都得呸一下。"

陈屿舟瞥他一眼。

新开的这家密室逃脱店环境还不错，应该是做了宣传，开业第一天来的人就不少。

这家店一共有六个主题密室，其他五个都才开场不久，只剩下了最后一个。

工作人员正在跟他们讲这个主题的大概内容。

陈屿舟站在明芙身后，看见她裙子的背带滑了下来，伸了根手指过去给她重新挂到肩上。

明芙听得认真，被他这么一碰，吓得耸了下肩膀。

她一巴掌拍掉陈屿舟的手，扭头看他："不要，动手动脚。"

"这么凶？"陈屿舟为自己申冤，"我是看你带子掉了。"

"那你可以、告诉我。"

"告诉你了我还怎么给你弄？"陈屿舟理直气壮。

反正他总是有理，她说不过他。

明芙把脑袋转回去，继续听工作人员讲解。

小姑娘的皮肤是真的白，穿着简单宽松的衣服显得整个人特别干净。

之前垂在肩上的那一缕发丝现在跑到了胸前，蜿蜒着伸进略显宽松的领口。

陈屿舟往后撤了两步拉开了些距离，眼睛四处打量着转移注意力。

待看到门口放着的立牌后，他目光顿了下。

这好像是等会儿他们要玩的那个。

红黑两色搭配，海报中间是一个京剧演员的脸部特写，红色的血从眼里流出，海报左下角的一盏红灯笼将诡异恐怖的氛围拉满。

下方正中间写着密室主题的名字：B市会馆。

右上角写着恐怖程度：中恐。

这有点儿瘆人啊！

工作人员把大概内容和注意事项都跟他们讲完后领着他们进去。

陈屿舟和明芙并排走在一起，见她脸上一片淡然，陈屿舟揪了下她的小丸子："不害怕？"

明芙摇头："不怕。"

没得到想要的答案陈屿舟也不气馁，拖腔带调地说："我怕，你一会儿保护保护我，成不成？"

明芙下意识握了下手:"那你,干吗还玩?"

陈屿舟黑沉的眸子看着她,目光灼人:"你说呢?"

"不知道。"

陈屿舟气不过地捏她脸:"又装傻。"

"没有。"明芙脑袋往后仰,躲开他的手,"你不要、总动手。"

说完,继续朝前走,跟上大部队的步伐。

陈屿舟站在原地,挠眉笑了下。

这家店装修得很有氛围,幽暗的灯光,复古的壁画,走廊里明明没有一扇窗户却能听到风刮过的簌簌声。

桑吟看了眼风轻云淡的陈屿舟,转头和明芙说悄悄话:"一会儿进去你看着点陈屿舟,他怕黑。"

原本陈屿舟说他怕黑,明芙是不太信的,毕竟这人经常逗她,现在桑吟也说了,她又不确定了。

"真的吗?"

"真的,他从小就怕,具体原因你想知道就问他。陈屿舟这人要面子,不愿意让别人知道,但如果是你,"桑吟战术性停顿了下,继续说,"我觉得他肯定愿意让你知道。"

明芙还是没忍住,问:"那你、不管吗?"

桑吟不明所以:"我管什么?"

明芙张了张嘴,那句"你不喜欢陈屿舟吗"怎么都说不出口。

问出刚刚那个问题已经是她的极限。

桑吟好像懂了什么,"啊"了声:"你不会以为我喜欢陈屿舟吧?那不可能。"

桑吟的声音又低了些:"而且我们从小一起长大,见过对方太多糗样了。我现在还记得我们小时候在大院里玩泥巴,他不小心摔了一跤,糊了一脸泥,摔得也没多重,但这人少爷脾气上来了,直接坐地上哭,没人理他他就不起来,脸上的泥巴也不擦,哭到最后还冒了个鼻涕泡。"

她在胸前比画了个叉:"真的,完全心动不起来。"

明芙想了下桑吟刚才描述的画面，又扭头看了眼陈屿舟。

少年穿着简单的白衣黑裤，肩膀宽阔，手臂懒散地垂在身侧，青筋若隐若现，腕骨卡着一块机械运动风手表，干净又矜贵。

好像很难将现在的他和玩泥巴被糊了满脸的小屁孩联系在一起。

陈屿舟见她看自己，微微俯身："怎么了？"

明芙摇摇头，转回去。

嘴角扬了下。

好像，还挺可爱的。

这时，工作人员也把他们带到走廊最里面，打开门："祝你们玩得愉快。"

他们玩的这个主题以民国时期为背景，目标是揭开盛极一时的 B 市会馆突发命案背后的真相。

第一个屋子由于是刚开始，没布置什么恐怖元素，但为了营造氛围，在墙壁上摆了一盏红烛，明明灭灭。

其他女生见状，都有点儿犯怵，但一想到身边有那么多人，就放心下来。

明芙偷偷打量了眼身边的陈屿舟。

男生闲散地插着兜，打量着四周，乍一看，好像并不害怕的样子。

明芙的眼睛落在他绷直的嘴角，想了想，把手递过去。

陈屿舟多少有点儿高估自己，自从那件事过后，他就再没有在这种昏暗的环境里待过，突然来这一次，即便知道身边有人，他也控制不住心里下意识涌上来的悸动。

正四处瞅着，一只白嫩的手突然出现在视野里。

他看过去，明知故问："干什么啊？"

他本来以为明芙会保持沉默等他自己了悟，没想到她又把手往他这边递了递，紧接着，温软的嗓音在耳边响起。

"要牵吗？"

"牵。"

陈屿舟覆上她的手，心悸瞬间平静，他细长的指骨插进她的五指，紧紧地扣住："抓住了，你跑不掉了。"

明芙撇过头去，声音淡淡："幼稚。"

陈屿舟笑起来，清冽的嗓音蕴含着纵容和宠溺："你越来越嚣张了啊明芙,都敢说我了,再这么下去我看你是要骑我头上来了。"

明芙狡辩:"才没有。"

"挺好。"

两个小时的密室新体验一直让陈屿舟的心情处于极度愉悦的状态,那感觉就像往碳酸饮料里丢了一整包曼妥思,气泡咕噜噜地往上冒。

黑暗环境带给他的影响不能说完全没有,那些难堪的记忆碎片还是会突然闪现,但是一想到明芙就在身边,他就踏实。

但很快,这份愉悦就消失了。

在规定时间还剩最后五分钟的时候,他们顺利通关。

一出密室,明芙就十分自觉地把自己的手抽了出来。

陈屿舟看着自己空荡荡的手心半天没能反应过来,再抬头的时候,在密室里还近在咫尺的人现在已经离他远远的了。

程里过来问他:"还成?感觉咋样?"

刚刚在密室里见陈屿舟身边有明芙陪着,他也没过去打扰。

"感觉——"陈屿舟的视线落在前方那道纤细的背影上,舌尖抵了抵上颚,"时间有点儿短。"

18

明天就返校了,他们也没再继续玩,从密室馆里出来就各回各家了。

陈屿舟自然不肯放过任何和明芙多待一会儿的机会,包揽了送她回去的任务。

他这人想做什么谁都拦不住,明芙也没再跟他废话。

看了眼时间,还早。

明芙站在商场每层的指示图前,一层一层地看着。

她在指示图上找到了家精品店,和陈屿舟一起过去。

陈屿舟问她:"不回家?"

"桑吟的生日、礼物,还没送。"

"没事,我送了。"陈屿舟懒散地笑着,"你不送也可以。"

明芙认真地摇摇头:"那是你、送的,不是我。"

"跟我分这么清楚啊?"

明芙没接他这句话,眼睛在一排排货架上扫着,看到最上方放着的奶黄色CD机模样的蓝牙音响后,拿了下来。

"这个,怎么样?"

音响顶端镶嵌着一个蹲在爆米花盒子里的小女孩儿,眼睛大大的,双手扒着盒子边缘。

是小姑娘会喜欢的东西。

陈屿舟看了眼,手指点了点那个小女孩:"别说,跟你挺像的。"

一点都不像。

她才没这么呆。

明芙绕开他,准备去付款。

路过他身边的时候,手腕突然被攥住,她不解地望过去。

男生懒懒地靠在货架上,手上不知道什么时候挂了个小挂坠,花栗鼠模样的。

"也送我个礼物行不?"

明芙还是第一次见到有人上赶着要礼物的,她说:"你又、没过生日。"

"谁说是生日礼物了,纪念日礼物不行吗?"

"什么?"

是在问什么纪念日。

"就,"陈屿舟想了想,"纪念我们俩认识的第五十天。"

明芙手指摩挲了下音响:"什么啊……"

"我不管。"陈屿舟开始耍赖,"你送不送?你不送我不走了。"

明芙脑海里不自觉浮现出陈屿舟小时候因为摔了一跤顶着一张泥巴脸赖在地上不起来的模样,不禁笑起来。

陈屿舟挑眉:"笑什么?"

"没。"

桑吟跟她说的这件事大概是不能让陈屿舟知道的,不然这位少爷得炸。

她把挂在陈屿舟手上的挂坠拿下来,和蓝牙音响一起拿去前台结账。

从商场里出来已经是傍晚时分,夏日的热风吹过,树叶簌簌作响。

矗立在街道两旁的路灯渐次亮起,在半空蜿蜒出一条银河。

正是下班时间,公交车站和地铁站人满为患,陈屿舟绝对不可能在这个时候搭乘这两样交通工具,打车也要好久。

明芙拽了下他的衣摆:"往前走、走吧,过了这里,应该就、好了。"
陈屿舟手指微动,克制住了想牵她手的念头。
两人不紧不慢地沿着街道往前走,一阵风吹过,明芙的头发乱了些,她抬手拢了拢。
"你为什么、怕黑?"她问。
陈屿舟手里拿着那个花栗鼠挂坠,指腹有一搭没一搭地蹭着它,有点儿走神。
突然听到明芙的问话,他反应了一会儿,说:"桑吟跟你说的?"
明芙点头。
陈屿舟侧头垂眸看着她,一贯的不正经:"那我要告诉你了,你能不能心疼心疼我啊?"
明芙没回答。
"又装听不见了,是吧?"陈屿舟哼了声,收回视线,抬手揉了下后脖颈,"也没什么,小时候被绑架过,在小黑屋关了五六天,留了点后遗症。"
陈屿舟和霍砚行是亲兄弟,一个随父姓一个随母姓,霍父早年间创业,成立华臣集团,手段雷厉风行,在商场上树敌不少。
一次招标会,华臣拿下案子,其他几家公司竞争失败。
其中一家名为百利的公司濒临破产,指望着靠这次招标会起死回生,结果被华臣拿下了,百利的老总因此记恨上了华臣,觉着如果没有华臣,他也不至于走投无路。
霍父霍母感情恩爱、家庭美满是尽人皆知的事情,霍父更是喜爱两个儿子到了骨子里,当年霍砚行才上初中,学校管理严格,百利的老总无法下手,只绑架了陈屿舟。
他不要钱,只想让霍家不好过。
陷入癫狂的人是没什么理智可言,百利老总遛着霍家和警方玩了三四天,辗转了多个地方。霍家很宝贝这个儿子,警方也不敢轻举妄动。
百利老总情绪起伏特别大,好像精神出了什么问题,一个不爽就对陈屿舟拳打脚踢,偶尔心情好了,会给陈屿舟饭吃,但也都是丢在地上,让他捡着吃。
陈屿舟不吃,他就打人。
年仅六岁的陈屿舟小小的一个,毫无还手之力,被关在连窗户都没有的屋子里将近一周才被救出来。

此后一年，陈屿舟都没开口说话，休学在家进行心理治疗。

他怕黑也是从那个时候开始的。

桑吟和程里知道这件事，是因为被父母耳提面命叮嘱过多次。

陈屿舟语气淡淡，脸上也是一片云淡风轻，平静得像是在说别人的事情。

明芙愣住。

她的头发长长了不少，拢在耳后被风一吹还是跑到了前面。

发梢刮过眼角，刺得她眼眶猛然一酸。

明芙连忙把头发别到耳后压住，低头看着地面，"哦"了一声。

"哦就完了？"陈屿舟不满意她这个反应，戳了下她的脸，"你这时候难道不应该安慰一下我吗。"

明芙第一次没有躲开，她悄悄舒了口气，偏头看陈屿舟："你现在、不是没事？"

"……"陈屿舟稍微使了点力捏她的脸，控诉她，"明芙，你没有心。"

往前走了一段路打车就容易多了。

陈屿舟拦了辆出租车，打开车门让明芙先进去。

两人各占据着车子的一边，谁都没有说话。

明芙看着窗外，街景飞速倒退，晃得她一阵眼酸。

出租车在小区门口停下，陈屿舟跟着明芙下车。

"明天什么时候回学校？"

"下午吧。"明芙问，"怎么、了？"

"过来接你，那么多书你一个人拿得了？"

明芙点点头。

陈屿舟难得见她没拒绝自己，又捏了下她的脸："行了，进去吧。"

明芙转身往小区里走。

下车的地方距离小区大门口只有几步远，拦截车辆的栏杆横在保安亭旁边，保安大叔正坐在屋里看着家庭伦理剧，嘈杂的争吵声从窗户里飘出来。

明芙往里面看了眼，收回视线的时候她透过窗户看到了还站在原地的陈屿舟。

少年身姿挺拔，头微低。

背后是染红了半边天的夕阳，风一吹，宽松的T恤贴在身上勾勒出他劲瘦的腰。

拎着礼品袋的手紧了紧，明芙放弃了和心底真实想法进行抵抗。

陈屿舟低垂着的眼正要抬起，视线里突然多出了一双小白鞋。

他抬头。

少女柔软的发丝扫过他的锁骨，整个人贴在他身前。

陈屿舟顿了一下。

"干什么呢你这是？"

吊儿郎当的话，嗓子却是有点儿哑。

明芙小心翼翼地环着他的腰，手往上拍了拍他的背，因为紧张，结巴得更严重："这、这个安、安慰……"

她抠了下掌心，强迫自己镇定下来："可以吗？"

第三章

年少心动

Un coup de foudre

19

一直到洗完澡快要睡觉的时候,明芙还没能从那一抱中回过神来。

那个拥抱完全是她冲动之下的结果。

但这个念头却是从听陈屿舟说完那件事之后就起了的。

将近一周暗无天日的生活被他寥寥几句带过,明芙不敢去细想。

她的性格一向内敛,几乎没有外放的时候。

可当她看到陈屿舟孑然一身地站在那儿,想去抱他的冲动却是怎么都压不下去。

从最初见到陈屿舟开始,他就是一呼百应的天之骄子,被众人簇拥,他走到哪里,哪里就是焦点。

接触之后发现,他无赖又有点儿坏,总是喜欢逗她,拖腔带调地说着让她羞恼的话。

但偏偏就是让人讨厌不起来。

陈屿舟就该永远都是随心所欲无所顾忌的样子,像今晚那种阴郁落寞的神情,永远都不应该出现在他脸上。

"叮"的一声,打断了明芙的出神。

心里像是有了预感似的,她拿过手机,果然是陈屿舟发来的消息。

C:在干吗?

明芙捧着手机,苦恼地咬了咬唇,白皙的耳尖一点点红起来。

少年身上好闻的冷香好似还萦绕在鼻端,一呼一吸间都透着灼热。

明芙的拇指悬在屏幕上半天,匆匆打了几个字发过去后立刻丢了手机。末了,又掩耳盗铃一般把手机扣了过去。

另一边。

陈屿舟等了半天,"对方正在输入中"的字眼不断出现在聊天框最上方,最后却只等到了一条"要睡了"的晚安消息。

他拨了下挂在床头的那只花栗鼠,从鼻子里哼了个单音出来:"小屁包。"

桑吟说得没错,只要明芙问,陈屿舟就一定会告诉她。

只是陈年回忆再次被翻出来,他还是克制不住心底的躁意。

但是当小姑娘给他一个轻轻的拥抱,磕磕巴巴地说"这个安慰可以吗"的时候,陈屿舟觉得那颗躁动的心瞬间静了。

一想到这儿,他又忍不住笑出声。

"笃笃"两声敲门声响起,陈屿舟敛了笑:"进来。"

门被推开,霍砚行修长的身影出现在门口。

陈屿舟喊了声:"哥。"

霍砚行拿着个礼盒进来,递给他:"有空把这个给桑吟。"

陈屿舟接过来看了两眼:"生日礼物啊,你怎么不自己给?"

"我给她不会要。"

陈屿舟坐在床上,手往后撑:"可我的礼物已经送出去了,再送一个怎么算啊!"

霍砚行居高临下地瞅着他:"那是你的事。"

陈屿舟抬了只手算是投降:"得,保证给你办好。"

霍砚行这才满意地收回视线,余光看到他床头挂着的东西后,顿住:"你买的?"

陈屿舟顺着他的目光看过去:"不啊,别人送的。"

"听老吴说,你换了个女同桌?"

吴鹏旭当年也教过霍砚行。

陈屿舟"嗯"了声。

霍砚行一听就明白了什么:"注意点分寸,别到时候因为早恋叫家长。"

"我就算想,人家也得给我这机会啊!"

霍砚行点了点头:"那挺好。"

说完,转身出了陈屿舟的卧室。

陈屿舟:"……"

好什么?

第二天下午三点,明芙抱着从学校搬回来的那一摞书出了门。

陈屿舟已经在小区门口等着了,见她过来,十分自然地接过她手里的书,然后把拎着的奶茶递给她。

"过来的时候看到了家新开的店,买了杯带给你尝尝。"

陈屿舟经常给明芙带吃的,次数多了明芙也就习惯了。

她没看他,接过奶茶小声嘀咕了句"谢谢"。

陈屿舟"啧"了声:"不就是抱了一下吗,你怎么羞得这么大劲?"

本来过了一晚上,心情已经平静了一大半,现在又被他这么直白地提出来,一股热意直冲脑门,明芙臊得不行:"你闭嘴!"

陈屿舟挑眉:"一晚不见脾气见长啊。"

明芙不理他,拆了吸管戳破塑料封层,刚吸了一口,车鸣笛声响起。

两人齐齐往声源处看去,等看到驾驶座的男人后,明芙往后退了一步。

是杨铭。

陈屿舟注意到她这个举动,微不可察地皱了下眉,看向杨铭的眼里多了点探究。

"这不是我们家二小姐吗,"杨铭朝他们吹了声口哨,"去学校啊?"

家庭原因,明芙对周围人的态度很敏感,她知道杨铭不喜欢自己,她也没想过要和他搞好关系,而且第一次见面杨铭给她的感觉是真的很不好。

那种放肆打量的眼神和轻浮的语气都让明芙觉得厌恶。

到底顾及着徐欣荣,明芙"嗯"了声。

"用不用哥哥送你们去啊?"杨铭的目光在陈屿舟身上转了一圈,"这是你朋友?"

"不用。"明芙平静地看着他,"我们、先走了。"

她扯了下陈屿舟的衣摆。

陈屿舟淡淡地瞥了眼杨铭,跟着明芙离开。

杨铭被少年沉冷的目光盯得一时忘了反应,等回过神来,面前已经没了两人的身影。

他不屑地嗤了声。

公交站离小区有些距离,需要走一段路。

陈屿舟每次出门不是打车就是家里司机接送,从不坐公交挤地铁,他才懒得体验什么生活。

但明芙还挺喜欢坐公交的,尤其喜欢坐在窗户边,看着街上形形色色的人群和川流不息的车辆,她觉得很舒服。

陈屿舟死乞白赖非要接送人家，自然得依着她。

人和人之间的磁场真的挺奇妙的，有的人在一起嘴巴不停地讲话也还是会觉得尴尬，有的人在一起什么交流都没有，光是站在那里，周身的气场都显得很合拍。

明芙和陈屿舟明显属于后者。

两人谁也没出声，走着走着，陈屿舟突然抬手拽了下明芙。

明芙正出着神，被陈屿舟拽得一个趔趄，上半身撞到他的怀里，下意识仰头看他。

"说了多少遍让你看路，长这么俩大眼睛就为了好看是吧？"陈屿舟张口就是一通训，"以后靠碰瓷你都能发家致富了。"

明芙扭头看了一眼，距离她两步远的位置戳着根电线杆。

她"哦"了声，挣了下胳膊，示意陈屿舟放手。

陈屿舟松开她，垂下手，捻了捻指尖。

奶茶加了冰，外壁覆着涔涔水珠，不一会儿，连成线地往下滴。

明芙从包里拿了张卫生纸擦干，低头搅着吸管。

过了会儿，她歪头看了眼身边的陈屿舟："你不问、我吗？"

太阳直接照到脸上，刺得她眯起了眼。

陈屿舟拿了本书举着给她挡光："问什么？你想说自然就说了。"

他这人不喜欢刨根问底，也没那么多八卦的心，每个人心里都有属于自己的秘密，强行打探不礼貌，也没意思。

看明芙刚刚对那个男人的态度，陈屿舟多少能猜到他们之间没有什么好事。

明芙愿意跟他讲，那说明她信任自己，他会很开心。

但如果她不愿意说，他也不问。

大概是因为昨天知道了陈屿舟的秘密，明芙也多了些想跟他倾诉的欲望。

"他是我妈妈、再婚、对象的、儿子。"

"再婚"两个字，明芙说得极轻，几乎让人听不到。

"我爸爸、在我读初中时去、去……"后面那个字明芙怎么都说不出来，她索性放弃，"在那、前一年，妈妈就提、提了离婚。"

明芙从记事开始，就知道爸爸妈妈之间的感情好像并不好，她能感觉到爸爸很爱妈妈也很爱她，但是妈妈好像对这个家很冷淡。

在她的记忆里，徐欣荣抱她的时候几乎没有。

明芙说话结巴，也是因为有次明成德出差，家里只有徐欣荣。她当时五岁，跟徐欣荣说了不舒服，徐欣荣也没上心，只让她去睡觉。

等明成德当晚回来的时候，明芙已经烧迷糊了，才留下了这个后遗症。

她那时候年纪还小，不懂为什么其他妈妈都很疼爱自己的孩子，徐欣荣却总是对她爱搭不理。

她一直以为是自己做错了什么才导致徐欣荣不喜欢自己，所以在她面前总是很小心。

爸爸哄她说妈妈就是那样的性格，对谁都一样，不是不喜欢她。

小明芙对爸爸的话深信不疑，主动去亲近徐欣荣。

可依旧没什么效果，等她再长大一点，徐欣荣就和明成德提了离婚。

那天是明芙第一次生理期，裤子被弄脏了，下午的自习课老师给她放了假，她提前回家。

明芙刚收拾干净，准备去洗衣服的时候，门锁转动的声音响起，徐欣荣和明成德一前一后地走进来。

她还没来得及出房间，就被徐欣荣说的"离婚"二字钉在了原地。

紧接着徐欣荣和明成德争吵的声音从狭窄的门缝里传进她的耳中。

她这才知道徐欣荣总是对她和爸爸很冷漠的原因。

早在和明父结婚之前，徐欣荣就和杨枭群交往过，但是徐欣荣出身一般，杨家那种豪门大户是绝不可能让一个对杨枭群事业毫无帮助的女人进门的。

后来杨枭群和家里安排的联姻对象结婚，徐欣荣拖了几年，最后也在家里人的安排下和相亲对象，也就是明成德结婚了。

徐欣荣长得很漂亮，明芙的长相大都遗传了她，明成德对徐欣荣可以说是一见钟情，结婚后对徐欣荣也是百般呵护，知道她心里有别人也不介意。

再后来明芙出生，徐欣荣和明成德的关系亲近了一段时间。

但也仅仅只有一段时间而已，明芙七八岁的时候，杨枭群找上了徐欣荣。

明成德是高中老师，很斯文儒雅的一个人，和杨枭群是完全相反的类型。如果没有杨枭群的出现，徐欣荣也有可能会接受明成德。

初恋情人回头，而且又比现在的丈夫优秀那么多，徐欣荣很难不心动。

两人恢复了联系，徐欣荣出去的次数也一天天增加。

明成德是知道的，但他也知道这件事一旦捅破，他和徐欣荣的婚姻也走到头了。

这段关系又稀里糊涂地持续了几年,杨枭群的妻子因病去世,徐欣荣也和明成德提了离婚。

他们两个吵架的时候明芙就在房间里听着,不管明成德说什么,徐欣荣都铁了心要离婚。

明成德一向对徐欣荣没办法,这次也同样。

他同意了离婚,条件是明芙跟他。

徐欣荣对此一点意见都没有,她巴不得明芙跟着明成德,永远不要去打扰她。

两人离婚后,明成德消沉了很长一段时间,想起明芙这个女儿,他又强迫自己振作,但是没过多久就昏倒在了讲台上。

癌症查出来就是晚期,回天乏术。

她还记得,明成德躺在病床上,拉着她的手叮嘱她以后和妈妈一起生活,要听妈妈的话,不要让妈妈费心。

明成德去世后,明芙的抚养权又落到了徐欣荣身上,但那个时候她才和杨枭群正式在一起没多久,根本不想管明芙,便把她送到了外婆家。

外婆对明芙还算不错,其实她原本也不想管明芙,因为她还要照顾比明芙小两岁的表弟,相比明芙,她更喜欢明芙的表弟,因为表弟是男孩子。

是徐欣荣说会定时打生活费,外婆才勉为其难地同意了。

家里有什么好吃的好玩的,外婆也都先拿给表弟。

明芙开始也羡慕过,后来就变得不在意了。

她不喜欢争抢,没有意义。

真正把她放在心上的人,无论什么时候都会惦记着她。

就像她爸爸一样。

但她那个时候已经没有爸爸了。

那段时间明芙觉得自己真挺像一个拖油瓶的,累赘一样,没人愿意要她。

等到她上高二,外婆去世,这个时候徐欣荣和杨枭群也在一起好多年了,感情稳定。

明芙在外婆的葬礼上见到了徐欣荣,距离上次见到她已经过去快一年了。

徐欣荣只有在过年的时候会抽半天时间来外婆家坐坐,每一次见到徐欣荣,明芙都觉得很陌生,但也是有欢喜的。

看着安静乖巧的明芙，徐欣荣那点微弱的母爱总算被唤醒，想着明芙已经这么大了，也懂事了，才把她接到了B市。

整个故事也没有很长，明芙断断续续地说着，陈屿舟安静地听着。

走到公交站，故事说完，明芙的奶茶也喝完了。

小姑娘也是很有个性了，讲故事喝奶茶两不误。

她把奶茶杯丢进垃圾桶，手上汗津津的，摸出卫生纸，正要擦的时候，纸被人抽走。

手腕被陈屿舟攥住，他拿着纸巾，细致又温柔地给她擦手。

他抱着的那摞书不知道什么时候被放到了椅子上。

"明芙。"陈屿舟突然喊她。

明芙愣了半拍，抬头看他："啊……"

"不用因为那些人不高兴。"他看着她，"你缺的，以后我都给你补回来。"

20

高三学生毕业后，高二年级的学生就搬到了高三的楼层，教室的位置没有变化，只是上移了一层。

从准高三生变成高三生，也预示着他们将会迎来最短的一个暑假，黑板旁边也挂上了"高考倒计时365天"的牌子。

期末考完试，高二放假，高三开始补课。

日子一天天热起来，即便什么都不做，坐在四五十人的教室里，呼吸都觉得憋闷。

长立校长秉承着艰苦奋斗的原则，除了学校大礼堂外，愣是没给一间教室里安装空调，三扇风扇吊在顶上慢悠悠地转着，带起的风完全可以忽略不计。

陈屿舟是绝对不会委屈自己的人，没有条件就创造条件。

他买了两台小风扇，还夸张地弄了个粉蓝的配色，把粉色的那台给了明芙。

当时明芙正在背书，陈屿舟把风扇放到她桌上的时候，她盯着风扇看了几秒，又看了两眼陈屿舟的那台。

陈屿舟早就摸透了她的脾性，直接给她什么东西她不会要，但只要加上一句"不要就丢"，她总会无奈收下，百试百灵。

见她沉默的时间有点儿长，他正准备使出老招数的时候，小姑娘突然动手，把粉色风扇往自己跟前挪了挪，按了开关，舒舒服服地吹起了风。

这算是收下了。

陈屿舟对此十分满意，但是嘴上还是欠欠的："怎么不跟我见外了？"

他感觉得到明芙对他的态度有了明显的变化，以前教她一道题都不忘在草稿纸上道谢，现在给她东西，都收得这么坦然了。

明芙没看他，不紧不慢地翻了页书，才说："不要、白不要。"

陈屿舟笑了，习惯性地去捏她的丸子头："不错啊，觉悟见长。"

天气越来越热，明芙也没再扎过马尾辫。

天天顶着一颗圆滚滚的丸子，倒是造福了陈屿舟。

又是"啪"的一声，陈屿舟的手被打了。

吴鹏旭不知道什么时候出现在两人身后，竖着眉毛瞪着陈屿舟："又抓人家头发！你怎么一天天的手那么欠？要不知道干什么就把语文古诗从头到尾抄十遍！语文老师跟我说你这次语文古诗默写一个字都没写。写了作文不要古诗，捡了西瓜就不要芝麻了是吧？你要是写了古诗默写，就和明芙并列第一了。"

期末考成绩出来，明芙的名字高居榜首，陈屿舟紧挨着她排在第二。

成绩出来的时候，班上的人都惊了一下。

两人一个716分一个706分，甩开第三名一大截。

都说男生对于理科的理解能力会更强一点，但是看成绩单，明芙物化生的分数跟陈屿舟不相上下。

要不是陈屿舟古诗默写全空，两人之间的十分之差估计是不存在的。

一想到自己明明可以坐拥两个年级第一，却被陈屿舟这浑小子给耽误了，吴鹏旭就一阵心痛。

吴鹏旭一张嘴不停地训着陈屿舟，肚子上的肉也跟着一颤一颤的。

明芙看了一眼，没忍住，抿唇笑了一下。

陈屿舟靠在椅背上侧头看着吴鹏旭："您怎么每次都神出鬼没的？"

"你要不干亏心事会怕我突然出现？"

"谁怕了？不是，谁干亏心事了？"

吴鹏旭："你揪人家明芙辫子不算？"

陈屿舟坐直了点，跟吴鹏旭争辩："这怎么就是亏心事了？这明明是促进同学间关系的友好举动。"

"你就强词夺理吧！"吴鹏旭看向明芙，声音一下子柔了八个度："丫头没事，老师给你撑腰，他刚刚是不是欺负你了，你大胆说。"

明芙想了想吴鹏旭刚刚说的话，随后点头。

陈屿舟："……"

吴鹏旭："看到没？你赶紧，整本书古诗从头到尾给我抄十遍，省得你这爪子不老实。"

陈屿舟："……"

得。

他算是看出来了，吴鹏旭就是借着明芙罚他呢！

临走的时候，吴鹏旭瞥见两人桌子上放着的一粉一蓝同款小风扇，又凶煞似的瞪向陈屿舟："你小子给我老实点，别忘了当初在办公室跟我发的誓，别到时候应验了。"

陈屿舟服了："您怎么还记着呢！"

吴鹏旭没说话，只"哼"了一声，就背着手转身朝讲台走了。

陈屿舟木着张脸收回视线，转头去看身边的小白眼狼："来，你跟我说说我怎么欺负你了，还联合老吴一块儿坑我。"

"谁让你、不写默写。"

到了高三，三年来所有的书本都搬到了教室，每天还有各种不同的复习资料发下来，书桌早就放不下了，放眼望去，整个教室里每个人的桌子上都放着一摞书。

听明芙这么一说，陈屿舟明白了她心里打的算盘。

想到期末考的成绩，他意味不明地笑了声。

"管我啊。"他胳膊靠在桌上的那摞书上，手指懒懒地夹着根笔点了点书，"不知道我不服管吗？"

明芙没什么反应："那你别、写。"

小姑娘表情很淡，完全一副"随便你怎么样，反正都跟我没关系"的高贵小模样，偏偏说话慢吞吞的，又有点儿可爱。

陈屿舟简直被她拿捏得死死的。

"写，你都放话了我哪敢不听啊！"

他抽了个本子出来，翻开书，老老实实地抄起了古诗。

明芙见状，眼睛稍弯，也转头继续背书。

陈屿舟慢吞吞地抄了两行，脑子里乱七八糟地想着，等想起当初在办公室吴鹏旭逼着他发的那个誓的时候，他撂了笔，有点儿烦地"啧"了声。

下午的第一节课最是让人犯困，节奏不变的蝉鸣声和空气中流动的热气，让人昏昏欲睡，哪怕讲台上的老师讲得慷慨激昂唾沫横飞，也不耽误底下的学生打瞌睡。

明芙的睡眠质量一向不怎么好，晚上睡不好白天精神就不太好，天气凉快的时候还好，一到夏天就特别容易犯困。

眼前的东西逐渐变得模糊，眼皮越来越沉重，脑袋往下磕了一下，明芙骤然清醒，眨了两下眼，定睛一看，摊在桌子上的物理书边缘被笔画了道印记出来。

她晃了晃脑袋，稍稍坐直了点身子，眼睛盯着那道痕迹，蹙了蹙眉。

明芙有点儿强迫症，随便画出来的那道深浅不一的痕迹落在她眼里，着实有点儿难受。

她拿着笔，将颜色浅的那部分涂深，又画成一滴水滴，看着倒是舒服了点。

把手收回来，一阵风吹来，碎发扑到脸上，明芙抬手将头发重新别到耳后，稚嫩的声音传进耳中，她偏头往窗外看了眼。

两个小萝卜头举着冰激凌从窗外跑过，大概是老师们带过来的小孩。

胳膊被人碰了下，一句小声的"老师来了"惊得明芙扭头看去。

结果却看到了陈屿舟蓦然凑过来的身影，而老师还稳稳地站在讲台上写板书。

她往后退去。

手里攥着的笔落在陈屿舟手里，男生上半身倾过来，覆上了她桌上物理书的半边。

他干什么？

还没等明芙问，陈屿舟就坐直了身子。

明芙看向自己的书，发现那道被她不小心画出来的痕迹已经变成了一颗心，旁边多出来一个简笔画小人，手比成枪的样子，以及三个好似自带音效的字母——"biu"。

什么乱七八糟的……

101

"画一半看着多难受，给你补全整颗心了，不用谢。"

男生懒懒的声音从旁边传来，刻意压低的嗓音里带着夏日午后的困倦。

明芙把书往自己这边挪："谁要谢你……"

陈屿舟却来了兴致，按住她的书，又在旁边画了朵玫瑰，末了大方道："送你的。"

越画越离谱了。

明芙使了点力把书从他手底下抽出来，看了两眼那朵玫瑰，拿过笔袋盖在上面。

陈屿舟哼笑了声，没戳破她这个掩耳盗铃的行为。

老师讲完了卷子，离下课还有十五分钟，便让他们自习，有什么不懂的上去问她。

陈屿舟一手托着腮，另一只手里拿着笔在转，白色的耳机明目张胆地挂在耳朵上，一点都不怕老师看见。

他百无聊赖地在教室里看了一圈，视线最终又落到了明芙身上。

小姑娘的腰杆也总是挺得笔直，没有半分懈怠，胳膊规规矩矩地放在桌子上，校服袖子卷到小臂处，露出一截白皙的手腕。

细得好像用力一握就能折似的。

再往上，是修长的脖颈以及被校服领子托着的锁骨。

两三点的太阳从窗户外斜斜地打进来，将明芙圈在其中，阳光照在她身上，好像给她笼了层光晕。

温软柔和，让人不自觉想要去靠近。

许是他的视线太过专注，陈屿舟看到女生转过头来，不明所以地看着他："你、看我、干什么？"

小姑娘的嗓音压得低低的，那点微弱的声音跟陈屿舟耳机里富有节奏感的音乐一比，小得不行。

可陈屿舟竟然把她的话听得一清二楚。

指间转着的笔蓦地停下，陈屿舟轻"啧"了声，摘下右耳的一只耳机，不由分说地塞到了明芙的耳朵里。

明芙被吓了一跳，下意识地往后躲。

陈屿舟抓着她的手腕给人带回来："躲什么，我是能吃了你还是怎么着？"

他扫了眼攥着的那截手腕，明明腕骨卡在掌心，他却莫名感觉有点儿软。

陈屿舟不动声色地放开她，把掉落的耳机重新给她戴上，切掉重金属的摇滚，换了首歌："看你学习挺累的，给你听会儿歌，放松放松。"

舒缓的吉他声从耳机里响起——

　　愿我会揸火箭
　　带你到天空去
　　在太空中两人住
　　活到一千岁都一般心醉

缠绵的歌声紧贴着耳朵响起，与耳机里的歌声重合在一起的，是身边男生的哼唱："有了你开心的，乜都称心满意。"

明芙再次转过头，看向陈屿舟。

陈屿舟靠在椅背上，头低着，后脖颈的骨头凸出，侧脸线条利落流畅，点点细碎的阳光染上他的眉眼鼻骨，明媚又漂亮。

视线里的少年突然侧过头，精准地捕捉到了她的目光，笑得有些坏："偷看我啊小同桌。"

细小的尘埃在空气里飘浮，耳机里的歌声好像在瞬间增大——

　　我与你永共聚，分分钟需要你

这是首粤语歌，有些歌词明芙听不太出来是什么意思，但是这句，她听懂了。

"咚"的一声，她的心跳重了一拍，她想挪开视线，却始终没有行动。

"你刚刚、也，"明芙顿了顿，省去一个字，"看我了。"

言下之意就是，你刚才偷看我，我现在只是礼尚往来而已。

"这么小气啊，我看你你还非给我看回来？"

男生拖腔带调的，语气是熟悉的不正经。

"那我还给你听歌放松了呢，你是不是该报答报答我？"

明芙："我没让。"

话没说全，陈屿舟却听懂了她的意思，笑了："搁这儿得了便宜还卖乖呢，我以前怎么没发现你也挺坏啊。"

103

明芙眨了下眼，没再说话，转过头继续做卷子。

过了会儿，她往旁边递了张字条：这首歌叫什么？

陈屿舟看了眼，拿起笔，在纸上写了几个字，把字条推回去。

陈屿舟的字都是潦草居多，可每次和明芙传字条的时候，写的字都会格外清楚，这次也不例外。

男生的字迹遒劲有力，自有风骨，却又透着几分郑重——

分分钟需要你。

21

下午最后一节课下课，明芙照旧和郑颜芗去学校外面吃饭。

陈屿舟被热得没胃口，干脆和程里几个人去操场打球。

路上碰到了张立，他也跟了过来。

一见到陈屿舟，张立就贱兮兮地笑了起来："怎么样啊屿哥？和芙妹怎么样了？"

陈屿舟当初和张立打赌，没一个月，陈屿舟就去找了张立，说这赌他不打了，还警告他不准再打明芙的主意。

当初陈屿舟答应跟他打赌的时候，张立就觉得奇怪，等看到他那护犊子的模样也明白了。

陈屿舟多半是认真了。

张立是个嘴比脑子快的，他还从没见过陈屿舟对哪个女生这么在意过，当下也不怕陈屿舟了，说："那可不行啊，规矩在那儿摆着哪儿能说不打就不打？要不屿哥你认输，给我当小弟就算了。"

话说完，陈屿舟盯着他看了半晌。

张立后知后觉自己说了什么，再看看陈屿舟蹙起的眉头，胆战了一下，正要说点什么补救，就听一声"行"从陈屿舟的牙缝里挤了出来。

张立当即目瞪口呆。

时至今日，张立回想起当时的场景，依旧觉得不可思议，每次见到陈屿舟都要调侃他一句。

和芙妹怎么样了？

陈屿舟乜了他一眼："瞎叫什么，人家没名字？"

张立举手投降:"行行行,明芙,明芙行了吧,看你宝贝得,怎么不干脆把她揣兜里带着,天天看着?"

他倒是也想。

心里这么想着,嘴上说的却是另一番话:"你懂什么,真正喜欢一个人不是占有和掌控,是给她自由,知道吗?"

"……"

空气静默了一瞬,随后爆发出一阵笑声。

程里和张立笑得尤其大声。

陈屿舟脸上闪过一丝不自然,强撑着大佬风范:"很好笑?"

其他人这时候倒是不怕了,依旧笑个不停。

程里胳膊搭着陈屿舟的肩膀,竖了个大拇指给他:"哥们儿,觉悟真高。"

张立接话:"没看过几百部狗血偶像剧都说不出这么酸的话来。"

陈屿舟直接一个球丢过去:"那怎么没酸死你?"

张立接住球,憋了一会儿,又忍不住笑起来。

陈屿舟被他们笑烦了:"还打不打?不打走了。"

"打打打。"

程里忍着笑,冲其他人打了个手势,示意他们适可而止。

最后一节课跟晚自习之间只有四十分钟的休息时间,还有七八分钟上课的时候他们就准备回去了。

之前教过九班的体育老师从体育馆出来,看到他们这群人,眼睛从他们几个里面扫了一圈,最后瞅准一个人:"那谁,陈屿舟,正好,过来帮老师一个忙。"

一群人应声回头。

陈屿舟:"什么忙啊老师?我这还赶着回去上晚自习呢!"

体育老师才大学毕业没多久,跟他们差不了几岁,之前经常跟他们一块打篮球,都混熟了:"别扯了,我还不知道你什么样儿?回去上自习你也是坐着玩手机。"

"现在不一样了。"

"怎么不一样了?"

陈屿舟还没来得及说话,程里先一步接话:"他要回去陪他同桌写作业。"

陈屿舟照着他膝盖窝就给了一脚:"就你有嘴是吧?"

体育老师:"你这么上赶着黏人家干什么?别到时候招人烦。"

明芙才不可能嫌他烦。

这么一想,陈屿舟心里其实也没什么底,他叹了口气:"行吧,看在你教我两年的分上,勉为其难帮帮你。"

体育老师笑骂了一句:"臭小子,没大没小。"

陈屿舟笑了声,让程里他们先走。

他叮嘱程里:"明芙要是问了,你跟她说一声。"

程里挑了下眉:"那人家要是没问呢?"

陈屿舟:"你屁话怎么这么多?"

程里就喜欢看陈屿舟碰到跟明芙有关的事的时候明明特别上心还非要端着的别扭模样,乐了两声,最后被陈屿舟踹走了。

"学校新进了一批器材,堆在这儿还没来得及整理,你跟我搬搬,看着闹心。"

"叫我过来干苦力啊?"

"那不然你以为叫你过来捡钱吗?快点,早点干完早点回去。"

行吧。

陈屿舟和体育老师两人一起挪动着体育器材,都归整好之后,体育老师点了点数量,发现和单子上的数量对不上,他交代陈屿舟在器材室等一会儿,他去把单子拿过来对。

陈屿舟摆了摆手,示意他快去。

体育老师走后,器材室就剩下陈屿舟自己,他出来打球没拿手机,无聊得只能看墙上挂着的与体育运动相关的知识。

看到一半,一阵穿堂风吹过,"嘭"的一声,器材室的门被拍上。

陈屿舟愣了一下,走过去拽门。

器材室平常只用来堆放杂物和一些淘汰下来的体育器材,根本没什么人来,门年久失修。他这么一拽,没把门拽开,反倒是把门把手拽了下来。

这是一个百年名校应该出现的事情吗?

这个念头刚落,房顶的灯泡"嗖"的一下灭了。

七点多,外面的天已经暗下来了,器材室又处在阴面,只有装着门的这一面靠近天花板的位置有一扇小窗户,唯一的光源没了后,屋内光线更显得昏暗了。

"……"

玩他呢?

学校突然停电让高三整个楼层都沸腾了。

每天都过着起得比鸡早睡得比狗晚的日子,现在停电,学校肯定会提前放学。

停电的时候,明芙正默写着英语单词。

enthusiastic 最后一个字母刚写完,眼前突然一黑,下一秒耳边就炸起了一阵欢呼声。

抬头时看到周围昏暗一片,她才反应过来是停电了。

教室里突然失去光亮,程里亮起来的手机屏幕在黑暗的教室里格外显眼。程里连忙把手机倒扣在腿上,按了锁屏。

习惯性转头想跟陈屿舟说话的时候,才想起来什么。

"陈屿舟还没回来呢!"

他话音刚落,就看到一个模糊的身影跑出了教室。

程里跟明芙说了陈屿舟被体育老师叫过去帮忙的事,出了教学楼,她径直跑向体育馆。

器材室在体育馆一楼最里面,学校停了电,楼道里只有安全指示牌散发着幽幽的绿光,看起来有点儿瘆人。

明芙跑到器材室门口,敲了两下门:"陈屿舟?陈屿舟!你在、不在?"

微喘着气,语气里带着焦急。

"明芙?"隔着一层门,男生的声音有些模糊,"你怎么过来了?"

明芙咽了口气:"你、你别怕,我在门、门口。"

里面安静了几秒,没得到回应,明芙的心一下子被提起来,她又拍了两下门:"陈屿舟?"

她叫陈屿舟名字的时候从来不会结巴。

每次都很顺畅。

"我没怕。"陈屿舟说,"你别着急。"

从小经历的那些事情,造就了明芙内敛的性格,因为她觉得有些事情她在意和不在意的结果都是一样的,那不如不抱有期待,这样结果不尽如人意的时候也不会难过,所以她平常看上去总是平平淡淡的,好像对什么都不在意。

107

上一次情绪这么激动是在听完陈屿舟说他被绑架的经历的时候，这一次也还是因为他。

她不是个爱哭的人，可她只要一想到陈屿舟被关在黑漆漆不透一丝光亮的地方，就觉得眼眶发酸。

见不到他，明芙就放不下心，她四处看了看，对门里的陈屿舟说："你、等等我。"

她打开手机的手电筒，去旁边的屋子里搬了张桌子和一把椅子出来。

她把桌子放到那扇窄窄的窗户下方，又把椅子放上去，爬上去后，先敲了两下窗户，示意陈屿舟她在这里。

明芙试着扒了下窗户，幸好没有锁上。

她打开窗户，踮起脚，上半身探进屋子里，立刻开始寻找陈屿舟的身影。

等手机发出的白光勾勒出少年挺拔的身影后，明芙才松了口气。

陈屿舟站在窗户底下，仰头看着她："挺野啊你，这么高的窗户都让你爬了。"

明芙没说话，只盯着他。

陈屿舟笑起来，朝她张开双臂："下来吗？我接着你。"

明芙没有犹豫，点头："好。"

窗户窄是窄了点，但她瘦，硬钻也是能钻进去的。

知道陈屿舟在下面接着她，明芙一点害怕都没有，特别痛快地就跳了下去。

失重感瞬间袭上心头，紧接着腰间一紧，她跌入了一个温暖的怀抱。

熟悉的冷香涌入鼻腔，明芙只觉得踏实。

陈屿舟揽着她的腰往后退了两步，含着笑的声音在她头顶上方响起："跳这么爽快？万一我接不住你呢？"

"你不会。"

三个字说得斩钉截铁。

"这么相信我啊。"

明芙轻轻点了点头。

箍在腰上的力道紧了紧，陈屿舟没放开她，明芙也没挣开。

垂在身侧的手动了下，手电筒晃了下眼，因为着急而混乱的思绪一点点平静下来，明芙后知后觉她和陈屿舟现在还抱在一起。

脸"腾"的一下涨红，她挣扎着往后退。

陈屿舟倒是没得寸进尺，松开她，但是手还抓着她的胳膊："慢点，这儿东西多，别磕着。"

明芙举起手机扫了下四周，屋里堆满了各种各样的器材，还有两张乒乓球桌。

她指了下乒乓球桌："那儿有桌子。"

陈屿舟的眼睛一直落在她身上，漫不经心地"嗯"了声。

"那你、可以出、去。"

"嗯？"

他反应了两秒，转过弯来，笑了："不是你说让我等你的吗？那我肯定不能动了啊。"

明芙沉默下来。

是她冲动了。

陈屿舟见她垂着眼，好像有点儿懊恼的小模样，脸上笑意更甚："幸亏我没出去，不然就看不到你这么紧张我了。"

器材室里东西多，明芙来之前，他就准备从那个窗户钻出去来着，只不过刚要行动，就突然听到她在喊自己。

然后又听到她说让自己等等她。

陈屿舟还以为是等她去找老师过来开门，谁知道没一会儿就在窗户那儿看到了她探进来的半个身子。

举着手机，亮白的灯光冲着他这边，她隐在灯光后面，只有一个模糊的轮廓，可陈屿舟却觉得她比这直直射过来的光还要明亮耀眼。

没人知道他看到明芙出现的那一瞬间心跳得有多快。

那短短的几秒钟，他耳边听到的全是自己咚咚的心跳声。

震耳欲聋。

他站在下面仰视着她，眼里只能看得到她。

陈屿舟捏了下明芙的脸："总算给我点回应了啊，不用觉得不好意思。"

他的表达总是这么直白又热烈，好像从来不知道"掩饰"两个字怎么写，明芙已经很久没听到他说过这么直接的话了。

昏暗的环境里，明芙只觉得脸烧得更厉害了。

好在有黑暗的掩盖，陈屿舟看不到她的脸色。

她躲开他的手，拉开距离。

门口传来一阵窸窸窣窣的声音,两人一齐望过去。

程里和体育老师的身影出现在门口。

"舟舟!我来救——"程里一个箭步冲进来,等看到屋里还有第二个人的时候,脚步猛地顿住,"芙妹你真的过来了啊,我还以为我刚在教室里看错了呢!"

体育老师的目光在明芙和陈屿舟之间来来回回转了两圈:"我们是不是来早了?"

"……"

陈屿舟正要说点什么,就看到站在他跟前的小姑娘低着头快步冲了出去。

他下意识跟着走了几步,到了门口,回头看屋里的另外两个人:"你们两个就不应该来。"

22

后面一段时间一直在补课,高三的补课到八月十五号结束,学校给他们放了一个短暂的假期。尽管两个月的暑假变成了两个星期,但对于被折磨了几十天的高三生来说,已经要感恩戴德了。

明芙和之前一样,住在学校的宿舍,没有回去。

其间徐欣荣一次消息都没发来问她,明芙也习惯了,没什么太大反应。

寝室一共四个人,郑颜苎和另外一个舍友今天下午放假的时候已经拎着行李回了家,还剩下明芙和另一个女生李妍妍一起,倒也不算太孤单。

洗漱完躺上床,放在枕头边的手机像是算好时间一样亮起来。

不用看都知道是谁发来的。

这个时间除了陈屿舟也没人会找她了。

解锁点开微信一看,果然是陈屿舟。

C:明天你有事吗?

明芙:没。

C:那你明天的时间就交给我了啊。

明芙:干什么?

C:带你出去玩。

这条消息后面紧跟着一个杰瑞鼠微笑眯眼、仰头叉腰的表情,有点儿小高傲，挺像陈屿舟平时给她讲完题之后满脸都写着"我是不是很厉害，快来夸我"的模样。

明芙不禁笑了下，回了个"好"。

隔了几秒，对面回了条语音过来。

明芙顿了下，先把语音点了收藏，从枕头下翻出耳机插上，才点开那条语音。

他的声音一向很好听，清冽中带着点慵懒，语速也不紧不慢的，像是一切都在他的掌握中一般。

"这么好说话啊？我还以为得多求你几次。"

这话说得她好像经常为难他一样。

明芙：那也可以。

又是一条语音："不得了啊你，隔着屏幕真是什么话都敢说了，不怕明天我还回来啊？"

明芙：不怕。

"行吧，反正我也拿你没办法。"

耳机塞进耳朵里，声音清晰明了。

明芙不自觉揉了下耳朵，点了下那条语音重新听了一遍。

指腹贴着手机边缘摩挲半响，也没想好回复什么。

她抿抿唇，敲了"晚安"两个字发过去。

陈屿舟也没缠着她继续聊，同样回了个"晚安"。

紧接着下一秒，又发了条消息过来。

C：明天见。

明芙盯着这三个字看了好一会儿，指尖微动下滑屏幕，把陈屿舟发来的语音又挨个听了一遍，都点了收藏，才摘掉耳机闭眼睡觉。

这一觉睡得出奇好，第二天明芙醒来的时候都还有些恍惚。

她好像很久都没睡过这么安稳的一个整觉了。

拿过手机看了眼，已经快九点半了。

昨天和陈屿舟约好的时间是九点整。

她"腾"地从床上坐起来，点开微信。

有两条陈屿舟的未读消息。

C：我到学校了。

111

时间显示是八点半。

C：醒了就出来。

这条消息发出来已经过了半个小时。

明芙快速打字道歉：对不起，我才醒，马上就下去。

陈屿舟秒回。

C：不急，慢慢来。

C：当然如果你要是很着急见我，我也没意见。

这人总是不放过任何一个可以逗她的机会。

怎么回都不恰当，明芙干脆放弃，从床上爬下去进浴室洗漱。

李妍妍还在睡觉，明芙放轻了动作。

洗漱完，明芙打开柜子找衣服穿。

她对穿着这方面并不怎么在意，有穿的就行。女生都爱美，觉得宽大的校服套在身上又蠢又笨，好多女生都修改了校服的尺寸，明芙倒是穿得很舒服。

她的衣服也一向以宽松为主。

拿出一件长T恤和短裤准备穿的时候，李妍妍醒了。

"芙妹，你要出门啊？"

一起住了几个月，彼此都熟悉了不少，明芙长得漂亮，性格又好，她们都很喜欢她。郑颜苈天天"芙妹""芙宝"地喊着明芙，另外两个舍友不知道什么时候也改了口。

明芙转头看过去："吵醒、你了吗？"

"没。"李妍妍揉着眼睛趴在床杆上，"是这该死的生物钟让我不能再睡下去了，我昨晚本来是打算睡到下午的！"

明芙笑了笑，指了下浴室："我去换、衣服。"

"去吧去吧，我也起床了。"

李妍妍从床上下来，走到阳台去收衣服。

习惯性往楼下看的时候，眼睛蓦地顿住。

她又用力揉了揉眼睛，确定那个站在宿舍楼下的男生是陈屿舟后，拔高声调喊了声："芙妹！"

李妍妍这一声喊得又响又急，明芙还以为出了什么事，匆匆把衣服套上就从浴室里跑了出来。

"怎么了?"

李妍妍指着楼下,脸上是大写的八卦:"你是不是要和陈屿舟出去啊?"

陈屿舟这人整个学校就没有几个不认识的,长得帅人缘好,尤其是女生缘好。

被女生堵在学校各个角落更是家常便饭,现在他和明芙是明目张胆地走得近,时间久了,学校里的人都知道。

作为明芙的舍友,李妍妍她们三个经常能吃到陈屿舟带给明芙的零食甜品,倒不是明芙故意炫耀,而是陈屿舟经常在晚自习之前拎回来一个大蛋糕,她自己吃不完,自然拿回去和舍友分。

有次李妍妍去办公室拿卷子回来正好看到陈屿舟拎着蛋糕上楼,当晚明芙就拿回来了一个同款。

一切立刻明了。

她们都觉得陈屿舟对明芙不一般,但明芙从来没说过什么。

现在放假第一天就看到大佬出现在宿舍楼下,虽然长立允许学生放假的时候住校,但现在还住在宿舍的女生屈指可数,细数下来,大佬除了在等明芙肯定没别人了。

李妍妍非常激动,抓着明芙的胳膊晃了晃。

明芙没想到他居然在楼下等,一时间愣怔得连眼都忘了眨。

楼下的人仿佛察觉到了什么,抬头看过来。

两人视线遥遥相撞,明芙看到站在树荫下的少年好像笑了下,他歪着脑袋懒懒地朝她挥了挥手。

一旁的李妍妍简直要原地化身为尖叫鸡。

这是什么令人痴迷的偶像剧情节啊!

她见明芙没反应,立刻抓着她的胳膊举起来挥了挥,回应陈屿舟。

明芙这才回过神,她看向李妍妍,哭笑不得:"干吗呀?"

"帮你回应大佬啊。"

瞌睡跑没了,李妍妍现在异常清醒,她注意到明芙的穿着,后退一步上下打量了一番。

"你今天就准备穿这一身出去?"

"啊……"明芙低头看了眼自己的打扮,没什么问题啊,"不行吗?"

"不行!简直太不行了!"李妍妍带着她往里走,"和男生出去玩,还是和大佬那样的男生出去玩,你怎么能这么随便敷衍了事?"

明芙不解。

还要很隆重吗?

李妍妍扒着她的柜子仔仔细细地瞅着,最后拿出一条方领碎花连衣裙:"就这条!去换上!"

这条裙子是郑颜芗之前买的,因为买错了码数又不能退,想着明芙穿着会合适,就给了她。

明芙还一次都没有穿过。

因为这条裙子是收腰的,她不习惯。

李妍妍却不由分说地推着她往浴室那边走,边走边说:"女生的青春就那么短短几年,我们更要抓紧时机挥霍,正是青春靓丽的好时候当然要好好展示自己的美,天天穿得那么肥肥大大的有什么好看的?

"虽然我们还是高中生,但也十八了,可以穿点漂亮的衣服。"李妍妍屈起两根手指指了指自己的眼,"我保证,你穿这条裙子跟大佬出去玩,一定很漂亮。"

明芙小声纠正:"可我还、还没到、十七……"

她上学比其他人早一年,生日又晚,所以现在严格来说才十六岁。

李妍妍呆了下,很快反应过来:"没关系,不就差个两岁吗?四舍五入根本不存在,不用在意。"

说完,不给明芙任何反驳的机会,把她推进浴室关上了门。

明芙全程没插进去过一句话,她看了眼紧闭的门,又看了眼手里的裙子。

李妍妍就在门口守着,等明芙换完裙子出来的时候,她回头看了眼,立刻呆在原地。

她眼睛直勾勾地落在明芙身上,喃喃道:"芙妹,我好像知道你为什么总穿宽松的衣服了……"

衣服的领口并不暴露,只不过收腰的设计使得布料在腰部聚拢,凸显出了身材优势。

裙摆一侧从大腿中部开衩斜着往另一边延伸,不规则的设计修衬得她双腿笔直纤长。

明芙觉得不自在,她扯了下裙摆:"我还是,换回去——"

"换什么!不换!"

李妍妍充分发挥了她风风火火的性子，一把抢过明芙手里的 T 恤，另一只手揽着她往外走。

路过明芙桌子的时候，李妍妍把她的手机和书包拿起来塞给她，一路推着她走，直接把她推出了宿舍。

"祝你们玩得愉快！"

说完，"嘭"的一声关上了门，不给明芙一丝一毫反悔的机会。

明芙只好转身下楼。

她走出宿舍楼的时候，陈屿舟正在接电话，眼皮耷拉着没看她这边。

等她走近几步，他才抬眼看过来。

眼里的漫不经心瞬间消失，陈屿舟举着手机愣在原地，喉结不自觉滚了两下。

见他看过来，明芙脚步一顿，局促起来。

电话那端的人说了什么陈屿舟已经完全听不进去了，说了句"挂了"就摁掉了电话。

他走过去把手里的东西递给她。

见他神色如常，明芙也自在不少，她接过来："什么？"

"早饭。"

再开口嗓子哑了不少。

明芙注意到这点，问他："你感冒了吗？"

这句话说得很顺。

"没，晒得。"他抬手捏了下后颈，清了清嗓，又恢复了吊儿郎当的模样，"这么重视跟我出来玩啊？打扮得这么漂亮。"

明芙拆面包的手停了一下，极轻地"嗯"了声。

然后若无其事地往前走。

很微弱的声音，落在他耳朵里却洪亮至极。

陈屿舟仿佛被钉在了原地，动弹不得。

23

明芙吃东西慢，两只手捏着面包一口一口地吃着，脸颊一鼓一鼓的，也不说话，妥妥一只安静的小花栗鼠。

面包刚吃完，一只骨节分明的手拿着盒插好吸管的牛奶从旁边伸过来。

明芙接过来，另一只手里空着的袋子被对方抽走。

整套动作自然又流畅，像是做过无数次一样。

明芙心里微动，咬着吸管喝了口牛奶，才想起她还没问他们今天要去哪儿。

"我们去哪儿？"

"本来想带你去游乐场来着，你不是说小时候没机会去吗？"陈屿舟打量了一番她今天的打扮，又很快收回视线，目视前方，"但你这裙子应该不怎么方便。"

"可以去。"明芙说，"我穿了、裤子。"

"成，那就还去那儿。"

B市游乐场在东四环，和学校的距离不近不远。

上班日B市街道人来人往，车流不息，节假日也不见消停，到处都是出门游玩的车辆。

以防堵车，明芙和陈屿舟准备搭地铁过去。

少年长身鹤立，头肩比优越，宽松白色T恤配着浅色水洗破洞裤，干净清爽带着点痞，绑在腕骨的机械表又给他增添了些许少年气，一侧的肩上挂着一个小巧的女式双肩包。

他身边的女生扎着丸子头，身姿高挑，肩颈线条漂亮流畅，站在男生身边却显得格外娇小。

两人买票进站，一路上不断有人朝他们投来打量的目光。

不同于学校里其他人探究的打量，路人是欣赏的目光，明芙没觉得不自在，反倒觉得心里深处某个角落漾出了点点愉悦。

地铁上的人也不少，没有空座。

两人找了个位置站着，明芙抓着身侧的扶手以便稳住身体，陈屿舟站在她身后，手往上抓着吊环，因为用力，手腕内侧的筋骨微微凸出。

抓着扶手的指甲泛白，明芙心跳开始一点点加快。

他们站在门边，地铁向前驶去，进入隧道，车窗上映出她和陈屿舟的身影。

她的眼睛从他垂在身侧的另一只手开始，一点点往上移，等视线终于落到映在车窗上少年的脸时，蓦地愣住。

他嘴角含着一抹笑,眼眸垂着,看着映在车窗上的她,像是等了许久。

她还没看向他的时候,他的目光就一直落在她身上。

明芙有些慌乱地垂下眼。

耳边掠过一抹热气,熟悉的声音落下:"转头,看我。"

明芙下意识地听从命令。

正巧地铁到站停车,车厢晃了一下,两人一时没站稳,男生的侧脸近在咫尺,碰到她的额头。

明芙受了惊,往前跨了一大步,拉开她和陈屿舟的距离。

"你这人!"

陈屿舟单手插兜,道:"我这人怎么了?"

明芙张了张嘴,憋了半天都不知道说些什么,最后干脆闭嘴,转身面对着车门。

看着缩在角落里的那道身影,陈屿舟慢条斯理地直起身子,瞥到她通红的耳朵后,嘴角愉悦的弧度加大。

他伸手拽了下明芙:"刚刚是意外,过来,靠着那儿不凉?"

明芙躲开他的手,稍微侧头,语气羞恼:"你不、不要碰我!"

"我——"

陈屿舟才说一个字就被明芙急吼吼地打断:"你再、再说,我就、下车!"

"……"

行。

他闭嘴。

一直到下了地铁,明芙还是没搭理陈屿舟。

他们下车的这一站是换乘站,人多,陈屿舟怕和明芙走散,想去牵她。

手刚抬起来,小姑娘就往旁边挪了一大步,速度快到让他都没怎么反应过来。

这是对他有什么应激反应了还是怎么着?

陈屿舟只能好言好语地哄着:"我没想干什么,这儿人多,我牵着你省得走散了。"

"不会。"明芙拒绝,"走不散。"

陈屿舟无奈地挠了下眉,妥协了:"那你走前面,我看着你。"

明芙警惕地瞅着他,一步一步往出站口挪。

陈屿舟："……"

他真是拿她一点法子都没有。

进了游乐场，门口有卖氢气球的，各种各样的卡通造型，周围围了几个小朋友。

其中一个小朋友抓着一个女人的手，指着气球："妈妈，我想要那个气球。"

游乐场里面的东西都很贵，网店9.9元一包送打气筒还包邮的氢气球在这里面能卖到五十块钱一个。

家长都是现实的，这东西买了什么用都没有，白白花冤枉钱。

女人睁着眼睛说瞎话："气球都是女孩子才喜欢的东西，你是小男子汉。"

小男孩嘟了嘟嘴："那好吧。"

陈屿舟还没把明芙哄好，一看到这东西，觉着是个机会，走过去看了两眼："老板，我要那个花栗鼠的。"

"好嘞。"

老板摘下来花栗鼠造型的氢气球递给他。

旁边的小男孩刚走出两步，扭头看到陈屿舟在买气球，不干了："妈妈，那个大哥哥也在买气球，他不是男子汉吗？"

陈屿舟："……"

"不是。"女人见陈屿舟看过来，立刻捂上小男孩的嘴，冲他抱歉地笑了下，低头跟小男孩说："大哥哥是买给别人的。"

小男孩："别人是谁？"

女人："应该是大哥哥的朋友？"

陈屿舟走了过来，蹲下身跟他平视："小朋友，帮哥哥个忙成不？哥哥送你个气球。"

明芙刚从洗手间出来，一个小男孩就从旁边冲了出来，站在她面前仰头看她，把手里抓着的气球递给她："姐姐，这是哥哥给你的，他说他惹你生气了不敢送你东西，就让我给你，你能不能不要生哥哥的气了？他说你不生气的话他就会送我一个奥特曼的气球。"

小男孩跟倒豆子似的叽里呱啦一通说，像是怕忘词一样语速极快，说完之后还喘了两口气。

明芙愣了下，很快便反应过来，蹲下身，接过气球："谢谢。"

小男孩还没忘了自己的任务："那你是不是不生哥哥的气了？"

明芙越过小男孩往后面看了眼。

陈屿舟就站在两步远的地方，笑着看她。

她摇摇头："不了。"

陈屿舟立刻上前："这可是你说的啊，人证在这儿呢，你得讲诚信，别到时候人一走你翻脸不认人。"

小男孩附和点头："对！讲诚信！"

明芙被这一大一小逗笑："不会。"

小男孩眼睛"唰"的一下变亮，扭头看陈屿舟："哥哥，我的奥特曼！"

陈屿舟把背在身后的手拿出来，把气球递给小男孩。

明芙看了他一眼，这人早就知道她不会反驳小朋友，这个法子一定会成功，答应给小朋友的气球都买好了。

"谢谢哥哥姐姐。"小男孩嘴甜得不行："姐姐你真好看，等我长大也要找跟你一样漂亮的女朋友。"

"那你别想了。"陈屿舟垂眼瞅他，"像她这么漂亮的只有她一个。"

"哦……"小男孩想了想，说，"那我就找个更漂亮的。"

陈屿舟："那没有了，没有比她更漂亮的女生了，她是最漂亮的。"

小男孩连番被撑，快哭了。

"……"明芙站在旁边听着只觉得好不容易消下去的热气又开始上涌了，她拽了下陈屿舟，"别说了。"

她揉了下小男孩的脑袋："去找、妈妈吧。"

"哦……姐姐再见。"小男孩语气闷闷的，临走时幽怨地看了眼陈屿舟，牵着气球跑走了。

两人看着小男孩到了他妈妈身边才收回视线。

陈屿舟正要说些什么，余光扫到刚刚还站在他身边的小姑娘又是往旁边一个跨步。

他被气笑了，转头定睛看过去："谁刚才说会讲诚信的？"

"我只说、不生气。"明芙说，"还是要、保持距离。"

陈屿舟："……"

失算了。

明芙胆子挺大，陈屿舟更是没什么怕的，两人挨个把游乐场里惊险刺激的项目玩了个遍。

正逢周末，游乐场人多，有的项目队伍七拐八拐排了长长的一溜，玩下来还挺费时间的。

中午的饭在游乐场里面的主题餐厅解决，下午继续在游乐场玩。

在游乐场的最后一个环节肯定是坐摩天轮，但是很不巧，今天摩天轮正在维修，不对外开放。

虽然有点儿小遗憾，但是和一整天的开心相比，就显得微不足道了。

立秋之后天色暗得比之前快了不少，五点多的时候太阳就已经落山了。

两人背着夕阳漫无目的地走着，明芙拿着个冰激凌慢条斯理地吃着。

陈屿舟偏头看她："玩得还行吗？"

"行的。"明芙点头，又补上一句，"很开心。"

听出她的强调，陈屿舟笑了声，嗓音沉沉："开心就成。"

明芙眨了下眼，低头继续啃冰激凌。

一阵铃声骤然响起，陈屿舟拿出手机，滑动接听："说。"

24

"知道了，我问问。"

"……"

"挂了。"

简单地说了几句就结束了通话，陈屿舟问明芙："累吗，程里组了个局叫我们过去。"

"不累。"明芙把冰激凌的包装丢进垃圾桶，"走吧。"

去找程里的时候他们没再坐地铁，打了辆车直接过去。

按照程里发来的包厢号找过去，透过门上的窗户看到包厢里一片漆黑之后，明芙愣了下："这里吗？"

看着不太像。

"是这儿。"

陈屿舟跟程里从小穿一条裤子长大，程里憋的什么坏主意陈屿舟怎么可能不知道，他叮嘱明芙："一会儿我开门你捂着点耳朵，先别进来。"

明芙蒙蒙地点了点头。

陈屿舟让明芙跟在他后边，推开包厢门，往前走了一步。

包厢的灯光瞬间亮起，接连几声"嘭嘭"炸响，花花绿绿的塑料碎片冲上半空又慢悠悠地飘散下来。

正对着包厢门口的那面墙上挂着一个红色的横幅——

热烈祝贺陈少18岁诞辰快乐，福如东海小乌龟，寿比南山老王八

陈屿舟面无表情地站在包厢门口，淡定得仿佛一切都在他的预料中。

但等他看到墙上的横幅后，眼皮还是跳了下："那什么玩意儿，土不土？赶紧给我摘下来。"

程里丢了礼炮，走到他身边，胳膊习惯性搭在他肩膀上："土什么啊？这最近可流行了！那句祝福哥们儿我想了一晚上呢！就为了让你走在时尚最前沿，做B市最靓的仔！"

"这么几个字还要想一晚上，你这脑子也别要了。"陈屿舟拨开他的胳膊，转身把明芙拉进来，还不忘解释："这都是他们折腾的，跟我没关系，我高端着呢！"

明芙压根就没在意这些，问他："你今天、生日？"

陈屿舟"嗯"了声。

"那你不、告诉我。"

她什么都没准备。

"现在你不也知道了吗？"

"哎芙妹，你别搭理他，他就一死别扭。"程里倾身过去，"他就是觉着他生日得你自己知道，不能让他告诉你，不然显得忒刻意。"

陈屿舟凉凉地看向程里："你不说话能憋死？"

"憋死倒不至于，就是难受。"程里没带怕的，贫了两句嘴，推着陈屿舟往里面走，另一只手马上要碰到明芙的时候又立刻缩回来："芙妹，你也进来，快。"

包厢里人还挺多的，都是跟陈屿舟平时玩在一起的，明芙见过一两次。

桑吟也在，见到明芙就冲她招手："芙宝，过来坐！"

明芙走过去，在桑吟旁边的位置坐下，左手边挨着陈屿舟。

刚落座，她就感觉到有一道目光在盯着她，循着望过去，看到了一张有些熟悉的脸。

明芙想了想,好像是桑吟的朋友,之前桑吟过生日的时候她也在,当时在包厢里坐在陈屿舟旁边。

她坐在张立身边,两人挨得挺近,张立的胳膊搭在她的椅背上,看着挺亲密。

明芙对那女生点了点头,算是打招呼。

女生也回应了她一下。

桑吟开启八卦小天后模式,拉着明芙问:"芙宝,你今天跟陈屿舟出去玩啦?"

"啊?"明芙小声地回道,"是,一起去玩。"

桑吟嘿嘿笑了两声:"我们之前叫他去游乐场他都不去的,说幼稚,装得很,现在还不是颠颠地带你去了。"

想着今天是陈屿舟生日,桑吟也多给了他面子,凑到明芙耳边小声说:"他真挺不错的。"

明芙搁在腿上的手指动了下,默了默,往左边看去。

陈屿舟的另一边坐着的是程里,他边听程里说话边用热水烫着餐具,烫好后把餐具放到她面前。

察觉到她的视线,跟程里说了句"等会儿",转头看她:"怎么了?"

"没。"

"想吃什么就点,不用不好意思。"陈屿舟说,"有什么事就叫我,就在你旁边呢。"

"知道了。"

见明芙这边没事,陈屿舟才继续跟程里他们说话。

他靠在椅背上,脸上挂着懒散的笑,其他人说话的时候他会看着对方的眼睛,示意自己在听,也不会打断别人,偶尔话题引到他身上,他会附和两句。

陈屿舟人缘好,受异性喜欢,在同性里也是一呼百应,他有着出色的外表,优秀的家世,对学习也是游刃有余,好像没什么能难得倒他。

他有着一切令这个年纪的女生心动的特质,被他吸引好像是一件意料之中的事情。

但是被他喜欢却是一件难于登天的事情。

明芙从来不觉得自己是命运的宠儿,母亲漠不关心,唯一疼爱她的父亲已经不在,她被当成皮球一样踢来踢去,没人愿意照顾她这个拖油瓶。

她不爱说话,所以存在感很弱,每年过年亲戚来外婆家,她总是被忽略的那个小孩。

她一点都不觉得自己有什么好的地方,也没有什么让人眼前一亮的优点,所以在陈屿舟对自己示好的时候,完全不敢相信。

她和陈屿舟是两个完全不同世界的人,他从来不会压抑自己,想做什么就做,失败了也没关系,他有一往无前的勇气,也不缺从头再来的决心。

他向来是意气风发的少年。

而她做什么事情之前都要假设出无数种后果,且多半都是坏的,深思熟虑之后才畏首畏尾地迈出一小步,一旦察觉危险立刻退缩。

所以她从来没想过陈屿舟会对自己这么好。

可这段时间相处下来,他会在她上课回答问题被同学笑的时候替她出头,会因为别的男生说了关于她的难听的话而跟对方打架,会记得她的喜好给她买零食,会买好早饭来接她出去玩,即便跟他朋友聊天的时候也会时刻关注她。

他真的有在兑现他当初说的那句"你缺的,我以后都给你补回来"。

明芙的手一点点攥紧,她想,或许她也可以勇敢一点。

散场的时候已经晚上八点多了,陈屿舟送明芙回学校。

吃饭的地方离学校不远,两人步行过去。

夜幕低垂,街道两侧又有不少小摊,盏盏灯光点亮的是人间烟火。

路过一家便利店的时候,明芙停下,让陈屿舟等会儿她,然后走进去。

陈屿舟站在便利店外面,眼睛追着里面那道身影。

没一会儿,明芙就从便利店出来了。

她把手里的酸奶递给他:"给。"

陈屿舟现在看上去好像和平常没什么区别。

陈屿舟没动:"你喂我。"

"……"

也是有点儿区别的。

他平常不会这么肆无忌惮。

陈屿舟耍无赖,他本来以为按照明芙的性子,会把酸奶扔到他怀里,随他的便，结果却看到小姑娘拆了吸管插进酸奶里，递到了他的嘴边。

陈屿舟顿了下，张嘴含住吸管喝了两口酸奶。

然后心满意足地叹了声："芙宝喂的就是不一样。"

明芙听着从他嘴里说出来的那个称呼，耳朵立刻热了起来："你别、别乱喊。"

"哪儿乱喊了，桑吟她们不都这么叫你吗？"陈屿舟嗓音有些沙哑，"不带你这么偏心的，她们可以叫你芙宝，我就不行。"

"……那随你。"

反正她就没有说得过他的时候。

假期住在学校宿舍的都有通行证，明芙给门卫大爷看了眼通行证，正准备让陈屿舟回去的时候，就看到他大摇大摆地走了进来。

门卫大爷也没拦他。

她这才想起早上的时候他也进来了。

这人真是在哪里都吃得开。

一路走到宿舍楼下，明芙跨上两级台阶，和陈屿舟平视："我到了，你回去、吧。"

陈屿舟把肩上的小书包给她，抬了抬下巴："等你上楼我再走。"

明芙"哦"了声，又说："生日礼物，我补给你。"

"不用补也行，反正你已经送过了。"

明芙不解："什么？"

什么时候。

陈屿舟抬手在侧脸点了点："地铁，忘了？"

明芙推了他一下，急速又顺畅地丢下一句"我上去了"就跑进了楼里。

陈屿舟看着那个落荒而逃的身影闷笑了声，后退两步到树荫下看着明芙寝室的那扇窗户。

等了五分钟，一颗鬼鬼祟祟的脑袋从三楼第二间阳台处冒了出来，遥遥对上他的目光后，慢吞吞地站直身子。

明芙朝他挥了挥手，示意他快回去。

陈屿舟没动，低头在手机上捣鼓了一会儿，冲她晃了下，才转身离开。

明芙站在阳台上看着他一步步走远，直到看不到他的身影后拿出手机。

微信里有一条陈屿舟的未读消息。

一分钟前发的。

C：有你，就是最好的生日礼物。

25

九月份正式开学后没过多久就到了长立举办秋季运动会的时候。

高三生已经不会再在这些活动上花费时间了，学校也不强求，让他们重在参与，不想参与的在教室看书也可以。

桑吟本来在外面集训，知道长立要举行秋季运动会，想着怎么也是高中最后一个运动会了，就赶回来凑了个热闹，还顺便报了个三千米长跑。

明芙、陈屿舟、郑颜芗和程里几个人都被她拉来当啦啦队。

操场的看台上专门给高三的宝贝学生们划分出了一片地方，相比高一高二那边座无虚席的盛况，高三这边属实显得有点儿寂寥了。

郑颜芗和程里两人刚在这儿坐了没一会儿就走了，说是去拿东西，陈屿舟起晚了还没来，看台处现在就只有明芙一个人。

主席台就在旁边，主持人在运动员进行曲的伴奏下活力激昂地念着加油稿，男子八百米项目正在进行，塑胶跑道上是少年们迎风奔跑的身影。

明芙看了两眼，觉得有些无聊，从书包里翻了本书出来，逐字逐句地看过去。

一片阴影从上方投下，紧接着，脸颊贴上一抹冰凉，明芙抬头。

陈屿舟站在她身后，低头弯腰看着她，手里拿着一杯奶茶正贴在她脸上。

明芙眼睛小小地亮了一下，她拿过奶茶："你来啦？"

陈屿舟将她的反应尽收眼底，也跟着笑起来："看见我这么开心啊。"

今天不用穿校服，陈屿舟穿了件黑T恤，外面套一件粉色衬衫，下面一条黑色休闲裤，脑袋上却戴了一顶粉帽子，帽子两边还有两个白色的小翅膀。

明芙刚才没看见帽子的样式，待看清后，她愣了一下："帽子……"

"程里那儿顺过来的，这么艳的颜色也就他喜欢。"

明芙心说：你穿着件粉衬衫也好意思吐槽别人？

陈屿舟挨着她坐下："好看吗？"

明明是疑问句，却被他说得带着点肯定的炫耀意味。

是对自己极有信心了。

明芙点头。

确实好看，陈屿舟皮肤白，这种鲜艳的颜色出现在他身上并不突兀，反而有种明媚的少年气。

陈屿舟是天生的衣架子，简单的搭配能穿出贵气感，花哨的搭配也能驾驭得很好。

陈屿舟挑了下眉，一副"我就知道"的表情。

他大咧咧地敞着腿，双手后撑，懒散地半躺在台阶上。

明芙瞥了一眼，复而垂下头继续看书。

脑袋冷不丁一沉，一片阴影再次落下，原本戴在陈屿舟头上的帽子现在被按到了她头上。

她扶着帽檐，不解地看过去。

"顶着这么大太阳看书也不嫌眼睛刺得慌。"

摘了帽子，男生的头发有些许凌乱，原本往后倒去的几缕头发不听话地往前扑。

明芙眼睫毛颤了下，慢吞吞地"哦"了一声。

正了正帽子，戴好。

帽檐遮去了大半太阳，一直紧皱着的眉头也得到了放松。

陈屿舟自顾自地待了会儿，觉得有些无聊，又凑到明芙身边："看什么呢？"

他掀了下书页，"嚯"了声："《论法的精神》？够高深的啊。"

明芙没接茬。

这本书只是之前陪李妍妍去图书馆随手拿的，后来一直放在书桌里没动，今天运动会，她怕无聊就拿来打发时间。

陈屿舟只扫了两眼就收回了视线："这书也亏你看得下去，不过你这人也挺闷，我要不死乞白赖拽着你，估计你一天也说不了一句话。"

他手欠地拽了下帽子上的翅膀，明芙没防备，脑袋被他拽得歪了下。

她有点儿恼："你别拽！"

陈屿舟在明芙面前就跟幼儿园的小屁孩儿没什么区别，总是喜欢逗她，把她惹恼了又颠颠地去哄，他特别喜欢这个过程。

贱是贱了点，但他忍不住。

小姑娘越恼他越喜欢。

"你就应该多说话知道吗，多说话结巴就好了。"

他又瞥了眼她腿上的那本书："你以后当个律师也挺好，嘚啵嘚的，能说。"

他嘴上说着话手也不老实，一边说一边拽着帽子上的小翅膀，明芙被他这一扯一扯弄得整个人朝他那边歪去。

也不知道怎的，明芙竟然也没想起把帽子摘下来这茬，眼看着就要扑到他怀里，明芙撑着台阶，直接上手一巴掌拍到了陈屿舟的手背上。

"啪"的一声脆响，两人都愣了一下。

陈屿舟反应过来后，端详着自己的手，语气带着委屈："看着挺瘦，劲儿倒是不小啊，都给我打红了。"

明芙看着他泛红的手背，嘴唇动了动："对不起。"

末了，又不甘心地补上一句："我不是、故意的，谁让你、拽我……"

声音虽然小，但是陈屿舟还是听到了。

"成，那我也跟你道个歉。"男生吊儿郎当地说，"对不起，小美女能原谅我吗？"

听上去没什么诚意。

明芙到底是第一次跟人动手，而且证据还摆在她眼皮子底下，她心里还是愧疚的。

想起刚刚陈屿舟问她的问题，她正了正帽子，问他："你以后，想，做什么？"

"嗯？"陈屿舟被她这跳跃性的一问弄得有点儿没回过神，顿了一下后说道，"我啊，当大夫吧，毕竟我家那老爷子还等着我继承他的衣钵呢！"

明芙愣了下。

医生吗？

她其实就是随便问问，她以为像陈屿舟这种不正经的小少爷对以后的人生都是走一步看一步的，没想到他已经想好了以后做什么，还是医生这种"高危职业"。

怎么看，也不像他这种把"怕麻烦"三个字摆在脸上的人会去做的职业。

而且，就冲他这一言不合就干架的脾气，当了医生的话，应该会使医患关系更紧张吧？

她摇了摇头，真的想象不出来。

帽檐冷不丁被往下压，陈屿舟不满的声音紧随其后："摇头是什么意思，不信我？"

被发现了，明芙有一瞬间的心虚，等压在帽子上的手挪开后，她将帽檐往上顶了顶，视线重新清明，她选了个比较好听的说法："不是，是因为，医患关系、很紧张，我以为你、不会。"

因为结巴，明芙说话慢吞吞的，陈屿舟不催不急，脸上也没有丝毫不耐，等她声音落下，他才接话："麻烦是有点儿，但有句话怎么说的来着——"

头顶的太阳烤得人睁不开眼，视线里的男生半眯着眼睛，语调懒洋洋的又透着点认真："道之所在，虽千万人吾往矣。

"有些事儿总得有人去做，哪怕麻烦也要去。"他说，"如果还没开始就因为害怕放弃，那很多事情都没有存在的意义了，去做了，最终才不会后悔，不管结果好坏。

"而且我这人浑惯了，医患关系紧不紧张的，随便。"

明芙还是第一次听陈屿舟说这种正经的话，结果没两句，这人就原形毕露了，他捏了下明芙帽子上的小翅膀，说："要不你以后就当律师吧，万一我要是摊上官司，你还能护着我。"

小姑娘躲开他的手，扶了扶帽檐，一副正儿八经的模样："那我，收费很、贵的。"

陈屿舟的手在半空中顿了下，而后低沉的笑声从胸腔蔓延开："没事儿，多贵我都付得起，整个身家都押给你。"

进入高三，黑板旁边挂着的倒计时牌的天数在一点点变少，天色变暗的速度也逐渐加快，高三的楼道再没有以往的热闹，每个人都来去匆匆，手里捧着本书，恨不得一头扎进去。

B市的秋天很短，好像一眨眼就到了穿棉服的深冬。

明芙第一次在北方过冬，凛凛寒风吹在身上，穿多少都不觉得暖和。

幸好室内有暖气，只是在外面的时候比较难熬。

B市的冬天也是晴天居多，但今天天色乌沉沉的，看着有些闷。

这节是自习课，教室里安安静静的，只有书本翻动和笔尖在纸张上摩擦发出的声音。

明芙抱着暖宝宝趴在桌子上，语文书平摊在面前，她耷拉着眼逐字逐句地看过去,在心里默念。

快速把最后两句背完,从暖宝宝里抽了只手出来往旁边伸去。

她捏着陈屿舟的袖子拽了拽。

等了两秒,她见人还稳稳当当地趴在桌子上,加大力度继续拽。

感受到了胳膊上传来的拉力,陈屿舟脑袋动了动,从臂弯里稍稍抬头,露了只眼在外面:"怎么?"

嗓音慵懒又沙哑。

本以为听多了也就习惯了,可事实上,无论听多少次,明芙都还是会觉得耳根发麻。

她小声说:"我背完了,叫你。"

"啊……"陈屿舟反应了会儿,想起自己睡之前说让她背完这篇文言文叫自己的事情,他换了个姿势,面朝着她那边,腾出一条胳膊,轻车熟路地钻进明芙桌子上那个暖宝宝空出来的一边。

这是明芙买了暖宝宝以来经常会发生的事情。

陈屿舟第一次把手伸进来的时候,明芙吓了一跳,把暖宝宝给他他又不要。

他好像也不怕冷,在她翻出羽绒服把自己裹得严严实实的时候,他却只套上一件冲锋衣。

黑色的硬挺布料把他整个人勾勒得笔挺板正,增添了几分冷厉。

他好像穿什么颜色的衣服都很好看。

"你手、又不凉。"

明芙手往旁边挪,离他很远。

"手不凉心凉。"陈屿舟拖着调子,"这么冷的天,要用暖宝宝才暖和。"

26

明芙:"……"

算了,她还是闭嘴吧。

再说下去,不知道他又该说出什么话了。

不知道是谁突然惊呼了一句"下雪了",教室里埋头学习的人纷纷抬头往窗外看去。

明芙愣了下,也看向窗外。

片片雪花从天空打着转地飘下来,越来越密集。

她眼睛亮起来,转过头看他:"陈屿舟,下雪了!"

她的声音里透着惊喜。

陈屿舟另一只手握成拳抵着太阳穴,看着小姑娘清亮的眼眸,受到她的感染,也跟着笑起来:"嗯,看到了。"

雪越下越大,原本肃静的楼道也久违地热闹起来,几个不老实的已经蹿了出去。

程里也从座位上站了起来。

明芙见状,"嗖"的一下把暖宝宝从桌子上拿下去,上半身紧贴桌沿,低头装模作样地看书。

陈屿舟半边肩膀被她带得往下压了压,还没反应过来怎么回事,桌子就被人敲响,程里站在他桌前:"走不走?"

怪不得反应这么大。

原来是怕被人看见。

陈屿舟看向程里:"不去。"

意料之中的答案,程里虚虚点了点他,痛心疾首地叹了口气:"你啊。"

旁边的明芙脑袋不自觉往下埋。

陈屿舟:"赶紧滚。"

"滚就滚。"

程里一溜烟从教室里跑出去,很快就不见了踪影。

陈屿舟:"行了,抬头,人都走了。"

明芙抽出手来,把暖宝宝塞到他怀里:"给你,自己暖。"

"暖宝宝暖不了我的心啊!"

明芙不想理他:"那就凉、凉着。"

陈屿舟:"……"

今年这场初雪下得出奇大,白茫茫的一片,明亮得晃人眼。

明芙特别喜欢雪,往日下课除了去厕所就在座位上不动如山的她,今天一下课就围上围巾准备往外跑。

"干吗去?"陈屿舟觉得稀奇,手撑着脑袋看她。

明芙指了指外面:"想去看。"

陈屿舟望了眼窗外,又转回来:"这么喜欢?"

明芙眼睛亮亮的:"喜欢。"

陈屿舟笑了声。

明芙不懂他笑什么,也懒得问,反正不会得到什么好的回答,她问:"你要去看、看吗?"

"去呗。"陈屿舟从椅子上站起来,"你都这么盛情邀请我了,我哪好意思驳你的面子。"

明芙:"……"

她只是随口问问而已。

他们的教室在最边上,顺着外挂楼梯下去,就是一片宽阔的花园,四季常青的松树笔直地矗立在花园正中央,雪堆在树叶上,一晃,就扑簌簌掉下来。

那儿几乎已经被九班的人占领了,雪球满天飞。

程里看到陈屿舟,扬声问:"哟,我们陈少怎么也下来了?"

陈屿舟插着兜:"要你管?"

程里学着他的践样,阴阳怪气地重复:"要你管?"

说完,翻了个白眼:"重色轻友。"

陈屿舟:"……"

然后陈屿舟侧身看向身边兴冲冲下来却又没再行动的人:"不去玩玩?"

明芙大半张脸都躲在围巾后面,只露出一双眼睛,水汪汪的:"太冷了,不去,看看就好。"

"芙宝!大佬!看我这儿!"郑颜芎的喊声在远处响起。

上了高三后,郑颜芎对摄影的兴趣初现端倪,上次月考前发愤图强了一个月,拿着令人满意的成绩单央求她妈给她买了个相机。

自此以后,她就成了九班专属小摄影师,随时随地拍,逮谁拍谁。

明芙和陈屿舟听到声音下意识地看过去,陈屿舟比她反应快,在她还蒙着的时候,陈屿舟就虚虚地揽住她的肩,进入到拍照状态。

明芙感受到肩膀上传来的压力,侧头看了一眼。

很快被陈屿舟扳正脸:"看镜头,一会儿再看我。"

"……"

拍完后郑颜芎跑过来跟他们分享自己的成果。

她老早就想拍明芙和陈屿舟了,但是怕技术不过关,只能先拍别人练练手。

取的是全景,把他们两人全须全尾地拍进了取景框里。

男生身子修长挺拔,懒散的笑容比往日多了抹正式的模样,低头看着身侧的人。

女生面向镜头,双手乖巧地插在兜里,许是不太适应拍照,表情有些许的不自在。

身后是皑皑白雪和暗红砖瓦的教学楼。

大课间学校的广播站里播放着音乐。

不知道是刚刚的环境过于吵闹还是怎么,明芙只清楚地听见这一句歌词——

"低头呢喃,对你的偏爱太过于明目张胆。"

她发现。

陈屿舟好像格外喜欢在她看向别处的时候看向她。

"怎么样,是不是拍得很好?"郑颜芗兴奋地搓手。

"有点儿傻。"明芙说,"我。"

陈屿舟扯了扯唇,正要说些什么,眼角余光被什么晃了一下,定睛看去,立刻上前一步挡在明芙面前。

视线被遮住,男生高大的身影笼下来,明芙愣了一下,抬眸看过去。

"扑哧"一声,像是雪砸在什么东西上碎散的声音。

雪碴掉进衣领,冰冷的凉意冻得陈屿舟眉心抽了一下:"嘶……"

一低头,对上一双眼睛。

一双只映着他的身影的眼睛,专注又干净,还带着点没反应过来的懵懂。

像是误入人间的精灵,莫名让人想欺负。

陈屿舟无意识滚了下喉结。

郑颜芗见状,立刻又端起相机对着他们两人咔咔一顿拍。

相机接连响起的"咔嚓"声将沉浸在对方眼里的两人拉回现实。

陈屿舟转身,搜寻着刚刚的始作俑者。

然后他就看到了程里那张脸上挂着"哥们儿我够意思吧,特意给你安排了一场英雄救美的戏份,不要太感谢我"的神情。

陈屿舟把明芙往里面推了推:"躲远点。"

随后抓起一捧雪,攒成个雪球,精准地冲程里砸了过去。

"你砸我干什么!"程里一边躲一边嚷嚷。

"砸的就是你。"

说着,陈屿舟又是一个雪球扔了过去。

程里的准头没有陈屿舟好,十个雪球有一半砸偏,不像陈屿舟,个个都能砸到他身上,百发百中。

武力不行就智取,程里眼睛转了一圈,落在后面站着看他们闹腾的明芙身上。

程里抓起捧雪,露着大白牙对明芙笑了下:"芙妹,对不住了啊。"

一个雪球直直地朝她飞了过去,陈屿舟没想到程里会来这出,脚下一动,扯着明芙的胳膊把她护在怀里。

"没事?"他问。

明芙摇了摇头。

雪球还没落到她身上就被陈屿舟挡掉了,怎么可能会有事。

陈屿舟转身把明芙护在身后看向程里,危险地眯了眯眼:"活腻了?"

"是有点儿。"程里仗着自己找到了对付陈屿舟的绝佳办法,毫无顾忌,他扯着嗓子喊了声:"芙妹!"

"啊?"

明芙下意识地从陈屿舟身后探出脑袋,看到那个飞过来的雪球后明白过来程里的用意,立刻把脑袋缩了回去。

雪球不出意外地又落到了陈屿舟身上。

小姑娘从他身后一伸一缩的模样可爱到不行,陈屿舟侧睨看着,反手给她把围巾往上拽了拽,挡住她被冻红的鼻尖。

"害我被砸,你得负责。"

"明明是,你害我。"

明明是程里打不过他,才把自己当成了活靶子。

是他害她。

"那行,那我对你负责。"

陈屿舟改口改得迅速,立场十分不坚定。

明芙一时不知道说些什么,索性闭嘴,开启装傻模式。

133

"别秀了。"

接连几个雪球伴随着程里的吼声一齐落到陈屿舟背上,挑衅意味十足。

陈屿舟有些烦地"啧"了声,又给明芙整理了下围巾,把她的耳朵也遮得严实后才转身看向程里:"今儿不把你砸得叫爹我就跟你姓!"

陈屿舟是真没怎么手下留情,攒的雪球又大又实,个个都往程里身上招呼。

程里也是个有骨气的,绝对不可能向陈屿舟屈服,找到窍门儿,一个劲儿往明芙那边砸,陈屿舟因为护着她被程里糊了半身的雪。

最后结束的时候,两人身上沾着差不多面积的雪。

明芙站在楼梯口等他,见两人过来,迎上去:"先别上来,我给你,拍拍雪。"

陈屿舟听后,老实地站在外挂楼梯走廊的外面,展着双臂,让明芙给他把身上的雪拍掉。

然后嘚瑟地冲程里挑了下眉。

程里:"……"

郑颜艿去别的地方跑了一圈儿也回来了,她一边翻看着刚才拍的照片一边碎碎叨叨地说着什么:"总觉得缺了点啥……"

走过来后看见明芙恍然大悟,她把相机摘下来塞给程里:"帮我跟芙妹拍一张。"

程里接过相机:"代拍一百块一次啊。"

"掉钱眼里了吧你。"郑颜艿踢了他一脚,"快点,别废话!"

程里笑笑,朝后面指了下:"站过去点啊,你这么大脸还离镜头这么近,都把芙妹挡严实了。"

郑颜艿凶狠地瞪了他一眼,揽着明芙往后退了退。

程里举起相机,闭上一只眼,还挺专业的模样:"看镜头。"

郑颜艿一手挽着明芙的胳膊一手比了个"V",明芙看着镜头笑得温婉可人,也和郑颜艿做同样的姿势——比"V"。

陈屿舟靠在一旁的石柱上等他们忙活,漆黑如墨的眼里满是明芙一个人的身影。

"好了两位美女,过来看看。"

"要是不好看你就死定了!"郑颜艿接过相机之前先把狠话放出来,

随后低头一看,颇为惊喜地"哎"了声,"可以啊你,有两把刷子嘛!"

程里不屑地嗤了一声:"搞笑,小爷我全能。"

说完他也凑过去看了两眼照片,想起什么,说:"拍都拍了,咱四个也一起来一张?"

说完也不等其他三人同意,随便抓了个路过的人把相机塞给他:"哥们儿,帮我们拍张照。"

然后开始指挥他们的站位:"郑颜芗你跟芙妹站那台阶上,我跟陈屿舟站你俩后面。"

"我们说要跟你一起拍了吗,你就开始忙活?"

郑颜芗翻了个白眼,但身体还是十分诚实地按照程里的安排站到台阶上。

明芙看着他们两个一人一句地吵吵,弯了弯眼睛。

耳朵蓦地一热,是陈屿舟附在她耳边说话:"偷着笑什么呢?"

明芙身体僵了下,指着郑颜芗和程里:"他们,其实关系挺好的。"

"是吗?"陈屿舟拖着调子,"那我们呢?"

"……"

明芙眨眨眼,下了台阶和郑颜芗站到一起。

小姑娘日常装傻陈屿舟也习惯了,他从鼻腔里哼了个单音出来,慢悠悠地走到她身后。

拿着相机的男生见他们都站好了,扬声问:"可以拍了吗?"

程里整理了一下衣服,比了个"OK"的手势:"拍吧。"

两男两女一前一后地站在台阶上,漫天飘散的雪花还没停,周围亮白一片,像是天然的反光板,照出他们青春洋溢的模样。

镜头定格的前一秒,陈屿舟俯下身子,贴到明芙耳边:"我觉得我们更好。"

短暂地放了一天元旦假期,回来没过几天就到了期末考。

明芙自从转学过来,就一直稳坐年级第一的巅峰宝座,陈屿舟每次都以第二的名次排在她下面。

他也因此被程里封了个"万年老二"的称号。

他的卷子明芙看过,总是错在一些不该错的地方,都是马虎造成的,不然有好几次他都是可以拿第一的。

考试座位按照排名安排，陈屿舟就坐在明芙后面。

想起上次考试他和第三名只有两分的差距，明芙转过去严肃地叮嘱他："你别再、马虎了，仔细审题，别拿起笔就、写，写完检查一下，差一分就是、差了一个、操场的人、呢！"

小姑娘表情是很严肃，说话却轻言细语的，侧坐在椅子上，两只手并拢搭在椅背上，乖乖巧巧的模样。

陈屿舟："知道了，小啰唆。"

他们两人坐在靠墙那一列最前面的两桌，本就是容易被人注意到的位置，再加上陈屿舟自带的大佬光环，更是使得他们二人备受瞩目。

步入高三，有很多人奋起直追，心态和对知识掌握的能力尤为重要，有些人的成绩浮动比较大，这次考试坐在大佬云集的第一考场，下次考试没准就坐在"火车尾"去了。

能坐在第一考场里面考试的都是个顶个的尖子生，很少会被人挤下去，但也不是绝对，下面冲上来的人第一次在第一考场考试，也是第一次近距离观察到年级第一的学神和年级第二的大佬之间的相处日常。

看完简直是下巴惊掉的程度。

尤其是看到陈屿舟趴在桌子上，抬眼看着明芙的时候，他们简直要发出土拨鼠似的尖叫。

这也太像一条眼里只有主人的忠心顺毛大狗狗了。

而那些和明芙陈屿舟同考场过多次的人对此早就见惯不怪。

明芙是个脸皮薄的，但架不住陈屿舟这个没脸皮的。

两人对于别人行过来的注目礼没有丝毫反应，气氛十分自然。

陈屿舟问她："还有什么要嘱咐的吗？"

明芙想了想："没了。"

顿了顿，又补上一句："考试加油！"

陈屿舟笑起来。

监考老师恰好进场，明芙也转了回去。

第四章

少年明媚似阳光

Un coup de foudre

27

两天的考试很快结束，高一高二开始放寒假，高三继续苦兮兮地补课。一直到腊月二十九那天才结束了高三上学期的补课生涯。

过年期间是肯定不能住校的，宿管阿姨和门卫大爷也都要回家过年，学校里没人。

明芙这学期都没回去过，现下突然要回去住六天，整个人又开始蔫巴起来。

好像对"回家"这两个字有排斥反应一样。

陈屿舟知道她在烦什么，认真地提建议："要不你跟我回家？"

明芙瞅了他一眼没说话，但脸上已经是一副"你在开什么玩笑"的表情。

"我说真的。"陈屿舟散漫地笑着，"我妈一直都想有个闺女，把你带回去也算圆了她的心愿了，正好也让她见见——"

明芙的脑子从来没有反应这么快过，像是预感到他会说什么一样，在他话说完之前就把手挡在了他嘴巴前，急吼吼地打断他："闭嘴！"

垂眸扫了眼近在咫尺却没有贴上来的手，陈屿舟可惜地"啧"了声："怎么？知道我要说什么？让我闭嘴。"

明芙也意识到自己反应过激了，她讷讷地把手放下，小声嘀咕："反正、不是什么好话……"

"怎么不是好话？你又没听到。"看着变红的耳朵，陈屿舟体内的恶劣因子又冒了出来，"要不我说出来？看看能不能和你想的对上，没准我们心有灵犀呢。"

"不许说！"

正好下课铃打响，明芙赶紧抓着书包跑出去。

陈屿舟不紧不慢地跟上去。

正值下课，楼道里人多，没走几步，陈屿舟就逮到了明芙。

手钩着她的书包带子把书包拿下来背到他肩上。

天气冷，陈屿舟没再依着明芙坐公交，出校门打了辆车干脆利落地把她塞了进去，然后也挨着她坐进去。

今天放学早，街上车不多，比平时回去少用了一半的时间。

陈屿舟让司机师傅等会儿他，然后跟着明芙下车，把书包递给她："有什么事儿就给我打电话，我这个贴心管家二十四小时都在。"

明芙弯唇笑了下："知道，你快回去。"

"等你进去我再走。"

"哦。"

明芙背上书包往小区里面走，到了保安亭，转身。

陈屿舟还站在原地看着她。

明芙挥了挥手，让他赶紧上车。

这也是个固执的倔脾气。

陈屿舟觉着他要是不上车，小姑娘也不会再往里走了。

他轻笑了声，转身上车。

没过几秒，明芙的手机就振了一下。

C：赶紧进去吧小倔驴。

C：到了跟我说一声。

这人怎么总给她起些乱七八糟的称呼？

明芙撇了撇嘴，把手机揣进兜，往小区里面走去。

过年这几天，杨铭没有回来。

杨枭群和徐欣荣也像是习惯了，没提过他一句。

三人一起吃了个平淡又怪异的年夜饭，客厅的电视机播放着喜气洋洋的春节联欢晚会，十二点整，《难忘今宵》适时响起，这个年也算是过完了。

初三那天，徐欣荣就和杨枭群飞去了海城度假，后面几天明芙就窝在房间里看书刷题。

初六开学那天，陈屿舟照旧过来接她。

陈屿舟本来以为两人天天在学校朝夕相处，突然一周时间没见，小姑娘会有那么点想自己。

结果一见面，人直接来了句："'亦余心之所善兮'下一句是什么？"

139

给他问得蒙了好一会儿。

陈屿舟登时不干了,他沉着张脸去拽明芙帽子上垂下来的小毛球:"六天没见,你见我第一面就跟我说这个?"

"哎,你别拽。"明芙拨开他的手,摆正了帽子,然后继续眼巴巴地看着他,"快说呀,下一句。"

过年这几天,明芙就跟个小报时器一样天天督促他背古诗和文言文,教育他不能仗着理科好就对语文爱搭不理,一分之差隔着的是整个操场的人。

陈屿舟被她一本正经的小模样可爱到不行,最后跟她商量,说她要是每天给他念一篇文言文没准能加深他的记忆力。

明芙不信,她说话磕磕巴巴的,能加深什么记忆力?

陈屿舟非说有用,不信等开学验收成果,她才半信半疑地每天给他打电话读课文。

这下一见面,就迫不及待来验收成果了。

对上她清凌凌含着期待的眼,陈屿舟就是有天大的怨气也发不出来了:"虽九死其犹未悔。"

"若有作奸、犯科及为忠善、者,下一句。"

陈屿舟:"……"

怎么还有?

袖子被人拽了下,陈屿舟妥协地叹了口气,把后半句接上:"宜付有司论其刑赏,以昭陛下平明之理,不宜偏私,使内外异法也。"

"真的、管用啊。"明芙眼睛亮了亮,又问,"初为霓裳后、六幺,上一句?"

听到这句,陈屿舟突然挺荡漾地笑起来:"确定让我背上一句?"

"啊……"明芙没懂他什么意思,"你不会吗?"

"会,哪能不会。"陈屿舟慢条斯理地说出下一句,"轻拢慢捻抹复挑。"

好好的一句流传千古的古诗,莫名被他念出了不正经的味道。

明芙眼睁瞪圆,半响都没能说出一个字来。

"还考吗?"他问。

明芙回过神来:"不考了。"

然后闷头往前走。

陈屿舟追上去,附到她耳边:"我还会别的,你要不要听?"

明芙立刻拒绝:"不要!"

陈屿舟没管她,自顾自地挑了几句背:"沉吟放拨插弦中,整顿衣裳起敛容。

"嘈嘈切切错杂弹,大珠小珠落玉盘。"

背得颠三倒四的,没有任何顺序可言。

明芙不说话,陈屿舟也不在意:"我还会《长恨歌》,听不听?"

明芙现在根本不想理他,加快了步伐。

陈屿舟悠哉地跟在她身边,怎么也甩不掉:"云鬓花颜金步摇……"

她捂上耳朵:"你烦死了!闭嘴。"

一路回到学校,明芙都没跟陈屿舟说一句话。

两人一前一后地走着,前者脸蛋微红,步履匆匆,后者一派闲适,不紧不慢地跟在后面。

小姑娘羞恼到一定程度,就开始不理人。

轻易哄不好。

楼梯拐角处是视线盲区,明芙满脑袋都还在回荡着陈屿舟念的那几句诗,一不留神和从另一边出来的女生撞到了。

她顿住,往后退两步。

半只脚悬在台阶上。

陈屿舟上前两步从后面挡着她,语带责怪:"又不看路。"

明芙心说:还不都是因为你。

她借着陈屿舟的胳膊站直,看向那个女生。

应该算是认识的人,去年陈屿舟过生日,她坐在张立旁边。

好像叫孙思柔。

"对不起,你、没事吧?"

孙思柔的视线飞快从陈屿舟身上掠了一圈,摇头:"没关系,没事。"

不等明芙再说什么,她便侧身离开。

陈屿舟迈上台阶和明芙并肩,垂眸开始训她:"你这俩眼就是摆设,刚才要没我在后面挡着,你就滚下去了,到时候就摔成丑八怪。"

明芙没忍住笑出声:"你怎么跟、教育小朋友,一样。"

"小朋友都知道走路要看路,可你不知道。"陈屿舟推着她进教室,"别废话了,快进去,鼻子都冻红了。"

141

"知道了,你别推,我自己走。"

两人一来一往的声音渐渐走远,孙思柔从拐角处出来,看着前方一男一女两个背影,最后匆匆跑下楼。

日子过得一天比一天快,黑板旁边的倒计时牌很快就变成了整一百天。

百日誓师大会是动员高三学子必不可少的环节。

校领导本来安排了明芙上台演讲,但是她说话磕巴有点儿影响演讲效果。

虽然被陈屿舟天天抓着说话,最近又给他念文言文和古诗,结巴好了不少,但她还是不太能适应在那么多人面前演讲,最后演讲这件事就落到了陈屿舟这个"万年老二"身上。

陈屿舟知道这件事儿后又不满意了,难得语重心长地教育明芙:"你这不行啊,什么机会都拱手让人?"

就是个演讲而已,怎么还扯这么远?

再说了——

她看着陈屿舟,说:"你讲、跟我讲、都一样的,没区别。"

"怎么没区别?区别——"陈屿舟顺着她的话反驳,说了没两句好像反应过来什么,突然停下。

他往后靠在椅背上,笑道:"明芙,你这是暗示我什么呢?"

"才没有。"明芙淡定地翻了一页书,"你不要乱想。"

陈屿舟戳了下她的脸颊:"嘴硬吧你就。"

演讲这项工作陈屿舟算是接下了,但写演讲稿,他就有点儿力不从心了。

他成绩很好,当初初升高以第一名成绩考进长立,新生开学典礼之前,本来就安排他演讲来着,但他觉得麻烦,给推了。

后来,在明芙转学过来之前,他的成绩也没再往前靠过,演讲基本与他无缘。

检讨书他大笔随便一挥就能洋洋洒洒地写上个千八百字,演讲稿写上半天也只能憋出来个"各位老师同学上午好"。

所以写演讲稿这件事最后落到了明芙身上。

百日誓师大会那天,陈屿舟难得穿上了校服。

但还是松松垮垮的,没个正形。

明芙指着他的拉链:"拉上呀。"

"忘了。"陈屿舟手捏上校服拉链,而后又松开,不要脸地跟明芙提,"你帮我拉。"

明芙一顿,转过身:"那别拉了。"

小姑娘最近脾气明显见长,拒绝他拒绝得一次比一次干脆利落。

陈屿舟幽幽地叹了口气,捏着拉链拉上,说:"惯坏了,拒绝我都不带琢磨的。"

誓师大会在学校的大礼堂举行,九班正好被安排在了礼堂左侧最前面的位置,郑颜芗拉着明芙坐到了第一排。

"坐这儿好,方便陈屿舟一眼就看到你。"

明芙喊了声:"芗芗……"

"知道啦,我不说了,你脸皮薄嘛。"

誓师大会很快开始。

一男一女两个主持人是从高二年级里选的,落落大方地报幕。

先是校长讲话,再是书记讲话,然后是年级主任,一层一层往下,最后是学生代表演讲。

陈屿舟要上台演讲这件事瞒得还挺好,他那群狐朋狗友事先都不知道,连程里也是看见他从舞台一侧走出来的时候才知道他作为学生代表上台演讲。

底下安静了一瞬,随即爆发出热闹的起哄声。

把坐在第一排正中间的校领导们都吓了一跳。

高三的年级主任是出了名的严格,鼻梁上架着一副黑色眼镜,典型油盐不进的面相,凶起来连校长都得给她三分薄面。

眼看着"灭绝师太"要从座位上起来,陈屿舟拍了拍话筒,开始控场:"安静点别吵,第一回演讲给我个面子,OK?"

下面果然安静下来。

"灭绝师太"也重新坐了回去。

郑颜芗看陈屿舟两手空空地上来,"哎"了一声:"陈屿舟要脱稿啊?"

演讲没说必须要脱稿,明芙以为陈屿舟这种连文言文都不愿背的人肯定也不会把稿子背下来,但现在看起来,他是要脱稿的。

陈屿舟站在舞台中央,面对千百人的注视没有丝毫的怯场,一副游刃有余的姿态:"其实今天该站在这儿演讲的人不是我,你们也知道我是个

143

'万年老二',但没办法,年级第一想让我上,那我只能听她的,毕竟老二在大哥面前没有话语权。"

底下的人立刻意味深长地"哦"了声。

吴鹏旭在台下听着,气得翻了个白眼。

他就知道这浑小子会不老实。

陈屿舟抬手往下压了压,等台下安静下来,继续往下说:"我这份演讲稿是她写的,所以我全背下来了,我只是替她讲出来,这份荣誉依旧是属于她的。"

少年清淡的语调经过话筒的过滤多了一分磁性,明芙坐在下面,看着台上的陈屿舟。

干净利落的黑色短发,侧脸被灯光勾勒出立体的轮廓,握着话筒的手骨节分明,裤腿下露出一截脚踝,因为站立的姿势,后侧筋骨紧绷着。

宽宽的肩撑起宽松的校服,板正直挺,只不过他独有的那股懒散劲儿还是没怎么遮掩住。

明芙看着看着,嘴角不自觉往上翘了下。

演讲稿篇幅不长,明芙出了个神的工夫,陈屿舟就已经说到结尾了。

"……永远不要为了还没发生的事情焦虑,过好当下,享受过程,不论结果好坏都永不后悔我们的付出,最后,送大家一句话——

"千磨万击还坚劲,任尔东西南北风。"

他依旧是那副平淡的语气,但最后一个字的回音却在礼堂内阵阵回荡。

他定定地站在舞台正中央,站在白炽灯光下,站在千百人眼中,也站在了十七岁明芙的心上。

28

百日誓师大会之后就是一模二模,等到三模考完,高考也快到了。

距离高考还有一个多月的时候,高三学生开始进行高考前的体检。

身高体重测血压都是基本项目,速度也很快,往测量仪上一站,脚底还没踩稳,数据就记录好了。

到了抽血这一环节的时候,检测速度肉眼可见地慢了下来。

抽血的地方被安排在了学校的大礼堂,设置了三个台子,负责抽血的医护人员坐在第一排,学生从前门进后门出。

等待抽血的队伍排得长长的,一直延伸到了楼道里。

站在外面等的时候还好,越靠近门口就越能听到各种各样的发言——

"姐姐,你手法好吗?能一次扎进去吗?不会到时候把我胳膊扎成筛子吧?"

"抽多少啊?抽完血我是不是该喝个鸡汤补补啥的?"

"有没有不用针就能把血抽出来的法子啊,我晕针。"

陈屿舟还困着,闭着眼双手环胸没骨头似的靠在墙上,听着里面传出来的鬼哭狼嚎,以男生为主,无语地"嗤"了声。

都是一群小垃圾,抽个血跟要他们命一样。

衣服突然往下坠,陈屿舟睁开眼。

明芙站在他前面,没回头看他,手伸到背后轻车熟路地抓住他的 T 恤下摆拽了下,提醒他该往前走了。

陈屿舟扫了眼明芙抓着他衣摆的那只手:"看都不看就往后摸?"

"什么?"

陈屿舟也没解释,笑了笑:"没什么。"

他换了个话题:"抽血,怕不怕?"

"不怕。"

这有什么可怕的。

"这么厉害啊。"陈屿舟的胳膊虚虚地压在明芙的肩膀上,"可我害怕,我晕针,怎么办?"

明芙侧头看了他一眼,带了点疑惑:"你不是要、学医?"

"谁说学医的就不能害怕、不能晕针了,你这哪儿来的偏见?"

怎么就成偏见了?

这人这张嘴真是能把死人都气活。

明芙不想再跟他说话,背过身去跟着人群往前挪。

奈何陈屿舟的胳膊还搭在她肩上,她也甩不开。

很快就到了他们抽血。

说是三个抽血台,但其实都在一张大长桌子上,每个抽血台中间隔了一个座位。

陈屿舟在明芙左边的位置坐下,面朝着她那边,嘴还没停:"我说真的，我真晕。"

明芙没搭理他，自顾自地挽起袖子。

四月底的 B 市还有点儿凉，明芙还穿着薄绒卫衣，身边的陈屿舟却已经穿上了短袖。

护士把皮筋绑到胳膊上，让血管更加明显一点。

陈屿舟还不死心，懒懒散散地"啊"了声："要开始了，一会儿我晕这儿你能不能把我扛回去啊？"

护士奇怪地看了他一眼，像是在看精神病，没忍住，一边用棉签消毒一边说了句："放心，要是真晕了我们这里有医护人员照看到你醒来，然后护送你回班。"

陈屿舟："……"

谁要你们护送？

明芙抿唇笑了一下，搁在地上的脚冷不丁地被踢了一下，她看过去。

陈屿舟木着张脸，面无表情地看着她。

抽血针已经准备就位，马上就要扎进去，明芙轻叹了口气，另一只手伸过去覆在他眼上。

"现在，行了吗？"

小姑娘的手软乎乎地盖在他眼上，指腹贴在他眼睛周围，掌心的温度烘烤着他的皮肤。

许是因为不自在，小拇指屈了下，指尖轻刮他的脸。

他还能闻到清淡的栀子花香味儿，是明芙用的护手霜的味道。

脑海里莫名浮现出刚刚她抓着自己衣摆的画面。

陈屿舟喉结滚动了一下。

好像行过头了。

又是一年六月五日，去年还是旁观者的他们今年变成了参与者。

今年倒是没再举行丢书活动，因为去年有个学长不小心把准考证夹在书里丢了下来，最后猫着腰满地找准考证。

年级主任知道这件事之后，气得差点没两眼一翻昏过去。

然后这项活动就被严令禁止了。

早上明芙刚拐进高三楼层，就被从办公室里出来的吴鹏旭叫过去帮忙整理东西，再回到教室的时候，早自习已经上了一半。

还没走到教室,明芙就感受到了里面的热闹。

她本以为只是没有老师看管,所以大家都比较放松,结果走进去之后就被眼前的景象弄得愣了一下。

然后她就看到陈屿舟穿着那件写满了名字,看不出本来面貌的校服。

陈屿舟时不时地就往门口看两眼,见明芙回来,他朝她招了招手:"总算回来了,赶紧签完我把衣服换了,这什么破料子,扎死我了,也不知道你是怎么天天穿着它的。"

他拿了支签字笔塞进明芙手里,扯着校服下摆:"快签。"

整件校服都写满了名字,唯独左胸口的位置干干净净的。

明芙无从下手:"签哪儿?"

"你这装傻充愣的招数能不能改改?"陈屿舟调侃她,"胸口空着这么大地方,别跟我说你没看到。"

明芙"哦"了声,在那块空白的地方一笔一画写上自己的名字。

最后没忍住,稍稍翘了下嘴角。

陈屿舟瞥了她一眼:"想笑就笑,在我胸口签名这事儿是挺值得嘚瑟的。"

明芙瞬间拉平嘴角,"自恋。"

高考前的最后一节晚自习,风扇在头顶吱呀呀地转着,掀起的风把桌上的卷子带起一个角,窗外蝉鸣阵阵,教室里有窃窃私语声。

黑板旁边的倒计时牌终于变成了个位数"2"。

明芙看完最后一篇英语阅读,揉了揉眼睛。

下课铃正好打响,教室里的低语声音变大。

旁边的座位还是空的,陈屿舟十五分钟前被吴鹏旭叫走不知道去干什么,还没回来。

明芙没急着走,坐在座位上漫无目的地看着教室里其他人收拾东西。

郑颜芗走过来:"芙宝你不走吗?"

"我不急。"

郑颜芗瞬间会意,比了个"OK"的手势:"那你慢慢等,我先走了,我爸妈在门口等我呢!"

明芙跟她挥了挥手:"好,再见。"

教室里的人渐渐走完,陈屿舟还是没回来。

楼道里传来一阵高过一阵的声浪,比平时放学的时候要热闹不少,仔细听好像还伴随着音乐声。

明芙觉得奇怪,正准备出去看看,郑颜芗就去而复返了。

她跑过来拉着明芙边往外走,边说:"长立今年还给我们整了个高考前的仪式感。"

出了教室,放眼望去黑压压的一片,全是人头。

桑吟一直望着九班的方向,见郑颜芗把明芙带出来,举起手挥了挥:"这儿呢!"

两人拨开重重人群钻到第一排。

视野瞬间变得开阔,明芙这才发现高一到高三的楼层都站满了人。学生们都围在窗边,每个人手里拿着一个荧光棒,不算十分整齐的歌声回荡在教学楼之间——

> 你曾经灼热的眼眶
> 是人生中少数的笨拙又可贵的时刻
> 一去不返的我们啊,就肆意地追逐吧
> 有你目送就不算落单
> 每当我悲伤过
> 也被暴雨淋过
> 泥泞开出花朵
> 就让它生长着
> 燃烧小小的梦
> 不怕赤脚追风

桑吟拍了下明芙的肩膀,贴到她耳边:"看楼下,陈屿舟是领跑。"

明芙顺着她指的方向往下看,教学楼的露天广场中央是一个圆形大花坛,一排鲜红的旗子正随着奔跑的少年们在空中飘扬,形成一圈红色的浪潮围绕着花坛。

她一眼就看到了队伍最前方的陈屿舟。

穿着那件签满了名字的校服,举着比其他人的大一圈的红旗,迎着初夏的晚风奔跑。

她看见他抬头往她这边望。

隔着三层楼的距离，明芙不是很能看得清，但她能感觉到自己的目光和他的撞在了一起。

她好像看到他笑了一下。

周遭的歌声渐弱，她听到了陈屿舟的喊声——

"明芙！祝你高考一切顺利！"

29

天公作美，高考那天天朗气清，没有平日里的灼热，只余凉爽。

明芙起得早，从房间里出来下到二楼的时候，杨铭也恰好从房间里出来。

大概是昨天半夜回来的。

楼梯的空间不算大，杨铭的房间就在楼梯左边第一间。

明芙脚步下意识一顿，躲是肯定来不及了，只好硬着头皮垂眼喊了声"杨铭哥"。

杨铭穿着一身黑色的丝绸睡衣，领口歪斜着，脖子上印着两枚红色的痕迹，看到明芙后，讽笑了声："叫这么见外干什么啊，叫哥哥多好听。"

他抬手碰了下明芙的脸。

明芙一惊，只觉得浑身的汗毛都要竖起来了，立刻往后退去，丢下句"我下去了"就匆匆往楼下走。

手重重地擦着被他碰过的地方。

隐约间，听到一道娇俏柔媚的女声从身后传过来："老公，你去哪儿了？"

杨枭群和徐欣荣已经在餐厅了，明芙挨个打了声招呼，坐下吃饭。

"明芙，你今天是不是高考？"

吃着早饭，杨枭群冷不丁来了一句。

明芙愣了下，点头："是。"

"高考啊，这么快？"徐欣荣把抹好花生酱的面包片递给杨枭群，对明芙说，"你杨叔叔真是有心了，还记着你高考的日子。"

明芙听懂徐欣荣的暗示，乖巧地跟杨枭群道了声谢。

心里却只觉得讽刺。

她亲妈都不记得她今天要高考。

杨枭群问："怎么去学校？用不用司机送你？"

明芙还没来得及回答，拖鞋的趿拉声就从身后响起，她放下手里的东西，尽量加快语速："谢谢叔叔，我自己去，就可以。"

然后拿上书包往门口走。

关上门的那一瞬间，杨枭群暴怒的声音传出："谁允许你把不三不四的女人带回家里来的？"

"跟你学的啊，你不也把不三不四的女人往家里领吗？"

门关上，隔绝掉里面的声音。

手机振了下，明芙拿起看了眼。

C：出门了吗？

明芙：出了，就到。

她加快脚步朝着小区门口走去。

陈屿舟等在小区门口，微垂着头，白色耳机戴在耳朵里，手里拿着一个透明袋子，里面装着准考证和考试用具。

明芙霎时觉得心安。

她舒了口气，走过去："不麻烦吗？"

是在问他过来接她不麻烦吗。

陈屿舟摘了耳机，懒散地说："都说了是贴心管家，这么重要的日子不亲自护送，能行？"

很奇怪。

刚刚被杨铭碰的那一下带来的不适感瞬间消失。

明芙："那走吧。"

高考还是在长立考，校门口已经围满了人，大多数家长穿着旗袍，不然就是喜庆的红色。

吴鹏旭为了方便看自家崽子，从头到脚穿了一身大红色，站在校门口正中央，想让人注意不到都难。

看到明芙和陈屿舟来了，吴鹏旭上前迎了几步："哎哟我的俩宝贝疙瘩可算是来了，我在这儿找你俩半天了。"

陈屿舟太阳穴突突跳了两下："您能别这么夸张吗，鸡皮疙瘩都起来了，我们马上就要考试了可受不了什么刺激。"

"宝贝疙瘩主要是说明芙，你就是一跟着沾光的。"吴鹏旭笑容灿烂地警告他，"我难得对你和颜悦色一点，得知道感恩懂不？"

陈屿舟敷衍地点点头:"懂。"

"明芙啊,老师跟你说,一会儿答题的时候千万不要紧张,拿到卷子别着急做,把题都看好了再动笔,时间完全来得及,有什么不会的……"

吴鹏旭顿了下:"我觉得你也没什么不会的,就放平心态,不用紧张,老师我在外头等着你们出来。"

这些话吴鹏旭早就在上课的时候叮嘱过他们一遍又一遍,不厌其烦。

明芙只觉得心里暖烘烘的,她点头笑起来:"好,我知道了,老师。"

吴鹏旭也放心地笑起来,瞥到一旁的陈屿舟,上扬的嘴角立刻拉平:"你给我好好答卷,尤其是语文古诗默写,不会也给我拼几句写上去,再空着我就找你哥让他扣你生活费。"

陈屿舟轻哂了声,倒也没跟吴鹏旭对着干,应了声:"知道了。"

电子闸门缓缓拉开,考生开始入场。

吴鹏旭拍了下陈屿舟的肩膀:"去吧,我就在这儿等你们出来。"

明芙没动,看向陈屿舟。

接收到她的眼神,陈屿舟挑了下眉:"有话跟我说?"

"有。"明芙往他那边跨了一步,眼睛垂着没看他,默了两秒,还是不敢直接抱他,只把脑袋抵在他肩膀磕了下,"高考加油。"

两天高考一晃而过,辛苦一年的高三学生终于迎来他们人生中最漫长且炙热的一个假期。

杨枭群这位继父还算不错,给明芙打了笔钱,让她趁着这个暑假好好去玩玩。

明芙拒绝过,最后被徐欣荣按着头收了下来。

她没动那笔钱,存在了卡里。

刚考完试的那几天,大家可能还都没有从长久的高压状态中脱离出来,班级群和朋友圈里安静了好几天,第四天的时候才有人陆续"活"了过来。

班长和生活委员开始在班级群里组织散伙饭,没人理就一遍遍地@全体成员。

明芙洗完澡出来的时候,就听到床上的手机一阵叮咚作响。

她一边擦着头发一边从头翻看聊天记录。

刚看完,郑颜苎就给她发了消息过来。

是苎不是乡:芙宝!你在干吗呀?

151

明芙：才洗完澡。

是艻不是乡：你这几天过得怎么样？有没有好好庆祝一下？

明芙：没。

是艻不是乡：也是，像你这种学神，高考就跟平常的考试没啥区别，洒洒水啦。

明芙失笑，发了个表情过去。

是艻不是乡：说起来，这也毕业了，你跟陈大佬接下来有没有什么打算啊？

明芙擦头发的手顿了下。

考完试这两天她和陈屿舟倒是也没断了联系，和之前一样相处，这两天程里他们一群男生都玩疯了，酒吧赛车场连轴转，明芙第二天起来刷朋友圈，看到的都是程里凌晨发的在大街上的定位。

陈屿舟是想带着明芙一起，但明芙知道那是他们男生的聚会，她去了反倒不自在，就拒绝了，陈屿舟也没再叫她，只说过两天单独带她出去玩。

再多的，两人都没提。

她点了两下屏幕，回复郑颜艻。

明芙：没什么打算呀。

放下手机，折返回浴室吹头发。

头发吹到半干明芙就没再吹了。

她房间里的饮水机坏掉了还没来得及找人修，吹完头发觉得有点儿口渴，拿了杯子下楼去了厨房。

杨枭群和徐欣荣今晚去参加晚宴了还没回家，阿姨也回了房间。

明芙还在想着郑颜艻刚才问的那个问题，有些心不在焉。

接完水转身的时候看到厨房门口靠着个人，吓得脸都白了一瞬。

等看清来人后，她神色缓了缓："杨铭哥。"

客厅没有开灯，杨铭站在客厅和厨房的交界处，整个人半明半暗，让人看不清神色。

"刚洗完澡？"他突然问了句。

明芙拿着杯子的手紧了下："嗯。"

和杨铭为数不多的几次见面都没给明芙留下什么好印象，尤其是上次他还碰了她的脸，这让明芙很是抵触。

但毕竟寄人篱下，打个招呼把该有的礼貌表达到位就可以了，她也没想着和杨铭处好关系。

"我先上去、了。"

捧着杯子朝门口走，她闻到了弥漫在空气中的酒味。

手腕蓦地一紧，杯子掉落在地发出刺耳的声音，碎成一片片玻璃。

男人的手掌紧箍在她的腰上，带着酒气的呼吸喷洒在她脸上。

一切都发生在转瞬之间。

明芙被迫靠近男人，她瞬间挣扎起来，她感受到杨铭捏着她的腰，感到很恶心。

烟草味和浓重的酒味混合在一起涌入她的鼻腔，让她胃里一阵作呕。

都到了这种地步，明芙不可能不知道杨铭想干什么。

她一边推搡着男人一边大声呼救。

但是阿姨和司机的房间在别墅后面，入夜之后他们就不会来主楼，根本不可能听见她的喊声。

推搡挣扎间，她打了杨铭一巴掌，指甲划过他的侧脸，很快就渗出了一抹血痕。

杨铭动作顿了下，眼神蓦地沉了下去，反手重重甩了明芙一巴掌，她的脸颊很快肿了起来。

"臭女人，还敢打我！"杨铭推着她往一边走，把她压在餐桌上，一手攥住她的两只手反剪在身后，另一只手从她的衣摆往里面探，"装什么假清高，你妈那样的人生出的女儿，能好到哪儿去？不是喜欢进我们杨家的门吗，我也把你娶进来怎么样？啊？"

下流的话钻进明芙耳中，她没理会，因为杨铭的手已经碰到了她的内衣边缘。

牙齿止不住地打颤。

她抬起腿，却被男人先一步按住。

"想踢我？"

杨铭居高临下地看着被他压在身下的明芙。

少女发丝凌乱，皮肤白皙，缀在脸上那两颗黑亮的眼眸里充斥着惊慌，颊边印着一个巴掌印，保守的睡衣因为刚才的挣扎，最上端的扣子崩掉，领口敞开了不少。

.... 153

"没看出来啊,身材还挺好的。"杨铭看着她因为慌乱而呼吸急促起伏的胸脯,"你那朋友知道吗?"

听他提起陈屿舟,明芙眼眶瞬间变红,她控制着发颤的声音:"滚开。"

杨铭嗤笑了声,手扯着她的裤子往下拽。

头顶是晃眼的白炽灯,明芙却只感觉到一片黑暗。

她的心止不住地往下坠,好像永远落不到地面。

玄关处突然传来细微的声响,明芙心猛地一跳,下坠的速度放缓,脑子开始嗡嗡作响,她像是抓住救命稻草一样喊了声:"妈!救我!"

"明芙?"徐欣荣的声音里带着迟疑,循着声音快步往声源方向走,"怎么了这是?"

等看到厨房里的情形后,脚步猛地顿住。

杨枭群也紧跟在后面走了过来,反应过来后一把将杨铭从明芙身上拽开,狠狠给他一巴掌:"你这个畜生,明芙是你妹妹,你想干什么混账事?"

明芙立刻从桌子上起来,跑到徐欣荣身后,抓着衣领的手抖得不行。

杨枭群的力气是明芙没办法比的,这一巴掌打过去,杨铭往后退了两步,扶着桌子稳住身体,抬手蹭了下嘴角:"妹妹?又不是亲的,想干什么不行?

"你不是不喜欢我带不三不四的女人回家吗?我在自己家里找,您总满意了吧?"

杨枭群气得脸色涨红:"混账!"

杨铭不甚在意地笑了笑,歪头看了眼打扮得光鲜亮丽的徐欣荣,又慢慢把视线挪到杨枭群脸上:"玩得挺开心啊杨总,你还记得今天是什么日子吗?"

杨枭群脸色一僵,他沉着张脸:"滚出去。"

"谁稀罕留在这儿?"

"好事"被打断,杨铭也觉得没有留在这里的必要,踹开面前挡路的椅子,走了。

门被重重拍上发出巨大的声响,屋内的气氛有片刻的凝滞。

杨枭群叹了口气,转身看着明芙:"明芙,今天这事儿叔叔给你道个歉,你——"

"他这是、故意侵犯。"明芙打断杨枭群,一字一句都是从牙关里挤出来的,"我会报警。"

杨枭群没想到明芙会这么说,不满地皱起眉:"都是一家人报什么警?你哥哥他今天只是喝多了,再加上今天是他生母的忌日,叔叔忘了,他心情肯定不好,你别跟他一般见识,等我过后好好说说他,让他给你道歉。"

到底是亲儿子,生气归生气,骂归骂,该有的袒护不能少。

明芙很坚定:"不需要。"

她凭什么要为他们的错误、他们心情的好坏买单?

杨枭群身上那点微弱的亲和消失,恢复了一个上位者高高在上的姿态:"你以为报了警能怎么样?报了警后你又能得到什么好处?你也不想被别人扣上勾引自己继兄的帽子吧,别太天真了。"

徐欣荣这时候也从刚才的震惊里回过神来,她看见杨枭群面色不善,连忙出来打圆场:"明芙,你杨铭哥哥不是故意的,你杨叔叔也替他跟你道歉了,你就别抓着这点小事儿不放了。"

明芙不可置信地看着徐欣荣:"这是小事、吗?"

徐欣荣温柔地给明芙整理了一下凌乱的衣服,跟她商量着:"你杨铭哥哥好不容易接纳了妈妈一些,你懂事一点好吗?"

30

明芙当晚就从杨家的别墅搬了出去。

她从来没把这里当成过自己的家,东西不多,收拾得也快。

杨枭群给她的钱她原封不动还了回去。

徐欣荣也没拦她,只当她是小孩子脾气,过不了多久就会回来。

从杨家出来的时候,明芙突然有种如释重负的感觉。

她早就应该搬出来的。

哪怕这里有她的妈妈,也依旧不是她的家。

明芙也是个胆子大的,大半夜拎着行李箱出门打了辆车,让司机随便往哪里开。

三更半夜总不能露宿街头,她在网上订了家经济条件允许的酒店,让司机开过去。

办理好入住手续后,明芙进了房间就去了浴室。

在里面待了一个多小时才感觉身上那股让人作呕的味道没那么重了。

她看着镜子里自己肿起来的半边脸,愣怔了好一会儿,才垂下眼。

她当初好像就不该来 B 市,这里的一切对她来说都太陌生了。

车水马龙的街道,耸入云际的高楼。

这里不是她的家,也没有她的亲人。

准确地说,从爸爸去世的那天开始,她就已经没有亲人了。

她抬手按了按眼眶,把那股子酸意压下去。

长舒了一口气,走出去。

随便订的这家酒店环境还挺不错的,有一扇飘窗,窗外是繁华的街道,对面的商场挂着当红艺人的巨幅海报,漆黑的夜空点缀着星星点点的光亮,预示着明天是个好天气。

明芙打开窗户,跪坐在窗台上看着外面发呆。

什么也没想,大脑空荡荡的一片。

她没有报警。

既然徐欣荣那么珍惜她现在那个家,那就成全她。

也算是还了她的生育之恩。

不知道过了多久,手机"叮"的一声响唤回了她飘散的思绪。

麻木的眼睛转动了下,她本来不想理会,后来想到了什么,从窗台上下去拿手机。

屈着腿坐了半天,现在突然起来,两条腿麻得不行,撑不住往下跪去,膝盖磕到桌子上发出"咚"的一声。

她没管,撑着桌子站起来,走到床边拿起手机看了眼。

C:睡了没?

简简单单的三个字让明芙突然就感觉到了委屈。

她第一次主动给陈屿舟打电话。

电话很快被接通,男生愉悦的笑声混着有些嘈杂的背景乐一起传进她的耳朵:"难得啊,你第一次主动给我——"

"你在哪儿?"

明芙打断他。

陈屿舟没怎么反应过来:"嗯?"

她重复了一遍:"你在哪儿?"

"跟程里他们在外面呢,最后一场,以后就天天带你出去玩。"

"我想去找你。"

听筒那边沉默了一瞬,明芙好像听到了其他人问陈屿舟去哪儿,紧接着嘈杂的背景乐消失,她清楚地听见了陈屿舟的声音。

"你怎么了?"

"没。"明芙咽了咽嗓子,"就是想、去找你。"

"我过去接你。"陈屿舟问她,"在家?"

"不要。"明芙拒绝,坚持她的想法,"我想去找你。"

"行。"

陈屿舟察觉出了她的不对劲儿,也没再跟她对着干,报了个地址给她,又叮嘱她:"打到车把车牌号发我,我在门口等你。"

挂了电话,明芙从书包的夹层最深处摸出了那枚胸针。

翻过来,胸针后面刻着三个字母——

CYZ。

她把胸针牢牢地攥在手心,拿上房卡戴上口罩出了门。

几个小时前的结论被推翻。

她该来 B 市,不来 B 市就不会再次遇到陈屿舟。

不来 B 市就不会让他认识自己,更不会跟他发生那么多故事。

总归还是有好处的。

她不想再继续等下去了,也不想在乎谁先说,她想告诉陈屿舟,早在她转学来长立之前,他们就已经见过了。

明芙从来没有这么迫切地想去做一件事,去见一个人。

凌晨街道上的车很少,明芙等了半天终于打到一辆车,她不断催促司机快点开。

司机师傅见她这么着急,忍不住打趣:"小姑娘这么急,是要去见男朋友啊?"

明芙脸红了红,把口罩往上拉了拉,没反驳:"嗯。"

到了陈屿舟说的酒吧门口,明芙把钱给司机支付了,迫不及待地从车上下来。

她一眼就看到了等在门口的陈屿舟。

少年穿着简单的白 T 恤黑裤,身后是闪烁的霓虹灯灯光。

157

明芙觉得神奇的是，陈屿舟身上永远都有一种干净明媚的少年气，但这种少年气又夹杂着些许敛了锋芒的痞劲儿，导致他站在酒吧这种纸醉金迷的地方显得不太搭，却又有别样的吸引力。

陈屿舟也看到了明芙，两三步走过去，刚站定，明芙就靠到了他怀里。

身体僵了一瞬，他不知道该做出什么反应。

因为戴了口罩，明芙的声音有些闷："你不抱、抱我吗？"

"抱。"

明芙的那句问话像是给陈屿舟下了什么命令一样，他人都有点儿傻了，完全是凭借着本能揽住她的腰。

陈屿舟现在的心跳有点儿快，他觉着自己得说点什么缓缓："怎么还戴上口罩了，不闷？"

明芙不想告诉他刚才发生的那些恶心事，随便扯了个借口："被蚊子，叮了一下，丑。"

"丑什么啊，你什么样儿我都觉得漂亮。"

说着就要去摘她的口罩。

明芙躲开他的手，拧了下他的腰。

低沉的笑声从胸腔蔓延开，陈屿舟本就是逗逗她，攥住她的手包在手心，问："出什么事儿了吗？这么晚非要跑过来找我。"

收到他消息的时候到达顶峰的冲动，经过一路的沉淀稍稍降下去了点。

明芙没有经验，一时也知道该怎么开口，索性沉默。

再酝酿一会儿。

她不说话陈屿舟就自问自答："不说话我就自动认为是你想我了。"

明芙小小地"嗯"了一声。

陈屿舟觉着还挺神奇的，他发现不管明芙声音有多小，他总能听到。

嘴角控制不住地上扬："想去哪儿？进去还是带你去别的地儿？"

"都可以。"

去哪儿都可以，只要是他带她去的。

"陈屿舟！"

急促的脚步声从酒吧里面传来，越来越近。

明芙还是有些不好意思，从他怀里出来，往他身后站了站，看向来人。

是孙思柔。

"程里、程里和别人打起来了,在厕所门口,你快去看看。"

陈屿舟:"……"

这人可真会挑时候给他找事儿。

他带着明芙走进去,到分岔口的时候犯了难。

他可不想带明芙去程里搞出来的"战场",怕伤着她,但又怕她找不到位置。

正想着要不让程里再撑一会儿,他先把明芙送过去的时候,身后一道女声响起:"我带明芙去卡座吧。"

他这才发现后面还跟了个人。

陈屿舟看向明芙。

明芙也怕程里出点什么事情,催着他:"可以的,你快去。"

"那成,我一会儿就回来。"

等他走了,明芙跟着孙思柔往酒吧里面走。

"哎,你和陈屿舟是在一起了吗?"

酒吧人多,孙思柔怕明芙走丢,挽着她的胳膊带她往里面走。

孙思柔是认识的人,明芙不好像刚才对司机那样回答,摇了摇头,如实说:"还没。"

"啊。我还以为你们在一起了呢!"孙思柔有些意外,喃喃了句,"怪不得我刚才听他们说陈屿舟要出国的事情。"

明芙脑子"嗡"了一下:"出国?"

"对啊,陈屿舟没跟你提过吗?他家里很早就给他安排好了,高中毕业就出国留学。"孙思柔说,"他们这种家庭的孩子有的很小就被送到国外读书了,陈屿舟高中毕业才过去,已经算很晚的了。

"陈屿舟也真是的,这种事怎么都没告诉你一声?"孙思柔状似无意地感叹了声,"其实也正常,像他们这种人,随心所欲惯了,哪能真的把别人放心上?"

瞥见明芙魂不守舍的模样,孙思柔停了下,话锋转了个弯:"不过我觉得陈屿舟对你是真心的,当时我们看见他围着你转的时候还很惊讶,没想到一年多过去了,他对你还这么热情,你对他来说肯定是不一样的。"

这一番话说完,也到了他们开的卡座上了。

一眼看过去都是有印象的人,见到明芙过来都调侃地叫了声"嫂子"。

明芙满脑子都是陈屿舟要出国这件事，对于他们叫的这个称呼也没什么反应。

她戴着口罩，再加上酒吧里灯光晃眼，其他人看不到她的表情，把她的沉默当成了害羞。

知道明芙和陈屿舟关系不错的人，哪怕陈屿舟不在，他们也不敢怠慢，热情地招呼着明芙，给她开了瓶度数低的酒。

明芙没喝，在手里拿着。

坐了一会儿，陈屿舟还没回来。

明芙被震耳欲聋的音乐吵得心跳加速，她把酒放到茶几上，问孙思柔厕所在哪儿，找了过去。

程里这人酒品还可以，就是喝多了特别爱说话，上下嘴皮子一碰叨叨地说个没完。

他趴在厕所里男女共用的水池子边上，一边酝酿着吐意一边还非扯着陈屿舟说话。

陈屿舟要是不理他，他就把脑袋往水龙头下面扎，一副"你要是不理我，我今天就淋死在这儿"的架势。

陈屿舟贼无语，第一万次后悔当初怎么就跟他玩到了一起去。

然后开始反思自己是造了什么孽，替他解决完惹出来的烂摊子后还得在这儿陪他聊天。

但他还真没办法直接把程里丢这儿不管。

"嗯嗯啊啊"地敷衍着他，陈屿舟靠在门边上，心里想的全是刚刚明芙靠在他怀里，问"你不抱抱我吗"的样子。

小姑娘软乎乎的，像是在跟他撒娇一样。

他现在只想赶紧回去带明芙去过二人世界，连着几天都只能看程里他们这群大老爷们儿，他都要看吐了。

这么想着，他抬腿照着程里的屁股踹了一脚："你吐完了没？吐不出来就赶紧走，别在这儿占用公共资源。"

程里被他踹得跟跄了一下，扶着洗手台稳住身体，不满地嚷嚷："干什么干什么！你不就是急着回去找芙妹吗？有了女人忘了兄弟，你不是人！"

卫生间这里远离DJ台，还算是安静，程里这么一嚷嚷，这屁大点的地方还能荡起阵阵回音。

"不是。"陈屿舟懒得跟他废话，"满意了吗？可以走吗？"

"不可以，我还没吐出来。"程里说着又趴了下去。

陈屿舟："……"

程里喝多了之后嘴是真的停不下来，他开始关心陈屿舟的感情状况："兄弟，你出国的事儿跟明芙说了吗？"

"没必要说。"

他压根就没打算出国。

所以这件事也没必要让明芙知道，不然以小姑娘那性格，肯定会觉得是她耽误了他。

陈屿舟可不想让她有这种乱七八糟的想法。

"怎么没必要说？"程里"啊"了声，猛地直起腰杆，"我知道了！你是不是在玩人家？你对芙妹不是真心的是不是？当初你和张立打赌说看谁能和芙妹走得近一些的时候我就觉得你不地道，你个渣男！"

陈屿舟瞥他一眼："你倒挺会猜。"

程里脑子现在被酒精掌控，蒙得不行，压根没精力去分析陈屿舟的语气，听他这么说只觉得他在夸自己，得意地笑起来："我还不了解你，你身边那么多女生我就没见你真心喜欢过谁！"

陈屿舟轻哂一声，直起身子，余光扫到什么，定睛看过去，却只看到了随着音乐晃动的人群。

酒吧灯光迷离，陈屿舟也没在意，只以为自己看错了。

他轻描淡写地说了句："这不就让你见着了吗？"

陈屿舟拖着程里回卡座的时候，明芙正坐在沙发上跟他们玩骰子。

把程里随便丢到沙发上，他挨着明芙坐了过去，凑到她耳边问："会玩？"

这是他们两人第一次这么亲昵。

明芙的眼睫颤了下："他们跟我、讲了一遍。"

张立见陈屿舟回来，立刻跟他控诉："屿哥你赶紧把嫂子换下来吧，她太牛了，我们都喝了几轮了她一杯都没喝。"

许是因为刚才明芙的主动，陈屿舟现在整个人都处于一种极其荡漾的状态，他下巴搁在明芙的肩膀上："这么厉害啊小学霸。"

明芙没躲，任由他靠着："还可以。"

"你要玩吗？"她问。

"你玩,我看着。"

后半程就是明芙一人单挑他们所有人,陈屿舟稳稳地坐在她旁边给她撑场子,明芙每赢一次,他脸上就会出现与有荣焉的神情。

从酒吧出来的时候天刚蒙蒙亮。

陈屿舟照旧送明芙回去。

他今天自己开了车。

明芙没告诉他自己住在酒店的事,看着窗外熟悉的景物,她只觉得胃里一阵一阵的恶心。

等红灯的时候,陈屿舟抓着明芙的手,明芙也没躲,随着他。

小姑娘今天乖得不行,又是给牵手又是给抱的,陈屿舟只觉得自己深陷在幸福的泥潭里不可自拔。

"想好怎么跟我说了吗?"

他没忽略掉明芙今晚的反常,她多半是在家里受了委屈才大半夜跑出来找他。

明芙知道他指的什么,摇了摇头:"没什么。"

顿了顿,她又补上一句:"我不想说。"

陈屿舟看了她两眼:"行,不想说我就不问。"

他一向不舍得逼她。

车载广播随机播放着音乐,听到一首歌,明芙觉得旋律格外耳熟。

仔细辨认一会儿,听出这是之前学校广播站在大课间放过的歌曲。

当时她只清楚地听到一句。

现在她听到了另一句——

"灯火阑珊,我的心借了你的光是明是暗。"

明芙手指微动,目光转向右侧窗外。

到了小区门口,陈屿舟还想跟着一起下车,明芙没让。

知道她心里有事,陈屿舟也没跟她对着干,只在她下车的时候拉住她,问:"明天带你出去玩?"

明芙撒了个谎:"明天,我和芎芎约、好了。"

"行吧,让你等了我那么多天,这下换我等你了。"

明芙垂眸看了眼他们交握在一起的手:"后天,是毕业典礼。"

陈屿舟"嗯"了声:"然后呢?"

"后天见。"她说。

陈屿舟笑起来:"行,后天见。"

等他开车离开,明芙摸出兜里的胸针,轻轻地叹了口气。

那些话,终究还是没能说出来。

也幸好没有说出来。

长立毕业典礼那天是个阳光明媚的好天气,六月初的天还不是很热,微风吹在身上很舒服。

B市好像很少有天气不好的时候,不像南方,雨水多,一年四季阴天占据一多半。

过了两天,巴掌印已经完全消了下去。

明芙收拾好行李,拎着箱子下楼,办理了退房手续,她把行李箱寄存在了前台,毕业典礼结束过来取。

陈屿舟之前给她发了消息说被吴鹏旭提前叫回了学校帮忙,不能来接她了。

明芙回了个"好"。

她搜了下酒店到学校的路线,步行去了公交站。

她还是更喜欢坐公交一些。

长立有什么大型活动都在大礼堂举行,毕业典礼也不例外。

毕业典礼其实挺无聊的,无非就是各个领导挨个讲话,回忆一下往昔,再展望一下未来,给予他们这群毕业生一些耳熟能详的祝福。

陈屿舟是被吴鹏旭叫来当后勤的,典礼开始了十分钟后才跟着吴鹏旭回了九班所在的位置。

结束后,礼堂里闹哄哄的,每个班都没着急走,堆成一堆叽叽喳喳地说着什么。

好像毕业的伤感现在才后知后觉地涌来。

明芙不记得是从谁先开始的,等她反应过来的时候已经被好几个人拥抱过了,不过全都是女生。陈屿舟就站在她身后,跟尊大佛一样,没有哪个男生敢不要命地在太岁头上动土。

拥抱永远是表达离别最好的方式。

明芙不是很喜欢和不熟悉的人有肢体接触,但是在今天这个日子,她没拒绝。

和班上的女生挨个抱了一圈，轮到郑颜芠的时候，她紧抱着明芙不撒手，鼻涕眼泪糊了满脸："芙宝我舍不得你呜呜呜……"

明芙笑着拍了拍她的背，安慰她："会再见的，别哭。"

郑颜芠埋在明芙的肩膀上蹭了蹭："那我也舍不得你，我跟你同吃同睡了一年多，上了大学你就要跟别人去睡了。"

说完这句话后莫名感觉有点儿冷，她下意识抬头看了眼。

然后就对上了陈屿舟微眯的眼睛。

郑颜芠从明芙怀里直起身子："那什么芙宝，我感觉我好像被大佬盯上了。"

明芙愣了两秒才反应过来郑颜芠在说什么，她转头看过去。

郑颜芠十分有眼力见地走开，把空间留给他们二人。

明芙看着陈屿舟："要抱、一下吗？"

"还行，总算是想起我了。"他朝她张开双臂，"你来抱我。"

明芙上前一步，和那天晚上一样，额头抵上他的肩膀。

原以为她能控制得很好，不承想在靠近陈屿舟的那一秒，情绪铺天盖地地涌来，瞬间逼红了她的眼眶。

其实也正常。

她碰上和陈屿舟有关的事情，很少能做到真正的若无其事。

到底没忍住，吸了下鼻子。

陈屿舟手一顿，随后把她抱进怀里，俯下身，下巴搁在她肩上，温柔地拍着她的背，哄她："哭什么？以后又不是见不到了。"

明芙抬手虚虚圈住他的腰，没应他这句话。

散场的时候陈屿舟又被吴鹏旭给叫走收拾场地去了。

陈屿舟拉着明芙的手："你去教室等会儿我？我收拾完就过来找你。"

明芙点头："好。"

她骗了陈屿舟。

她没有去教室等他。

出了礼堂她就直接回了酒店，拿上行李去了机场。

托运行李过安检。

很快，明芙就坐上了回苏城的飞机。

她和陈屿舟早晚都会有这么一天。

他会出国，去享受大好的人生。

而她不过是他精彩人生中的一小部分，微不足道，不足挂齿。

或许等他留学归国，都不会记得她。

他们本就不是同一个世界的人，只是她太想跟着陈屿舟走，明知不可为而为之。

硬生生求来了一段路，和他见过面、说过话已经很好了，现在到了分岔口，也不该再拖延散场的时间了。

可她不想再做被丢下的那个人。

所以这一次，明芙自私地选择先离开。

也是在这一刻，明芙意识到，她想和陈屿舟一起经历更多。

飞机起飞，有瞬间的失重感。

地面上的景物一点点缩小，飞机越飞越高，和 B 市的距离也一点点拉远，直至没入云层再也看不见。

她忽然想起第一次见到陈屿舟的那天，也是这么一个艳阳天。

他接住向她砸过来的篮球，骨节分明的手猝不及防地闯入她的视线。

她只觉得这人的手长得真好看。

等转过身，她才看清他的长相。

手长得好看，人也同样。

少年明媚似阳光。

只一眼，就在明芙的心底投下了难以磨灭的印象。

是谁说，一切美好的事情都发生在夏天？

失去和离别，也同样发生在夏天。

第五章 —— 美梦成真

Un coup de foudre

31

七八年的时间如白驹过隙，眨眼一晃而过。

明芙不是没想过和陈屿舟再见面会是何种场景，但就昨天的情况来看，显然不在她设想的范围内。

这一晚她也没怎么睡好，光怪陆离的梦一个接着一个，她梦到了最开始见到陈屿舟的那天，梦到了他和自己讲话的模样，也梦到了高中毕业她和他临别时的那个拥抱。

一年多相处的光景在梦里重新走过一遭，第二天明芙被闹钟叫醒的时候恍惚了好一阵。

她蓦然想起一句话——

思念一个人太久，是会重逢的。

按掉闹钟，盯着天花板发了会儿呆，明芙掀开被子起床。

洗漱完从房间出去，陶璐正好拿着杯子回房间，见到明芙走过去靠到她肩上："去上班了啊。"

明芙"嗯"了声："你又熬了个通宵？"

"是啊，出版社那边催得急，只能连夜改稿子。"陶璐打了个哈欠，很快又兴奋起来，"我的稿费到账了，我们今晚搞个火锅庆祝一下？"

"可以。"明芙点点头，"那我今天早点回来。"

"嘿嘿，好。"陶璐没再耽误明芙，直起身来，"快去上班吧，小劳模，路上注意安全！"

"好。"

换上鞋推门出去，安静的楼道里响起"咔嗒"一声门被关上的声音，明芙下意识抬头看去。

隔壁的房门紧闭。

应该是新邻居回来了。

明芙只看了一眼就收回视线，往电梯那里走去。

电梯正好停在他们这一层，省去了不少时间。

进了电梯后明芙想起什么，点开微信看了一眼。

昨天晚上给陈屿舟转过去的钱他还没有收。

或许是还没有看到。

明芙抿了抿唇，把手机放进了包里。

她的车送去保养还没取回来，今天时间够用，她没打车，去乘了公交。

和上学的时候一样，挑了最后一排的位置坐下。

巧的是，前排坐了两个穿着长立中学校服的高中生，一男一女。

女生扎着马尾辫，校服妥帖地穿在身上。相比之下，男生就随意多了，校服外套松松垮垮地挂在身上。

女生大概是在生气，不管旁边的男生说什么都不理。

男生拽了下她的头发，凑到女生耳边不知道说了什么，女生总算是给了点反应，扭头瞪了他一眼，脸蛋红红的。

明芙坐在后排看着，有瞬间的恍然。

事务所在长立中学的前几站，公交车内响起到站提醒，明芙回过神来，下了车。

刚到事务所门口，身后就有人出声喊她。

明芙转过身，对来人微微颔首："师兄。"

冯越走到她身边："我买了咖啡，这杯给你。"

明芙正想拒绝，又听冯越说："大家都有，你拿着吧。"

话都说到这份上了，她只好接过来："谢谢师兄。"

两人一起进了事务所，朱乐乐见状打趣了句："明律和冯律今天一起来的啊，你们可真是我们律所的一对劳模。"

明芙淡淡地道："门口恰好碰到。"

冯越推了下鼻梁上的眼镜，笑着把手里拎着的咖啡放到前台："给大家买了咖啡，你们分一下吧。"

"啊，谢谢冯律！冯律真好，冯律最帅！"朱乐乐接过咖啡拍了下马屁，想起什么，转头对明芙说："对了明律，你那个离婚案的委托人来了，在会客室等你呢。"

"好，我知道了。"

明芙没再耽搁，立刻上楼。

去二楼办公室拿了相关资料转身上了三楼，宽敞整洁的会客室里坐着一位穿着朴素的女人，双手捧着杯子，模样有些局促。

明芙走到她对面坐下："不好意思，不知道您提前来了，来晚了。"

女人听到声音立马从椅子上站起来，连忙摆手："没关系没关系，是我来早了。"

"您坐。"明芙双手交握放在桌子上，嗓音温和，"您是想再补充些什么证据吗？"

"不是不是，我是想——"女人顿了顿，有些不好意思，"我来是想撤销案子的。"

明芙蹙起眉："是出了什么事吗？还是有什么困难？如果您是顾虑费用，我们——"

"不是，不是因为费用。"女人打断明芙，"我丈夫和我道歉了，他那天喝了酒，也不是故意打我的。而且我后来想了想，是我冲动了，因为一次吵架就离婚。谁家两口子还没有吵架的时候？"

"可您上次过来的时候说的是您丈夫经常家暴您。"

女人"啊"了声："是吗？我不记得了，那可能是我说的气话。"

看着女人略微有些勉强的笑容和捂得严严实实的打扮，明芙就知道她在说谎。

明芙试图进行劝说，但还没来得及开口，女人就从椅子上站了起来："明律师，谢谢你的帮忙，但我真的不想起诉了。我还有事，先走了。"

即便知道女人有难言之隐，但当事人主动放弃，明芙就是有心帮忙也没办法再插手。

她也跟着从椅子上站起来："我送您出去。"

将女人送到事务所门口，明芙还是没忍住，对女人说："如果您以后还有什么需要的话就联系我。"

话音刚落，她就被一股大力推向了一边。

男人粗野的辱骂随之响起："还联系你什么？就是你怂恿我老婆要离婚的是吧？你们这些律师怎么净干这些破坏别人家庭的缺德事？赚黑心钱！我呸！"

一边说着还一边想去推搡明芙。

"哎！干什么呢你！"朱乐乐从屋里看到这情况，立刻跑出来。

那个男人也是个外强中干的，见有人出来，骂骂咧咧了两句，拽着女人走远了。

胳膊肘撞到墙上，一片火辣辣的疼，明芙撑着墙站直身子。

朱乐乐过去扶她："没事吧明律？"

"没事。"

朱乐乐气得不行："这都什么人啊，自己打老婆还把脏水泼到别人身上！那女的也是，怎么什么都不说？"

明芙往前方看了眼，男人粗鲁地扯着女人的胳膊，说话声音大到引起了周围路人的注视，她收回视线，跟朱乐乐说："刚才门口的这段监控拷给我，留着备用。"

明芙回了办公室就开始忙工作，把她从一堆卷宗资料里叫出来的是外卖送到的电话。

挂了电话，她按着后脖颈转了转脑袋，从办公室出去拿外卖。

事务所的茶水间设计得很宽敞，中间摆放着一张长方形实木桌，足够容纳事务所里所有的人一起吃饭。

明芙在前台取了外卖拿到茶水间，找了把椅子坐下。

没多久朱乐乐也抱着她的午饭过来坐到了明芙旁边："明律，你点的什么呀？"

明芙打开外卖盒给她看："沙拉。"

"这么素啊，怪不得你这么瘦。"

"没什么胃口。"

朱乐乐看了看明芙面前满满当当的绿，又看了看自己饭盒里满满当当的肉，叹了口气："瘦子在减肥，胖子在吃肉，这年头当个骨感美女可真难。"

明芙看了她一眼："你不胖啊，身材匀称，看着很漂亮。"

朱乐乐"嘿嘿"笑了两声："真的吗？那我就放心吃了。"

明芙也笑了笑，低头吃饭。

朱乐乐吃饭的时候喜欢刷帖子，指尖在屏幕上乱点着，没找到什么有趣的帖子，准备放下手机的时候，手指又无意识往上滑了下，看到加载出来的新内容后，她立刻点了进去。

看完帖子后,她骂出声:"这都 21 世纪了,怎么还在这儿搞封建!"

明芙被她的一惊一乍吓到,把掉落在桌上的番茄用纸巾包好,扭头问:"怎么了?"

"就是这帖子啊。"朱乐乐把手机推到她面前,"那女孩明明是受害者,底下一堆男的非在那儿搞受害者有罪论,又是那一套说辞:'为什么只侵犯你不侵犯别人?'我真是服了,但凡是个人都不会说出这种畜生话!

"还有她爸妈也是,自己闺女出了这种事不想着报警找出凶手反倒只顾着面子,可真是奇葩。"

明芙看到标题中带有的"性侵"二字后,眼神一顿。

帖子是前不久发出的,根据发帖者本人描述,她昨晚受邀去给同学过生日,有男有女,散场的时候大家一起喝了杯果汁,但是等她出了餐厅没多久就觉得头晕,意识开始模糊。

再次醒过来的时候是在一家酒店,感到身体多处疼痛,她努力回想昨晚发生了什么,可什么都想不起来。

她虽然没经历过这种事,但学校里也有专门的性教育课,她隐约猜到了什么,慌乱地跑回家后和父母说了这件事,但是父母不同意她报警,不想让街坊邻居知道,怕丢人,她很无助,所以发帖来求助。

底下的评论区有支持她去报警的,也有说风凉话的——

"不让报警怕丢人还发帖?那不是让更多人知道了,更丢人?"

"谁让你非要晚上出去玩?不是我说,现在的小姑娘一个个身上穿的布料少得可怜,有些事也是活该摊上。"

"女孩子尽量还是不要晚上出去吧,虽然现在是法治社会,但也不是完全没有坏人啊。"

"大晚上和同学出去玩的人本质上也不是什么好女孩吧?"

"评论区真是让我大开眼界,2022 年了还有没进化完全的碳基生物呢?帖主都说了自己是未成年,没有能力,父母不支持她没办法才想着来网上求助帮忙,如果不帮忙也别说风凉话行不行?"

"她出去玩,她穿成什么样那是她的自由,不是管不住自己下半身没有道德底线的狗东西犯罪的理由,评论区的杂碎们能不能闭麦?"

明芙匆匆几眼看完,她把手机推回去:"帖子转给我。"

说完,起身回了楼上。

"啊，哦。"朱乐乐有点儿蒙，看到她还放在桌上的沙拉后，扬声道，"明律你饭还没吃呢！"

上午陈屿舟到了医院就进了手术室，做完一台手术下来的时候已经是下午三点多了，过了中午吃饭的时间，他也没什么胃口，想着去一楼大厅买杯咖啡提提神。

换上白大褂从办公室出来，他一手捏着脖颈转了转头放松颈椎，另一只手随意地插在兜里。

刚出电梯，他一抬眼就看到了低着头迎面走过来的那道熟悉身影。

他停下脚步，站在原地。

下一秒，那人就按照他预想的那样撞了上来。

"不好意思，对不起。"

略有些急促的语气在陈屿舟耳边刮过，明芙没有抬头，径直往前走。

走了两步又停下，她折返回去："医生你好，我想问下——"

明芙没注意自己问的人是谁，靠近之后闻到对方身上的冷香后，存留在深处的记忆像是被唤醒，声音顿住，在她反应过来的前一秒，男人的冷淡的嗓音在头顶落下："问什么？"

32

医院大厅熙熙攘攘，每个人都步履匆匆，时间争分夺秒地溜走，明芙却有那么一瞬间感觉到她和陈屿舟之间的时间是停滞的。

短暂地愣怔，她很快回神："请问鉴定中心怎么走？"

司法鉴定中心在 B 市大学第一医院里面，原本是单独一栋楼。明芙之前接离婚官司的时候跑过两次鉴定中心，但是那栋楼现在全楼维修，鉴定中心暂时搬进了主楼里，明芙现在找不到了。

咨询台那边现在只有一个护士在，前面围了一圈老年人，明芙只好随便抓了个穿白大褂的来问问。

没想到这一抓，就抓到了陈屿舟。

陈屿舟看了明芙和她身边的女生一眼，没说话，转身往前走。

明芙将陈屿舟的这个举动默认成不想管，也没空因为他的冷漠多想，正想找个人再问一下，就见前方的男人侧了侧身子，见她没跟上来，蹙了下眉:"还去不去?"

这是要亲自带她们过去的意思了。

明芙揽着的女生见陈屿舟这一脸凶样,下意识往后退了一小步。

明芙摸了摸她的头,柔着声音安慰:"没事,别害怕,我认识那位哥哥,他不是坏人。"

陈屿舟就在前面两步远的位置,听到明芙说的这句话,眉头不自觉松开,整个人顿时柔和了不少:"走吧,带你们过去。"

明芙带着女生跟上去,和陈屿舟保持着半步远的距离,她道了声谢:"麻烦你了。"

陈屿舟没回头,只有空气中一声极淡的"嗯"飘进了明芙耳中。

明芙带来鉴定中心的女生就是中午在网上发帖求助的那个人,她去私信了那位女生,表明了自己的身份,表示可以免费给她提供法律帮助。

女生叫李嘉慧,今年上高二,是个很漂亮的小姑娘。

明芙找到李嘉慧后,先带她去警局备了案,然后来司法鉴定中心做精液取样,以便查找嫌疑人。

一路往前走,人们吵嚷的声音逐渐远去,走廊里只余鞋跟踩在地板上发出的"嗒嗒"声。

走到检验室,陈屿舟敲了两下门。

里面坐着的一位女医生应声抬头,看到来人后,笑着站起来:"屿舟?你怎么来了?"

陈屿舟朝她点点头,侧身让出位置,指了指身后的李嘉慧:"带人来做检查。"

丁欣这才看到他身后跟了两个人,单看脸看不出年龄差别,要不是其中一个穿着通勤装,她还以为是俩高中生。

她看了眼穿着严实的李嘉慧,再联系下陈屿舟有些含糊的说辞,便明白了。

灿烂的笑容收敛了一些,丁欣走到李嘉慧面前,朝她伸出手:"小妹妹,跟姐姐进来做个检查。"

李嘉慧看了明芙一眼,后者点头:"去吧,我就在门口等你。"

得到肯定后,她才跟着丁欣走进去。

门关上,明芙和陈屿舟退到了外面的走廊。

不同于大厅的嘈杂，司法鉴定中心这里像是与世隔绝了一样，安静得不行。

明芙看了眼陈屿舟。

男人背靠在墙上，一条腿笔直地杵在地上，另一条腿随意地交叠在前面，他摸了下口袋，想到什么手又放下，最后插进白大褂的口袋里，闭上眼休息。

明芙知道他们医生都很忙，见他还在这里，怕耽误他工作，便说："你如果有事，可以去忙的。"

闭着的眼皮缓缓睁开，陈屿舟看过去，打量了她一眼，最后落在她身上某一处："你胳膊怎么回事儿？"

明芙今天穿了件白色的雪纺衫，袖子的布料很轻薄，她双手垂在身前拎着包，手臂朝外，隐约能看到小臂那里红了一大片。

"嗯？"明芙没想到他开口是这么一句话，有些蒙，"没怎么啊……"

陈屿舟似是不想再跟她废话，直接走过来，攥住她的手腕，解开袖口的扣子，把袖子掀上去。

动作看似粗鲁，实则小心翼翼。

她皮肤白，现在没了那层薄纱的遮盖，手臂上的红肿更加明显，蹭掉的薄皮卷起来贴在伤口上，周围还有点儿青紫。

陈屿舟又问了遍："说话，怎么弄的？"

语气沉沉的，算不得好。

明芙愣愣地看着陈屿舟，脸上是一副完全没反应过来的模样，只下意识地回答他的话："磕到墙上了。"

"真有本事。"陈屿舟松开她的手，指了下旁边的椅子，"坐那儿等着。"

不等明芙答话，他就转身走了。

一直等他的身影消失在拐角，明芙才收回视线，慢吞吞地走到椅子边坐下。

垂下头，秀气的眉毛蹙起。

搞不懂，真的搞不懂。

陈屿舟的心思真的难懂。

陈屿舟回来的时候，看到明芙坐在椅子上，双腿并拢，包放在大腿上，手搭在包上面，脊背挺得笔直，一如高中上学时正襟危坐的模样。

他扯了下唇,随即又很快拉平,抬腿走过去。

明芙正低头看着白亮的瓷砖发呆,一双白色的帆布鞋突然闯入她的视线。

抬头,对上陈屿舟居高临下看向她的目光。

陈屿舟眉眼本就生得凌厉,这么低头看人的时候压迫感十足,明芙不太能抵得住,蓦地垂下眼,落在了他手里拎着的医药箱上。

医药箱往旁边挪动着,身边空着的椅子压下一道阴影。

陈屿舟在她旁边坐下,把医药箱放到另一边打开,朝明芙伸出手:"手,过来。"

明芙把手递过去,悬在陈屿舟手的上方。

"放上来。"

他语气有点儿不耐。

明芙手往下放,贴上他的掌心。

刚才只顾着看手臂,现在重新圈住她的手腕,陈屿舟觉得明芙好像比高中那阵儿更瘦了。

他一手恨不得能攥住她两个手腕。

微不可察地皱了下眉,他拿着镊子夹了块消毒棉轻缓地在她蹭伤的地方擦拭着。

这片擦伤面积还挺大,是上午被那个男人推到墙上蹭到的,当时是有点儿疼,过后没感觉了,明芙也没管,她一向不怎么在意这些磕碰。

现下一看,才觉着伤口有点儿严重,天气热,有些地方都冒出了黄水。

随意看了眼自己的胳膊,明芙的眼睛不由自主落到了陈屿舟的手上。

男人拿着镊子的手修长白皙,手背上的青色血管若隐若现。

她一直都觉得陈屿舟的手很好看。

应该说这人身上就没有一处不好看的地方。

"疼了就说。"

冷不丁的一道男声打断了她的思绪。

"不疼。"

消毒棉柔软的触感在手臂上游走,男人温热的呼吸轻轻浅浅地拂过她的皮肤,明芙只觉得痒。

陈屿舟抬眼看了看她。

这姑娘真是一点都不知道"娇气"两个字怎么写。

消了毒缠上了一圈纱布,陈屿舟叮嘱她:"这几天尽量别碰水,结痂了别抓。"

声音板板正正的,和医生嘱托普通病人没有半分区别。

"好。"明芙放下袖子,"谢谢医生。"

陈屿舟:"……"

检验室的门恰好打开,明芙立刻从椅子上起来走到李嘉慧身边。

李嘉慧贴到她身边,依赖地抓着她的手。

明芙柔柔笑起来,指腹蹭了蹭她的手背。

丁欣摘下口罩,看向明芙:"鉴定结果会在30个工作日内出来,但我会尽快,结果出来后马上通知你们。"

明芙:"好,谢谢医生。"

她看了眼陈屿舟:"那我们就先走了。"

看着明芙和李嘉慧离开的身影,丁欣叹了口气:"这么漂亮的小姑娘,怎么碰上这种事儿?"

等人走过拐角,陈屿舟垂了垂眼:"结果出来跟我说一声。"

从医院出来正好赶上下班高峰期,打车软件的圆圈转了半天都没有司机接单。

明芙站在路边有些犯难,如果只有她一个人,坐公交就可以走了,但是现在带着李嘉慧,肯定是不行。

李嘉慧捏了下明芙的手心:"姐姐,坐公交也可以的。"

明芙还没说什么,一辆SUV闯入视线。

和昨晚一样,陈屿舟坐在驾驶座,偏头看着她:"上车。"

再等下去也打不到车,因着李嘉慧,明芙也没推托,打开后车门让李嘉慧先上去,随后自己坐进去。

报了个地址,车子向前驶去。

又是一路无话,但是这次车上多了个人,倒也不是很尴尬。

车里没开空调,前后四扇车窗降下一条缝,晚风灌入,吹得人很舒服。

李嘉慧的家在B市被称为"贫民窟"的一条小胡同里,一个小小的院里能住好几户人家,厨房和厕所都是共用的。

胡同太窄车开不进去,陈屿舟把车停在胡同口,明芙和李嘉慧下车。

正想跟陈屿舟道谢,就看见他也从车上下来了。

他抬了抬下巴:"走。"

那句"谢谢"憋了回去,明芙搂着李嘉慧往胡同里走。

陈屿舟跟在她们后面。

到了门口,明芙微微俯身和李嘉慧平视,轻声细语地叮嘱她:"有什么事就给我打电话,半夜睡不着也可以打给我,我随时都会接。"

到底还是小姑娘,遇到这么糟心的事情,父母不光不支持她报警还觉得她丢人,现在终于有人站在她这边,还这么温柔耐心地对待她,李嘉慧压抑了一整天的心情像是找到了宣泄口,眼睛一下子就红了。

"姐姐,网上的人都说我是活该,可我什么都没做,那天出去玩穿的也是长裤长袖。"李嘉慧的声音被闷在口罩里,哭腔更是明显,"我是不是变脏了?"

"不是,你不脏,也不丢人,你一直都很干净,脏的错都是那个人,是那些人,不是你,不要因为他们否定你自己,玫瑰永远都是玫瑰,不会因为沾上一点泥土就影响它的漂亮。"明芙拿出纸巾轻轻地给她擦着眼泪,"回去好好睡一觉,不要胡思乱想,我一定会还你公道,相信我。"

女人的嗓音温温柔柔,带着安抚和坚定。

"谢谢姐姐。"

"不客气。"明芙揉了揉她的头发,"进去吧,爸爸妈妈回来之前把门锁好。"

看着李嘉慧锁好门,明芙才转身出了院子。

陈屿舟等在门口,看她出来,灭了烟。

明芙走过去,正准备开口,陈屿舟就好像预感到她要说什么一样,率先开口:"一会儿你还得谢我送你回家,攒着到时候一起说也不晚。"

"我可以自己回去,你要是有事——"

"这儿这么乱,你要是出点事,我逃得了责任?"陈屿舟睨着她,"还是说你就想让我良心难安,记你一辈子?"

33

因着陈屿舟那句话,明芙再次上了他的车。

一回生二回熟,算上这次,短短两天坐了三次他的车,她竟然有点儿习惯了。

驾车行驶到一半的时候,陈屿舟的手机响了。

车载屏幕上显示出程里的名字,他直接接通了电话,也没避着明芙。

"一个小时前你就让我把狗给你送过来,我都在你家楼下等半天了,你人呢?除了医院有紧急病人叫你回去,不然我不接受任何你狡辩的借口。"

程里暴躁的声音透过音响传遍车厢,其间还掺杂着几声粗重的喘气声,电话那端安静两秒,程里再开口的时候声音高了八个度:"Lotus①,你哈喇子滴到我衣服上了!把嘴给我闭上!"

两声呜咽声传出,听上去委屈巴巴的。

Lotus是陈屿舟前两年养的一只蓝湾牧羊犬,他这两天才回国,有一堆事要忙,正好程里对Lotus一直感兴趣,他就把狗放到程里那儿养了两天。

今天才让他给送回来。

陈屿舟单手把着方向盘,另一只手搭在车门上,嗓音淡淡地说:"你要敢虐待它,你就死了。"

程里:"行行行,我真服了!你是少爷,你的狗也是少爷,行了吧?"

陈屿舟:"知道就行,快到了,挂了。"

电话挂断,车里又恢复了安静。

经过刚刚的热闹,现在气氛沉默下来,突然让人有些不自在。

明芙拨弄了下颊边的头发,有心缓解一下气氛,主动挑起话题:"你养了狗啊。"

说完她就开始后悔。

这问的是什么废话?

一听就是在没话找话。

果不其然,下一秒,男人轻嗤了声,似是也觉得她这问题问得多余。

明芙蜷起手指,只觉得气氛更尴尬了。

"蓝湾牧羊犬。"

男人落下一道声音,在告诉她狗的品种。

明芙有段时间也想养狗,去网上搜狗狗品种的时候,一眼就相中了蓝湾牧羊犬——外形高大帅气,性格却温顺害羞,但是在知道它的价格后,

---

① 意为莲花。

明芙立刻打消了这个念头。

后来也因为她工作忙没时间，就放弃了这个念头。

明芙由衷感叹了句："真有钱。"

话音落下她又开始后悔。

这话怎么接得那么像仇富呢？

算了，闭嘴吧，她果然还是不适合缓解气氛。

余光瞥到身边的女人垂下的头，像是感受到了她的窘迫，陈屿舟抬手抵在唇边，极淡地勾了勾唇。

车子驶入小区，停到了明芙住的那栋楼下对面的停车位。

繁华里没有建设地下停车场，车位都是在小区地面上划的，每个车位都有对应的车主。

她觉着陈屿舟应该是随便找了个地方停车，怕一会儿车位的主人停车受影响，提醒他："其实你把车停楼下就好，这里的车位都是分配好的，万一让车主看到不太好。"

陈屿舟解了安全带："不会。"

明芙不解地看过去："嗯？"

"因为我就是那个车主。"

明芙手一顿。

什么意思？

陈屿舟打开车门，见明芙还呆坐在车上，挑了下眉："你是看上我的车了？"

"没啊……"

明芙不明白他为什么这么问。

"我看你这要在我车里坐到天荒地老的架势，还以为你看上我的车了呢。"

潜台词就是——

那你还不赶紧下车。

明芙回神，脸蛋"腾"一下热起来，匆匆解开安全带下车。

两道车门关上的声音一前一后响起。

刚绕到车头，一抹黑色的身影飞快地朝他们这里跑了过来。

明芙还没看清是什么，就被一股大力冲得往后退去。

陈屿舟眼疾手快地揽住她的腰带进怀里，等她站稳才看向那道黑影，嗓音蓦地沉下去，带着浓重的压迫感："Lotus！"

只一声，刚刚还活蹦乱跳的Lotus立刻变成霜打的茄子，蔫巴了下去。

Lotus无措地在陈屿舟面前绕了两圈，最后一屁股坐下，正面对着他。讨好地用脑袋拱了拱陈屿舟的手。

陈屿舟无动于衷，只垂眼看着它。

Lotus是个聪明的，见陈屿舟这副样子，立刻把脑袋转向了明芙，澄澈的蓝色眼睛巴巴地看着她，用嘴碰了碰她拎着的包。

像是想让她帮自己说说话。

明芙被Lotus可爱到，想摸摸它，手抬到一半想起它的主人还在这里后又放下，转头看向男人近在咫尺的侧脸，才后知后觉地意识到他们两人现在的距离过于近了，而且——

他的手还搭在她的腰上。

明芙往旁边挪了一步，避开他的手："那个，它也不是故意的，就，你别凶它了。"

骤然空落的手在半空中顿了一下才垂下，陈屿舟捻了捻手指，用另一只手拍了下Lotus的脑袋。

这就算是翻篇了。

Lotus重新活蹦乱跳起来。

"不是我说，你这少爷狗跟你一样难伺候，你——"

一道男声由远及近，话说到一半倏然顿住。

程里摘掉脸上的墨镜，看着明芙和陈屿舟的眼神完成了从不可置信到若有所思到最后恍然大悟三个阶段的完美转换。

"芙妹！真的是你！"程里拔高的声音蕴着惊喜，一如既往地热情，"好久没看到你了，可想死我了！"

陈屿舟双手环胸靠在车头，冷冷地看着程里当街表演。

"什么也别说了，"程里钩着墨镜张开双臂，"先抱一个，来。"

"啊？我……"

明芙下意识望了眼陈屿舟，男人耷拉着眼，像是根本没注意他们这边。

她提着包的手紧了紧。

都是老同学，再见面抱一下正常得很，她没必要这么矫情。

这么想着，她也张开手，只不过还没有进一步动作的时候，眼前黑影

181

一闪，Lotus 蓦地插进来，一个猛扑扑到程里身上，两只前爪搭在他展开的手臂上，对着他呼哧呼哧地喘气。

好好一个美女换成了黑不溜秋喘粗气的大狗，程里很崩溃："Lotus！"

"Lotus，过来。"

陈屿舟轻声的命令传进 Lotus 耳中，它立刻松开程里，转身投入自家主子的怀抱。

程里见状还有什么不明白的，陈屿舟这人的心是黑的，他帮他看狗，半句感谢的话没听到，还指使着狗来扑他！

他本来也没真的想抱明芙，就想看看陈屿舟什么反应，结果这人也就是面上装淡定。

程里放下手掸了掸衣服，问明芙："芙妹，你怎么跟他在一块儿啊？"

这个"他"是谁不言而喻。

明芙解释："我住这里。"

程里拿余光睨着陈屿舟，意味深长地"哦"了声："怪不得。"

他就说陈屿舟那娇气包怎么放着高级公寓不住，跑这儿来体验生活了。

明芙也不知道他这句"怪不得"是说怪不得她和陈屿舟一起回来还是什么。

陈屿舟从车上直起身，看向程里："你还不走？"

程里霎时瞪大了眼睛："我辛辛苦苦给你管了两天狗又给你送过来，衬衫还被你的狗给玷污了，你连顿饭都不请我吃就赶我走？"

陈屿舟单手点了两下手机："钱转你了，赶紧滚。"

程里看了眼微信，一脸正义："我是缺你这一顿饭钱吗？我缺的是你对我的态度！正所谓富贵不能淫，贫贱不能移！"

话音刚落，手机又是"叮"的一声响。

"现在还缺态度吗？"陈屿舟问他。

程里哪能不知道陈屿舟这么轰他走是为了什么，瞄了眼屏幕，竹杠敲得差不多了，他见好就收："不缺了，陈少阔气。"

明芙："……"

不是说富贵不能淫，贫贱不能移的吗？

收了兄弟的好处怎么着也得回报他点什么，程里不着痕迹地补上一句："你今儿一天没吃饭吧？脸白得跟鬼一样，用不用给你送点吃的来啊？别到时候低血糖倒家里。"

陈屿舟不耐烦地摆摆手，意思是不用。

"行吧，那我走了。"程里转头跟明芙挥了下手，"芙妹再见。"

明芙颔首示意："再见。"

等程里开车离开，明芙指了下她住的那栋楼："那我先上去了。"

陈屿舟牵着 Lotus 跟在她旁边："走吧，一块儿。"

明芙茫然地看着他："你也住这栋楼吗？"

陈屿舟表情淡淡，反问："不然你以为我要送你上楼吗？"

明芙："……"

两人一狗进了楼，电梯门开，陈屿舟抬手挡在门边，让明芙先进去。

明芙因为他这个举动心下起了一阵涟漪，不过很快又恢复平静。

毕竟他对女生向来有礼，只是举手之劳而已。

进了电梯按下楼层，明芙礼貌性地问他："你住几楼？要帮你按吗？"

陈屿舟看了眼电梯键："你不是已经按了。"

明芙微讶地张了张嘴，无意识地把心里想的说了出来："原来隔壁天天搞装修的人是你啊……"

陈屿舟不易察觉地拧眉："吵到你了？"

他明明告诉过装修公司装修的时间段。

"没。"明芙摇头，"我上班以后隔壁才开始装修，我没被影响，就是吵到我室友了，她作息昼夜颠倒。"

"抱歉，我不知道。"

"没事，她也不是很在意。"

话题结束，电梯里安静下来，只有 Lotus 吐着舌头喘气的声音。

明芙低头看了眼蹲在陈屿舟脚边的 Lotus，终究没忍住，问："我能摸摸它吗？"

陈屿舟没说能也没说不能："这狗脾气大，你自己问它。"

明芙："……"

这不是存心为难人吗？

她又不会犬语。

泄气地收回视线，她克制着自己不再去看 Lotus。

陈屿舟看着电梯门上倒映出来女人有些失落的模样，不动声色地踢了

Lotus 屁股一脚。

Lotus 迅速抬头看他。

陈屿舟往旁边歪歪头，Lotus 立刻从地上起来挪到了明芙脚边，又是一屁股坐下，毛茸茸的脑袋蹭了蹭她的手背。

毛茸茸的触感吓了明芙一跳，她轻轻"呀"了声。

陈屿舟眉心一跳，看过去。

女人半俯着身，素白干净的手放在 Lotus 的脑袋上，披散在身后的鬓发随着她的动作垂向胸前，她抬手把头发别到耳后，嘴角上扬，颊边的酒窝若隐若现。

勾得人心痒。

陈屿舟瞥开眼，嗓子空咽了下，往后退了一步靠在电梯墙上。

"叮"的一声，电梯到了十二层。

明芙余光瞥到陈屿舟没动，转头看过去。

男人靠在墙上，垂着头，绷紧的嘴唇有点儿泛白。

明芙想起在楼下的时候程里说的话，迟疑了下，喊他："陈屿舟？"

没反应。

明芙碰了下他的胳膊："陈屿舟？"

过了两秒，男人才缓缓睁开眼，看向明芙的眼里带着点茫然："怎么？"

和高中每次陈屿舟在课上睡觉，明芙叫他起来的场景一般无二。

明芙放下手，提醒他："到了。"

陈屿舟这才看见电梯停在十二层，门大敞着，他闭了闭眼，再睁开时眼底已经恢复了清明，从墙上直起身子："走吧。"

和进来的时候一样，陈屿舟挡在电梯门边，让明芙先出去。

出了电梯，两人分道扬镳，明芙走到门前，从包里翻出钥匙开门。

和她钥匙转动门锁一起响起的是对面指纹解锁成功"嘀"的提示音。

推门进屋的时候，她往对面看了眼。

门已经快要关上了，只余下男人的一截手腕。

明芙抿抿唇，关上了门。

对面的门紧跟在她之后关上。

Lotus 一进家门就开始满屋子乱转，嘴里嗷嗷叫着。

陈屿舟看了眼墙上的挂着的时钟。

是到了它吃饭的时候了。

他走到给 Lotus 准备的窝前,倒了狗粮出来。

Lotus 吃了两口抬头看他,又嗷嗷叫了两声。

陈屿舟站起来,面无表情地睨它一眼:"今天没有肉吃。"

Lotus 歪歪脑袋,耳朵抖了一下,似是不理解。

"以后再吓到她,你连家门都别进了。"

Lotus 嗷呜一声,翘着的尾巴耷拉下去,闷头吃着狗粮。

住在繁华里的都是上班族,小区周围建造得极其商业化,设施一应俱全,出了小区门口往南走三百米就有一家大型连锁超市。

明芙回家换了身宽松的衣服后和陶璐出门,去超市购买火锅需要的食材。

挑菜这份工作陶璐做不来,两人出门买菜向来是明芙负责挑,陶璐负责推车。

看着明芙把一盒又一盒的肥牛肥羊卷放进推车里,陶璐咽下嘴里的奶茶:"你最近工作压力很大吗?"

明芙站在冷冻柜前,搜寻着还需要拿些什么:"没有啊,不大。"

"那你买这么多干吗?咱们两个又吃不完。"陶璐说,"我还以为你要化悲愤为食欲呢。"

明芙看了眼推车:"还好,不多。"

说着,又把四盒雪花牛肉放进推车里。

陶璐看到包装盒上贴着的价钱标签后,一口奶茶呛进了嗓子眼,她咳了两声:"你发财啦?两百块一盒的肉说买就买。"

明芙回头看她:"这不是庆祝你拿到稿费了吗?"

陶璐往后退了两步,满脸惊恐:"那也不是这么庆祝的啊,你薅羊毛也不能把羊薅死啊!"

"我付钱。"

陶璐立刻返回来,谄媚地笑起来,马屁张口就来:"明律真是人美心善,简直就是仙女下凡,我这辈子最大的成就就是能和你成为室友。"

明芙笑起来:"差不多够了,走吧,去结账。"

超市今天人比较多,排队费了点时间,从超市里出来的时候天色已经暗了下来,天边显现出月亮的影子。

明芙和陶璐一人拎着一个装得满满当当的袋子往家走。

"我的编辑今天跟我说有出版社看上我的书了,但是想让我把里面的一些内容给删掉,我一口回绝,删掉了我的精神食粮就是不完整的言情小说!"陶璐跟明芙激动地讲述着自己的霸气宣言,顿了顿,气势又陡然弱下来,"可是他们开的条件实在太好了,臣妾真的抵抗不住。"

最后一口冰激凌吃完,明芙把垃圾丢进门口的垃圾桶,安慰她:"删掉也可以,大鱼大肉吃多了,偶尔也该吃点清粥小菜平衡一下了。"

"我也是这么想的,所以我今天下午就把稿子改了一半了。"陶璐嘿嘿笑了两声,紧接着又叹了口气,"我活了二十六年都还没有'吃到肉',可我笔下的人物却在大口吃肉,意难平,真的意难平!"

明芙淡定地继续安慰:"我也没有,陪你一起。"

陶璐做作地"噢"了一声:"我的心灵得到了那么一丢丢的抚慰。"

电梯到了一楼,两人走进去。

明芙按了楼层,电梯门缓缓合上。

电梯里只有她们两人,陶璐也没什么顾忌,凑到明芙身边小声嘀咕:"芙宝,我觉得以后哪个男人娶了你一定很幸福,又白又软,嘿嘿。"

她话音刚落,还剩一条缝就合上的电梯门又缓缓向两边打开。

两人一齐抬头看去。

男人依旧穿着之前的白衬衣和黑裤,袖子挽到手肘,简单又矜贵。

只不过手上却提了个和他气质不太相符的便利店塑料袋。

他看到电梯里的两人也没什么反应,进去站在她们前面。

明芙站在陈屿舟后面,目光落在那个半透明的塑料袋上。

里面有好几桶泡面。

她皱皱眉。

这人是把便利店所有的泡面都带回家了吗?

正思索着,手腕突然一紧,耳边传来陶璐克制又激动的声音:"帅哥!芙宝快看!大帅哥!"

明芙下意识看了眼陈屿舟,看到他耳朵里的蓝牙耳机后稍稍松了口气。

陶璐还在兴奋地小声嗷嗷叫:"宽肩窄腰大长腿,肤白颜帅带点痞,简直集齐了小破文和言情文所有男主角的特质啊!还有这喉结,真是绝了!"

她抬起手捂在明芙耳边,用气声说:"根据我饱读小说和上网冲浪的经验来看,喉结凸出的男人都很会……"

明芙的眼睛不自觉地跟着陶璐的话走，最后落在男人的喉结上。

然后，她就看到那处凸起缓缓滚动了一下。

明芙有些慌乱地挪开视线，却又撞进了电梯门反射出来的他的眼里。

男人眼里没有任何情绪，就那么平淡地和电梯门上的她对视。

像是一早就等在那里，等她看过来。

倒是显得她刚刚像个变态偷窥狂。

"轰"的一声，明芙只觉得脸立刻烧了起来。

有那么一瞬间，她甚至以为陈屿舟听到她们说话的内容了。

她立刻低下头，抓了下陶璐的手："璐璐，别说了。"

陶璐天天闷在家里大门不出二门不迈，但是却是实打实的不怕生，仗着男人在看手机还戴着耳机，秉承着帅哥看一眼少一眼的原则，眼睛就没从他身上挪开过。

自然也没看到明芙通红的脸。

过了会儿觉着看够了，陶璐收回视线，又感叹了句："真希望我们的邻居也这么帅，这样我那一个月的折磨也不算白受。"

"叮"的一声，电梯门开。

陈屿舟先走出去。

陶璐这才发现他一直没有按楼层，帅哥竟然住在她们隔壁的这个事实让她情绪更加激动，一时也忘了控制声音，一声"哇哦"脱口而出："芙宝，你的美梦成真了！帅哥就住我们隔壁！"

34

什么叫她的美梦成真了啊……

陶璐就是正常说话的音量，但是刚刚两人一直在电梯里窃窃私语，再加上明芙现在正处于一种极不好意思的状态，只觉得陶璐那句话像是平地惊雷般在耳边炸响。

她僵硬地站在电梯门口，一时忘了反应。

直到听到门被打开又关上的声音，明芙才像是解除了封印一般，三步并作两步往家门口走去。

前后明明也就过了不到二十秒钟，对她来说却好似过了二十年那般漫长。

陶璐心大得不行,压根没意识到自己说的话掀起了什么惊涛骇浪,站在明芙身后自顾自地继续说着:"芙宝你说话真准,果然是个大帅哥,既然这样,那这一个月的折磨就一笔勾销吧。"

说着,她发现了什么,凑近明芙"哎"了声:"芙宝你很热吗?怎么耳朵这么红?"

明芙努力稳着声音:"是有点儿,我去换件衣服。"

她打开门,匆匆把东西放到厨房的桌子上就钻进了卧室。

陶璐跟在后面,一个伸手接住从桌上往下滚的酸奶,看着明芙房间紧闭的房门,茫然地眨眨眼。

这么热的吗?

可她觉得还好啊。

明芙也没在房间里待很久,脸上的红下去后,就出了房门。

陶璐和她一起在厨房准备食材。

明芙不管跟谁在一起,大部分时间都是安静地倾听着,她的结巴好了之后她也只会在工作的时候话多,其他时候还是那个安静的性子。

陶璐是个跳脱的,在电梯里看到隔壁帅哥这件事儿已经被她抛掷脑后,现在又叽叽喳喳地说着另一个话题。

明芙一边择菜一边听着,时不时回应一下,但是眼前却总是闪出那一袋子泡面。

紧接着就是电梯里和陈屿舟的那一眼对视。

她把最后一根香菜放进盆里,把剩下的不好的菜叶丢进垃圾桶。

最后拎起垃圾袋朝着外面走去。

"你把菜洗了,我去丢个垃圾。"

陶璐比了个"OK"的手势。

把垃圾丢进楼道里的大垃圾桶,明芙站在楼梯门口犹豫几秒,还是走到隔壁敲了门。

等了一会儿,门开。

先冒出头的是 Lotus。

它嗷嗷叫了两声,吐着舌头拿脑袋蹭了蹭明芙的手。

它好像一点都不认生,而且对明芙表现出了极大的友好。

"乱蹭什么。"陈屿舟拍了它一下,"回去。"

Lotus抬头瞅了主子一眼，转身回屋。

门口处只剩下他们二人。

男人已经换了衣服，半湿的头发往后梳去，露出光洁的额头，没了遮挡的眉眼更显锐利。

"有事吗？"

平淡的三个字让明芙本就不算多的勇气又退去了点，但是想着都站到这儿了再搞临阵脱逃倒也没意思。

陈屿舟家里是开放式的设计，站在门口可以一眼望到客厅，明芙在他和门框的空隙间看到了放在茶几上的泡面。

她想也没想就说："吃泡面对身体不好。"

陈屿舟顿了下，收回扶在门把上的手，靠在门框上，头往一边歪去："所以？"

"我们在家里搞了火锅，你要过来一起吃吗？"明芙跟他对视着，又补上一句，"我室友让我来叫你。"

说完后，默默在心里给陶璐道了个歉。

"你室友叫啊，我还以为是你。"

"什么？"

陈屿舟慢悠悠地说着："毕竟你室友说你'美梦成真'，我还以为是你自己想让我过去吃饭。"

一句话成功把明芙拖回了半个多小时前的尴尬时刻，她瞪大眼，忘了反驳，只问："你不是戴了耳机吗？"

"谁说戴耳机就听不到外面的声音了？"

那也是，但——

"那你也不能偷听别人讲话啊。"她小声嘀咕，"这不道德……"

陈屿舟挑了下眉："你们说的话自个儿跑我耳朵里来了，怎么就成我偷听了？你一个律师怎么还随便诬蔑人呢？"

"你怎么知道我是律师？"

她不记得她跟他说过自己的工作啊！

意识到自己说漏了嘴，陈屿舟眼底不易察觉地闪过一丝懊恼，面上依旧镇定自若："不然谁闲着没事去鉴定中心？"

明芙觉着这话有漏洞，正想说些什么，陈屿舟又开口了："而且你们当着当事人的面议论他,还反过来倒打一耙,就很道德了?"

明芙有些羞愧地闭上嘴。

两人就这么站在楼道里无声地对视着。

过了会儿,明芙舔舔唇,把话题拉回最开始:"那你要去吃火锅吗?"

"也行。"陈屿舟不动声色地看了眼她的唇,而后慢条斯理地点点头,"你室友邀请,我也不好拒绝,顺便——"

像是给明芙预留心理准备的时间,他停了两秒,接上:"让你这个梦再美一点。"

明芙:"……"

关上门,陈屿舟跟着明芙去了隔壁。

陶璐正好把洗好的菜往外面端,看到明芙带着隔壁帅哥一前一后地进来,有一点蒙,下意识问:"你不是去丢垃圾了吗,怎么还把隔壁帅哥丢回来了?"

明芙好像听到身后的男人笑了声。

果然人还是不能撒谎,迟早会被戳破。

明芙忍不住蜷起脚趾,硬着头皮解释:"不是你说,叫新邻居过来,促进一下邻里关系的吗?"

陶璐的一点蒙变成两点蒙。

她什么时候说的?她怎么不记得?

难道她失忆了???

明芙看着陶璐一脸蒙的状态,趁机岔开话题:"介绍一下,其实他还是我——"

她顿顿,说:"高中同学。"

话音落下,身后又是一声轻嗤。

带了点嘲讽。

"同、同学啊,那刚才在电梯里怎么不说呢?"陶璐从蒙的状态中回过神来,热情地招呼陈屿舟,"芙宝的同学就是我的同学,帅哥你别客气,随便坐,正好今天买了好多东西。"

明芙回头看他:"你坐,我去搬个凳子。"

她和陶璐是合租,没往家里带过其他人吃饭,所以餐厅只留了两把椅子,够她们两个用。

"我去拿。"陈屿舟拉住她,"在哪儿?"

明芙指了个方向:"我房间。"

陈屿舟抬抬下巴:"带我过去。"

虽然不明白这么几步路还有什么必要让她带过去,但是明芙还是乖乖地听话带路。

明芙的房间设计很简约,深蓝加白的色彩搭配,干练又不死板。

陈屿舟扫了眼便收回视线,落在桌子前的那把椅子上:"拿这个?"

明芙点头:"嗯。"

搬着椅子出去,陶璐已经坐在餐桌边开始往锅里放菜了。

明芙正要说把椅子放在陶璐旁边,就见陈屿舟拿着椅子走到了对面,放下椅子坐上去。

陶璐瞥见明芙还站着,催她:"芙宝你还站着干吗呢?坐啊。"

明芙回过神,"哦"了声,走到陈屿舟旁边坐下。

"呀,忘拿酒了。"陶璐站起来,一边往厨房走一边问,"芙宝你喝吗?还有帅哥?"

明芙还没说话,陈屿舟就先一步开口:"她不能喝酒,我都可以。"

屋内两个女人齐刷刷地看过去,陈屿舟不紧不慢地解释:"经期不能喝酒,而且你胳膊还有伤。"

随后他又淡淡地抛出两个字:"医嘱。"

"伤?"陶璐一听明芙受伤了,也没注意陈屿舟怎么会知道她在经期这件事,立刻跑过来抓着她的胳膊看,"哪儿来的伤?什么伤?怎么弄的?我说你怎么大夏天捂得这么严实呢。"

明芙被她这一惊一乍弄得哭笑不得:"没什么,就是不小心磕到墙上了,破了点皮。"

听她这么轻描淡写,陈屿舟皱皱眉,倒也没说什么。

陶璐捧着明芙的胳膊仔仔细细看了两圈,确认没什么事后放下,问道:"没见过不小心磕成这样的,你别是又碰上什么不讲理的委托人了吧?"

明芙主攻刑辩,但偶尔也会涉及民事案件,自然是能碰到各种各样的人,尤其碰上离婚案件,委托人家里那边没处理好,律师也会跟着倒霉。

如果遇上不讲理的,更是会被牵连。

明芙又是个热心肠,喜欢帮本身条件一般的当事人解决问题,碰到的人就更千奇百怪了。

陶璐虽然平时没个正形,但训起人来也是一套一套的:"你说你,只专攻一项不就行了?要是收钱就不说了,偏偏你还免费给他们法律援助,真是吃力不讨好。"

明芙温暾地笑了笑:"真的没事,过两天就好了。"

"懒得说你。"

陶璐翻了个白眼,去厨房拿饮料。

餐桌这边只剩下明芙和陈屿舟,她明显地感觉周围的气氛有些不对劲。偏头看过去,男人的脸色有点儿冷。

迟疑两秒,她问:"怎么了?"

好好地怎么突然冷脸了?怪吓人的。

陈屿舟也看她。

为了方便做饭,明芙随便把头发绾在脑后,八字刘海也用夹子别在两边,巴掌大的小脸素净白嫩,眼里带着疑惑。

陈屿舟总是抵抗不住明芙这么看他。

他瞥开眼,舒了口气:"没事儿。"

说完觉着语气有点儿硬,又补上一句:"你一会儿别吃辣,遵医嘱。"

"知道了。"

陶璐拿了两瓶啤酒一瓶葡萄汁回来,分别递给他们俩,想起什么,问:"帅哥,还不知道你叫什么呢。"

陈屿舟没说话,桌子下的脚踢了明芙一下。

明芙不解地看过去。

"介绍介绍啊。"他说,"我不是你高中同学吗?"

陶璐咬着筷子,目光在对面两人身上来回转。

高中同学又不是男朋友,怎么还指定让人介绍啊?

多年写言情小说的经验,让她觉察出来了一点不对劲的苗头。

明芙也没觉着有什么不对劲的,跟陶璐介绍:"陈屿舟,岛屿的屿,泛舟的舟。"

陶璐"嚯"了声:"名字也像小说男主角。"

这句话让明芙不可避免地想到了陶璐之前在电梯里说的话,脸上的温度又开始上升,她从锅里夹了一筷子肉放到陶璐碗里:"璐璐,吃肉。"

"喔,你俩也吃。"肉在面前,陶璐很快被转移了注意力,塞了片肉进嘴里,满足地喟叹一声,"两百块钱一盒的肉就是不一样,芙宝你真好,给我买这么金贵的肉吃。"

想起自己大出血的真实原因,明芙惭愧地埋下头,默默吃肉。

白吃了一顿饭的陈屿舟也不好什么都不做,吃完饭主动提出刷碗。

陶璐回了房间继续改稿子,明芙在厨房里陪着陈屿舟。

他刷完一个碗就递给明芙,她擦干之后才放进橱柜里。

男人被水冲刷过的指尖泛着凉意,时不时碰到明芙温热的手指。

他们两人之间好像很少有这么沉默的时候,以前陈屿舟总是会逗她说话,她不理人的时候他就有一大堆理由和她讲话,直到说到她出声为止。

现在他不再主动,明芙也不是个会找话题的,他们只安静地做着这流水线一般的工作。

把最后一个碗放进橱柜,明芙扯了张卫生纸递给陈屿舟擦手。

"晚上洗澡注意点别碰水。"陈屿舟擦干手,把纸扔进垃圾桶,看了眼她的胳膊,"明天晚上下班回来过来找我,给你换药。"

明芙拒绝:"不用麻烦了,我自己可以。"

"你是医生还是我是?"陈屿舟说,"你要真可以,还会把伤带到医院等我发现?"

明芙哑口无言。

陈屿舟"啊"了声:"还是说你是故意让我看见的。"

"……不是。"

明芙憋出来两个字。

"那就好。"陈屿舟点点头,"走了。"

陶璐一直在房门口听着外面的动静,等陈屿舟一走就跑了出来。

明芙一转身看到一脸审视的陶璐,愣了愣:"怎么了?"

"坦白从宽抗拒从严啊,明律。"陶璐坐在餐桌边,像模像样地屈指敲了敲桌子,"跟隔壁那帅哥什么关系啊?别跟我说就是高中同学啊,我的眼睛可是雪亮的。"

明芙擦着桌子,语气不咸不淡:"就是高中同学。"

陶璐拖着长音"哦"了声:"记得你经期,必须要你介绍才可以的高中同学哦?"

明芙没说话。

"一个律师一个医生,是小说男女主角的官配职业了。"陶璐自顾自分析了一波,直起身子,撑到桌子上,"他是不是喜欢你?"

明芙擦桌子的手很短暂地顿了下,摇头:"不是。"

而后又补上一句:"而且我跟他已经八年没见过面了。"

"是吗?"陶璐意味深长地看了她一眼,从椅子上起来,轻飘飘地丢下一句"以后要是办婚礼了记得请我当伴娘"便转身回了房间。

明芙最后收拾了一下厨房,也回了房间。

明天上午要开庭,明芙坐在电脑前看了会儿资料。

食指滑动着鼠标滚轮,而后拿起了旁边的手机。

给陈屿舟转过去的钱,他还没收。

明芙动动手指,发了条消息过去。

明月照芙蕖:钱你收一下。

陈屿舟回得很快。

C:知道了。

消息发过来半天,明芙也没见他收款。

她只好又催了一下。

明月照芙蕖:快要被退回来了。

C:这么想我收你东西?

手机振动了下,她转过去的钱被收了。

C:收了,满意没?

一整个晚上明芙都处在被他误解又误解的状态,现下也有了点小脾气,戳着屏幕。

明月照芙蕖:满意了,谢谢。

隔了许久,对方都没再发过来一条消息。

明芙这才放下手机,拿了衣服去浴室洗澡。

第二天开庭的是起驾车撞人案,对方请的律师是业内出了名的死缠烂打。

明芙官司打得有点儿烦躁,下班回家的时候情绪也没好到哪儿去。

她心情不好的时候也不怎么会表现在脸上,就是不爱说话。

本来下了庭就话少,这下恨不得变成个哑巴。

4S店今天给她打了电话,告诉她车子保养好了。

明芙下班后去了趟 4S 店把车取了回来。

车子在小区的停车位停好，明芙下车的时候往隔壁那户的车位看了眼。

黑色的路虎揽胜已经停在了那儿。

自己的这辆白色小轿车停在它的旁边，就像猫咪窝在狼犬旁边一样。

明芙收回视线，锁上车往楼里走去。

电梯到达十二层，门开。

明芙刚迈出一步，余光便捕捉到一道略有些熟悉的黑色身影。

在距离她还有两步远的时候，Lotus 刹住疾冲的脚步，慢慢地挪到明芙脚边，把脑袋塞到她手下蹭了蹭。

明芙很配合地揉了两下，抬头看向隔壁大敞的房门。

应该是在聚会，说话声传出来，热热闹闹的一片。

Lotus 扭头朝屋里嗷了两嗓子，又转过来拱着明芙往那边走。

明芙不明所以："Lotus，你干吗呀？"

不一会儿，隔壁的房门口出现一道人影。

"回来了？"陈屿舟看着她，"过来吃饭。"

35

陈屿舟这句话说得熟稔又自然，自然得好像他们是一对情侣，她下班回来他已经做好了饭，只等她过去就可以开饭。

明芙短暂地失神两秒："不用了，璐璐在家等我。"

像是商量好的一样，她话音刚落，陈屿舟身后就晃出了一道人影。

陶璐端着果盘从门口经过，见有人站在那儿，看了一眼："哎，芙宝你回来啦，快过来！陈同学邀请我们过来庆祝他新家落成，他同事也都在。"

陶璐记着昨天明芙给陈屿舟安的头衔，把帅哥改成了陈同学。

屋子里好像有人叫她，陶璐又招呼了明芙一声，然后匆匆走了过去。

陈屿舟老神在在地靠在门框上，看着她。

守在脚边的 Lotus 也一个劲儿拿脑袋拱她，大有她不去死也要把她拱过去的架势。

"过来吧。"陈屿舟虚虚点了点 Lotus，"你不来它不会放过你的。"

这话怎么听着那么像在威胁她。

明芙蹙起眉，一本正经地开口："根据《治安管理处罚法》第 42 条的规定，如果语言威胁他人人身安全，可以给予拘留并处罚款的处罚。情节严重的涉嫌寻衅滋事罪，依法应当追究犯罪嫌疑人的刑事责任。"

一大串法律法规张口就来。

陈屿舟还是第一次听她一次性说这么多话，愣了下，颇有些好笑地说道："我什么都没干，你要普法得跟它说。"

明芙低头看了眼 Lotus。

蓝湾牧羊犬是以牧羊犬的基因为基础，加入狼、马犬和哈士奇的血统培育出的品种，具有狼的外表，高大威猛又帅气，一身灰黑色的毛发铿亮，有着蓝色的漂亮瞳仁，面无表情看人的时候和它的主子一样，极具压迫感。

但偏偏这狗却因为天气热一直吐着舌头，呼哧呼哧地喘气，见明芙看自己，也歪着脑袋瞅她，然后探头过去用鼻尖戳了戳她的手背。

明芙眉头蹙得更紧。

它能听得懂法律吗？

在一人一狗的安静注视下，明芙在心里纠结了一会儿，妥协了。

"我回去换身衣服。"

她绕过 Lotus，往家里走去。

陈屿舟和蹲在原地的 Lotus 对视一眼，抬手朝明芙那边挥了下。

Lotus 站起来，颠颠地跟在明芙身后。

明芙开门的手顿住，看了眼 Lotus，又转身往对门看了眼。

陈屿舟已经转身回屋，留了个背影给她。

明芙抿抿唇，伸出食指戳了下 Lotus 的脑门。

Lotus 叫了两声，抬起爪子拍了拍门。

大概意思是在催她快点。

旁边跟着这么个大型监视器，明芙叹了口气，认命地打开门进去。

Lotus 跟着她进了家，就没再往里面走了，蹲在玄关处守着。

明芙好像明白了什么，蹲下来跟它保持平视，揉搓着它的脑袋："他把你教得这么好吗？"

Lotus 自然不可能回应她，眼睛滴溜溜地转着观望四周。

明芙笑了下，站起来去卧室换衣服。

既然答应会过去,明芙也不会矫情地拖延时间,绾上头发换了身家居服就带着 Lotus 过去了。

陈屿舟家里装修得很有格调,以灰棕为主色调的极简式设计风格,进门左手边就是开放式的厨房,外围有一个小型吧台,阳台连接客厅的那面墙被打通,开了扇落地窗,显得屋内明亮又宽敞。

越往里走越热闹,客厅里铺了张地毯,上面围坐了一圈人,游戏厮杀的音效里混杂着几句骂声,陶璐也在其中,骂人骂得最起劲。

众人都沉浸在游戏里,没人注意到客厅里突然多了个人。

明芙没出声打扰。因为其他人她也不认识,便准备去厨房和陈屿舟打个招呼告诉他自己来了,谁料刚转过身就撞上了一个宽阔的胸膛。

"在这儿罚站呢你?"

清冽的男声从头顶落下,明芙滞了一瞬,往后退去,低头揉了下鼻尖:"没,他们在打游戏。"

女人声音轻而柔,再配上她的小动作,莫名有些委屈的模样。

陈屿舟心下泛软,从盘子里拿了个蛋挞出来递到她嘴边:"尝尝,刚烤出来的。"

温热的蛋挞贴上嘴唇,浓郁的奶香味扑鼻,明芙下意识就着他的手咬了口。

"怎么样?"他问。

明芙眼眸稍亮,点点头,舌尖探出勾走嘴边的碎屑:"好吃。"

陈屿舟眼神暗了暗,把蛋挞塞到她手里:"那成,可以放心给他们吃了。"

明芙正准备咬第二口的动作顿住。

这是把她当成试毒的了吗?

"真无语,我又死了,服了。"围坐在一起打游戏的其中一人绝望地闭上眼往后仰去,过了会儿再睁开,不经意瞥到靠近玄关处站着的两人,瞪大了眼冒了句脏话。

坐在他旁边的另一个人眼睛不离屏幕:"注意点形象啊宋宋,别脱了白大褂就开始嘴飘,要是养成习惯在医院这么说,你准挨揍!"

"不是,这儿突然多了个人。"宋子枫看向陈屿舟,"这是你妹?"

其他沉浸在游戏里的人闻言纷纷抬头看过去。

明芙上班的时候都会画个淡妆,今天在外面跑了一天,出了汗觉着脸上黏糊糊的，刚才回去换衣服的时候她顺便把妆也给卸了，现在脸上不施粉黛，上身穿着一件圆领长袖，扎着丸子头，嫩得和高中生一般无二。

陈屿舟还没来得及说什么，就被人打断，紧接着是七嘴八舌的讨论："你有个这么漂亮的妹妹怎么不早说啊？"

"我要是有个这么漂亮的妹妹巴不得天天带出去遛。"

"你们家基因这么好的吗？能分点出来不？"

"妹妹你好，认识一下，我是你哥的同事。"

越说越离谱了。

陈屿舟拨开宋子枫朝明芙递过去的手："你少来。"

他把蛋挞放到茶几上又退到明芙身边，跟其他人介绍："明芙，我——"

极短暂地顿了下，他补全："邻居。"

明芙朝他们点头示意了下："你们好。"

"邻居啊，我还以为你妹呢，长这么年轻。"

"邻居也可以是妹妹啊，邻妹妹。"宋子枫调侃了句，再次朝明芙伸出手，"邻妹，呸不是，明芙你好，我叫宋子枫，枫叶的枫。"

明芙握上他的手。

宋子枫虽然说话没个正形，但能和陈屿舟当朋友，人品自然差不到哪儿去，浅浅地握了下明芙的前半截手指便松开。

刚才坐在宋子枫旁边的那个男人也和明芙打了个招呼："美女你好，我是赵臣。"

自我介绍完还不忘挤对一下宋子枫："我们科室的人都很正经的，宋子枫是男科的，没怎么见过女性生物，你别介意。"

"要死吗你？"宋子枫扭头瞪他，"我下个月就调回去了！"

宋子枫和陈屿舟是大学同学，比陈屿舟早两年回国，学的也是心外科专业，但是也辅修了男科专业，心外科的主任是他爸，在专业方面对他要求甚为严格，上个月有几个男科医生出国参加培训导致科室人手不够，宋子枫就被他爸暂时调去了男科，为期一个月。

好看的人到哪里都是受欢迎的存在，其他人也都暂时放下了游戏，挨个和明芙打招呼。

轮到丁欣的时候，她对明芙晃了下手："我就不用自我介绍了吧，我们前两天才见过。"

明芙颔首示意:"丁医生。"

"陈屿舟的邻居你怎么见过?"宋子枫提出疑问,视线在他们两个人之间转了个圈,"难道你比我们先来过他家?"

其他人起哄地"哦——"了声。

陈屿舟看向宋子枫,眼微眯:"找抽呢你?"

丁欣见状,笑着解释:"不是,明芙是律师,前两天来了鉴定中心办事。"

"律师啊。"宋子枫惊讶地叹了句,"这职业跟外貌也太有反差了。"

"你的职业跟外貌看着没差。"陈屿舟简单明了地抛出一个字,"虚。"

赵臣立刻笑出声,朝陈屿舟竖了个大拇指:"绝。"

其他人的肩膀抖动起来。

"陈老二!"宋子枫气得磨牙。

话音刚落,一直安静窝在明芙脚边的Lotus忽然站起来,冲他吠了两声。

宋子枫有点儿怕狗,刚升起的嚣张气焰立刻蔫巴下去,他缩了缩肩膀,不再跟陈屿舟计较,转头盯上了明芙:"明律师,会打游戏吗?一起啊。"

明芙点头:"不是很熟。"

陶璐是个妥妥的宅女,日常除了在家码字就是打游戏,她觉着一个人打游戏没意思,就拽上明芙一起,也算是给明芙挖掘出了一个工作之余的消遣。

"没事没事,我们带你,快来,我们一起。"宋子枫热情地冲她招手,"正好八个人,我们分两队再匹配两个,打对战。"

其他人给明芙腾了个地方,她走过去坐下。

陈屿舟跟着她过去,踢了踢宋子枫的屁股:"再往那边挪挪,给我个地儿。"

宋子枫一边挪一边问:"你也要玩?"

"不玩。"

"那你坐这儿干吗,不去做饭?"

陈屿舟瞥他一眼:"我是你的伙夫?"

宋子枫撇撇嘴,眼睛扫了一圈众人:"我们石头剪子布决定分组?"

"那得弄几轮啊。"赵臣看了眼陈屿舟,提议,"正好,陈屿舟不玩,以他为分界线,左边一组,右边一组。"

陈屿舟左边坐着宋子枫、丁欣还有其他两人,右边是明芙、陶璐、赵臣和另一个女同事。

宋子枫"啊"了声:"我跟明律是对组啊,没事儿,一会儿我让着你。"

明芙捧着手机眨眼:"好。"

正是周末,游戏人流量大,开了房间很快就匹配到了剩余队友。

明芙选用的是最顺手的妲己,和宋子枫的甄姬在中路碰上,技能没完全点亮,两人皆按兵不动,只打着兵线。

第一批兵线打完,宋子枫突然甩了个技能给明芙,把她定在了原地。

陈屿舟在旁边看着,拿膝盖撞了下另一边的宋子枫:"你要脸吗?"

宋子枫义正词严:"电子竞技,没有脸皮!"

"那你刚刚说让着她,放屁呢?"

技能解除后,明芙操控着妲己回到塔下,腾出一只手在陈屿舟膝盖上拍了下又很快离开,眼睛看着屏幕:"没事。"

女人柔软的手一触即离,如果不是残留的触感提醒着陈屿舟,他还以为刚才那一拍是他的错觉。

陈屿舟舌尖顶了顶上颚,不动声色地往明芙那边挪了点。

膝盖挨上她的膝盖。

在座的人都盘腿坐在地毯上,稍微动一下就能碰到对方的腿,陈屿舟碰到明芙的时候她也没在意,专心打着游戏。

三个技能全部加载完毕后,明芙操纵着妲己躲在草丛。

不一会儿,宋子枫的甄姬过来,明芙迅速地甩出二技能把他定住,紧接着放出三、一技能,一套丝滑连招直接把甄姬击败。

众人的手机里齐齐传出一声——first blood[①]。

一血拿下,其他人看了眼明芙,后者抿唇笑了笑,一脸无害。

有"不熟"的前言在,他们只当明芙是凑巧。

直到明芙接连送宋子枫回了三次家之后,众人才反应过来不对劲。

宋子枫看着暗下去的屏幕,有点儿没反应过来:"不是说不熟吗?"

一直沉默不语的陶璐终于找到了发言的机会:"是不熟啊,芙宝只会用妲己这一个英雄,人送外号'国服小妲己'。"

明芙还浅浅地笑着,就是看着没那么无害了。

---

① 第一滴血,指一局游戏中第一次有玩家被击败。

客厅的灯光垂直落下，女人垂着眼，卷翘浓密的睫毛在眼下打出一片阴影，颊边酒窝明显。

几缕调皮的碎发从绑得宽松的发绳里跑出来，挡住了视线，明芙腾不出手去弄，只好晃了晃脑袋，试图把恼人的头发甩到耳后。

陈屿舟眼底不自觉铺了层笑，自然地抬手把她的碎发别到耳后。

温热的手指掠过她的皮肤，像是带了微弱的电流，从额头开始蔓延直至全身，酥麻一片。

不知道是有意还是无心，放下手的时候，男人的指尖轻刮了下她的耳垂。

明芙按着屏幕的手一顿，一个技能放空，给了宋子枫反击的机会。

宋子枫激动得不行："哎哎哎！我要反击了！"

赵臣撑他："被按着头杀了三回才反击你也好意思嚷嚷。"

"明明是小明律师故意制造谣言混淆视听！"

"那明明是谦虚！什么叫造谣啊。"护短的陶璐立刻反击，"都叫小明律师了你还不注意措辞，小心给你发律师函说你诽谤！"

"站那儿等着挨打呢？"

其他人吵吵嚷嚷的，一股热气突然喷洒在耳边，明芙扭头看去。

男人的侧脸近在咫尺，明芙甚至能感觉到自己的呼吸打在他脸上又返回来。

她还没来得及躲开，陈屿舟就转了脸过来，两人的呼吸顿时纠缠在一起，可他似是完全没意识到他们两个现在离得有多近一般，平淡地跟她对视一眼，又看回游戏界面："你再不跑就要被送回家了，小妲己。"

最后三个字他咬得轻，无端多了些暧昧。

同样的称呼被陶璐说出来完全没问题，但是从陈屿舟嘴里说出来，明芙却觉得有些不好意思，身体"腾"的一下热起来，她故作平静地"哦"了声，重新把视线挪回。

陈屿舟没离开，靠近她那一侧的手撑在明芙身后，上半身往她那边倾斜，一本正经地看她打游戏。

错过了最佳躲避时间，现在再拉开距离显得过于做作了，而且看陈屿舟那样子就只是很平常地在看她打游戏。

明芙抿了抿唇，放平心态重新投入游戏当中。

其他人都沉浸在游戏的厮杀里，丝毫没注意到他们二人这里的暧昧。

坐在明芙正对面的丁欣不知道什么时候看到了明芙和陈屿舟的亲密，一时没了反应。

"欣姐你卡了？"宋子枫拿胳膊拱了丁欣一下，"你怎么卡着不动了，欣姐？"

"啊，是有点儿卡。"丁欣回过神，"现在好了。"

一局游戏很快结束。

因为宋子枫的甄姬前期被明芙的妲己按着头打，哪儿哪儿都没发育起来，所以最后明芙这边以压倒性的优势赢了这局游戏。

宋子枫看着自己一杠八①的战绩，哀号了一声："女人的话不能信，女律师的话更不能信！"

陈屿舟嗤了声："你怎么不说你自个儿不要脸呢？上来就打人家。"

"那不一样！"

宋子枫想给自己找补找补，一转头就看到了跟个保镖似的蹲在明芙身后的Lotus，默默把话又吞了回去。

惹不起。

女妲己惹不起，带了牧羊犬加持伤害的女妲己更惹不起。

明芙笑着问他们："还打吗？"

陈屿舟站起来，"让他们打，你过来给我打下手。"

明芙愣了下："我吗？"

"他们都不会做饭。"

"好。"

明芙从地毯上起来，跟着陈屿舟一前一后往厨房走去。

陈屿舟说得太过自然，明芙答应得也快，其他人一时间都没觉得有什么不对，等他们重开了一局游戏，赵臣才反应过来了点："我怎么感觉他们两个这熟得不像只是邻居呢？"

"当然不只啦。"掌握第一手资料的陶璐，积极地分享着自己知道的消息，"他们两个还是高中同学。"

丁欣想到什么，若有所思地望了眼厨房的方向，很快又收回来。

---

① 指击败对方玩家1次，被击败8次。

明芙跟着陈屿舟进了厨房,问:"要我干什么?"
陈屿舟指了下橱柜:"剥两头蒜,然后把菜择了。"
这好像不会做饭的人也可以完成吧。
陈屿舟见她还站在原地,挑眉:"有意见?"
明芙眨眨眼,摇头,把蒜找出来蹲在垃圾桶旁边开始剥。
陈屿舟转身开始切菜,两人也没再说话,厨房里一时安静下来。
剥蒜不费工夫,没多长时间明芙就剥完了。
她从地上起来:"剥好的蒜放在哪儿?"
陈屿舟正蹲在橱柜前找调料,随手指了下橱柜上面:"随便找个碗放。"
明芙顺着他指的方向拿了个碗出来,把蒜放进去。
转身的时候瞥到什么,定睛看过去。
陈屿舟穿了件宽松 T 恤,因为蹲下的姿势后背绷紧,后脖颈的衣领拱起,露出了些被布料遮挡着的部分。
明芙看到他脖颈下方有个文身,恰好在脊骨凸起的位置。
图案看得不是很全,她鬼使神差地伸出手,想要看得更清楚一点。
手伸到一半,眼前的男人突然侧过头,看到她的手时愣了一下,而后缓缓移到她脸上,语气带了几分玩味。
"光天化日的,明律师想要干什么?"

36

空气好像有一瞬间的凝滞。
明芙张了张嘴,很快找到借口:"你头发后面沾了东西。"
"是吗?"陈屿舟站起来,想用手扒拉一下,随后又放下,"算了,手不干净。"
他弯腰凑到明芙跟前:"你给我弄下。"
原本比她高一头的男人此刻跟她平视着,她看到陈屿舟乌沉的眼眸里映着她的身影。
清晰明了。
除她之外,再无其他。
心蓦地漏跳一拍,明芙眼睫毛颤了颤,上半身往一侧斜去,装模作样地在他后脑勺胡噜了两下:"好了。"

"什么东西?"他问。

明芙圆溜溜的眼睛瞅着他:"没看清。"

"这样啊。"陈屿舟直起身子,"这不会是你想占我便宜随便胡诌出来的借口吧?"

明芙面不改色:"我是律师。"

言外之意就是:我一个知法守法以法律为业的人,浑身上下都刻着"正直"二字,怎么可能会干那种没品的事?

陈屿舟点点头:"那就行,不然我还挺担心我人身安全的。"

明芙:"……"

她不服气地给自己澄清:"明明是你自己让我给你弄的,你这是倒打一耙。"

上学的时候就是这样,事情是他先挑起的,结果却是她背锅,过了这么多年,这项技能他运用得更是炉火纯青了。

"确定不是你先对我动手的吗?"陈屿舟心里估摸了下距离她被激怒还差多少火候,嗓音不疾不徐,"咱俩现在到底是谁在倒打一耙?"

明芙下意识又想反驳,嘴巴张开了之后想起好像的确是她先朝他伸手的,紧接着又闭上。

拿着菜转身准备回到垃圾桶边上的时候,余光瞥到厨房门口站了个人,明芙偏头,看到了愣在那儿的陶璐。

陶璐来了有一会儿了,刚刚他们两人说的话也都听到了。

从明芙大学毕业到现在,陶璐已经认识了她四年。

其实在最开始认识明芙,知道她的职业后,陶璐震惊过好一段时间。

这温婉乖巧的长相,看着就是个安静的性子,怎么看怎么和律师这个口若悬河的职业违和。

直到有次明芙上庭,陶璐当时写的小说正好涉及到法律方面的知识,她本着收集素材的念头跟过去旁听。

明芙穿着一身黑色西装,头发扎成低马尾辫垂在身后,化着淡妆的脸上还是稚嫩,看着就很好欺负。

陶璐不禁为明芙捏了把汗,因为明芙这一方是被告,在她这个外行人看来很不占优势,但是很快她就觉着自己那把汗捏得完全没必要。

站在被告律师席上的女人面对对方律师的咄咄逼人面不改色，等轮到她辩护的时候，开口的嗓音依旧是如往常的平静从容，一条条法规配合着事实从她嘴里说出来，语气不疾不缓，却尽显锋芒。

　　日常相处的时候，明芙很轻易就能把陶璐给撑到自闭。

　　而且她也没看到过明芙有很大的情绪波动，有时候她都怀疑这人是不是没有七情六欲。

　　在一起住久了，陶璐个人觉得明芙这人是有点儿小腹黑在身上的。

　　就拿刚刚在一起打游戏的事来说，明芙说着对游戏不熟悉，在宋子枫出尔反尔先丢了个技能给她后，她也没什么反应，过后接连击败了宋子枫三次。

　　她还是第一次看到明芙被人逼得说不出话，不自觉露出来的小表情她也未曾见过。

　　有些事当时没感觉，过后仔细想想，就能发现颇多诡异之处。

　　她就说明明芙怎么突然热情地邀请邻居来家里吃饭，而且还是八年没见的高中同学。

　　现在看来，一切都是有原因的。

　　从最开始的错愕里回过神来，陶璐很快整理好表情，举起右手："他们说没饮料了，我过来拿。"

　　陈屿舟从冰箱里拿了一提可乐出来，递过去。

　　陶璐接过来："打扰了，你们两个继续，继续哈。"

　　明芙："……"

　　有什么可继续的？

　　继续被陈屿舟撑吗？

　　她重新蹲到垃圾桶旁边，开始择菜。

　　坏掉的菜叶被她丢进垃圾桶里，带了点力道。

　　陈屿舟看着她敢怒不敢言，把怨气发泄到菜叶身上的憋屈模样，勾唇笑起来。

　　她比高中的时候外向了些，无意间流露出的小表情比之前更加丰富，跟不认识的人也能很融洽地玩在一起。

　　看来这几年，她是真的有在好好生活，一步步往前走。

　　好像，有没有他出现都一样。

陈屿舟垂下眼，转身。

心思敏感的人总是能轻易捕捉到周围人的情绪变化，更何况还心系对方。

明芙择着菜突然察觉到不对劲，歪头看了一眼。

男人穿着一身黑色，背影高大挺拔。

印象里他好像很少穿这么深沉的颜色，他经常穿浅色，甚至还有些花里胡哨的衣服，但无论什么样的衣服总是能被他展示得很好，穿出自己的气质。

陈屿舟皮肤白，穿黑色更显，低头垂眼间多了几分颓气，拉平的嘴角看上去心情不太好。

明芙觉着奇怪。

刚刚不还好好地在控诉她吗？

她咬了咬嘴唇，纠结半晌，最终什么都没问。

过了会儿，陈屿舟喊她："过来尝尝味道。"

明芙也正好把菜都择完，站起来的时候眼前蓦地一黑，什么也看不清，脑袋发晕。

她下意识往一边扶去，手落入一个宽大的掌心，稳稳地撑住了她。

眩晕感逐渐退去，明芙在朦胧中好像看到了陈屿舟眼底的紧张。

另一只带着凉意的手敷在她眼上轻轻地揉了两下。

"缓过劲儿没？"他问。

冰凉的温度刺激得她眉心一跳，抓着陈屿舟的手下意识攥了下，而后又把手抽出来，她眨眨眼，视线慢慢变清明："好了。"

"怎么回事啊你？我都已经不怀疑你想占我便宜了，你也不用为了自证清白在这儿给我表演一个当场碰瓷吧？"

"没有。"明芙解释，"起得太快了而已。"

"东西就在那儿，你不尝又跑不了，不会慢点起？"

明芙垂头闷声不语。

松松扎在头顶的那颗丸子也跟着往前磕了一下。

陈屿舟手指微动："干什么？你这一声不吭的好像我欺负你了。"

明芙小声嘟囔："反正你说什么都有理。"

她只能闭嘴。

他们之间隔了八年的时间，再见面后说完全陌生也不尽然，"半生不熟"这个词可以很好地概括他们现在的状态。

可他们之间也是真真实实相处过快两年的时间,明芙面对他的时候很难做到完全平静,恢复到他们最初认识时那样。

所以有些话没经过大脑就说了出来。

说完,她才意识到刚刚那句话好像有些亲昵了。

陈屿舟却恍若未觉:"那是因为我有理。"

他接过她手里的菜放到桌上,又拿了个干净的勺子从砂锅里舀了勺汤出来,递到明芙嘴边:"自己吹,有点儿烫。"

幸亏是煲着汤,不然刚刚那几句话的工夫菜都得煳锅。

明芙垂眸看了一眼:"这什么汤啊?"

白色的瓷勺里盛着橙黄色的汤水,上面漂着一层淡淡的油脂,散发出浓郁的香味,勾得人胃口大开。

"山药茯苓乳鸽汤,老火汤的一种。"陈屿舟神色淡淡,"放心喝吧,没下药。"

明芙:"……"

她只是问问,又没说什么。

明芙舔了舔唇,开始对着勺子吹气。

陈屿舟也没催她,就那么老实地举着勺子看她。

她鼓着嘴一口气一口气地吹着,耷拉着眉眼,两只手交握在身前,看着特别像乖巧等主人投喂的小奶猫。

陈屿舟觉得挺神奇,这人怎么和高中的时候一点区别都没有?也不怪宋子枫把她当成他妹。

要是套上校服,真就和上学的小姑娘一样了。

他心里的怨气倏然就消散了大半。

感觉着差不多凉了,明芙试探地用嘴唇碰了碰勺子边缘,然后含了进去。

鲜美丰富的味道瞬间袭击味蕾,明芙止不住点头:"好喝。"

陈屿舟翻了个碗出来给她盛了多半碗:"给你开的小灶。"

明芙"啊"了声,隔着吧台往客厅看了眼:"不好吧,等一会儿吃饭的时候再喝吧。"

"盛都盛出来了,我还能给倒回去?"陈屿舟说,"你要觉着不好就在这儿喝,别出去。"

207

明芙忙了一整天,中午饭都没来得及吃,不过她工作之后饮食就没规律过,也没感觉到饿,刚才尝了口汤,胃口被挑起,有点儿忍不住了。

这么一想,肚子就很应景地叫了两声。

明芙:"……"

陈屿舟扬扬眉:"饿了?"

明芙没说话,默默接过碗,往旁边挪了挪,避开客厅能看到的位置才安心地一勺一勺喝起汤来。

陈屿舟被她这举动逗笑,眉眼舒展开来:"怎么跟做贼似的呢?"

明芙看着他的笑,散漫中带着点痞,是她熟悉的那种。

一时间不知道说些什么,她只好低头继续喝汤。

两人没再说话,气氛静下来。

一勺一勺的汤被送进胃里,饿意被填满,明芙舀汤的动作慢下来。

她靠在墙边,百无聊赖地打量着四周,最后落到了站在灶台前的男人身上。

修长漂亮的手握着一把刀,熟练地切着菜。

她忍不住问:"你一直都会做饭吗?"

亲眼看到之前,她很难把厨房和陈屿舟联系到一起,毕竟他怎么看都像是十指不沾阳春水、衣来伸手饭来张口的娇贵少爷。

"不是,出国后学的。"陈屿舟把切好的彩椒放进盘子里,"吃不惯外国菜,那儿的中国菜又不好吃,最后干脆自己做。"

他嘴刁这一点明芙是知道的,也很符合他一贯的人设。

她点点头:"是这样。"

没有其他要帮忙的了,明芙也没离开。

厨房被暖黄色的灯光烘托出温暖的气氛,抽油烟机发出轻微的嗡嗡声,沾着水珠的菜被丢进锅里发出噼里啪啦的声音。

周围充盈着生活的气息。

明芙很贪恋这种气息,更贪恋带给她这种感觉的人。

"过来尝尝味道。"

和之前一模一样的话,明芙从神游状态中抽身出来,走过去。

陈屿舟夹了颗虾仁给她,明芙吹了两口气,张嘴咬过来。

"好吃。"

还是那个评价。

"怎么还是这俩字啊,你这律师词汇量这么匮乏吗?"

拖腔带调的语气,是他逗她的时候惯用的调调。

明芙有瞬间的怔然。

眼前的男人和记忆中的少年逐渐重叠。

有点儿坏又有点儿不太正经。

她明显感觉到陈屿舟对她的态度跟之前相比发生了点变化,但她又不知道是为什么,明明也就过了几分钟而已。

这人的心思她一向看不透。

明芙咽下嘴里的虾仁:"修饰词过多就显得虚假了,律师向来讲究化繁就简,直击要害。"

"行。"陈屿舟似是被她说服,笑了声,"这次你有理你说了算。"

明芙眨眨眼,感觉那股子熟悉感又加重了点。

晚饭所有的菜都是陈屿舟一个人做的,明芙站在一旁做试吃员。

他炒完一盘菜就会夹点什么喂给她,还没到正式吃饭的时候,明芙就有点儿饱了。

客厅里的茶几挺大,一群人在一个地方坐久了就懒得动,他们便把菜端到了客厅,坐在地毯上吃。

和打游戏的时候一样,陈屿舟坐在明芙旁边。

Lotus 闻到香味儿也跑了过来,但没有上桌,蹲在明芙身边,尾巴在地上扫着。

宋子枫见状觉着稀奇:"陈屿舟,你这狗跟小明律师比跟你还亲近啊。"

陈屿舟开了瓶果汁:"应该的。"

停顿一秒,补充:"它天天看我,烦了。"

随后像是意识到拿错了,把果汁放到明芙面前:"开错了,你喝吧。"

紧接着又拿了瓶可乐过来,拉开拉环喝了一口。

"那我们这儿这么多新面孔,也没见它黏着我们谁啊。"

"它喜欢长得好看的。"陈屿舟抬眼看他,"你没达到它的审美标准。"

宋子枫面无表情地撂了筷子:"掰了吧,这兄弟没法处了。"

陈屿舟云淡风轻地说道:"门在那儿,慢走不送。"

宋子枫沉默两秒,重新拿起筷子:"那还是等我吃完这顿饭再掰吧,不急,不然你做这么多菜岂不是浪费了。"

陈屿舟朝 Lotus 抬抬下巴:"不浪费,没看它在那儿等着呢吗?你走了它就顶替你的位置。"

宋子枫顺着他的话看向 Lotus。

后者和他的视线对上,从地上站起来,好像在跃跃欲试着取他而代之。

"我不走!"宋子枫重重地哼了声,"我绝对不会让一条狗取代我!"

其他人笑起来。

宋子枫一向爱挑衅陈屿舟,每每都会碰壁,偏偏每每都不长记性。

明芙也弯起眼。

陈屿舟总是能把和身边人的关系处理得很好,不迎合不讨好,有一套自己为人处世的标准,和他们顺其自然地相处,偶尔开开无伤大雅的玩笑活跃气氛,所以他无论到哪里都会有人呼应。

这是明芙觉得他最有魅力的一点。

她很喜欢陈屿舟站在人群中央随性又洒脱的样子。

察觉到身边的人一直盯着自己看,明芙转过头去,用眼神询问他怎么了。

"没事儿。"

他收回视线,垂头笑了笑。

为了防止突然被医院召回,他们都没喝酒,只喝了饮料,一群年龄相仿的人凑在一起边说笑边吃饭,一直到外面的天色完全暗下来才结束饭局。

众人吃饱喝足便准备拍拍屁股走人,明芙和陶璐就住在隔壁,走两步路就到。

要走的时候陈屿舟拉住了明芙的手腕:"等会儿,跟我下楼送送他们,回来顺便跟你说点事儿。"

其他人闻言,齐刷刷朝他们看过去。

虽然有"有事"这个原因,但是一起送人下楼什么的,未免有些暧昧和亲密了。

明芙不知道该怎么回答,当着这么多人的面也不太好拒绝,她迟疑了下,点头:"好。"

陶璐指了指对面:"那我先回去了。"

剩下的人一起坐电梯下楼。

出了楼,明芙和陈屿舟就没再往外送了,站在楼道口和他们道别。

小区里没有多余的停车的地方，宋子枫他们把车停在了小区外面那家超市的地下停车场，要步行一段路才能到。

他们几人分成三批慢悠悠地往那边走。

宋子枫感慨了声："陈屿舟真是艳福不浅，大学的时候身边就有那么多美女追，现在隔壁还住了一个，而且还是高中同学，怎么我高中的时候就没碰到这么漂亮的妹子呢？"

说完，他又突然来了句："哎，你说要是我追小明律师，有多少胜率？"

赵臣想了想："不是胜率多少的问题，是你还想不想活命的问题。"

宋子枫没懂："什么意思？"

"你没看见陈屿舟怎么对明芙的？你跟他抢不是找死是什么。"

宋子枫惊讶得瞪大了眼："你是说他——"

赵臣嫌弃地看了他一眼："也就你这没眼力见的看不出来，你被'发配'到男科不是没有原因的。"

"滚蛋。"宋子枫骂了声，眼睛往后示意了下，"那欣姐岂不是没机会了？"

赵臣轻叹了口气："如果有机会，也不会拖到现在了。"

从电梯里出来，明芙正要问陈屿舟有什么事，就被他的"过来"两个字给挡了回去。

跟着他往他家那边走，明芙问："怎么了？"

"换药。"

明芙这才想起自己的胳膊。

进了门，陈屿舟从客厅电视橱柜里找出医药箱，指了下沙发："坐那儿。"

明芙走过去坐下，撸起袖子把胳膊递过去。

陈屿舟解开纱布，动作熟练又迅速，细看还带着几分小心。

"这么热还穿长袖？"

明芙随口解释："我比较怕冷。"

陈屿舟蹙了下眉。

他记得她高中的时候挺怕热的。

胳膊那里肉少，而且明芙又瘦，伤口愈合得有点儿慢，但是没有昨天那么肿了。

陈屿舟重新给她擦了药，裹了层新的纱布。

"行了，还是别碰水。"陈屿舟拿着医药箱起身的时候想起什么，敲了敲箱壁，问她，"你那儿有这些东西没？"

明芙正拨着胳膊上的蝴蝶结，有点儿没反应过来："什么？"

"我明天要出差，去海城两天。"他瞥了眼她的胳膊，"你自己能弄好？"

"可以的。"

"行。"

明芙看了眼茶几上的狼藉，有点儿不好意思："我帮你一起收拾吧。"

"不用。"陈屿舟淡淡道，"学医的有洁癖。"

"……哦。"

送明芙出门的时候陈屿舟握着她的手在门上录了个指纹。

"干吗呀？"

"Lotus自己在家，怎么说它也挺喜欢你的，你应该不忍心饿死它吧？"指纹录好的提示音响起，他松了手："试试能不能开？"

明芙还没反应过来，完全是凭着下意识按照他的指令做。

陈屿舟家的房门被她的指纹打开。

一股奇异的感觉涌上心头，很难用语言形容。

明芙欲言又止。

陈屿舟想起什么，慢条斯理地"哦"了声："知道你贵，不会让你白照顾的。"

37

上次那个驾车撞人案还需要二次上庭，明芙和助理一直都在准备二次庭审的资料。

被告方和原告方丈夫在同一家公司任职，因为工作问题，两人发生了口角，被告在原告方丈夫回家的时候开车撞人，导致对方瘫痪在床。

明眼人一看就知道是蓄意伤害，但是被告有点儿背景，从医院开了张证明，说自己精神方面有些问题，把责任推卸得一干二净。

被告请的律师在业内也没什么好名声，乌鸦都凑到一起黑去了。

明芙不算什么正义感爆棚的人，但她有点儿死板和固执。

她既然接下了这个案子，就一定要把这件事做到最好。

任由坏人逍遥法外，不是她想看到和能接受的结果。

她一忙起来就没什么时间概念，等从电脑前抬起头来的时候，外面已是夜幕降临。

看了眼时间，已经快八点了。

距离陈屿舟告诉她的 Lotus 的晚饭时间已经过去了一个小时，明芙立刻从椅子上起来，将桌上的资料随便归置了下，拎着包匆忙走了出去。

到了十字路口赶上红灯，明芙踩了刹车，不经意扫了眼倒车镜，眉头皱起。

如果她没记错的话，后面那辆黑色的车已经跟了她两条街道了。

律师一向是个挺有风险的职业，明芙从业这几年也有了一定的警惕性，她拿过手机悄悄对着后视镜拍了张照片。

绿灯亮起，她打着方向盘转了个弯，往市中心那边开。

B 市的中心地带向来是不夜城，即便过了下班高峰期也是车流不息。

绕着市中心的街道兜了几圈，甩掉身后的尾巴，明芙才敢开回繁华里。

繁华里虽然都是上班族，但小区的安保做得还是很不错的，出入都要靠通行证和人脸识别，车子开进小区，明芙的心就踏实了一大半。

她在繁华里住了几年，第一次出了电梯没有直走，而是拐去了对面。

手搭上门把，指纹解锁成功的提示音响起的时候，她的心也跟着撞了一下。

楼道的灯光洒进昏暗的房间，在玄关处投下一片亮光，明芙一低头就看到了守在门口的 Lotus。

也不知道它是一直都等在这里还是听到开门声才跑过来的。

明芙揉了揉它的脑袋："对不起，一不小心忘记时间了，明天我肯定会准时过来喂你。"

Lotus 叫了两声算是回应她。

明芙笑笑，开了灯关上门，绕过 Lotus 进了客厅，先给它倒了一盆狗粮，又去厨房按照陈屿舟昨天交代的给它弄了些蔬菜水果，还有真空包装的牛排。

看到包装袋上的价格标签后，明芙不禁咋舌。

她好像明白"人不如狗"是什么样的概念了。

明芙撕开包装，把牛排放进 Lotus 的狗盆里，然后蹲在一旁看着。

大概是饿久了，Lotus 吃的速度很快，不一会儿就把所有东西都消灭了个干净,然后转身瞅着明芙。

像是在等待着什么。

明芙没理解它释放出的信号,有点儿蒙。

蹲在地上跟它大眼瞪小眼。

"你是没吃饱吗?可你主人说每顿只给你喂这么多就可以了,再多好像不太好。"

Lotus 嗷嗷两声,在原地转了一圈。

明芙犯起了难,拿过手机正准备给陈屿舟发个消息问问的时候,对方的视频通话邀请就弹了出来。

心头突然涌上了点紧张,她拨弄两下头发,点了接通。

他大概是刚回到酒店房间,穿着一身正装,单手松了领带,解开了颗扣子。

一举一动间禁欲又不羁。

看到视频里熟悉的背景,陈屿舟扬扬眉毛:"你这是一直待在我家没走呢?"

"不是,我才回来。"

明芙下巴抵在膝盖上,手机由下往上举着,整个人都暴露在镜头前,小小的一坨看着特别乖巧。

Lotus 听到熟悉的声音,跑过来贴到明芙身边。

明芙把镜头对准它,声音从屏幕外响起:"我今天回来得有点儿晚,饿了它一会儿,刚才按照你说的分量喂给它之后,它一直在看我,还要再喂一点吗?"

屏幕里的小姑娘变成灰黑色的大狗,陈屿舟不满地"啧"了声:"你吃饭没?"

"啊?"明芙没想到他会问这个,愣了下,把镜头挪回来,"还没。"

"冰箱里有包好的馄饨和蛋糕。"陈屿舟说,"自己弄点吃。"

明芙拒绝:"不用了,等会儿回去我再做就可以了。"

"等我回去都坏了,放着也是浪费。"

见他们二人旁若无狗地聊起来,Lotus 又叫了声,听上去有点儿着急。

陈屿舟这才想起打这通视频电话的目的:"冰箱里有酸奶,你拿一盒给它,这是它餐后必备,昨天忘告诉你了。"

明芙没养过狗，也不知道狗狗平时都吃些什么，现在听他这么说，觉着很稀奇："你养得可真精心。"

陈屿舟意味不明地哼笑一声："能不精心吗。"

也不看是为什么养的。

明芙感觉这句话有点儿怪，但也没多问，喃喃了声："怪不得它一直看我，我这就去给它拿。"

"慢点起啊，别又两眼一黑摔在我家。"他慢腾腾道，"到时候我还得负责。"

明芙拿食指蹭了蹭鼻尖，小声咕哝："不用你负责……"

经陈屿舟这么一提醒，明芙起来的时候的确放缓了速度。

她拿着手机走向厨房的时候 Lotus 摇着尾巴颠颠地跟在她身后。

狗狗认主，就算性格再温顺，见到陌生人怎么着也得有个循序渐进的过程才会展露善意，但是 Lotus 好像从第一次见到明芙就对她表现出了特别的友好，还很黏她，怎么摸它都没关系。

"Lotus 好像挺喜欢我的……"

话无意识地从嘴里说出去，明芙反应过来，连忙补了句："不是我自恋，我是觉得它性格特别好。"

这解释多少有点儿欲盖弥彰了。

"我还什么都没说。"

陈屿舟的声音懒懒的，配合着他们刚刚说话的内容，听起来莫名有点儿欠。

明芙闭了嘴。

如果可以，她想回到一分钟前，然后一句话也不说。

她打开冰箱，从最上层拿了盒酸奶出来，看到旁边还有另一种口味。本想问陈屿舟 Lotus 喜欢哪种，预料到他大概会给出什么回答后，干脆让 Lotus 自己选。

她把手机支到灶台上，一手拿了一盒酸奶，在 Lotus 眼前晃了晃："一盒黄桃的一盒蓝莓的，你要喝哪个？"

Lotus 抬起右边的爪子。

选了黄桃口味。

明芙撕开塑料封盖，把酸奶放到地上，忍不住感慨它的聪明。

她双手撑在膝盖上，半蹲的姿势，微微耸着肩，上半身穿着浅灰蓝色的V领衬衫，精致的锁骨凸起，垂感很好的衬衫因为她的姿势往下垂了些，露出胸前一小片莹白的皮肤。

偏偏她还没有意识到，正面对着镜头，脸上带着盈盈笑意。

陈屿舟喉结上下滚动，只觉得嗓子发干。

忍不住在心里骂了声。

狗的待遇都比他好。

他还从未见明芙对他这么笑过。

轻咳两声，他开口说道："昨天不是说了吗？"

男人的声音冷不丁响起，明芙这才想起放在一边的手机，她拿起来："什么？"

他语气里带着笑意，嗓子还有点儿哑，经过扬声器的润色，莫名多了抹缠绵，震得人心尖发痒。

"它喜欢漂亮的，所以喜欢你。"

自从第一天喂Lotus迟到后，明芙每天都按时下班，看不完的资料就带回家。

陈屿舟每天晚上也都会打来视频问问Lotus的情况还有她胳膊的情况。

两人现在的关系熟悉又陌生。

像是隔了层什么东西，说不清又道不明。

明芙不觉得陈屿舟会对自己有什么特别，或许她对他而言只算得上一个关系比较可以的朋友，最多再加个邻居的身份，毕竟高中那段相处对他来说只是个消遣，中间隔了那么多年，什么感觉都烟消云散了。

如果是这样，她觉得也还不错。

至少比陌生人要强。

对于朱乐乐来说，她这种常年加班的劳模按时下班十分稀奇。

明芙连着三天准时准点下班后，朱乐乐忍不住了。

"明律，你最近怎么都下班那么早啊？有情况了？"

明芙一边打卡一边问："什么情况？"

"交男朋友啊。"

明芙眨了眨眼，难得俏皮："跨物种的两类应该不能在一起吧？"

"啊？"这下换成朱乐乐不明白了，"什么意思啊？"

"没什么，我这几天赶着回家喂狗。"明芙笑笑，"所以回家早一点。"

朱乐乐问："你养狗了啊？"

"邻居的，他出差了，帮忙照顾几天。"

"哦哦，原来如此。"朱乐乐一副松了口气的模样，"明律你可真是中国好邻居！"

明芙将她的反应尽收眼底，想解释些什么又觉得太突兀，最后只挥了挥手："那我先走了。"

"拜拜明律。"

明芙打开车门坐进去，把资料放到副驾驶座，系安全带的时候右眼皮突然猛烈地跳了两下。

像是在预兆着什么。

她不迷信，但是这一整天下来右眼皮时不时就跳个两下，也挺恼人的。

想了想，她还是拿过手机点开了陈屿舟的微信。

很快敲上一行字，却迟迟没有发出去。

沉吟了会儿，明芙又把打出来的字给删掉，直接拨了个电话过去。

一直到听筒里传来机械的人工女声，电话都没被接通。

明芙想着他可能在忙，就没再打第二个，把手机放到了副驾驶座。

创业园区这边离市中心有点儿距离，不算偏僻但环境挺安静，所以车流也相对较少。

傍晚的天空铺满夕阳，絮状的云被勾勒出金色的边框，落日余晖洒落大地，使街道都蒙上了一层朦胧的暗色。

明芙将车开出瑞升事务所的院落，刚拐过弯准备驶入主路，左边就有一辆车急速朝她这里冲了过来，目的明确。

隔着车窗，都能清晰地听到车子发出的轰鸣声。

明芙的心跳停了那么一瞬，猛地往右打了方向盘，避开那辆车。轮胎摩擦地面发出刺耳的声音，剧烈的碰撞声在空旷的街道响起，车头撞到路边的电线杆上，安全气囊弹出，冲向明芙。

强烈的眩晕感袭来，视线模糊得厉害，隐约间明芙好像感觉到有什么温热的液体滴落到了她摊开的掌心上。

失去意识的前一秒，明芙想的是——

幸好。

原定的出差计划是五天，但是最后一天的交流会临时取消了，陈屿舟便提前了一天回来。

中午的时候刚从机场出来，他就接到了医院的电话，说他之前做手术的那个病人出了点问题，他又急匆匆地赶回医院进了手术室。

手机静了音放在柜子里，等手术结束再出来的时候，外面的天都擦黑了。

看到明芙的未接来电，陈屿舟身上的疲乏散了点，靠在柜子上回拨过去。

但却是无法接通的状态。

他皱了皱眉，倒也没怎么多想，换了衣服下班。

刚从办公室里出来，就看到赵臣迎面走了过来。

"我正找你呢。"

陈屿舟拉上办公室的门："有事？"

"明律师出了车祸被送医院来了，送来的时候昏迷着，脑袋还在流血……"

赵臣话才说到一半就消了音，刚才还一派松泛散漫的人陡然沉了脸："人在哪儿？"

赵臣被他的脸色吓得心里咯噔一下，迅速报上地点："八楼509。"

他话音刚落，眼前的男人便跟阵风似的跑了出去。

陈屿舟的肩膀撞到他的，力道冲得赵臣往后退了两步。

他忍不住"哎哟"了声，揉着肩膀看向陈屿舟马上要消失在拐角的背影，准备扬声喊他，而后意识到这是在医院，立刻减弱声音，自言自语了句："现在已经醒了，而且也不是很严重，不用这么急……"

医院里好像什么时候都是人满为患的状态，没有片刻的清闲。

三间电梯门口都排着人，陈屿舟扫了一眼，脚步不停地往安全通道走去。

焦躁不安的情绪充斥着他的心，他想到明芙打来的那通电话，更觉后悔。

他不该跟她置气的，本就是为了她回来的，现在还矫情个什么劲儿？

脚下步伐凌乱，一个踩空差点从台阶上摔下去。

到了八楼，陈屿舟拉开安全通道的门冲了出去。

一个护士拿着托盘从安全通道门口经过，听到声响下意识看过去，却只捕捉到了一道黑色的身影，连是男是女都没怎么分辨出。

明芙住的是间单人病房，但也没有很隔音，到了门口还能听到里面愤愤不平的骂声，且一声比一声高昂。

陈屿舟蹙起眉，感觉有点儿不对劲。

他没敲门，直接拧了门进去。

下一秒，他便看到了正对着门口靠坐在病床上的明芙。

小姑娘穿着蓝白条纹的宽大病号服，空荡荡的，脑袋上缠着一圈纱布，本就白净的小脸此刻一点血色都没有，更显那一双漆黑的眼。

她腿上放着一个台笔记本电脑，屏幕荧荧的光亮映在脸上，肤色近乎透明。

陈屿舟用力握着门把的手松了下，胸腔里超速跳动的心脏也慢慢缓下来。

他没动，就那么站在门口的位置看着她。

乌沉沉的眸子看不出情绪，却又像是在酝酿着无数风暴。

陈屿舟开门的动作太迅速，病床旁边的朱乐乐看到他突然出现，激昂的骂声顿时卡在嗓子眼，不上不下。

这帅哥哪儿来的？

靠坐在病床上的明芙跟他的目光对上，也有一瞬间的诧异。

他不是还有两天才回来吗？

过了不知道多久，陈屿舟才走进来，开口时嗓音像是被砂纸磨过，颗粒感明显："检查结果，怎么说的？"

明芙下意识回答："轻微脑震荡。"

"啪"的一声，他合上她腿上的电脑，随手一扬扔到旁边的沙发上，看都没看一眼，完全不在乎会不会丢到地上。

他坐到床边，眼眸沉沉："怎么弄的？"

明芙讷讷道："没什么，就磕了下脑袋。"

"行。"陈屿舟点点头，转过眼看向朱乐乐："你是她同事？"

男人周身冷冽的气场太过骇人，对上他的视线，朱乐乐张张嘴，一时间都忘了该怎么开口说话，只好胡乱点了点头。

"她这是怎么弄的？"陈屿舟每个字都咬得很清楚，"知道的都告诉我。"

他的手撑在病床上，屈起的小拇指突然被人钩了一下。

陈屿舟顿了顿，复又面向明芙。

她清凌凌的眼里映着他的身影，细看便能发现其中带了点怯意："我告诉你，你别生气。"

第六章 —— 虔诚似她的信徒

Un coup de foudre

38

朱乐乐走出病房的时候还是一副没反应过来的模样。

陈屿舟出现得太突然,而且看他和明芙之间相处的状态就知道两人的关系肯定不简单。

门关上发出"咔嗒"一声轻响,朱乐乐不知道飘到哪儿的思绪收回来了点,她悄咪咪地从门上的窗户往里面看了眼。

男人背对着门口坐在病床边,头微偏,露出轮廓分明的侧脸,背影清瘦但不缺力量感,气场难掩。

他单手撑在明芙身侧,像是把她圈进了怀里。

显得明芙格外娇小。

虽然这么想有点儿对不起冯律,但明律和这个帅哥之间满满的张力似乎更好嗑一点。

朱乐乐心里的天平在道德和颜值之间来回倾斜,皱着眉头满脸纠结地转身离开。

病房里两人之间的气氛有点儿紧张,又有点儿微妙。

陈屿舟锐利的眼眸直勾勾地盯着她,嘴唇拉平,一句话都没说也显现出了咄咄逼人的气场。

明芙莫名觉得嗓子有点儿干,她舔了舔唇:"其实也没什么大事……"

她向来不喜抱怨,也不习惯。

一时间不知道该怎么开口。

"我想听的是你这种轻描淡写的废话吗?"

男人嗓音里的沙哑退去,却又多了点冷。

"就是我今天下班回家的时候,有辆车突然朝我这边冲过来了,我躲了下,然后撞上了路边的电线杆。"

最后这句话怎么听上去怪怪的,好像有点儿傻。

明芙蹙蹙眉,垂下头。

"跟你工作有关?"

明芙点了下头,阵阵眩晕感再次袭上,她正要抬手扶一下,脸颊便被一抹温热覆上。

男人的手掌托着她的脸:"别晃。"

明芙身体僵了下,小幅地动动嘴:"知道了。"

平常看也看得出小姑娘的脸小,现在覆上去,真的是张巴掌脸,但也有那么点肉。

掌下的皮肤细腻光滑,陈屿舟指腹不动声色地轻蹭两下。

他扬扬下巴:"躺下。"

"哦。"

她现在不太敢跟陈屿舟对着干,他说什么就是什么。

陈屿舟从床边站起来扶着她肩膀躺下,手往下滑捞过她的手握在掌心,拇指按着她虎口的位置。

有点儿酸又有点儿疼,明芙忍不住缩了下手。

"别动。"他牢牢地圈着她的手,低着头看不出情绪,"按这儿能缓缓你的头晕。"

陈屿舟一手攥着明芙的手腕,另一只手的指节抵着她的掌心,力道不算很重地揉着她的虎口。

人身上总有那么几处敏感的部位,明芙敏感的地方除了脖颈那处还有一个就是手,现在被陈屿舟碰着,一股奇异的满足感从心底悄悄蔓延。

许是因为受了伤,明芙不太能控制得住心底的欲望,迟疑了会儿,放弃抵抗。

把悬着的手指一点点放到他的手背上。

她现在是个伤者,放肆一点,应该不过分吧。

两人的手几乎是严丝合缝地贴在一起。

陈屿舟动作稍顿,很快又恢复正常:"撞你的人是谁,有想法吗?"

明芙正看着两人交握在一起的手出神,闻言"啊"了声,才说:"我接了个驾车撞人的案子,被告是肇事者,我是原告律师,第一次开庭的时候他拿了张精神病诊断证明,推卸了责任,我这边提了上诉。然后有天晚上回家,有辆车在后面跟了我几条街,不知道是不是有关联。"

除了那晚被跟踪,后来几天她按时下班就没再看到过那辆车,谁承想今天下班的时候就出了这档子事。

那辆车冲过来的速度太快,明芙根本来不及注意车牌号,只能掉转车头避开,不然要是那辆车直直撞上驾驶座,她估计连命都没了。

明芙驶出院落的那个拐角正巧是监控死角。朱乐乐后来补充,明芙当时撞到电线杆后,事务所正好也有人下班回家,听到巨大声响赶过去察看的时候,只来得及看到一抹车影。

想来是看到她出了事,目的达到就跑了。

这算是不幸中的万幸,如果对方再疯狂一点,补撞一下,她就不只是脑震荡和额头上破了个口子缝针这么简单了。

明芙是怀疑这两件事其实都是同一个人干的,虽然律师是挺容易得罪人的,可她也不至于一下子得罪两个,还都挑同一个时间段找上门。

但是空口无凭,而且这也只是她的猜测。

顿了顿,她又说:"我把车牌号拍下来了,在手机里,那天我被跟踪还把他给甩掉了。"

像是为了给之前那句"撞到电线杆"找回点场子,小姑娘尾音上扬了些许,听上去有那么几分小得意。

陈屿舟抬起眼皮看了她一眼。

不知道是不是因为受了伤脸色发白衬得,她的眼睛格外明亮,像是蕴藏了浩瀚星斗,让人只一眼就会陷进去。

绷着的那股劲儿倏然间就散了,他笑笑,夸了她一句:"特别棒,小明律师做得对。"

倒也没有让他夸的意思。

明芙感觉自己的脸有点儿热,偏头往枕头里埋了埋。

陈屿舟看了眼放在床头的手机:"手机有密码吗?"

脑震荡带来的后遗症还没消,再加上她头上伤口缝针的时候打了麻药,清醒了这么一会儿又开始犯困,眼皮子也打起了架。

听到陈屿舟这么问,她模模糊糊地"嗯"了声,报了串数字出来:"130507。"

大概是某个日期。

"知道了,睡吧。"他放柔了声音,带着哄人的语气。

陈屿舟这句话跟下了道命令似的，听他说完，明芙就放任自己睡了过去。

小姑娘偏着脑袋陷进枕头里，乌睫在眼下投出一片阴影，失了血色的嘴唇有点儿发白，看上去像是一碰就碎的易碎品。

陈屿舟伸手轻轻拨开她颊边的碎发，眼睛一眨不眨地看着她，好像生怕一眨眼她就会消失一样。

不知道看了多久，他才有了动作。

明芙的手还落在他掌心，他攥着她的手腕，偏头闭上眼在她手腕内侧落下一吻。

神情虔诚又迷恋。

似是她的信徒。

明芙再醒过来的时候窗外的天已经黑如浓墨，病房里只有靠近门口那一排灯开着。

局部麻醉的劲儿过了之后，额头缝针的地方一抽一抽地疼。

她躺在病床上看着天花板，除了眨眼之外好半晌没有其他的动作。

清冽的男声在一旁响起："傻了？"

明芙缓缓扭头看去，陈屿舟靠坐在病床边的椅子上，双臂环叠在一起，双腿大刺刺地敞着，脸上挂着点笑，暖黄色的灯光隐隐约约笼在他身上，冷硬的线条变得柔和了不少。

明芙和他对视几秒，问了句："你怎么在这儿？"

她这句话直接把陈屿舟给问蒙了，好一会儿，他才又气又笑地抛出来两个问题："那不然你想让谁在这儿？还是我该把你自个儿扔这儿？"

"不是。"明芙刚才也是才睡醒没反应过来，现在也意识到自己问的问题有歧义，"我以为你走了，没想到你还在。"

"你还躺在这儿呢，我能去哪儿？"

缩在被子里的手动了下，明芙慢吞吞地"哦"了一声。

陈屿舟从椅背上直起身："饿不饿？起来吃点东西。"

车祸发生的时候就是傍晚，之前醒来的那次头还晕着，一点食欲都没有，现在睡了一觉缓过劲儿来，肚子也真真切切地抗议了起来。

她点头。

陈屿舟俯身环住她的肩膀半搂半抱地把她从病床上扶起来。

明芙的鼻尖隔着层布料磕到他的肩膀，她闻到了陈屿舟身上那股淡淡的雪松香气。

清冷又干净。

额头的抽疼莫名得到了缓解,她下意识抬眼,但却因为二人距离太近眼睛失焦,什么都看不清,只是能清晰地感觉到男人皮肤的温度。

心跳逐渐加快,她低下头想要遮掩,结果发现这样好像是埋进他怀里了一样。

进退不得,明芙只好僵着身子保持一动不动的状态。

偏偏陈屿舟跟个没事人一样,扶着她坐起来又把枕头垫到她背后让她能靠得舒服点,完成这一系列动作时他全程都是圈着她的。

肩膀时不时就碰到明芙的鼻尖。

瞥到小姑娘变红的耳朵,陈屿舟勾勾嘴角,故意问了句:"你耳朵怎么这么红?"

"没,有、有点儿热。"

她难得磕巴了下。

"是吗,我感觉还好啊。"

耳朵又红了点,像能滴出血来。

陈屿舟好心地闭上嘴,没再逗她。

弄好后撤离她身边,他开了灯,把小桌子放到床上,又把保温盒里的清粥小菜一样样拿出来摆到上面。

随后重新坐到椅子上,抽了一张消毒湿巾出来,朝明芙勾了勾手指:"手,过来。"

"不用了,我自己来就可以。"

"快点,别废话。"

明芙把手递过去。

下一秒,手再次被他握住。

男人垂着头,拿着消毒湿巾细致又温柔地给她擦着手。

惦记着她饿,陈屿舟也没耽误时间,老实地把她手擦干净,递了个勺子给她。

明芙一声不吭,闷头喝粥。

感受到身旁轻飘飘却不容忽视的视线,她不自觉往下埋了埋头。

陈屿舟看着她这鸵鸟行为,乐了:"干什么呢你,再饿也不至于把脸埋粥里吧？"

"没有，不是。"明芙抿抿嘴，生硬地转移话题，"现在几点了？"

陈屿舟两指夹着柜子上的手机，按亮屏幕，看了眼时间："一点。"

"凌晨？"

明芙完全没想到已经这么晚了，话问出口才反应过来有多白痴。

陈屿舟反手指指窗外："你看看外面这天，还能是下午？"

明芙忍着尴尬，维持着面上的淡定："这么晚了你快回去休息吧，我自己可以的。"

"确定？"陈屿舟拖腔带调地说，"就你刚刚问出来的那个问题，你还怎么可以？"

这是拐着弯说她傻呢吧？

明芙不再说话，继续喝粥。

舀了勺粥，她想起什么，问他："那你吃饭了吗？"

"吃了。"

很简单的两个字。

她"哦"了一声，夹了一筷子菜放在勺子上，和着粥一起送进嘴里。

甜咸脆爽的萝卜被咬碎发出"咯吱咯吱"的声音。

陈屿舟看她腮帮一鼓一鼓的，一个没忍住，伸手戳了下。

鼓动的腮帮骤然停下，明芙扭头看过来。

对上她疑惑不解的视线，陈屿舟轻咳一声："脸沾上东西了。"

明芙拿手背蹭了蹭脸："什么东西啊？"

这对话听着好像有点儿熟悉。

陈屿舟处变不惊："一个小黑点。"

明芙不疑有他，真信了陈屿舟的鬼话。

又喝了两口粥，突然"呀"了声："我忘记跟璐璐说我今晚不回家了。"

说着，放下勺子开始找手机。

陈屿舟也不知道这姑娘怎么想的，都脑震荡了醒来第一件事就是拿电脑工作，睡一觉起来又跟个没事人一样操心这操心那，没片刻的消停。

好像这身体不是她自己的一样。

他"啧"了声："我跟她说了，她明天过来看你。"

指尖敲了敲桌子："现在，能不能安心吃你的饭？"

明芙这才彻底老实下来。

虽然办公室里开了空调，但明芙也不是一整天都待在空调房里，更何况那辆车撞过来的时候，她被激出了一身冷汗，现在只感觉身上黏糊糊的。

吃完饭，她坐在床上眼巴巴地看着陈屿舟："我现在可以洗澡吗？"

生怕他说出"不行"两个字。

"别洗头。"陈屿舟把床头柜上的纸袋子递给她，"你的睡衣。"

明芙愣了下，接过来："你回去拿的吗？"

"不然还能是它长了腿自己跑过来的？"

陈屿舟倚在柜子边，突然玩味地问了句："你现在还知道怎么洗澡吗？"

听出他在笑自己，明芙鼓了鼓嘴，有点儿小情绪地回道："我没撞傻。"

说完，利落地转身进了浴室。

关上门的时候她好像听到了男人的笑声。

有什么可笑的？

明芙腹诽了句，打开纸袋看了眼。

下一秒，脸颊"腾"的一下涨红。

这内衣怎么放在最上面啊？

而后想起陈屿舟刚才说衣服是他回去拿的，浑身都热了起来。

但是也很有可能是陶璐帮她收拾的衣服，陈屿舟只是拿过来而已。

可内衣放在最上面，袋子又不是封口的，一眼就能看见。

浴室的门突然被敲了两下，陈屿舟散漫的声音在门外响起："这么久没声儿是不知道怎么洗了吗？"

明芙顿了下，直接开了花洒，用行动回答他。

听着里面哗啦啦的流水声，陈屿舟喉咙里溢出一声笑："有事叫我，我就在门口呢。"

39

明芙伤得不是很严重，在医院观察了一晚，医生说她除了疼没什么后遗症的话就可以出院了，五天后再过来拆线。

陈屿舟在医院陪了明芙一整晚，第二天等陶璐过来后才去上班。

临走时他把车钥匙给明芙留了下来。

明芙本想拒绝，但他一句"不会是想让我亲自送你回家吧"让她干脆利落地收了车钥匙。

出院手续陈屿舟也都办好了，她们直接就可以回家。

回去的时候是陶璐开的车。

"这么说，陈同学在医院陪了你一个晚上？"

陶璐一边注意着两边的路况一边也不忘八卦。

明芙"嗯"了声。

"哦吼。"陶璐兴奋起来，眉飞色舞地说，"孤男寡女，共处一室，有没有发生点什么？"

"没有。"明芙淡淡道，"我们就是同学。"

这六个字从陶璐右耳钻进去又从左耳钻出去，她完全没受影响，故作严肃地"哦"了声，紧接着又说："给你回去拿衣服，在医院陪床一晚上，帮你办好出院手续，不让你打车把车给你开，然后自己晚上下班打车回家的同学哦？"

一个个事例被陶璐连珠炮般列举出来。

明芙靠在椅背上，脑海里不由自主地随着陶璐的话回放着昨天晚上的场景。

从陈屿舟闯入病房，到她睡醒之后他贴心细致地照顾——虽然嘴上依旧是欠欠的没什么好话，再到他站在浴室门口说出的那句"我在呢"。

他们之间的关系好像确实更近了点，但她认为他们之间并没有什么。

不在陈屿舟身边，明芙永远都是冷静而理智的。

"最多是比较熟悉的邻居或者朋友。"明芙说，"他对认识的人都挺好。"

言外之意就是，她不是那个特例。

明芙还记得她转学到长立之后的第二天，她因为没看路，撞到了陈屿舟，男生主动跟她搭话，离开之后一个女生迎上来和他并排下楼，有工人搬着梯子上来，他细心地提醒女生看路。

他对女生一向都很有礼貌，也很关照。

或许只是因为他们是同学，又是邻居，她出了车祸被送到他工作的医院，出于人道主义，他来看看而已。

如果换成任何一个人，他还是会这么做。

她不是特例，真的不是。

夜晚总是容易迷了人的眼，给周遭氛围渲染起朦胧的暧昧。

天亮之后清醒过来，好像也没什么特别。

明芙刻意忽略掉一些细节，平视着前方，在心里一遍又一遍地告诫自己。

陶璐向左打方向盘："你干吗总是否定啊？对人好也是分不同身份和不同程度的，据我写小说这么多年的经验来看，陈同学百分之九十五喜欢你。"

"可现实不是小说呀。"明芙用故作轻松的语调说，"而且不是还剩下百分之五的可能性呢吗。"

让她安心，百分之百都不一定有可能，更何况是九十五。

"可——"

陶璐还想说些什么，却被明芙打断："璐璐你专心开车，我头有点儿疼，眯一会儿。"

说完，她手肘撑在车窗上，闭上了眼。

陶璐见状也不好再继续说下去。

看了她一眼，陶璐叹了口气。

和明芙住这么些年，陶璐也还算了解她。

明芙是个挺坚韧挺积极的姑娘，脸上每天都挂着笑，化着淡妆神采奕奕地去上班，在工作上遇到烦心事也能很快解决，生病也不会麻烦别人，自己去医院挂号吊水。

有时候陶璐因为想不出情节崩溃到哭的时候，明芙会陪在她身边，等她情绪稳定下来后帮她一点点梳理。

陶璐觉得，好像没有什么能难得倒明芙。

但她在感情方面，好像很冷静，也很矛盾，又消极。

她们两个晚上不忙的时候会坐在客厅一起看电影，她记得她们两人看《泰坦尼克号》的时候，她认为女主角和男主角那么相爱，女主角就不应该再和别人结婚，不然就是对男主角的背叛。

明芙给当时哭得稀里哗啦的她递了张纸，用很平常的语气说："这世上爱而不得的人太多了，相爱过一场已经很难得了，没必要困在一段已经结束的感情里，影响自己以后的生活，人都是往前看的，没了对方还可能会过得更好。"

像是说给她听，又好像是说给自己听。

明芙有时候会盯着手机发呆，在她们刚开始合租的时候尤为频繁。

陶璐看到过很多次，明芙的手机界面显示的是购票软件，目的地是 L 城。
她每次一点开，就会看很久，回过神来后又退出。
什么都没做。
她手机里的天气软件，除了 B 市，还有一个就是 L 城。
所以在她说出那句话的一瞬间，陶璐便十分肯定，明芙被困在了一段感情里出不来。
或者说她自己根本就不想出来。
她还有个很宝贝的胸针，宝贝到每天晚上要握着那枚胸针才能睡着。
陶璐偶然看到过那枚胸针背后刻着几个字母。
具体是什么，她没看清。
女人敏锐的第六感可以渗透到各个方面，自从那天明芙叫陈屿舟来家里吃火锅，陶璐就看出了端倪，后来在陈屿舟家的厨房看到明芙和他的相处后，陶璐便肯定陈屿舟和明芙之间一定有故事。
可是明芙却在听到她分析说陈屿舟喜欢她的时候，一直否定。
即便证据很充分。
不是那种嘴上说着没有心里乐开花的矫情，她是打心底不肯承认。
就好像她一次不承认，就能给自己多点退路。
但她却又忍不住去靠近陈屿舟。
一边矛盾地靠近一边消极地否定。
陶璐不知道是什么造成了明芙这种性格，但她觉得明芙这么好，一定会遇到一个能让她交心托付的人。
希望陈屿舟会是那个人。
因为是他的话，明芙一定会很开心。
刚打开门到家，陈屿舟的消息也跟着进来了。
像是算好了时间一样。
C：到家了吗？
明月照芙蕖：嗯。
C：晚上想吃什么？给你补补。
回来的时候明芙告诫了自己一路，心理暗示给得多了，现在看到陈屿舟的消息下意识地想退缩。
明月照芙蕖：不用了，谢谢。

"对方正在输入中"几个字出现在聊天框最上方,好半晌都没再发来一条消息。

明芙也关了手机没再看。

一个团队或者公司的领导者是什么风格,就决定了他手下的人是什么风格。

徐秋宏是个老活宝,瑞升事务所的人也个个都是欢脱的性格,相处起来和家人一样。

事务所其他人知道明芙出院回家后,集体翘了班拎着礼品上门探病。

各种燕窝人参黑芝麻成箱成箱地送过来。

明芙看着客厅角落里堆得像小山一样高的补品哭笑不得:"我真的没事,你们别破费了,都拿回去吧。"

其中一位西装革履,三十岁左右的男人说道:"这有什么破费的?买这点东西的钱还不够付我咨询费的,给你你就收着。"

"钱师兄你这么说就太拉仇恨了吧!"明芙的助理何来哭了一嗓子,"这简直是深深刺痛了我们这些小助理的心,能不能低调一点啊?"

瑞升事务所大部分成员都是徐秋宏的学生,师出同门,大家对前辈都以师兄师姐相称。

徐秋宏喝了口水,接话:"他都姓钱了,你还指望他能多低调?"

众人一阵哄笑。

朱乐乐想起什么,猛地拍了下大腿:"对了明律!有个大喜事忘了跟你说了。"

明芙看过去:"什么事?"

"就你接的那驾车撞人的案子,被告今天上午被警察带走了,咱们连二次庭审都不用准备,估计过不了多久就会被判刑关进去了。"朱乐乐不加掩饰地笑了两声,"而且昨天开车想撞你那人也是他,罪上加罪,惩罚翻倍。"

明芙猜到了这两件事的幕后主使是谁,但是没想到才过了一晚上事情就得到了解决。

她愣了两秒,问:"怎么就关进去了,他不是有诊断证明吗?"

被告家里挺有背景的,证明诊断证明造假不是件容易的事情,不然明芙也不会觉得麻烦了。

"诊断证明被证明是造假的了,然后警察连夜去逮了人。"

因为明芙受了伤,所以律所的人对这起案子格外关注,被告被抓进去的事一早就传遍了整个律所。

何来也举手接话:"据说是在温柔乡被逮捕的,身上的衣服一件都没有,警察深入查了查,还趁机端了个嫖娼窝点。"

这件事解决得太过迅速,明眼人一看就知道背后有人帮忙。

"估计是坏事做太多遭报应了。"朱乐乐一边说一边鼓了两下掌,"真是活该。"

"也是便宜他了,找着了后半生养老的地方。"

"那没办法,如果他要是不在里面养老,明律就不会好好坐在这儿了。"

"也是。"

其他人七嘴八舌地讨论着,明芙却沉默了下来。

她想起来昨天陈屿舟问她的那几个问题,还有她手机密码的事情。

手不自觉地绞在一起。

坐在她旁边的冯越注意到她的不对劲,关切地问道:"怎么了?不舒服?"

明芙摇了摇头:"没有。"

"行了我们都走吧,让明丫头好好休息。"徐秋宏从沙发上起来招呼着众人往外走,明芙跟着起身送他们出门。

到了门口,徐秋宏没让她再出来:"你就送到这儿吧,别下楼了。"

明芙应了声:"等你们进电梯我就回去。"

他们人来得多,要分两批下楼,有一批人已经坐上电梯下去了,徐秋宏和冯越还有朱乐乐、何来四人还在等电梯。

冯越叮嘱她:"别着急工作,等好全了再回来上班。"

徐秋宏哼了声:"放心吧,她就是来也不让她进门。"

明芙笑了笑:"知道了,你们不用惦记我。"

冯越看着她清浅的笑,心一动,抬手揉了揉她的头发:"你照顾好自己我们就不惦记。"

自从见到陈屿舟后,朱乐乐秉着颜值即正义的原则,很没有骨气和同事情谊地放弃了律政CP,转头嗑起了"芙陈"CP。

现在看到冯越对明芙表现得亲昵也不起哄了。

甚至还想冲过去打断。

"叮"的一声,提示电梯到了。

233

众人听到声音没怎么在意，最靠近电梯的朱乐乐随意往电梯那儿看了眼，电梯门缓缓向两边打开，男人长身玉立地站在门边等着出来。

朱乐乐震惊地张开嘴，下意识往明芙那边看了眼。

明芙没想到冯越会突然动手，反应过来后往旁边跨了一步："电梯到了，你们——"

后面的话在看到电梯里的男人后卡在了嗓子眼。

陈屿舟站在电梯里，轻飘飘地扫了眼冯越悬在半空还没来得及放下的手，见明芙看到他后，才不紧不慢地走出来。

在场的人除了朱乐乐没有人知道明芙和陈屿舟认识，只想着他可能是住在隔壁的邻居，等他出电梯转过身后，才发现他站到了明芙身边。

下一秒，手指亲昵地挑起她垂在肩膀上的一缕头发。

"早上不是说头发脏了吗，一会儿回家我给你洗？"

40

鸦雀无声。

周遭的空气好像都有几秒的凝滞。

电梯里的四人看着电梯外的两人，电梯外的两人却在旁若无人地对视。

朱乐乐最先反应过来，她原以为陈屿舟只是来看明芙的，没想到两人已经进展到回家洗头发这么亲密的地步了。

她嘴角抽动着，压制着想要疯狂上翘的念头。

悄咪咪地瞥了眼斜前方的冯越，然后小幅地摇了摇头。

在疾风骤雨般的直白面前，和风细雨型的暗示根本不占一点优势嘛。

所以她换墙头也在情理之中。

许是周围太过安静，让人感觉不到时间的流逝。

明明只有几秒钟，却漫长得像是过了几年一般。

电梯门即将关上的时候，冯越看到男人转了脸看过来，漫不经心中又夹杂着几分不屑，眼神淡漠，如同高高在上的上位者，目空一切。

贴在明芙脸颊旁的那只手存在感极强，像是在彰显着主权。

冯越的脸色蓦然变得难看起来。

电梯门彻底闭合，显示屏上的数字在不断往下跳跃。

密闭的空间除了电梯运行的细微声响再无其他，过了会儿，徐秋宏突然"哎"了声："刚刚那个小伙子和明丫头认识啊？"

作为前律政CP头号粉丝的朱乐乐本不想说话，毕竟她多少还是有点儿背叛冯越的心虚，但听到徐秋宏这句话实在忍不住了：这不是明摆着的吗！

教授真是越老越糊涂了。

但顾及着冯越在场，她思索一会儿，委婉地开口："应该是认识的吧，不然还能是洗发店上门服务吗？"

徐秋宏明白地"哦"了一声："挺好，有竞争才有进步。"

他拍了拍冯越的肩膀："加油啊，年轻人。"

电梯恰好到了一楼，徐秋宏背着手悠哉悠哉地走了出去。

朱乐乐和何来对视一眼，擦着冯越过去的时候也一边一个拍了拍他的肩膀。

朱乐乐不好再说什么，干脆闭嘴。

何来嘴笨，不太会说话，想来想去憋出一句："冯律，你是个好人，老天应该不会亏待你的。"

人已经送走，楼道里只剩下明芙和陈屿舟。

想到刚才冯越摸她头发的画面被陈屿舟看到，明芙就莫名有些心虚。

想解释一下，却又无从开口。

从合上的电梯门那里收回视线，陈屿舟见明芙还目不转睛地看着自己，屈起手指轻蹭着她的脸颊："我知道我长得帅，但我这人脸皮薄，你这么一直盯着我，我会不好意思的。"

明芙立刻瞥开眼，不知道看哪里好，正胡乱转着，便感觉贴在脸旁的手挪开，紧接着垂在身侧的胳膊传来一阵酥麻的痒意。

她垂眼看过去，男人骨节分明的手正沿着她的手臂往下滑，指尖隔着一层布料若有似无地滑过她的皮肤，最终扣住了她的手。

"晚上给你煲乌鸡汤喝？"陈屿舟一边牵着明芙往他家走一边说，"你可以叫陶璐过来一起。"

简简单单的两句话，却透着说不出的亲昵。

明芙发现，无论她告诫过自己多少次，心里的城墙一层又一层地加厚了多少层，在看到陈屿舟的那一瞬间，顷刻间便能土崩瓦解。

他就是有这种本事，什么都不做，光是站在那里，她就喜欢他。

235

他一勾勾手指，她就能心甘情愿地跟他走。

这是件挺悲哀的事情。

但她却并不愿意挣扎。

想起之前朱乐乐说的那件事，明芙缓缓吸了口气："陈屿舟。"

听她喊自己的名字，陈屿舟脚步一顿，侧头看她："怎么？"

话到嘴边又咽了回去，明芙摇头："没什么。"

怕他多想，又补上一句："就想问问，拆线之后会不会留疤？"

"多注意着点，别吃颜色深的东西就没什么大事，到时候涂点祛疤的药膏，看不出来。"

"好，知道了。"

到了门口，陈屿舟侧身让开，露出门锁："开门。"

男人语气平缓，却让人下意识地听从。

明芙扶上门把按了指纹，听到"咔嗒"一声解锁的声音，往旁边退了一步："你干吗不自己开？"

这又不是她的家。

"做手术的时候划了个口子，解不开锁。"

陈屿舟把手翻过去，手心朝上，明芙这才看到他大拇指上缠着一个创可贴。

明芙蹙蹙眉，正想问问他严不严重的时候，就听陈屿舟慢悠悠地补充一句："流了好多血呢。"

他这么一开口，明芙反倒关心不起来了。

一直守在家里的 Lotus 听到门解锁的声音，早就跑到了门口等着，结果这半天也没见门开，它在里面拿爪子一边拍门一边嗷嗷叫。

陈屿舟非常在意生活质量，搬过来之前就把房子进行了一个大换血，隔音做得十分到位，但也架不住 Lotus 那只大狗这么闹腾。

明芙挺平淡地看了陈屿舟一眼："那你一会儿多喝点汤，补血。"

说完，拉开门走了进去。

陈屿舟站在原地愣了一下，随即低头轻笑出声。

小姑娘还是一如既往有个性。

煲汤比较费时间，陈屿舟进家之后先去厨房把乌鸡处理好，然后加上配料一起放进砂锅里开小火煲着。

等从厨房出来的时候，手里还端了盘水果。

明芙盘腿坐在地毯上拿手机刷着社会新闻，Lotus趴在她旁边，脑袋搁在她腿上。

Lotus毛发长而密，明芙也不嫌热，手放在它脑袋上有一下没一下地揉搓着，让Lotus舒服得直眯眼。

今天时间早，外面的太阳还没完全落山，丝丝缕缕的余晖透过落地窗洒进来，落在明芙的半边身子上。

金黄色的日光勾勒出她柔和的轮廓，脸上细小的绒毛清晰可见，她低着头，肩颈线条拉出漂亮的弧度。

漂亮得像一幅画。

陈屿舟不自觉停下脚步，靠在墙边看着她。

像是要把错过的这几年全都补回来。

男人的视线灼热得不容忽视，没过多久明芙就发现了他，抬头看过去。

接触到她的目光后，陈屿舟很快回过神，若无其事地走过去，像是刚从厨房里出来的模样。

他踢了踢Lotus："上一边儿去。"

Lotus扭头看他一眼，呜咽了声，看着不是很情愿地从明芙腿上起来。

陈屿舟把水果放到茶几上，指指明芙身后："躺沙发上去。"

明芙一边挪一边问："干吗啊？"

"不是说了吗，给你洗头发。"

明芙动作一顿："不用了，一会儿回去我让璐璐帮我洗就好了。"

"怎么那么多废话呢？"陈屿舟拿着叉子叉了颗小番茄递到明芙嘴边，"张嘴。"

明芙把那颗小番茄含进嘴里，抵在齿间一咬，酸甜的汁水在口腔里爆开。

陈屿舟教育她的声音还在继续："她是大夫吗？要是额头这伤碰了水，你是想来个二进院还是怎么着？"

不能有这么严重吧？

明芙在心里嘀咕了句，却没敢说出来。

她要是反驳，哪怕是一个标点符号，跟前这位少爷都能说出一大堆理由砸给她。

"甜吗？"他问了句。

237

是指小番茄。

明芙舔了舔嘴唇:"甜的,但也有点儿酸。"

陈屿舟点点头:"行了,躺下吧。"

明芙识时务地按照陈屿舟的指令在沙发上躺好,解开发绳,绑着的头发松散开来,铺在沙发上。

陈屿舟接了一桶热水放到沙发边上,脚往旁边伸去,把沙发脚踏钩过来坐下。

他叉着腿,手肘抵在膝盖的位置,拢了拢明芙的头发,单手托起她的后脑。

感受到他的指尖滑过后颈,明芙下意识绷紧了身子。

陈屿舟指腹点点她的后脑:"放松。"

他舀了杯水缓缓倒下去:"水凉不凉?"

温度适宜的水流滑过,她紧绷的神经渐渐放松。

"不凉。"

陈屿舟从来没伺候过人洗头发,动作有点儿笨拙,他小心翼翼地揉搓着明芙的头发,上半身往前俯去,温热的气息喷洒在明芙的额头上。

像是羽毛轻轻扫过一般,挠得人心痒。

明芙往上看了眼,男人微蹙着眉,眼里尽是认真,像是正在做一件很重要的事情,鼻梁挺拔,薄唇轻抿。

察觉到她在看自己,陈屿舟眉眼缓缓舒展开来,勾了勾嘴角:"看什么呢?"

偷看被抓包,明芙"嗖"的一下收回视线,眼睫毛颤了颤,"没看……"

一声轻笑从头顶落下,烘得明芙脸热,瞥到搁在茶几上的水果,她探手过去想叉一颗小番茄。

角度出了点偏差,明芙不小心把叉子碰到了地上,发出清脆的"当啷"一声。

明芙像是做错了事情的孩子,手悬在半空局促地捻了捻:"对不起,我不是故意的。"

"谁怪你了?"陈屿舟舀着水给她冲掉泡沫,"用手拿着吃吧,现在没空给你拿新的叉子。"

"哦……"

明芙重新拈了颗小番茄送进嘴里。

酸酸甜甜的，吃得她胃口大开，一颗接着一颗。

正吃得欢快，一直没出声的陈屿舟冷不丁地开口："我也要。"

明芙没反应过来："嗯？"

陈屿舟扫了眼茶几示意："喂我一个。"

喂倒是没什么，可是什么工具都没有，怎么喂啊！

明芙举着手没动，正想说让他忍忍，等洗完头发去拿个新的叉子，就听陈屿舟开口催促道："快点啊，用手拿个给我。"

盘子上放着好几种水果，明芙不知道他要吃哪一个，问："你吃哪个？"

陈屿舟抬眼看过去，盯着那盘水果思索一会儿，下了决定："小番茄。"

明芙依言给他拈了一颗小番茄递过去。

怕找不好位置，明芙睁着眼往上看去，准确地把小番茄送到他嘴边："喏……"

陈屿舟瞥一眼，张开嘴咬住她指尖捏着的小番茄，嘴唇含住她的手指，舌尖也状似无意地舔了下她的指腹，又很快松开，脸上依旧是一副云淡风轻的模样。

像是没意识到这个举动。

湿润的触感还残留在指尖，明芙心跳得厉害，一顿一顿地收回手。

她张了张嘴，却不知道要说什么。

男人平淡的嗓音自上方落下，蕴着点点愉悦。

"是挺甜的。"

41

明芙因为这次的车祸被徐秋宏勒令在家好好休养，不痊愈不准回律所上班，她手上着急的案子也都分派给了其他师兄师姐，不着急的案子等她回律所之后再开始也完全来得及。

她自从工作以来就没怎么好好地放过假，工作日忙个不停，周末就一头扎进卷宗里，就算是过年的时候也没休息过，这次受伤反倒让明芙真正彻底地闲了下来。

直接从不停转的小陀螺变成了无业游民。

陈屿舟每天晚上下班回来都会叫明芙过去吃饭，变着花样给她煲汤喝，理由层出不穷，让她连拒绝都不知道从哪个方向做切入口。

其实她也并不是真的想拒绝，只是想给自己一个看上去被动且合理的和陈屿舟相处的机会。

明芙有时候都很唾弃自己的矫情，她不迟钝，能感觉出来自她出车祸之后陈屿舟的变化和撩拨，但她却不敢再进一步，也不舍得放弃。

只好这么有一天算一天地过着。

她把选择权交给了陈屿舟，或许等他什么时候腻了，她就能再一次解脱了。

明芙额头上的伤口恢复得还算不错，就是愈合的时候很痒，可这也没办法避免。

痒比疼更加难以忍受，明芙烦躁得不行，不过她情绪向来内敛，现在手头又没有工作可以让她转移注意力，她便开始收拾屋子。

手上忙起来就不会一直想去抓痒了。

忙活了一整天，把家里里里外外、边边角角都打扫得十分干净，整个家焕然一新。

陶璐拿着水杯出来接水的时候看着亮得能照出人影来的地板，再次感叹明芙是贤妻良母："芙宝，谁娶了你可真是积八辈子德了，这地板光滑得我都不敢迈大步，生怕打出溜。"

明芙正拎着收拾出来的垃圾往外走，闻言笑着说了句："那你可得小心点，别到时候讹上我。"

"那你就只好对我负责一辈子了。"陶璐快步走上前给她开门，嘿嘿笑了两声，"这么想想，也不错。"

明芙沉吟两秒，用挺严肃的模样说："那估计到时候叔叔阿姨就会来'棒打鸳鸯'了。"

陶璐手握成拳："我会保护你的！"

"行了别贫了，快去喝你的水吧。"

明芙拖着两袋垃圾丢进楼道的垃圾桶里，刚转身往家那边走了两步，就听到电梯到达的声音。

繁华里乘坐电梯需要刷卡，一张卡对应一个楼层，如果想去别的楼层要么爬楼梯要么让别人来接。

十二层除了她和陶璐,便只有陈屿舟。

明芙往电梯那边看了一眼。

果然是他。

陈屿舟靠在墙上,头微低,眉心紧蹙,不知道是不是电梯里灯光的问题,他脸色看上去惨白惨白的。

明芙想起之前程里提到过他有低血糖,一时什么顾忌都没了,连忙跑过去:"陈屿舟?"

没应她。

明芙扶上他的胳膊轻轻晃了晃:"陈屿舟?醒醒,你怎么了?"

紧闭着的眼缓缓睁开,看到面前的人后,陈屿舟站直了身子,下一秒,歪倒在了明芙的身上。

他虽然瘦,但到底是一米八多的个头,这么直愣愣地压了半边身子的重量在明芙身上,冲得她往后退了两步,连带着电梯都轻微晃动了一下。

明芙吓了一跳,也没顾上他们两人此刻姿势的亲密,双手抓着他的胳膊:"你是不是又低血糖了?先出去好不好?"

陈屿舟脑袋埋在她的肩窝,蹭了蹭,咕哝一句:"一整天都泡在手术室,没吃饭,走不动。"

含混的声音听上去跟撒娇一样。

他昨晚是夜班,和明芙吃完晚饭便去了医院,明芙本以为他今天早上就已经回家了,没想到还接着在医院待了一整天。

男人说话间带出灼热的气息,丁点儿不差地喷洒在明芙的脖颈上,硬硬的短发扎得她有点儿痒。

她不禁缩缩脖子,再开口声音都不自觉变得轻缓,像是在哄小朋友:"那我扶着你,不然也不能一直待在电梯里呀。"

陈屿舟稍微使了点力挣开她抓着自己的手,随后圈住她的腰,应了声"好"。

男人的手掌贴在明芙腰间,带着她往他怀里靠去,两人身体密切地贴在一起。

明芙僵了下,试图把陈屿舟的手挪到肩膀上:"你搭着我肩膀……"

"不要,那样不舒服。"

看他这么难受明芙也没再要求,她费劲地扭头看了眼电梯门,反手按

241

住开门键，半拖半拽地把陈屿舟弄出了电梯。

余光瞥到家门口处有道人影，她侧头。

陶璐双手捧着水杯，一脸暧昧地看着在楼道里搂搂抱抱的两人，见明芙看过来，五官立刻活泼起来，朝她一阵挤眉弄眼。

这时候明芙也来不及在意被她看到，喊她过来："璐璐，过来帮帮我。"

陶璐闻言，上一秒还在乱飞的表情这一秒立刻变得正经严肃起来："我突然想起来我编辑的电话还没挂，我得接着跟她去讨论了，爱莫能助了芙宝。"

说完，特别干脆地捧着杯子转身回了房间。

明芙："……"

怎么这样啊！

她只好一个人费劲地把陈屿舟往他家那边带，按了指纹打开门，Lotus 快速地冲过来，看到纠缠在一起的两人后沉默了会儿，然后扯着嗓子开始围着他们嗷嗷叫。

"Lotus 安静点，别叫。"明芙一边扶着陈屿舟往沙发那边走还要一边注意 Lotus，怕踩到它，"Lotus 别转了，自己去一边玩。"

Lotus 第一次没听明芙的话，还绕着他们两个打转。

明芙只觉得这一人一狗都难伺候透了。

好不容易把人挪到沙发边，明芙拍拍陈屿舟箍在她腰间的手："松手了，你先在沙发上休息一下，我去给你弄点吃的。"

小姑娘又香又软，抱在怀里的感觉是真的好，他贪婪地想再多汲取一点，但是却怕过犹不及，只好放手。

圈在腰上的手放下，明芙扶着陈屿舟坐下，转身去了厨房。想着他大概一整天都没怎么吃东西，明芙下了碗面条，又打了个鸡蛋。

没用多长时间面条便做好了，等她端着碗出去的时候，陈屿舟已经靠在沙发上睡着了，呼吸绵长，是真的累坏了。

明芙把面放到茶几上，纠结了一会儿，还是靠过去轻轻推了推他："吃点东西回卧室去睡。"

男人含混地应了声："等会儿。"

明芙见状也没再说什么，扶着他躺下，又跑到阳台拉上了遮光窗帘，客厅里的光线一下子变暗了。

"那我先回去了,你睡醒了自己弄点吃的。"

"嗯。"

等关门声响起,躺在沙发上的男人缓缓睁开了眼,眼神清亮,半点虚弱都没有。

他确实是累极了,一天一宿连轴转,连椅子都没碰到过一次,回来的时候只想靠在电梯里缓缓,结果还没等他睁开眼,小姑娘急切的声音便先一步钻进了他的耳中。

后来的靠近,也的确是他进一步的试探。

很明显,他成功了。

温声细语的叮嘱还回荡在耳边,陈屿舟捻了捻圈过她腰的手指。

半晌,他抬起胳膊盖住眼,喉咙里溢出一声笑。

陶璐像是一直守在房间门口,或者说压根就没进去,明芙一回来,就看到她慢悠悠地从卧室里踱了出来。

"陈同学舍得放你回来啦?"

"他睡着了。"明芙看她一眼,像是在控诉她刚刚见死不救。

陶璐在胸前比了个叉:"别这么看我,我要是过去帮忙才是真的没眼力见,再说了,我过去扶人,多不伦不类啊。"

明芙这次倒是没再解释什么,转身去了厨房倒水喝。

陶璐跟在她身后,突然问了句:"芙宝,你其实也是喜欢陈屿舟的对吧?"

明芙拿着杯子的手蓦然一紧,没作声。

陶璐也不需要她的回答:"你不说我也能看出来,我可是火眼金睛。"

明芙又咽了口水,没否认也没承认,反倒还开了个玩笑:"什么时候去太上老君那里炼的?"

陶璐扳着手指头数了数:"五百年前吧。"

明芙笑起来:"那我们之间的代沟可能有点儿大。"

"怎么会,我可是与时俱进的新时代美少女。"

"好的美少女,我还有点儿东西没收拾完,先回房间了。"

明芙拿着水杯从陶璐身边擦过,走到卧室门口的时候,陶璐突然叫住了她:"芙宝,逃避是不能解决任何问题的。"

明芙顿了顿,回头:"什么?"

陶璐定定地看了她几秒，神色突然变得正经起来：“虽然我不知道为什么连我这个局外人都看得清楚明白的事情你却一直在否认逃避，但如果你连试一试的勇气都没有，就不会后悔吗？你喜欢一个人，难道就从来没想过要和他在一起吗？”

明芙垂着头，眼睛随意落在某处，没有说话。

陶璐观察着她的表情，添了把柴：“就像你之前说的，相爱过一场就已经很好了，那你为什么不在他也喜欢你的时候去试一试？不管能不能一直在一起，至少以后回想起来，你拥有过他。”

视线缓缓聚焦，明芙看着杯子里轻微晃动的水面，清澈得一眼便能望到底。

会后悔吗？

明芙也不知道这个充满未知的问题该怎么回答。

但她可以肯定的是，她想过和陈屿舟在一起。

而且不止一次，甚至非常想。

既然这样，那她为什么不去试试？

哪怕以后分开了，她也能有更多和陈屿舟在一起的回忆聊以慰藉。

有些事情纠结许久迟迟下不了定论无非是迈不出那最后一步，现在陶璐已经推了她一把，她好像没有理由继续留在原地踏步。

过了半晌，她抬起头，冲陶璐笑了一下，带着想通之后的如释重负："我知道了璐璐，谢谢你。"

42

翌日上午，明芙迷迷糊糊从床上翻了个身，连接手机那端的耳机线受到阻力被拽下来，声源被切断，耳朵里安静下来。

眼睛睁开一条缝，明芙摘掉耳机，把手机拿了过来。

手指戳到播放键，少年清冽的嗓音从扬声器里传出来——

"反正我也拿你没办法。"

一句话放完，明芙彻底清醒过来，手忙脚乱地点了暂停键。

插着耳机听的时候没觉得有什么，乍然公放出来，明芙不禁觉得有些害羞。

她往门口看了眼,见房门完好地关着才舒了口气。

点开微信,明芙习惯性往列表最上方看去。

还真有条未读消息,八点钟的时候发的。

C:今天上午有手术,不能陪你拆线,你过来直接去普外一室找孙医生,我跟她说好了。

其实明芙觉着她拆线这件事是件挺小的事情,压根就没想过要人陪,所以在看到陈屿舟的解释和妥当安排后,还有点儿没反应过来。

做了某个决定后,明芙的心情都变得轻松许多,现在再看到陈屿舟的消息也没了之前的谨慎。

她翻了翻手机,发了个蜜桃猫点头的表情过去。

回复完陈屿舟的消息,明芙没再耽搁,从床上爬起来去洗漱。

打了辆车到医院后,明芙按照陈屿舟说的直接去了普外一室。

诊室的门开着,医生没看到,只有一个护士。

明芙站在门口,敲了两下门:"你好,请问孙医生在吗?"

"孙医生刚去忙了,你有什么事吗?"

"我来找她拆线。"

护士从椅子上站起来:"啊我知道了,你是陈医生说的那位小姐姐吧?"

明芙愣了一下,点头。

"急诊那里有伤者送过来,人手不够,孙医生刚过去帮忙,不过她走前有交代过。你进来坐吧,我给你拆,或者你可以等孙医生回来,但是什么时候就不一定了。"

明芙对于谁给她拆线没有要求,而且还是孙医生交代的人,她自然不会拂对方的面子:"没关系,你给我拆吧。"

她走进去坐下,护士站到她面前,慢慢撕下她额头上贴着的纱布。

或许因为都是女生,护士见明芙一个人来拆线,不禁有点儿心疼,怕她害怕便开始找话题分散她的注意力:"小姐姐你是陈医生的朋友吗?"

"对。"

"那你是他女朋友吗?"

"啊?"明芙不知道她为什么这么问,放在腿上的手握紧,"不是。"

"啊,居然不是吗?"护士还以为自己接触到了八卦中心人物,结果却得到了否定回答,她一边给明芙拆线一边嘀嘀咕咕,"那是谁啊,难道是丁医生？他们两个好像也认识挺久了，没准有可能……"

护士后面的说话声近乎蚊蚋，但落在明芙耳中却如平地惊雷一般，炸得她耳朵都有片刻的失聪。

她缓了好一会儿才找到自己的声音："他有女朋友了吗？"

"好像是的，院里的人都在传他有女朋友了，也没听他解释过，时间还挺久的了。"护士说，"据说是上学的时候就在谈了，丁医生正好是他的大学同学，两人关系还挺好的，我们就在猜是不是她。"

这个护士也是个话多的，知道明芙和陈屿舟是朋友后，更是热情得不行："然后孙医生交代上午会有陈医生的朋友过来拆线，特地强调是重要的朋友，我还以为会是他女朋友，所以刚刚才问你了那么一句。

"哎我想起来了，之前好像还听人说陈医生本来是没打算回来的，但是丁医生回国来这里没多久陈医生也跟着来了，明明隔壁医院给的条件更好些，他都没去。"

明明护士的声音就在耳边，可明芙耳朵里像是灌了水一样，外界的声音。听起来遥远又模糊。

她想起前段时间她带李嘉慧来医院做鉴定，陈屿舟轻车熟路地带她去了丁欣的办公室以及丁欣看到陈屿舟后，脸上扬起的笑容和看向他的眼神。

亮晶晶的，盛满了欣喜。

大方又坦荡。

那是她怎么都不敢显露出来的眼神。

再唤回她思绪的是肩膀上骤然传来的压力。

护士胳膊肘抵住她的肩膀："哎小姐姐你别动呀，还没弄好呢！"

明芙牵牵嘴角，抱歉地笑了下，"哦好，不好意思。"

"你跟我道什么歉呀，我是怕弄疼你。"

明芙本来没什么感觉，经她这么一说只觉得额头缝针的地方突然开始抽疼起来，甚至比刚撞伤那天麻药过劲之后还要疼。

"玲玲，我失恋了——"一道拖着长音的女声自门口响起，看到诊室里有人后有闭了嘴，"有患者啊。"

"快好了，你先坐。"被叫玲玲的护士拿了一块新的纱布贴到明芙的额头，叮嘱道，"线是拆了，但是伤口还没完全愈合，还是一样别碰水，别吃辛辣刺激的东西。"

明芙点头："好，谢谢。"

走出诊室，明芙的手机振动了一下，她低头看去。

C：手术结束了，你拆完线没？

诊室里两个姑娘的交谈声传出："你分手啦？"

另一个护士先是"啊"一声，紧接着愤愤地说道："我总算是能理解为什么咱们医院的人都是内部解决人生大事的问题了，找其他职业的对象根本就没有共同话题也没有重叠的时间，迟早得分手，以后还是要找同行业的。"

明芙盯着陈屿舟发来的那条消息看了会儿，打出一个"嗯"然后又删掉。

最终什么也没发。

她收起手机，朝着电梯那边走。

随着人群进了电梯，明芙也没有去按楼层键，站在角落里望着某处发起了呆。

她什么也没想，脑子里空荡荡的，什么东西都没有。

电梯上升又下降，门开门闭，里面的人换了一批又一批，不知道过了多久明芙才回过神来，也没看是哪层楼，抬腿走出去。

大概是她的表情太过放空，一位护士拦住她："女士？请问有什么可以帮您的吗？"

明芙这才彻底清醒过来，她眨眨眼："嗯？没事。"

她看了圈四周，指示牌上楼层显示的是七楼。

陈屿舟所在的科室就在七楼。

护士问她："您是要找哪个科？"

"没有，我刚刚在想事情一不小心走错了。"明芙说，"谢谢。"

重新返回电梯边上，等了几秒电梯到达，明芙却突然转了脚步，朝着陈屿舟的办公室走去。

那个护士也只是说了好像，并不是确定。

她学了这么多年的法律，当了这么多年的律师，该明白要用事实说话的道理，总不能听信别人的一面之词便妄下定论。

陈屿舟跟她说过他办公室的具体位置，顺着指示牌找过去，看到办公室里的情形后，明芙的脚步蓦然顿在了原地。

心外科是几个人共用一个办公室，空间面积比较大，门大敞四开。

陈屿舟坐在左手边背对着门口的位置上，他正低着头，身边站着一个身材高挑的女人。

明芙看不到陈屿舟脸上的表情，但是丁欣是笑着的，看上去像是在讨论什么开心的事情。

丁欣大概是发现了她，微微侧头往门口瞥了一眼，随后俯下身，缓缓靠近陈屿舟。

这一幕落在明芙眼里好似加了慢动作，漫长又难熬。

她看到丁欣弯腰凑到陈屿舟面前，抬手像是要触碰他。

明芙倏然想起高中那次周末返校，陈屿舟也是给她发了消息，她还没来得及回复便撞见了别人和他表白。

还有高考结束后，她大半夜跑出去找陈屿舟，本是想跟他表白，却得知他要出国以及他当初接近她不过是因为和朋友打的一个赌。

好像每次她下定决心要做些什么的时候，现实总是会给她当头一棒，把她即将要迈出去的那只脚给挡回去。

大概是在提醒她不要觊觎不属于她的人。

明芙突然就没了再继续看下去的勇气，搭在挎包上的手收紧，指甲抠进掌心，尖锐的疼痛传到大脑，她转身离开。

悄无声息，没有发出一丁点声音。

陈屿舟坐在椅子上，一边滑动着屏幕刷新消息列表，一边听丁欣说着母校校庆的事情。

时不时地"嗯"一声算作回应。

置顶的对话框始终没有新消息进来。

他点开明芙的对话框，看到那个蹲在纸箱里露出半截脑袋的猫猫表情后，唇角不禁往上翘了翘。

小姑娘又开始给他发这种软软的表情了。

是个好兆头。

正想着要不要给明芙打个电话的时候，一片阴影突然从头顶落下，陈屿舟抬眼看过去，在丁欣即将碰到他的那一瞬往后撤去。

丁欣的手在半空顿了一下，若无其事地收回："看岔了，还以为你头发上沾了个东西，想给你弄弄来着。"

陈屿舟定定地看她几秒："不用，我不喜欢别人碰我。"

丁欣神情一滞，随即笑起来："那我下次告诉你，你自己弄。"

七月的 B 市已经热得不行，街上的人穿着清凉，步伐匆匆，像是要赶紧钻进空调房避开这恼人的太阳。

明芙穿着长袖长裤暴露在阳光下，却还是觉着有点儿冷。

搁在包里的手机一直在振动，明芙以为是谁给她打了电话，拿出来看了眼。

是事务所的群消息，才一会儿就已经五十条了。

她点开。

徐秋宏：临时通知！临时通知！海城那边有个交流会，为期一周，下午出发，两个名额，你们谁去啊，速速来找我报名。

大刘：我也想去，可是我明天要开庭呢。

何来：我也想去，可是我还有毕业论文要写呢。

钱擎：我也想去，可是我老婆马上要生了走不开呢。

队伍极其整齐，理由层出不穷。

徐秋宏：你们这群兔崽子！每次一提交流会就跟送你们上刑场一样，这是能要你们命吗？

朱乐乐：徐老，作为一个读了二十年书好不容易解放了的人，实在是不想再去听那些教授叨叨，真的顶不住。

李期：交流会＝课堂＝要我们的命。

徐秋宏：我不管，反正除了要陪老婆待产的那只大兔崽子，你们这群小兔崽子必须给我推两个人出来。

上一秒还活跃个不停的微信群立刻消停下来，仿佛刚刚的热闹只是错觉。

明芙指腹摩挲着手机边框，敲了三个字发出去。

明芙：我去吧。

消失的人重新回来。

朱乐乐：明律你一个病患凑什么热闹，起开起开。

何来：加一。

徐秋宏：加二。

明芙：我今天拆完线已经没事啦，交流会也不需要干什么，就当是过去听课，而且不是有两个名额嘛，又不是我自己一个人去。

这条消息才发出去，下方就顶上来了一条新消息。

冯越：我去。

群里安静两秒，紧接着便是一个接一个欢天喜地的表情包接连蹦出。

明芙："……"

倒是忘了冯越。

可是消息已经发了出去，公然撤回也不太好。

而且她现在也需要换个地方缓一缓。

明芙觉得自己这人真的挺糟糕的。

遇到事情只想逃避，一点长进都没有。

怯懦又胆小。

可是她真的没办法。

她不想回去继续面对陈屿舟，也不知道该怎么面对他。

新的群消息出来，是徐秋宏拍板决定这次交流会让明芙和冯越代表瑞升事务所参加。

明芙回复了个"好"，吸了吸鼻子，走到路边去打车。

陈屿舟一整个下午都有点儿心神不宁，给明芙发出去的消息迟迟没有得到回复，他难免有些焦躁。

没忍住打了个电话过去，却被冰冷的女机械音提醒"对方已关机"。

本来以为她可能在睡觉或者手机没电，后面又打了几通电话过去，没有一次被接通。

熟悉的恐慌感时隔多年再次涌上心头，陈屿舟想起当年明芙的不告而别，和那一通通不被接通到最后直接变成空号的电话，脸色骤然阴沉下来。

所幸下午没有安排手术，好不容易熬到下班时间，陈屿舟捞起车钥匙直奔繁华里。

敲了半天门，终于听到拖鞋踩在地板上的趿拉声。

陈屿舟不自觉屏住一口气，他希望来开门的是明芙。

门被人从里面拉开，陶璐睡眼惺忪地出现在门后，陈屿舟的心蓦地沉了一半。

"陈同学？你怎么来了？"

陈屿舟下颌绷紧，字眼像是从牙缝里挤出来一般："明芙呢？"

陶璐靠在门上，手懒懒地往后面指了指又拐回来往前指了指："她走了啊。"

陶璐被陈屿舟突然变得阴鸷的眼神吓到,哈欠打到一半收回去,然后憋出来一句。

"你不知道吗?"

43

交流座谈会定在海城的会展中心,业内有名的事务所都派了人来,前几天就是各种交流学习,听各种教授和大状从各种刁钻的角度分析案例,分析的过程中还会和台下的听会者进行互动。

确实和在学校上课的时候没什么区别。

有时候会分析到比较血腥的案子,为了缓和气氛,台上台下的互动比较频繁,交流会来的年轻人居多,偶尔蹦出一两个网络段子惹人发笑,也不算很枯燥。

交流会最后一晚安排了一场酒会,大厅被布置得灯光璀璨,业内人士齐聚一堂,满室衣香鬓影。

明芙没怎么打扮,只穿了件白色缎面衬衫,下面配了一条亚麻色的阔腿裤,棕色的腰带勾勒出纤细的腰肢,头发低绾在身后,简单又透着点慵懒。

冯越站在她旁边,服务生端着托盘路过,他拿起两杯酒,其中一杯递给明芙。

明芙接过来:"谢谢师兄。"

"怎么没打扮得漂亮点?她们都穿了裙子。"冯越拿着酒杯的手抬了抬,示意大厅里的其他女性。

"不喜欢穿裙子,就这样挺好。"

明芙不喜酒,但遇到这种场合也不能完全避免喝酒。

明芙望着杯子里晶莹剔透的液体,看到细小的气泡附着在杯壁上,心底莫名变得有些沉甸甸的。

小抿一口,酒液包裹着味蕾,淡淡的酸散去之后是清爽的甘甜,她眼睛小小地亮了一下,又喝了一口。

冯越见状,笑着提醒:"这酒后劲儿大,你慢点喝。"

"冯师兄?"

带着不确定语气的男声从两人身后响起,明芙和冯越一齐转头看去。

看到正脸,男人露出个笑,走上前:"真是你,我刚进来的时候还以为看错了。"

冯越脸上滑过一丝诧异:"程安?怎么前几天没看到你?"

程安举杯和冯越碰了一下:"我今天来海城出差,听说这儿有个酒会就过来凑凑热闹,你还不了解我,我可听不来这种交流会。"

"这倒是,上学的时候你没少逃课被罚抄卷宗。"

"这都过去多少年了,师兄你就别揭我短了。"程安瞥到一旁的明芙,转眼看过去,觉得有点儿眼熟,"这位是?"

冯越介绍道:"明芙,你应该听说过她。"

他复又跟明芙介绍了一下程安:"程安,程氏集团的法务。"

"明律,久仰大名。"程安朝明芙伸出手,"早就听说圈子里有个大杀四方的'沈佳宜',今天终于见到真人了。"

明芙握上他的手:"你好。"

两人的手虚握一下便松开,程安盯着明芙看了会儿:"我怎么觉得我好像在哪儿见过你。"

冯越想起什么,补充道:"应该见过,她也是政大的,比你大两届。"

程安心里那点疑惑散去:"还是学姐啊,那怪不得。"

不远处有人小跑过来:"冯越,主办方听说徐教授的学生来了,想见见。"

冯越应了声,转而看向明芙:"过去看看?"

明芙酒量不算好,心里装着事刚才贪了两杯,现在酒劲儿上来,脑子有点儿发晕:"师兄你去吧,我想去吹吹风。"

"那行,结束了我过去找你。"

明芙走后,程安调侃着问了句:"心上人?"

冯越看着女人走远的背影,点点头:"看出来了?"

"瞎子才会看不出来吧。"

冯越苦笑着摇摇头:"可她对我没意思。"

程安一把勾住他的肩膀:"烈女怕郎缠,你就一直追,不怕她不答应你。这样,过两天正好是我生日,你把学姐带上,我帮你。"

冯越笑起来:"行啊,当初没白帮你抄卷宗。"

"我这人最大的优点就是知恩图报。"程安打了个响指,"交给哥们儿我，你放心。"

会展中心坐落在江边，站在露天阳台上可以将江边夜景尽收眼底。

粼粼月色洒在水面，行驶在江上的游轮时不时发出一声鸣笛，晚风卷着飘浮在空气中的湿润吹拂到脸上，略微有一丝黏腻。

明芙坐在沙发上，扭着上半身趴在栏杆上，侧着脸贴上去，以缓解脸颊上的热意。

眼睛盯着江面上高楼的倒影，思绪放空。

就这么趴了一会儿，搁在腿上的包开始振动，明芙翻出手机，看到视频邀请的通知后眼睛一亮。

她接通视频，一张洋溢着笑容的娃娃脸直接冲到眼前。

紧接着便是一道热情的呼喊："芙宝我想死你了！"

明芙笑起来："芎芎。"

郑颜芎看着明芙那边明显黯淡的光线，不满地蹙蹙眉："你这大晚上的在哪儿呢，怎么还不回家？"

明芙解释："在海城参加一个交流会，一会儿结束就回酒店了。"

"你自己？有同事一起吗？"

"有的，你放心。"

"这怎么能放心，现在外面坏人这么多，我们芙宝又这么漂亮，万一被人拐走我去哪儿哭。"

明芙只是笑，没说话。

"哎对了，我是要跟你说正事的，我过两天就回国了，你到时候必须得来机场接我。"

明芙声音蕴着几分惊喜："你那边拍摄结束了？"

"结束了结束了，再不结束我也要强制结束了，这地方真不是人待的，我都快要黑死了。"

明芙夸她："那也很漂亮。"

"我们芙宝就是嘴甜，来，给姐姐亲亲。"

顾念着明芙还在外面，两人聊了会儿便挂了电话。

界面自动返回到消息列表，明芙一眼就看到了置顶的对话框。

上一次的聊天时间显示在一周前。

是陈屿舟问她什么时候回去。

明芙没回复,他也没再发来消息。

想到明天就要回去了,明芙小脸皱成一团,把手机放到桌子上,拿额头一下一下地磕着屏幕。

她就是个懦夫。

喜欢一个人不敢直来直往,不敢问不敢说。

就连看向他的眼神都要一再遮掩。

生怕他看出端倪。

"明芙?"冯越走到露台看到明芙这颇为幼稚的举动,好笑地问道,"你干什么呢?"

"嗯?"

明芙听到声音抬起头,眼神迷茫。

一缕发丝不听话地跑进她嘴角。

冯越心一动,伸手过去。

明芙看着他越靠越近的手,突然清醒过来,从沙发上站起:"是结束了吗?"

冯越眼神暗了一瞬,收回手:"嗯,主办方叫我们过去拍张合照。"

"好,那走吧。"

明芙拿过手机准备放进包里,屏幕还亮着,正要锁屏的时候瞥了一眼界面,蓦地愣在原地。

一分钟前,她给陈屿舟发了消息。

一串汉字夹杂着字母,根本不像是正常人能发出来的。

她赶紧撤回,一边在心里祈祷他没有看到。

结果一个慌乱,按了删除键。

明芙无措地张了张嘴。

怎么这样啊?

收到明芙这条消息的时候,陈屿舟正被程里强行拉着坐在他家的地毯上打游戏。

手机放在腿边,消息提示音响起,他偏头看了眼。

意料之外的名字猝不及防出现在屏幕上,陈屿舟心跳微停一拍,面无表情地收回视线继续打游戏。

两秒后,扔了手柄,拿过手机。

等看到具体的消息内容后,他拧了眉。

明月照芙蕖:你对象下一个regSB区

这什么乱七八糟的?

他发了个问号过去。

下一秒,接连两条消息蹦出来。

明月照芙蕖:对不起,打扰了。

明月照芙蕖:我发错了。

44

陈屿舟轻呵一声,把手机丢到一边。

程里兴奋的叫喊伴随着音响里传出的厮杀声一起涌入陈屿舟耳中,聒噪得不行,他一脚踹过去:"你什么时候走?"

程里被他踢得歪了一下身子,眼睛紧盯大屏幕:"不走,游戏打完再说。"

陈屿舟没好气道:"回你家自己打去。"

"干啥,一会儿芙妹来你家怎么着,这么急着轰我?"

陈屿舟:"……"

他可真会说话。

陈屿舟一把夺过程里手里的手柄:"赶紧滚,别在我这儿碍眼。"

"我马上就打完了!"

程里扭头怒瞪陈屿舟,后者半个眼神都没赏给他,端着张跟谁欠了他八百万似的脸收起游戏手柄关了电视。

程里眯起眼,仔仔细细打量了陈屿舟一圈,肯定地下结论:"你追人追得不顺利。"

陈屿舟扫他一眼:"关你什么事儿?"

一听他这语气程里就知道他是碰了壁,挪着屁股凑过去,哥俩好似的搭上他的肩膀:"跟哥们儿说说,怎么了?给你支支招。"

陈屿舟半点都不相信程里,拨开他的胳膊起身去了厨房。

"咋?你不信我?就我这泡妞技术不知道甩你几百条街。"

陈屿舟嗤了声:"你以为明芙是你泡的那些女人?"

程里:"……"

那好像的确不是。

他泡的都是花钱就可以的女人。

他心虚地摸摸鼻尖，靠在沙发上呈"大"字状躺着。

拿过手机无聊地刷了下朋友圈，等看到一张照片的时候立刻从沙发上弹起来跑到厨房，把手机撑到陈屿舟面前："合着你不是追人碰了壁，是把人追跑了啊。"

生怕陈屿舟第一眼找不到，程里十分贴心地把照片放大，屏幕里只留有两个人。

女人双手垂在身前，笑意盈盈地看着镜头，站在她左侧的男人偏头垂眸看着她，嘴角上扬。

照片是大合照，放大看有些模糊，配上两人的站姿莫名多了抹暧昧的气氛。

任谁看都会觉得这是一对般配的璧人。

陈屿舟认出那个男人就是上次在电梯口摸明芙头发的人。

眼底冷意袭上，他问："照片哪儿来的？"

"程安发的朋友圈，好像是海城那边有个律师交流会。"

"问问他，交流会什么时候结束。"

程里笑归笑，但是碰上陈屿舟认真了的事情，他也会跟着上心。

想着程安可能不会看微信，程里直接拨了个电话过去。

电话响了两声便被接通，程安的声音传出："哥，什么事儿啊？"

"你去参加的那个交流会什么时候结束？"

"今天就结束了，咋了？"

得到想知道的信息，程里没再废话："没事，挂了。"

他看向陈屿舟："行了，人家明天就回来了，就住你隔壁，近水楼台先得月，你比芙妹旁边那男人有大大的优势。"

说完，他又"啧"了一声，自顾自地分析着："但是万一，他们要是明天约着出去玩，那这归期可就不定了啊，这旅游的时候男男女女最容易发生点什么了，到时候海城的游轮坐一坐，江边烛光晚餐吃一吃，这还不得手牵手亲亲热热地回来啊？"

"哐当"一声，陈屿舟把水果刀插进刀架里，嗓音凉得像是夹着冰碴："说完了吗？"

程里看了眼因为被大力冲撞还在晃悠的刀架,脸上堆起笑,抬起双手往下压:"peace(平和)点兄弟,杀人犯法。"

没等陈屿舟说话,程里想起他的职业,猛地闭上嘴,比了个拉拉链的手势,侧身给陈屿舟让路。

陈屿舟端着盘子走出去,把切好的水果放到 Lotus 跟前。

许是他周身的气压太低,吓到了 Lotus,它看了眼那盘水果,又抬头看了眼陈屿舟,没开口。

"你看看你把 Lotus 吓成什么样了。"程里坐到沙发边上,揉了把 Lotus 的脑袋,"放宽心,人家不还没在一起呢吗?就算在一起了,你要真喜欢,撬过来不就得了。"

程里这人,想来没什么人品可言。他喜欢的人和物必须得在他身边。

陈屿舟其实也是这样的性格,喜欢什么就必须要拥有。

可他只要一想到明芙可能会不愿意,就觉得挺没意思的。

也没意义。

他蹲在 Lotus 跟前,一手伸直搭在膝盖上,一手揉了揉 Lotus 的脑袋:"吃你的。"

得到主子的安抚,Lotus 这才放心地吃起水果。

程里见陈屿舟没说话,也不再捋虎须,大爷一样跷着二郎腿刷起了短视频。

刚打开短视频软件,一道撕心裂肺的歌声从扬声器里扩散到了客厅的每个角落——

"孤独万岁!失恋无罪!谁保证,一觉醒来有人陪。"

"……"

一句歌词唱完,客厅的气压明显又下降好几个度。

他指着手机无辜地看向陈屿舟,撇清关系:"自动播放,跟我没关系,我这就换。"

说着,手往上一滑——

"失去你的我,比乞丐落魄,痛多么深刻。"

"……"

程里"嗖"的一下坐直身子,不信邪地又滑一下——

"可笑吧,我终于一人孤独终老了。"

"……"

这手机是怎么回事?

失恋的又不是他,给他推这些视频有什么用?

程里直接关了手机,看向陈屿舟,讨好地笑了笑:"哥,这纯粹是个意外。"

陈屿舟没看他,还蹲在 Lotus 面前,抬手往后面指去:"三秒,滚出去。"

"……"

虽然程里不觉得自己做错了什么,明明就是手机有问题,但他还是莫名心虚,走的时候连门都是小心翼翼关上的,生怕激怒里面那位少爷。

程里一走,房间里瞬间变得寂静,只有空调输送冷风发出轻微的"呼呼"声。

Lotus 向来会察言观色,察觉到陈屿舟情绪不高,吃完一盘水果后,拿脑袋小心翼翼地拱了拱他的胳膊,挤出两声呜咽。

陈屿舟挺给面子地拍了拍它,声音轻得似是低喃:"你都比她有良心。"

明芙和冯越是第二天下午回的 B 市。

律所的人早就想好等明芙回来上班之前给她庆祝一下,去去晦气,所以便派何来去接他们,然后去往聚餐地点。

他们律所的氛围一向很好,代沟仿佛不存在,一群人说说笑笑一直吃到九点多才散场。

其他人都开了车,回去的时候还是何来负责送明芙和冯越。

明芙住的地方离聚餐地点比较近,先送她回家。

车子不能驶进小区,何来把车停在外面,明芙叮嘱何来了一句注意安全,推门下车。

冯越也跟着推门下车:"我送你进去。"

明芙拒绝道:"不用师兄,我自己进去就可以,已经很晚了,你快回去吧。"

"你拒绝的工夫,可能已经送到了。"

冯越笑了下,转身率先往小区里走。

明芙只好跟上。

两人中间保持着不远不近的距离,路灯在地面上拖出狭长的两道影子,随着他们的走动,人影的位置不断变换,偶有重叠。

走到楼下的时候，冯越想起什么，突然问道："上次那个是你朋友吗？"

明芙顿了下，反应过来冯越说的是谁："是邻居。"

话音落下，一声犬吠恰到好处般地从不远处响起。

繁华里里住的都是上班族，这个时间不是在公司加班就是在家里办公，基本不会有人下楼散步，这声叫嚷在空旷安静的小区里显得格外突兀。

明芙顺着声源方向看过去，随后愣在原地。

陈屿舟一手插着兜，一手牵着绳子，站在距离她几步远的树下，路灯从另一侧打下，明和暗在他脸上割裂出明确的分界线。

锐利的目光直直地看向她。

Lotus 蹲在他的脚边，澄蓝色的双眸在黑夜里格外明显，风一吹，黑亮的毛发凛凛晃动，正和它的主人一样望着他们这个方向。

过了会儿，Lotus 往前跑了两步，陈屿舟不知道是没反应过来还是怎么，攥在手里的绳子松开，Lotus 很顺利地跑到明芙身边。

冯越横跨一步挡在明芙身边，不让 Lotus 靠近明芙，皱眉看向陈屿舟，认出他是谁后，开口时语气算不得好："这位先生，你这样不牵好它任由它随意乱跑，会对别人的生活造成极大的影响。"

"没事，它不咬人。"

明芙和冯越拉开距离，主动抬手招 Lotus 过来。

陈屿舟从树荫下走过来，到冯越面前的时候，他脚步微顿，轻慢地说了一声："有你什么事？"

说完，没再看他们两人，连 Lotus 都没管，转身进楼。

冯越垂在身侧的手紧了紧，看向明芙："明芙，我——"

"师兄。"明芙嗓音淡淡地打断他，"谢谢你送我回来，你回去吧，Lotus 戴了嘴套也很听话，不会影响谁。"

顿了顿，她继续说："至少不会影响我，我很喜欢它。"

她蹲下身，把绳子的另一端捡起握在手里，牵着 Lotus 往楼里走。

明芙进去的时候，陈屿舟刚进电梯。

她正想着把拴着 Lotus 的牵引绳还给陈屿舟然后等下一趟电梯，结果 Lotus 一个猛蹿冲进电梯，明芙猝不及防被它扯了进去。

陈屿舟看了她一眼，继而收回视线，朝 Lotus 吹了声口哨："过来。"

明芙把牵引绳递过去，对方却没接。

她想了想,把牵引绳放到地上,转过身背对着他。

狭小的空间亮如白昼,一举一动都能被看得清清楚楚,避无可避。

明芙垂着眼,指甲抠着包带,尽量忽视掉身后的人。

楼层一点点升高,快要到达十二层的时候,陈屿舟突然出声:"明芙。"

明芙心跳加重一拍,指甲抠紧带子,扭头看过去:"怎么了?"

声音透着不易察觉的紧张。

男人狭长漆黑的眼眸落在她身上,看不出情绪:"我挺好奇一件事儿。"

明芙下意识问:"什么?"

"是我对你不好吗?不然你怎么这么能玩我?"

45

周遭是吵闹的说话声和桌椅碰撞的声音。

上午灼热的阳光斜斜洒进走廊,明芙抱着一摞书跟在一个胖乎乎的男人身后走进了一间教室。

随之而来的是一声叫喊,一道黑影急速朝她这里砸过来。

她下意识地闭上眼,预料中的疼痛没有传来,"啪"的一声轻响落在耳边,她睁开眼,少年抓着一个篮球从她身边擦过,空气中残留着熟悉的冷香。

她看到他垂在身侧的手,鬼使神差地伸出手去牵。

指尖快要碰到他的手背时,画面一转,她落入了一个满是高树的森林,树叶层层叠叠,遮天蔽日。

她看不到一丝光亮,盲目地向前跑。

不知道跑了多久,前方终于出现一片白光,她朝着那处跑去,马上要达到终点的时候,一阵刺耳的声音骤然炸响。

她从梦里醒过来,怔然地望着房顶。

她梦到了陈屿舟。

差一点,她就能牵到他的手了。

心跳逐渐平缓,明芙揩掉眼角的湿润,从床上起来。

洗漱完从家里出去,她往隔壁看了一眼。

自从上次在电梯分开后,到现在已经过去快一周了,她没再见过陈屿舟。

偶尔她在律所加班回来得晚,站在楼下看,也只能看到他家一片漆黑。大概是搬走了。

"叮"的一声,电梯到达。

明芙收回视线,进去。

上次车祸之后她的车就送去维修了,所以这段时间她都是坐公交上下班。

公交车站和律所有点儿距离,明芙下车还要步行一段时间。

快要走到律所的时候,她转身往后面看了一眼。

正是上班时间,街道上有车辆驶过,一辆黑色的帕加尼停在路边,除此之外没什么特别。

她皱皱眉,转身加快步子往律所那边走。

"明律!"

听到有人喊她,明芙侧头。

何来正背着双肩包朝她这边跑过来,手上拎着的茶叶蛋在空中打着转。

看到熟人,明芙紧绷着的那口气才松下来。

何来跑到她身边停下,把滑下来的一侧书包带弄上去:"明律你吃早饭了吗?"

明芙和何来一起往律所走去:"还没,起床喝了杯咖啡,不太想吃。"

"那我这个茶叶蛋给你吧,你要是饿了还能垫垫肚子。"

"不用,你留着吧。"明芙看见何来手腕上戴着一个粉色的头绳,问他,"谈女朋友了?"

"啊?"何来顺着她的话看了眼手腕,不好意思地挠了挠头,"谈了,比我小两岁,非要给我这么个头绳戴手上,说这样就不会有别的女生搭讪我了,霸道得不行。"

话是抱怨的,但是语气却透着一股明显的骄傲。

明芙笑起来:"小姑娘是在乎你,好好对人家。"

"肯定的!"

跑车的轰鸣声从两人身后响起,马力十足不容忽视。

男生天生对车比较敏感,何来扭头看过去,立刻震惊出声:"我天,帕加尼 Zonda!这也太帅了,不行不行,我要流口水了!"

明芙看着他真的在擦嘴角不免有些好笑:"你努努力,弄一辆回来。"

"姐,虽然你的鼓励是好的,但它落地价就五千万,还有那连号的车牌,我就是再努力八辈子都不够。"何来艳羡地又望一眼,然后抹了一把辛酸泪,哽着声音道,"有人开跑车抱美女,有人挤公交吃茶叶蛋,贫富差距简直不要太大。"

明芙顿顿,安慰他:"没关系,至少你看见它了不是吗?这种车,估计有人一辈子都没机会亲眼见到。"

何来:"……"

好像有被安慰到那么一丝丝。

说着话两人也到了律所,打完卡后,明芙上了二楼办公室。

可能是做了那个梦的原因,明芙总觉得心里空落落的,一整天下来都有些心不在焉。

所幸手上目前没有着急的案子,她把资料放到一边,拿出一份卷宗看。这算是她放松的方式之一。

一份卷宗看完,早已过了下班时间,她把桌上的东西整理好,关电脑的时候办公室的门被敲响。

"请进。"

冯越推门进来,走到她桌前:"晚上有时间吗?程安今天生日,让我也叫上你。"

明芙一愣:"可我跟他不是很熟啊。"

"学姐你这么说可就太伤我心了啊。"

突然多出来的男声吓了明芙一跳,她看向冯越手里的手机,显示着通话界面。

尴尬从心头蔓延,明芙不好意思地说道:"抱歉,我没想到你会邀请我。"

"那我不管啊,你一定要来,不然我真的会伤心的。"

明芙向来不太会拒绝别人,更何况人家邀请她去过生日她还当着人家的面说不熟,她心里也有些过意不去:"好,我去。"

"那就这么定了,地址我发给师兄了,你跟他一起过来就行。"

电话挂断后,明芙看向冯越:"师兄你先过去吧,地址发给我,我去买份礼物再赶过去。"

冯越看了眼时间:"现在过了下班时间,估计也买不到什么好的礼物了,我准备了两份,你先拿去。"

明芙抓住其中两个字:"两份?"

冯越笑着解释:"有个朋友下周过生日,怕忘了提前准备的,今天你先拿去应急,我再补上就行。"

现在的确也买不到什么像样的礼物了,既然答应去参加人家的生日会,随便买一份凑合也不好,明芙思忖几秒,点头应下:"那师兄,我到时候把钱给你。"

"走吧,一起过去。"

程安虽然比程里小几岁,但兄弟俩的性格却是一个模子里刻出来的,哪里热闹往哪里钻。

在B市最大的酒吧开了两个相邻的豪华卡座拼到一起,把熟悉的朋友全都叫了过来。

现在还没到零点,酒吧里的场子还没热起来,放着舒缓的背景音乐。

陈屿舟窝坐在沙发一侧,两条长腿大刺刺地敞着,双臂环在一起,闭着眼假寐。

几绺碎发遮挡在额前,慵懒随性。

卡座上的姑娘时不时瞄他两眼,想着暗送秋波,却一直没等到他睁眼。

程安招呼了一圈坐回中间,挨到陈屿舟旁边:"哥,那边有妹子要你微信,我给还是不给?"

坐在陈屿舟另一边的程里正拿着手机打游戏,闻言头也不抬地说道:"你要是跟那妹子关系不错还想以后做朋友,劝你别给。"

程安琢磨了会儿他亲哥话里的意思,再结合陈屿舟现在这副跟活阎王没什么区别的模样,打消了牵线的念头。

程安这辈子大概是月老托生的,极其热衷给人牵红线,自家哥哥的红线牵不成,他还有另一根红线能牵。

"两位哥哥,商量个事儿?"他又往陈屿舟那边蹭了蹭,"我准备在今天这个大喜的日子喜上加喜,促成一对小情侣,你们到时候也帮帮忙呗?"

陈屿舟被他拱得睁开眼,"啧"了声抬手推开他快要贴过来的脸:"没兴趣,自己促。"

"为什么啊?"程安不理解,"促成一段美妙的姻缘是多么有成就感的一件事,怎么能没兴趣?"

程里很不给面子地笑了一声:"他自己的姻缘都稀巴烂呢,哪有心情促成别人的?"

陈屿舟一脚踹过去,把他跷着的二郎腿踢下去:"想死直说。"

程里被踹得晃了一下,一个技能放出去,正正好收了一个人头。

他笑嘻嘻地凑过去:"谢谢舟舟送来的二踢脚。"

陈屿舟骂了句。

程里听程安这么急于当月老,来了点兴致,一局游戏打完,他收了手机,一边倒酒一边问他:"什么朋友啊?你这么上心帮人牵线。"

见有个哥哥搭理自己这茬了,程安迫不及待地分享:"就是我一个学长,上学的时候挺照顾我的,他喜欢一姑娘,但没追上呢,我这不想着帮帮忙嘛。"

说着,他想起什么,掏了手机出来:"我还有他俩照片,看着真挺般配的,就是我上次去海城参加那交流晚会拍的合照。"

程里刚倒好一杯酒,正往里面加着冰块,听到程安的话,眼皮重重跳了下,手一松,冰块掉进酒杯,酒溅出来,在茶几上晕开。

他缓缓扭头看向陈屿舟,看到后者脸上意味不明的笑后,一把按住他的腿:"哥们儿冷静,这也算是你弟。"

程安还没察觉到危险的逼近,找到那张照片正想给两位哥哥看的时候,就听有人叫了自己一声。

他抬头看去,立刻笑起来:"师兄学姐,你们终于来了,就差你们了。"

沙发上坐着的另外两个男人也齐齐看过去。

色彩斑斓的镭射灯打过来一束光,光线掠过陈屿舟,男人泛着冰冷的面容被照亮。

明芙站在卡座茶几的另一边,撞进他神色不明的眼睛。

时隔一周猝不及防的见面,让她心跳瞬间加快,耳边的声音也有片刻的消失,回过神后她有些慌乱地避开他的目光,把手里拎着的礼物送给程安。

"生日快乐。"

"谢谢学姐,学姐真好。"程安接过礼物,转而看向冯越,语气就显得没那么客气了:"师兄,我礼物呢?你不会空手来的吧?"

冯越自然也看到了陈屿舟,倒是没想到这个圈子会小成这样,他居然也和程安认识。

他不动声色地收起另一份礼物,笑着说:"这不是送了吗?"

程安反应过来，暧昧地"哦"了声："我懂了。"

明芙完全没想到会在这里见到陈屿舟，思绪有些混乱，压根就没去听冯越和程安说了什么，也没有反驳冯越，只偏着头看向 DJ 台。

她这副模样落在别人眼中自然成了默认。

陈屿舟嘲讽地勾了勾嘴角。

想着今晚要给他们俩牵线的事情，程安招呼着明芙和冯越坐到里面来，方便他发挥。

程里看着自家二傻子一样的弟弟叹了口气：这人到底是怎么长大的？察言观色都不会，他在那里"犯罪"，他这个亲哥还得跟在后面给他赎罪。

等明芙走过来的时候，程里一个漂移，挪去了隔壁沙发，把陈屿舟旁边的位置空了出来。

程安瞪圆了眼睛看他："哥你干吗呢，好端端的你换什么位置？"

整个卡座只有陈屿舟坐的那张沙发和旁边的那个双人座有空位，双人沙发没人坐是因为程安一早就给冯越和明芙留好了，现在程里突然坐过去，那就意味着冯越和明芙只能分开坐。

"什么干吗呢？这儿位置好，我坐这儿不行？"

血脉压制毕竟是在的，程安也不太敢嚷着让程里起来，他看向陈屿舟，想着让他挪挪位置："哥，你——"

后面的话在接触到男人冷漠的眼神后，立刻憋了回去。

打扰了，这个更惹不起。

他委屈巴巴地看向明芙和冯越："学姐你坐，师兄你也坐。"

明芙站在两张沙发中间踌躇着，她看了眼陈屿舟，男人面无表情地靠坐在沙发上，周身气场冷硬。

她估摸着陈屿舟应该不是很愿意再看到她，抿抿唇，坐在了程里的那张沙发上。

46

冯越便和陈屿舟坐在了一起。

程里："……"

他怎么就忘了明芙也可以选择坐他身边呢？

不过坐他身边也比跟冯越坐一起要好,程里默默安慰了一下自己,跟明芙打了个招呼:"芙妹。"

明芙跟他点点头,想起什么,问他:"程安是你弟弟吗?"

"啊对。"程里本着要替陈屿舟照顾好明芙的念头,从桌上挑了瓶度数低的酒开了给她,"这酒度数不高,挺适合女生喝,你尝尝。"

"谢谢。"

明芙接过来,插了根吸管放进去。

程安时刻惦记着自己月老的身份,一秒都没忘给冯越和明芙创造机会,他招呼着众人:"干坐着多没劲,来玩点什么啊!"

他这位寿星一开口,其他人纷纷附和:"行啊,玩什么你说。"

程安想了想,腾了个空酒瓶出来,并把它和纸牌一起放到桌子中间:"那就酒桌常驻嘉宾,真心话大冒险吧?"

其他人出声调侃。

"土不土啊你?"

"开始搞'文艺复兴'了啊!"

"还以为你能说出点什么潮流游戏。"

程安嗖嗖几个眼刀飞过去:"说土你少玩了?要没这游戏你女朋友哪儿来的?"

其中一人举手投降:"我错了,来来来。"

"我是寿星我先转啊!"

程安摩擦拳掌了一阵,转动酒瓶。

酒瓶磕在玻璃茶几上发出清脆的一声响,几秒后,酒瓶停止运动,瓶口对准了刚才调侃他的男人。

"你也甭选了,我给你决定,就大冒险。"

程安指着陈屿舟:"把我哥逗笑,下面转到你两次都给你免了。"

男人看了眼陈屿舟,非常利落地做出选择:"我喝酒。"

程安等的就是他这句话,给他倒了满满一杯递过去:"别'养鱼'啊,这儿这么多姑娘看着呢。"

男人给他竖了个大拇指,接过酒杯一饮而尽,然后开始转酒瓶。

这次转到一位女生,她抽了张纸牌翻过来——

用嘴叼酒杯喂左边第一位异性喝酒。

在座的基本上都是程安的朋友，互相认识。

女生爽利地拍拍身边男人的肩膀："哥们儿，配合一下啊。"

她选了个比较轻的杯子咬在嘴里，单腿跪在沙发上低头操控着酒杯往下倒。

男人张嘴接住，小半杯酒咽下肚。

喂完酒后，女生开始转瓶子。

这次转到了程安，许是生日运气加持，他抽到了真心话，被问一夜几次。

程安半点不害臊地答了。

众人起哄地"哦"了声。

明芙的生活很简单，事务所和家里两点一线，除了事务所聚会或者陶璐突然想来酒吧坐坐外，她很少参加这种聚会。

现在看他们抽到的问题，她觉得很正常，毕竟都是成年人，总不可能只问"你有没有喜欢的人"这种简单的问题，可难免会有些不好意思。

只好在心里默默祈祷不要转到她，掩耳盗铃般往沙发背靠去，尽量缩小自己的存在感。

但偏偏天不遂人愿，越是盼望不要发生的事情就越会发生。

当酒瓶和众人的视线齐齐对准她的时候，她无奈地松开了嘴里咬着的吸管。

真是怕什么来什么。

把嘴里的酒咽下，她倾身上前抽了张纸牌——

大冒险，和右边第二位异性喝交杯酒。注：大交杯。

明芙右手边第一位异性是冯越，紧接着便是陈屿舟。

她扭头看过去，只看到了男人的侧脸。

捏着纸牌的手指因为用力有些泛白，正想说要直接喝罚酒，就听见玻璃杯磕到桌上发出不轻不重的声音。

陈屿舟倒了两杯酒，一杯推到她这边，屈指敲敲桌子："快点，别磨叽。"

冯越温和地笑起来："明芙脸皮薄，不然我替她喝吧。"

"你跟她什么关系？"陈屿舟冰冷的眸子睨着他，"轮得到你替她喝？"

气氛紧绷到一触即发。

程安这下总算发现了些不对劲，他看向程里，希望得到点什么信息。

结果程里压根就没看他，还挺兴奋地瞅着陈屿舟那边。

程安:"……"

"不用别人替,我自己来。"

明芙拿过那杯酒,起身走到陈屿舟面前:"麻烦了。"

陈屿舟没说话,站起来,俯身抬臂圈住明芙的肩膀。

独属于男人的气息扑面而来,明芙拿着杯子的手小幅地颤了一下,环上他的脖颈,把酒杯送到嘴边。

坐在他们旁边的冯越垂着眼,脸色有些难看。

众人围观的视线在他们三个人身上来来回回地转。

一杯酒很快喝完,两人分开,均是一副若无其事的模样。

如果不是陈屿舟刚刚表现出的强势,众人只会以为他们是在完成任务。

回到座位上,明芙转了下酒瓶。

这次酒瓶转到了程里,他抽到的纸牌内容是给联系人列表里的第一位打电话表白。

程里摸出手机放到桌子上,点开通讯录给第一位联系人拨过去电话。

被提示对方的电话已关机,他摊摊手:"这不怪我啊,对方不接。"

程安也学着他摊摊手:"喝吧哥。"

程里很痛快地倒了三杯酒喝下。

明芙坐在他旁边,瞥到屏幕上号码的前几位数字,觉得有点儿眼熟。

但一时想不起来是谁的电话。

在座的人基本都轮了一次,只剩下陈屿舟一次都没被转到,许是老天看不下去,程里这次很准确地转到了他。

程里虚虚点了点桌上的纸牌:"抽吧,可算轮到你了。"

陈屿舟把最上方的纸牌翻过来,很简单的一个大冒险——

当众唱歌,曲目不限。

"无语,你的凭什么这么简单?"程里翻了个白眼,而后想到什么,又笑起来,"这个当众不能只当着我们,你去台上唱。"

陈屿舟盯着那张纸牌看了几秒,从沙发上起来,朝台上走去。

男人身高腿长,一路走过去吸引了不少别的卡座女性的目光。

他走到台上,恰好驻唱歌手结束了一首歌,交涉几句,驻唱歌手把身上背着的吉他递给他。

程里悠哉地靠回沙发:"有耳福了啊你们,我们舟舟唱歌就俩字,'一绝'。"

"是吗，倒还真没听过舟哥唱歌。"
"那这不得录下来，转手一卖，我没准能发财。"
"设备已经准备好了，就等他开嗓了。"

说着，还真有人举起了手机要录视频。

熟悉的音乐声响起，明芙捏着易拉罐的手不自觉用力，光滑的罐身很快凹进去一小部分，她抬眼朝台上看去。

男人坐在高脚椅上，吉他卡在腿上，低着头，骨节分明的手指拨弄着琴弦。

不断变换色彩的灯光从上方落下，明明灭灭地照在他身上。

到了某个节点，陈屿舟靠近话筒。

愿我会揸火箭带你到天空去
在太空中两人住
活到一千岁都一般心醉
有你在身边多乐趣

男人清冽的嗓音唱起粤语歌有种独特的温柔，逐渐吸引酒吧里的人看过去。

明芙僵在座位上，目不转睛地看着台上的陈屿舟。

当一首歌印上某个人的名字，这首歌便会成为独一无二的记忆。

歌声响起的那瞬间，明芙好像回到了高二那个炽热的午后。

少年靠着椅背，细碎的阳光洒下，他嘴角带着又痞又坏的笑，有点儿小得意地看着她，尾音勾出缠绵的味道："偷看我啊小同桌。"

少年的模样渐渐和台上的男人重合，对方似有所感，蓦地抬起头，视线穿过迷离晃眼的灯光，遥遥对上她的眼睛。

他眼里透出的情绪灼热又直白，歌声没停——

我与你永共聚，分分钟需要你。

程里瞥了眼明芙，状似随意地说道："谁让他唱情歌了，也不知道唱给谁听，肉麻死了。"

明芙垂下头，遮住眼里翻滚的情绪。

唱完一首歌陈屿舟便回来了，他不动声色地扫了眼明芙，见她低着头，只觉得喉间干涩无比。

脸色再次冷下去，坐回沙发倒了杯酒一饮而尽。

"屿舟？"一道女声从沙发一侧响起，"你也在这儿玩啊。"

明芙对这个声音可谓是敏感至极，即便是在这种嘈杂的环境中她也能一下子辨认出这道声音的主人是谁。

连看都不用看。

陈屿舟抬眼看去，见到来人，不咸不淡地"嗯"了声。

丁欣丝毫不介意他的冷淡："要不是你刚才上台唱歌，我还看不见你呢。"

陈屿舟心情不好的时候半个字都不想多说，他没再搭理丁欣，自顾自地又倒了杯酒。

程里锐利的小眼神在丁欣身上转了转，觉着这可能是个突破口，他招呼丁欣："美女过来一块儿玩会儿？"

丁欣欣然应下："好啊。"

座位基本都坐满了，程里扫了一圈，最终把视线定到自家弟弟身上："程安，起来，给美女姐姐让座。"

程安一脸蒙："啊？"

"啊什么啊，赶紧起来，没看人家就站你旁边呢，你好意思？"

程安"哦"一声，从座位上起来："姐姐坐。"

程安的位置和陈屿舟之间只隔了一条窄窄的过道，现在换成丁欣坐下，她没坐正，腿偏向陈屿舟那边，问："你们刚才在玩什么？"

"真心话大冒险。"程里担当起主持人的身份，"陈屿舟，转瓶子了。"

"不想玩了，你们玩吧。"

程里直接团了个纸团精准地丢过去："今儿程安生日你别让他扫兴啊，快点。"

程安闻言，站在一边茫然地眨眨眼。

这还是他过生日吗？

他怎么感觉不像呢？

陈屿舟捏起身上的纸团，不耐烦地"啧"了声，倒是没再拒绝，转了圈酒瓶。

酒瓶转了十几圈后，速度逐渐慢下来，最终瓶口对准了刚落座的丁欣。

丁欣笑着感叹："我运气还挺好，刚坐下就被转到了，是抽纸牌吗？"

程里点头："对。"

丁欣翻过最上面那张纸牌，是真心话——

很简单很无聊的一个问题，问有没有喜欢的人。

看到纸牌上的内容，程里挑了下眉。

这是老天都在帮忙撮合明芙和陈屿舟这俩拧巴。

程里一字一句念出纸牌上的内容，余光留意着明芙的动静。

"当然有啊。"丁欣很大方地附赠了一个答案，"而且他就在场。"

酒吧不知道什么时候切换到了伤感模式，轻缓伤怀的歌声传遍各个角落——

　　远方传来风笛
　　我只在意有你的消息
　　城堡为爱守着秘密

在场的人除了陈屿舟没人和丁欣认识，她口中那个喜欢的人是谁不言而喻。

众人目光的扫射范围又多了一名成员。

台上歌声也在众人的视线流转间到达高潮部分——

　　明明就他比较温柔
　　也许他能给你更多
　　不用抉择我会自动变朋友

明芙突然间就坐不下去了，酸涩骤然袭上眼眶，她从沙发上起来，小声说了句："我去下洗手间，你们玩。"

陈屿舟一直留意着她的举动，见状下意识跟着站起来，迈出两步，手腕被人从后面拉住。

丁欣看着他："屿舟，你应该知道我说的是谁吧？"

"没兴趣知道。"陈屿舟拂开丁欣的手，面色冷淡，"但我可以告诉你我喜欢的人是谁，就是刚刚走了的那个。"

说完，抬腿追了过去。

在场的人，除了冯越和丁欣面露黯淡，程里一副深藏功与名的模样，其他人都是一脸震惊。

尤其是程安。

他总算是知道第一次见到明芙就觉得她眼熟的原因了，这不就是陈屿舟宝贝得不行的几张照片里的女主角吗？！

冯越已经知道自己出局了，或者说他从来就没在局中，没必要再继续留在这里，他和程安打了个招呼便离开了。

程安还处在极度震惊中无法自拔，对于他的离开只含糊地应了声。

丁欣也没再逗留，返回了她的卡座。

在众人视线扫射范围的四位主角一下子全都消失不见，他们缓了好一会儿才反应过来。

"所以说刚刚那是四角恋吗？"

"不是吧，我觉得是两情相悦，还有俩打酱油的。"

"真是好大一出戏啊。"

程里见自家傻弟弟还愣在原地没回过神来，走过去拍拍他的肩膀："看到没？这才是你该撮合的。"

"也就是说，我刚才差点把亲嫂子推给别的男人。"程安喃喃一句，咽了咽口水，"哥，你说舟哥会不会打死我啊？"

"他俩要是没事你也没事，他俩要是有事，你就自求多福吧，没准陈屿舟会念及你喊他二十多年哥的情分上饶你一命。"

舞台上播放的伤感音乐也到了尾声，安静两秒等零点来临，躁动的音乐喧嚣而上，节奏强烈鼓点分明，一扫几秒前的阴郁沉闷。

灯光变换的速度也随之加快，舞池里扭动的身影逐渐增多。

明芙躲在洗手间待了好一会儿，才把眼里的酸涩压下去，她抽了张纸巾擦干手，转身走出去。

刚过拐角，她的脚步便顿在了原地。

男人背靠墙，目光径直看向洗手间的方向，目的明确，是在等人。

见她出来，陈屿舟直起身子。

明芙有那么一瞬间以为他是在等自己，但是想到丁欣，她垂下眼，装作没看见他一般硬着头皮往外走。

路过他身边的时候,明芙下意识加快脚步。

手腕蓦然一紧,她被一股大力扯过去,眼前一晃,后背撞到墙上,两只手被抓着按在墙上,灼热的气息袭上耳郭,耳垂随之传来一阵湿润的刺痛。

男人被酒液浸染过的嗓音低哑又缠绵:"喜欢那律师?那我怎么办?"

47

走廊外喧阗的音乐声朦胧地传过来,男人紧贴在耳边的低喃振聋发聩,明芙的心跳逐渐和激烈的鼓点重合。

她用力挣了下手腕,却被对方攥得更紧。

刚想抬腿,却被他提前料到一般,紧紧地钳制住,堵死她任何逃跑的可能。

陈屿舟从她肩窝抬起头,高大的身躯密不透风地笼罩着她:"躲什么?不敢回答我?"

男人黑眸沉沉,眼尾泛着红,眼底似是有什么极力压抑无果、正在翻涌着的情绪。

看上去好像很难过。

可该难过的不应该是她吗?

再一次撞见了别人对他热烈直白地表达爱意。

他有什么可难过的?

明芙手指蜷起,放弃了抵抗:"你想我回答你什么?"

尾音带上颤意,好不容易平复好的情绪再次瓦解,酸涩顷刻袭上,明芙立刻垂眼,但这次却是怎么都控制不住,眼泪扑簌簌地掉下来。

陈屿舟愣住,心像是被什么扎了一下,泛起密密麻麻的疼。

他从来没见过明芙哭。

抓着她手腕的手松开,动作生疏又无措地给她擦着眼泪。

"该哭的不应该是我吗?"他语气透着挫败,"我不问你了,你想怎么样都行。"

明芙躲开他的手,胡乱抹了下脸,哭腔很重:"你都有女朋友了,能不能就别再来招惹我了?"

陈屿舟猛地蹙起眉:"我什么时候有女朋友了?"

明芙没说话。

刚刚说出那句话已经是她能做出的最大努力了。

陈屿舟察觉到什么,他重新圈住明芙的手腕,一手托起她的脸,指腹轻柔地蹭掉她脸上的泪痕。

"我不是正追你吗?去哪儿来的女朋友?"

压在心底许久的话终于说出来,陈屿舟也觉着轻松了不少。

重逢的时候故意装作不认识她是因为心有怨气,可还是忍不住一而再再而三地靠近,也不舍得再对她冷脸。

回国是因为决定回来找她,搬到她家隔壁也只是为了能离她近一点。

结果她却一声不吭地再次退出他的生活,后来得知她只是去海城出差,他松了口气,想着她忙完肯定会联系他。

可是并没有。

他给她发了无数条消息,她不会看不到。

没有回复,就是另一种方式的回复。

所以他没有再打扰她。

他想破了头都想不通他是哪处做得不对,才让明芙变了态度。

明明前一天还好好的。

陈屿舟在那一瞬只觉得无力。

对明芙没有半点把握的无力。

他从小众星捧月似的长大,想要什么都能轻而易举地得到,好像没有什么是他掌控不了的。

结果他却在明芙这里栽了跟头。

收到她消息的那天,陈屿舟觉得悬了好几天的心突然落了地,可是点开看到的是她发错消息的解释。

但至少不是发错了人,也挺好。

在这之前陈屿舟从来没想过他还会有抠字眼理解分析别人发来的一条消息的时候。

好不容易等到她回来,看到的却是别的男人送她回家,她和别的男人一起参加对方朋友的生日聚会。

压抑许久的情绪爆发,他问她要个答案,结果一看到她哭,他就觉得自己特不是东西。

他对她一直没办法，也一直都在妥协。

从喜欢上明芙的那天起，陈屿舟的骄傲在她面前便成了最不值一提的东西。

明芙愕然地睁圆了眼，没反应过来他话里的意思。

他在追她？

陈屿舟已经很久没见过她这样了，触及到她湿润的眼，心一动，倾身过去亲了亲她的眼。

明芙下意识地闭上眼。

小姑娘颤动的眼睫擦着他的唇，微弱的电流顺着脊柱上升，带起一片酥痒。

陈屿舟喉结上下滚动，强压下涌上的冲动，退回原位，手往下滑握住她的手捏了下："哪儿听来的说我有女朋友的谣言啊？"

语气又恢复到了明芙熟悉的散漫，但是细听，还带着点哄人的语气。

明芙嘴唇嗫嚅，不知道该怎么说。

陈屿舟也不催她，不轻不重地捏着她的手心玩。

真是哪儿哪儿都长在他的心坎上了，一碰就舍不得放开。

好半响，明芙才出了声："去拆线那天，在医院听到的。"

陈屿舟低头看着她："嗯，然后呢？"

阴郁退去，他的眼眸漆黑明亮，眼里只映着她一个人的身影，情绪明显好转。

明芙心尖一缩，低头去看他们两人纠缠在一起的手，吸了吸鼻子："她们说你有个谈了很久的女朋友，上学的时候就在一起了，然后说你和丁欣是大学同学。"

"嗯，继续。"

"还说你本来没打算回国的，但是丁欣回来之后你也回来了，另一家医院给你开的条件更好，你还是选了丁欣工作的地方。"

许是陈屿舟表明了态度，明芙的勇气也多了些，她小声咕哝一句："这些你都没解释过。"

陈屿舟还是"嗯"了声："还有吗？没有了我现在挨个给你解释。"

明芙摇摇头，瓮声瓮气的："没有了。"

"行,那我开始给你解释。"陈屿舟抬手给她把挡在脸颊两边的头发别到耳后,"回国是早就决定好的,只不过丁欣比我先回来,去这家医院是因为外公之前就是这儿的大夫,而且也离你住的地方近一点,我想着碰上你的概率也能大点。"

明芙手指勾了下,指尖刮过陈屿舟的手背。

陈屿舟依旧是不紧不慢的语调:"至于有个谈了很久的女朋友这事儿纯属扯淡,不过喜欢了很久的小姑娘倒是有一个。"

明芙蓦地抬头看他。

他好像早就知道她会是这个反应,等她看过来后,眼里蔓延开胜券在握的笑。

"问我那么多问题,也让我问你一个?"

明芙以为他是想问她没回答的那个问题,先摇了摇头:"我不喜欢他,只把他当师兄。"

陈屿舟挑了下眉,促狭地看着她:"我没想问这个。"

明芙张张嘴,确实是她着急了。

他明明什么都还没说。

"那你想问什么?"

"那天不回消息不接电话就是因为信了这个?"

明芙顿了下,点点头。

其实那天在办公室看到的那一幕才算是压垮明芙的最后一根稻草。

但是陈屿舟已经解释到这种地步,明芙便觉得没必要说了。

陈屿舟俯下身,额头抵着她的肩膀,幽幽叹了口气:"没良心啊,都喜欢你多少年了。"

隐隐含着抱怨。

没想到他会突然靠过来,耳朵被咬的那下感觉瞬间回笼,明芙僵硬地站着,不敢乱动,小声说了句:"对不起。"

"以后还误不误会我了?"

"不了。"

"出差能不能提前告诉我?"

"能的。"

小姑娘有问有答,乖得不行。

陈屿舟勾了勾嘴角，没有半点道德可言地趁火打劫："喜不喜欢我？"

明芙虽然心有愧疚，但脑子还是清醒的，没有被陈屿舟绕进去。

但是他都已经说了那么多次喜欢，她回应一下，好像也是应该的。

明芙舔舔嘴唇，正想回答的时候，余光突然瞥到一道鬼鬼祟祟的身影。

有点儿眼熟。

她扭头看过去，程安缩在拐角处，探出脑袋望着他们这边，嘴角扬起的弧度恨不得和眉尾会合。

见明芙看过来，他"嗖"的一下撤了回去。

意识到她和陈屿舟现在的姿势，明芙脸红起来，小幅地推了下陈屿舟的肩膀："起来了，那边有人……"

不用想都能知道听墙脚的会是谁。

陈屿舟不太满意地"啧"了声，直起身子看向拐角，嗓音下压："滚过来。"

等了三秒，程安重新探出半个脑袋："你保证不打我，我就过去。"

陈屿舟眯了眯眼："三……"

程安立刻用百米冲刺的速度跑了过来，还没站稳，便求生欲十分强烈地朝明芙喊了声："嫂子好。"

明芙感觉自己脸上的温度开始上升，她下意识想说一句"不是"，话到嘴边又咽了回去。

不得不承认，她其实不想否认。

但也不是很好意思答应，毕竟她和陈屿舟还没在一起。

干脆装哑巴。

程安一心想着怎么给自己"减刑"，看到明芙泛红的眼眶，一下子找到了切入口，往明芙那边跨了一步，开始控诉陈屿舟："哥你也太不是东西了吧，怎么还把嫂子整哭了？你看看嫂子这眼红得跟兔子似的，人家喜欢一姑娘都放手心里捧着，怎么到你这儿，你还欺负人家啊？"

明芙帮陈屿舟解释："不是，他没欺负我。"

陈屿舟牵着明芙的手，指腹摩挲着她的手背，看向程安："还搁这儿挑拨离间？"

偷鸡不成蚀把米说的就是程安。

他看着陈屿舟阴恻恻的笑，头皮麻了一瞬，转而可怜兮兮地瞅着明芙:"嫂子,我开始是真不知道嫂子你是我哥的心上人,我当时看出来冯越对嫂子你有意思就想着帮忙撮合一下,毕竟他对我挺好的。我要是早知道肯定不会干这种胳膊肘往外拐的事儿了,嫂子你帮我跟我哥求求情吧,我真怕他打死我。"

程安一口一个"嫂子"叫得顺溜得不行,喊得明芙觉得自己要是不帮忙都不好意思。

她按了按陈屿舟的手背。

陈屿舟侧头看她。

因为刚哭过,小姑娘眼睛又清又亮,眼尾和脸颊都泛着点红,清纯又妩媚。

捏他手背那两下轻得跟猫爪子踩过似的。

哪怕她什么都不说,只这么看着他,陈屿舟就想什么都给她。

舌尖抵了抵上颚,他冲程安摆了摆手。

意思是放过他了。

程安立刻如获大赦,殷勤地笑着问他们:"哥哥嫂嫂还过去玩吗?闲杂人等都已经走了,剩下的都是自家人。"

虽然陈屿舟现在只想带明芙回家,远离这群电灯泡,但他还是得问问明芙的意愿:"想留这儿玩还是回去?"

明芙想了想:"回去吧,明天还要上班。"

"得嘞。"程安打了个响指,拿出手机捣鼓了一阵,"代驾给你们找好了,哥哥嫂嫂慢走哈。"

这么一折腾,陈屿舟的气劲儿也消得差不多了,他也知道程安不是故意的,没再跟他生气:"行了别贫了,你回去吧,跟你哥说一声我们先走了。"

想起什么,他补上一句:"再捎声'谢谢'给他。"

一开始程里喊丁欣坐下一块儿玩,陈屿舟还没想那么多,也没那个心情留意别处的动静,刚才把明芙哄好之后,他才后知后觉发生了什么。

别说,让程里这么一搅和,确实得到了个好结果。

程安也明白过来他这句话的意思,比了个"OK"的手势,一溜烟跑了。

电梯就在外边的走廊上,陈屿舟带着明芙过去。

等电梯的时候陈屿舟想起件事,问明芙:"只把人家当师兄,你怎么还跟他送一份礼物?"

"什么？"

明芙还沉浸在这一晚的大起大落里，听他这么一问，有点儿没回过神。

电梯到达，里面有人出来，陈屿舟护着她往边上挪了挪。

看着他有点儿不愉的侧脸，明芙反应过来："没有啊，礼物是单独送的。"

"真的？"

"真的呀，我一开始不知道程安叫我过来给他过生日，当时也挺晚了，买不到什么像样的礼物了，师兄说他有一份给他朋友准备的礼物不急着送，可以给我拿来救急。"明芙老老实实地跟他解释，最后翻出手机给他看，"我给他转了账的。"

陈屿舟先是扫了眼屏幕上方的备注，看到简单的"冯越"二字后才往下看。

是有一条转账记录，收款时间在半个小时前。

前后这么一想，陈屿舟便明白冯越耍的心眼。

他捏了捏明芙的脸蛋，不太高兴地问："他说是你们俩一起送的时候你怎么不反驳？"

明芙眨眨眼："他什么时候说的？"

她怎么一点印象都没有。

瞅着明芙一脸茫然的小模样，陈屿舟那点不满顿时烟消云散，他手往旁边挪去，揉搓着她的耳垂："以后离他远点，我讨厌他。"

陈屿舟揉得明芙有点儿痒，她往后躲了躲："可他是我同事啊，还要一起工作的。"

下一秒便被男人给重新拽了回来抱进怀里，他下巴搁在她的肩膀上："那工作之外离他远点，我吃醋。"

最后三个字说得莫名理直气壮。

明芙在电梯门上看到自己的嘴角翘起了一个小弧度，她抬手压了压嘴角，"哦"了一声："知道了。"

两人刚走到车边，程安叫的代驾也到了。

车子一路朝着繁华里驶去，明芙和陈屿舟一起坐在后排。

两人倒也没贴得很近，中间隔着半个人的距离。

明芙的手还被陈屿舟圈在手里，被他捏完掌心又捏指尖。

明芙的手很敏感，被他捏得酥酥麻麻的，她手心出了些汗，有些黏糊

279

糊的不是很舒服,但她也舍不得把手抽出来。

身边男人的视线直白到不容忽视,明芙被他看得脸热,忍不住反捏了下他的手:"你别一直看我。"

"我的眼有它自个儿的想法,我控制不住。"

明芙:"……"

歪理。

她腹诽了句,转头看向窗外。

留个后脑勺给他。

陈屿舟轻笑了声,没再说话,低头看着小姑娘被他包着的手。

过了会儿,他突然出声:"明芙。"

明芙下意识转回来:"嗯?"

"我没要你现在就跟我在一起,等你什么时候觉得我给你的安全感足够了,再答应我。"

他以为自己做得足够明显,但还是被几句流言蜚语打败了。

这就说明他做得还不够多不够好,没有给足明芙坚定相信他的理由。

他不急着要明芙现在就和他在一起,他要她全身心地相信他。

一旦她朝他靠近,他绝对不会再给明芙一丝一毫退缩的机会。

明芙愣愣地看着他。

接连后退的路灯忽明忽暗地照进车里。

陈屿舟缓缓抬眸望进她的眼中,不正经的模样退去,语气是不容置喙的坚定:"我很贪心,我想要的是你往后的所有,所以你考虑好。"

从来不是一时兴起,他要的是明芙的一辈子。

48

第二天早上闹钟照旧在设定好的时间响起。

明芙这一觉睡得有点儿沉,难得没在闹钟响起的前几秒醒过来。

铃声响了好一阵,她才费劲地把眼睛开一条缝,探手过去把闹钟关掉,又安静地趴了会儿才揉着眼睛从床上起来。

拿过手机看了眼,有一条未读消息。

C:醒了过来吃早饭。

发送时间是半个小时之前。

这条消息之上，是明芙之前发的那句"我发错了"，他没有回复。

沉寂半个月的聊天框终于开始了新的对话，明芙扬唇笑起来，回了个表情包过去。

掀开被子下床，明芙加快动作，收拾好之后拉开卧室的门出去。

明芙出门上班的时间一般就是陶璐下班的时间，看到她托着水杯往房间这边走，明芙跟她打了个招呼："璐璐早。"

"早。"陶璐打了个大大的哈欠，看到明芙脸上的笑后，眯着的眼缓缓睁开，仔仔细细打量她一阵，"跟隔壁的陈同学和好啦？"

"你怎么知道？"

她还没来得及跟陶璐说啊。

"笑得那么开心，一看就是啊。"

明芙摸了摸自己的嘴角："有吗？"

陶璐指指自己的耳朵，调侃道："都快咧到耳根了。"

明芙脸红了红："哪有那么夸张？"

陶璐笑嘻嘻的："跟你前段时间无精打采的模样比，一点都不夸张。"

明芙的情绪不会明显暴露在表面，但陶璐跟她一起住了这么多年，也是能分辨出一点儿。

前段时间明芙动不动就发呆，话也不怎么爱说，整个人感觉很沉闷，完全不像今天这么轻松。

陶璐慢腾腾地迈着步子挪到她身边，胳膊肘拱拱她："在一起了？"

"还没……"

陶璐拖着长音"哦"了声："我懂，暧昧期嘛，男女调情的好机会，气氛到了再那个一下，这才算真的在一起。"

明芙没太反应过来陶璐话里的意思："什么？"

"就——"陶璐有节奏地拍了两下自己的手，朝明芙挤眉弄眼，"这样啊。"

明芙脸蛋"腾"一下涨红，她嘴巴张了又合，最终丢下一句"我去上班了"匆匆朝门口走去。

陶璐不着调的叮嘱从身后传来："慢点别摔了，不然陈同学该心疼了。"

明芙没理她，打开门闪身出去然后立刻把门关上，隔绝掉陶璐的笑声。

闷头往电梯那边走，手差一点要碰到电梯按钮的时候，开门的声音在楼道里响起,男人清冽的嗓音紧随其后:"干什么去?"

明芙手一顿,这才想起忘记了什么事。

她转了方向往陈屿舟那边走,有些不太好意思地说道:"我忘了。"

"我还以为你睡一觉起来准备翻脸不认人了呢。"

怎么把她说得好像个负心女一样?

"没有。"

陈屿舟抬手碰碰她的脸:"热?脸怎么这么红?"

陶璐说的那番话在脑海里响起,明芙眼神飘忽一阵,含糊地点头:"是有点儿。"

陈屿舟挑挑眉,没拆穿她的不对劲,拉着她进屋。

而后指指餐厅的位置:"坐那儿等会儿。"

"好。"

明芙刚拉开椅子,Lotus就跑了过来,绕着她打转。

如果不算一周前那一次,她有半个月没好好看过Lotus了。

把包放在椅子上,明芙蹲下身,Lotus立刻亲昵地蹭着她。

明芙笑着揉揉它的脑袋,下一刻,Lotus突然抬头用鼻尖碰了碰她的脸。

陈屿舟端着两碗粥出来的时候正好看到这一幕,他"啧"一声,把碗放到桌上,走到明芙身后俯下身,圈上她的腰单手把她从地上抱起来,另一只手在她脸上蹭着。

"我都还没亲过,怎么还让它捷足先登了?"

明芙后背靠进陈屿舟怀里,侧着脑袋仰头看他。

陈屿舟垂眸:"这么看我是暗示我什么呢?"

他拖腔带调的:"虽然你还没答应我,但身为一个合格的追求者,你要是有这方面的需求,我肯定满足。"

"我没有。"明芙掰开他放在她腰间的手,忍不住又补上一句,"你不要给自己乱加戏。"

陈屿舟哼笑一声,催她:"过去吃饭,别老跟它玩了。"

明芙看他一眼。

感觉他这话说得跟哄小孩子一样。

她坐到椅子上,桌上摆着两碗材料丰富的海鲜粥,还有两碟小菜和一碟蔬菜蛋卷。

看着就让人食欲大开。

明芙问他:"你几点起来的?"

做这么多,应该挺费时间的。

"没多早。"陈屿舟在她旁边坐下,"心疼我啊?"

明芙收回视线,轻声"嗯"一下,然后赶紧拿起勺子舀了一勺粥送进嘴里。

也不知道出门前小姑娘干了什么,耳朵尖到现在还红着,低头喝粥,脸颊一鼓一鼓的。

陈屿舟笑起来,懒散地用手背撑着脑袋看她:"好吃吗?"

明芙点头,看他没动,问道:"你不吃吗?"

陈屿舟正准备动筷子,听她这么一问,心思转了几转:"早起没什么胃口,不想吃。"

明芙想起他那两次低血糖,皱起眉:"那你一会儿上班顶不住怎么办?"

"硬顶啊。"

明芙闻言眉头皱得更深了,把他那碗粥往他面前推了推:"不行,你快吃。"

"那你喂我。"

陈屿舟张嘴"啊"了声。

明芙看着他那副"你不喂我我就不吃"的模样,往他那边挪了挪,伸手去拿他面前那碗粥。

陈屿舟按住她的手:"我想吃你那份。"

到这儿,明芙要是还不明白他打的什么算盘就太迟钝了。

她抿抿唇,用她的勺子在她碗里舀了勺粥,还特地弄了颗虾仁在上面,递到他嘴边:"喏。"

陈屿舟握上她的手腕,眼眸紧锁着她,低头缓缓把勺子含进嘴里,指腹轻轻摩挲着她手腕内侧,而后松开勺子,舌尖舔了舔唇。

一口粥被他吃得莫名有点儿让人难为情。

明芙觉得脸上好不容易降下去的温度又烧了起来,她缩回手:"你快吃,别闹了。"

陈屿舟占到了便宜,也没再闹,老实地开始喝粥。

喝了两口粥,他想起什么,起身去拿了个东西回来放到明芙面前。

明芙看着手边的车钥匙，不明所以："干什么？"

"你的车不是还没修好吗，先开这个。"陈屿舟说，"天天早上坐公交也不嫌挤。"

"你怎么知道我每天坐公交？"

陈屿舟不答反问："你说呢？"

明芙想起这一周在去事务所的路上感觉到的怪异，好像明白了什么："你跟踪我？"

陈屿舟差点被气乐，他点点桌子："我不放心你，跟在你后面送你上班，好好一件事儿怎么到你嘴里就成差点儿违法犯罪的事儿了。"

明芙也意识到自己用词的不恰当，她夹了个蛋卷放到他碗里，讨好地笑笑："对不起。"

小姑娘一软，陈屿舟的那股劲儿就上来了，他幽幽地叹了口气："某人对我爱搭不理，我还颠颠地跑过去送人，看见心上人跟别的男人有说有笑就算了，还被扣上跟踪的帽子，我都怀疑我是不是窦娥转世。"

明芙茫然地睁大眼："什么别的男人？"

"昨天啊，"陈屿舟记得非常清楚，"从公交车上下来没多久就跟一男的说上话了。"

明芙回想了一下昨天白天的事情，解释："那是我助理，他有女朋友的。"

陈屿舟慢吞吞地"哦"一声："这样。"

明芙伸手过去钩住陈屿舟的食指小幅地晃了晃："我错了，你别生气。"

陈屿舟抬眼看她："不给点实质性的补偿吗？"

明芙愣了下："什么实质性的补偿？"

陈屿舟目光在她脸上绕了一圈，最后落在她微张的唇上。

明芙上班的时候都会化个淡妆，口红颜色是淡淡的粉，质地水润，透着一层亮。

明芙被他看得莫名紧张，下意识地舔了舔唇："怎么了？"

舌尖探出又快速地收回，勾得陈屿舟太阳穴突突跳了两下。

他紧了紧后槽牙，屈指反手勾住明芙的手："没想好，先欠着吧。"

明芙半点不知道这短短的两三秒时间里，陈屿舟脑子里过了多少不可说的念头，乖乖地应了一声，继续低头吃饭。

陈屿舟点点车钥匙："钥匙拿着。"

明芙看着陈屿舟的动作，突然笑起来。

陈屿舟扬扬眉："笑什么？"

"我在想，如果我要是不收，你是不是要说'不要就丢了'？"

两人刚认识的时候，陈屿舟总会送她各种各样的东西。她不要，他就会拿这句话堵她，次次都能得逞。

陈屿舟也想到了这层，跟着笑："倒也没有那么想，再说车也不好丢。"

明芙直觉他还有话没说，安静地等着。

果不其然，下一秒就听他慢悠悠地补充："你要是不收，我就送你上班，到时候天天迟到被医院开除，就只能麻烦明律养我了。"

明芙默默把钥匙拿过来，问他："那你怎么去医院？"

"开别的。"

简单的三个字很完美地表达出财大气粗的意思，明芙脑子里突然掠过一个想法，迟疑着问："我昨天去律所的时候，看到路边停着一辆帕加尼，是你的吗？"

陈屿舟"嗯"了一声："反应过来了？"

虽然有这个猜测在前，但是听到陈屿舟承认后，明芙依旧难掩震惊。

她是知道陈屿舟家境不错，可是没想到居然会不错到这种地步。

这种家世，应该都会找门当户对的人结婚吧？

明芙眼神暗了暗。

陈屿舟在她面前打了个响指："发什么呆呢？"

明芙眨了下眼，遮住眼底的情绪，开了个玩笑："没什么，就是被你的阔气惊到了。"

"不是你当初说的吗，你很贵。"陈屿舟捏着她的手指，"我要是没点钱，怎么请得起你啊，明律？"

这是高三那年运动会，他们两个坐在看台上，聊起以后工作的话题，她说的话。

没想到他还记得，明芙笑了下："我也没有那么贵。"

"怎么对自己的认知这么不清晰呢？我们芙宝这么好，说是无价都不夸张。"

他语气吊儿郎当的，却又带着不可一世的傲慢。

明芙被他说得不好意思，摸摸鼻尖："哪有你说得那么好……"

"就是很好啊。"陈屿舟这次没再克制，抓着她的手放到嘴边亲了一下，"好到这么多年我都没能忘得了。"

好到见到她的第一眼，就让他惦记了这么多年。

两人吃完饭简单收拾了下一起出门。

楼下的停车位只停了陈屿舟的那辆路虎，帕加尼被他停到了小区旁边超市的地下停车场，明芙开车把陈屿舟带过去取车。

三百米的距离，起个步差不多就到了。

陈屿舟解开安全带，叮嘱明芙："慢点开，注意安全。"

明芙点点头："你也是。"

陈屿舟下了车，朝明芙摆摆手，等她拐过十字路口才转去停车场。

想起刚才在餐桌上明芙那片刻的不对劲，他掏出手机给陈禾女士拨了个电话过去。

电话响了几声被接通，陈禾阴阳怪气的声音从听筒里传出："哟，今儿太阳打西边出来啦？我居然接到我们家大忙人的电话了。"

陈屿舟："妈，您去窗边看看，今儿没出太阳。"

陈禾沉默了两秒，"你拆起台来还真是六亲不认啊。"

"这不随您了吗。"

"别身上有什么点坏毛病都往我身上推。"陈禾说，"找你妈什么事，直说吧，我约的美容师一会儿上门了。"

大清早做美容，他妈也真是够有闲情雅致的。

陈屿舟问："您晚上有事儿没？"

"有啊，你妈我忙着呢，没什么要命的大事别来烦我。"

顿了顿，陈禾又说："你要是谈了女朋友想让我见见，那我可以排排档期。"

陈禾从医院退休后，整日在家做闲散的富太太，约着人打牌逛街做美容，可这几年也不知道怎么了，她的一个个老姐妹都抱上孙子孙女了，叫人来打牌，总是凑不齐一桌麻将。

陈禾是个特别要强的女人，并且体现在方方面面，眼看着当奶奶这件事已经输在了起跑线上，陈禾女士异常心焦，开始给家里俩儿子琢磨婚事，霍砚行的终身大事解决后，陈禾就一心一意盯上了陈屿舟。

他没回国的时候还好，这一回国可不得了。

陈禾女士时不时就收集一批姑娘的照片给陈屿舟发过去，但是一次回应都没得到。

后来陈禾转变了策略，不发照片改无病呻吟了，天天说她命苦不能享受天伦之乐。

毕竟是亲妈，陈屿舟也不能不理，只能左耳朵进右耳朵出地敷衍着。

时间一久，陈禾发现这招不管用，便成了现在这副阴阳怪气的模样。

陈屿舟笑了声，顺着自家亲妈的话往下说："那您排排今晚的档期，空出来见见您未来的儿媳妇。"

明芙今天还挺忙的，但许是心情好，工作效率变得高起来，也没显得事情多。

中午吃饭的时候陈屿舟给她发来了视频邀请。

朱乐乐就坐在她旁边，明芙没好意思接，和朱乐乐说了一声，拿着外卖回了办公室。

关上门，她同意了视频邀请。

男人俊朗的面容跃进屏幕，可能是在医院的缘故，他的散漫收起，多了几分肃穆。

明芙偷偷摸摸地截了张图，问他："怎么啦？"

"吃饭没？"

"吃了。"明芙转过摄像头给他看了眼自己的午饭，"你呢？"

"刚做完一台手术，歇会儿再去。"

"很累吗？"

陈屿舟拉着长音卖可怜："累啊，动都不想动。"

上午的手术挺简单的，没用多少时间，对陈屿舟来说是小菜一碟，可他就是想看小姑娘心疼他。

也不知道是他装得真挺像还是怎的，明芙还真流露出了那么点儿心疼的表情，催着他："那你别跟我视频了，快好好休息休息。"

"这不休息着呢吗？"陈屿舟直勾勾地看着她，"看着你就是休息。"

"那你看吧。"明芙忍着羞，面上端着挺淡定的模样，"但是现在是我的休息时间，律师费要翻倍。"

陈屿舟显然没想到她会蹦出这么一句话，愣了下，反应过来后懒洋洋地说道："行，翻几倍都成，等回去我把工资卡给你，放你那儿存着。"

这下明芙的从容是装不下去了,她垂垂眼:"我才不要你的工资卡。"
"以后也不要?"
明芙声音渐弱:"不要。"
"真不要?"
明芙闭嘴开始装哑巴了。
看着她越埋越低的脑袋,陈屿舟眼眸染上笑,好心地没再追问,反而问她:"晚上有事儿吗?"
"没有。"
"几点下班?"
手上的事情不算多,下午应该都能解决完,明芙想了想,回他:"六点吧,今天没什么事,不用加班。"
"行,那我到时候过去接你,晚上带你出去吃饭。"
"你把地址发给我就可以了呀,我自己过去。"
陈屿舟托着腮瞅她:"那不成,我还想顺便打探打探敌情,看看我在你那些追求者里面排第几呢。"
"什么那些啊,就你一个。"明芙小声嘀咕,"就算有,我也都拒绝了。"
她和手机离得近,这么大点的声音也能清晰地传到对面。
陈屿舟低笑一声:"就我这一个那我更得好好表现了啊,不然怎么转正?"
明芙揉了揉被他笑声震得发麻的耳朵:"那随便你吧。"
反正她一向拒绝不了他。
两人没聊多长时间明芙便催着他去吃饭,挂断了视频。
早上吃得有些饱,中午也不是很饿,剩下的饭明芙没再吃,装进袋子里下楼去丢。
刚打开办公室的门,对面办公室的门也在同一时间被拉开。
明芙下意识看了眼,对冯越点了点头:"师兄。"
平淡得仿佛什么都没有发生过。
冯越不禁觉得苦涩,他向来不是那个能让明芙情绪产生波动的人。
他"嗯"了声,在明芙走出两步后又叫住她:"明芙。"
明芙应声停下,转身看他:"怎么了?"
冯越动了动嘴,他有很多话想说,却又无从开口。
明芙也不急,就静静地等着他开口。

似是一点儿都不好奇他会说什么,冯越突然间便觉得什么都没必要说了,他舒了口气,最终只说出一句:"希望你的选择能让你开心。"

明芙愣了下,而后发自真心地笑起来:"谢谢,会的。"

晚上六点明芙准时下班。

陈屿舟的消息也在同一时间发进来。

C:我到了。

明月照芙蕖:马上下来。

明芙回完消息,锁上办公室的门下楼。

刚过拐角,便看到一群人围堵在律所门口站成两排,一个个伸长了脖子往外面看。

明芙不明所以地走过去。

何来正好站在人群最末尾,明芙拍了拍他:"这是怎么了?"

何来扭头见是她,更激动了:"明律,你还记得昨天我们见到的那辆帕加尼吗?现在就停在我们律所门口,近距离观看,更帅了!"

明芙眼皮重重一跳,下意识转身往门外看去。

通体漆黑的帕加尼招摇地停在律所外面,好巧不巧,她隔着几十米的距离和一层车窗,一眼便撞进了坐在驾驶座的陈屿舟眼里。

她还没来得及做出反应,就见陈屿舟推门下了车。

男人穿着黑T恤黑裤子,一身休闲的打扮,阳光又帅气。

他看向明芙的目光如有实质,门口守着的那群人纷纷顺着他的视线扭头找人,最后众人的目光和他走过来的身影一并落到明芙的身上。

明芙其实很喜欢他穿黑色,整个人锋芒尽显,轮廓被勾勒出冷冽感,让她挪不开眼。

她僵硬地站在原地,看着他一步步朝自己走过来,最终在她面前站定。

陈屿舟接过她手里的包,动作亲昵又自然:"宝宝,来接你回家了。"

49

车子匀速向前驶去,两边街景倒退,车内只有轻缓的音乐声传出。

路上堵车,陈屿舟瞥了一眼副驾驶座上从上车开始便垂着脑袋一言不发的明芙,腾出一只手伸过去托住她下巴,指腹轻蹭她的脸:"我的宝宝这羞劲儿还没过去呢！"

明芙推开他的手，小声说："你别，这么叫我。"

"怎么了，不爱听？"陈屿舟捉住她的手握在手心，"你要是不喜欢我就不这么叫了。"

这人就是故意的。

明芙气不过地拧了下他的手背："你好好开车。"

"我怎么没好好开车？"

明芙严谨地纠正他："两只手都放在方向盘上才是好好开车。"

"行。"陈屿舟不紧不慢地说道，"那我把手抽走了。"

说着，一点点把手挪开，跟磨洋工似的。

感受到包裹住她手的温热一点点离开，明芙下意识钩住他一根手指。

陈屿舟动作停下，愉悦的笑声从嗓子里溢出："干什么呢，不是让我好好开车吗？"

明芙没说话，垂眸看着两人钩在一起的手指，又慢腾腾地把手塞进他手心里，然后放到自己腿上，也学着他之前那样捏着他手指玩。

小姑娘依旧是长衣长裤的打扮，但是只要一想到他的手只隔了一层薄薄的布料贴在她腿上，陈屿舟就不太能控制心里的想法。

他手机里一直存着高二那年暑假，他和明芙一起去游乐场那天她穿裙子的照片。

照片是他趁明芙不注意偷拍的。

这么多年从来没删过。

陈屿舟觉得嗓子发干，心里骂了声脏话。

可真是挖坑给自己跳。

道路恢复畅通，他不动声色地抽出手拨弄了下空调，然后搭回了方向盘上。

明芙有点儿没反应过来，眼睛随着他手的运动轨迹挪动，最后见他没有把手重新放回来，心里莫名有点儿空落落的。

她捻了捻手指，问他："我们去哪儿吃饭？"

陈屿舟简洁地报了个地址，没再多说。

明芙"哦"一声，过了一会儿扭头看向驾驶座的方向。

男人右手搭着方向盘，左手架在车窗上抵着额头，侧脸线条绷得有些紧。

明芙敏锐地察觉到陈屿舟的不对劲，想问问他怎么了，刚张开嘴，他的手机便响了起来。

陈屿舟瞥一眼，是医院的电话。

他没敢耽搁，接起来。

明芙只好把话咽回去。

默默想着自己刚刚是不是哪儿做错惹他不开心了。

电话是明天要和陈屿舟一起给病人做手术的同事打来的，两人讨论明天的手术方案，时间有点儿长，一直到了吃饭的地方才堪堪挂断。

陈屿舟还记着这通电话来之前小姑娘欲言又止的模样，解了安全带侧身问她："刚刚想跟我说什么？"

明芙看着他，神情没了接电话之前的沉闷，她顿了顿，问道："你刚才是生我气了吗？"

她想了一路都没想明白哪里惹到他了。

陈屿舟被问得一蒙："没啊，怎么这么问？"

"那你怎么把手抽走了，而且看着还很不开心？"

"我什么时候——"陈屿舟话说到一半反应过来明芙指的什么，看向明芙的眼神变了几变，最后没忍住笑出来，凑过去捏了捏她的脸，"怎么长的啊？这么可爱。"

明芙不明白他在笑什么，茫然地眨巴两下眼睛："什么啊……"

"你把我手放你腿上，还指望我一点想法都没有吗？"

两人之间的距离只有毫厘，男人说话时呼出的热气暧昧地拂过她的脸，明芙瞬间明白过来他的意思，立刻红了脸，伸手去推他："你这人！"

她只是觉得那样牵手比较省力，根本没想到男人会想到那种事情。

她那点力气根本推不动什么，陈屿舟握住她的手腕，垂下头抵上明芙的肩膀，笑声沉沉："没办法啊，一碰到你就忍不住。"

车子停在餐馆露天停车场的最外围，明芙红着脸下车，一个人闷头往前走。

陈屿舟笑着叹了口气，死皮赖脸地追上去，手指强硬地插进她的指间，紧紧地扣住。

明芙还记着他在车上说的话，不想给他牵，小幅地挣了挣，却被对方扣得更紧。

"别动，这儿有点儿绕，一会儿你再丢了。"

她又不是小朋友。

陈屿舟订的餐厅是家私房菜馆，中式复古的设计，分成前后两个院落，前院是大厅，后院是包厢，中间是一座花园，潺潺溪流横穿花园，两侧栽种着山茶花，一道木桥跨在溪流之上，蜿蜒的走廊上挂着一排红色的灯笼。

低调又奢华，一看就是非富即贵的那些人才会来光顾的地方。

陈屿舟大概是这里的常客，不用服务生引领，轻车熟路地带着明芙到了一间包厢门口。

明芙拽拽他的手："就我们两个人，不用这么铺张吧？"

"不只我们俩。"

"还有谁吗？"

陈屿舟只笑了下，推开包厢的门带着明芙进去。

包厢装修得也十分精致，实木雕花的桌椅，落地窗可以尽览外面花园的景色，刺绣屏风阻隔开餐厅和里间的休息室。

桌边坐着一位穿着旗袍的妇人，头发低绾在脑后，正慢慢地品着茶，举手投足矜贵又优雅。

听到门口的动静，抬眸看过来。

妇人看到明芙看见自己后，一改之前的沉静，双眼明显地亮了一下。

然后起身走到她面前，热切地握上她的双手。

"这就是我二儿媳妇？"陈禾欢喜地看着明芙，不住地点头，"长得真漂亮！"

"妈，这是明芙。"陈屿舟没反驳陈禾对明芙的称呼，随后适时附在明芙耳边解释："这是我妈妈。"

看着妇人和陈屿舟有七八分像的眉眼，明芙也能猜到，只不过她完全没想到陈屿舟会带她来见他妈妈，大脑现在只有大片大片的空白，什么都想不起来。

她下意识地顺着陈屿舟的话喊了声"妈妈"。

陈屿舟挑了挑眉，知道小姑娘大概是被吓到了，还没反应过来。

陈禾喜笑颜开地应了声，直接上手把手腕上那只水头极好的镯子撸下来往明芙的手上戴。

明芙骤然回神，连连摆手拒绝："阿、阿姨，太贵重了，我不能要！"

陈禾嗔她一眼："怎么又变成阿姨啦？刚刚不是叫的妈妈吗？"

"不是，阿姨我……"

明芙不知道该怎么解释自己的嘴瓢，无措地转头看向陈屿舟。

陈屿舟接收到她的眼神信号，双手从她身后穿过，接过陈禾手里的镯子给她戴上，仔细端详一阵，点头："还成，挺好看。"

好看什么好看，这人怎么还帮倒忙啊？

陈屿舟偏头看她："见面礼，应该的。"

陈禾看着他们两个小年轻这么腻歪的模样，脸上笑意更深，也跟着劝："就是就是，快收下。也不是什么贵重的东西，你就戴着玩。"

明芙本还想拒绝，但对上陈禾那双笑盈盈又含着期待的眼，话却是怎么都说不出来了。

她点点头："谢谢阿姨。"

"你这孩子，说什么谢谢，都是一家人。"陈禾拉着明芙坐下，然后指了指对面的座位，"陈屿舟，你坐那边儿去。"

陈屿舟不太满意地"啧"一声，走到对面坐下。

"菜还没点，明芙喜欢吃什么？"陈禾把菜单拿给她，"你看着点。"

"阿姨我吃什么都可以，您点吧。"

陈屿舟看出明芙的局促，也知道得给她个适应的时间，起身拿过菜单："我点，你俩聊。"

陈禾对此丝毫意见没有，她倒了杯茶递给明芙："这白毫银针喝着味道不错，你尝尝。"

明芙忙不迭地接过来："谢谢阿姨。"

明芙模样清纯乖巧，说话也细细柔柔的，是长辈一看就会喜欢的那种类型。

陈禾越看脸上笑意越浓，她问："听陈屿舟说你是律师呀，平常工作累不累？"

"不累的。"

"以后有空多来家里吃饭，我给你做好吃的，看看你这小细胳膊。"陈禾叮嘱她，"可不能为了追求瘦就不顾健康，那样可不行，身体会垮。"

陈屿舟按照明芙和陈禾的口味各点了几道菜，服务生出去后，他拆了碗筷，一边用热水涮烫一边说："我在呢，还能让她垮了？"

"你？"陈禾斜他一眼，"你都吊儿郎当没个正形呢，能照顾好谁？"

"谁没个正形了？你儿子我现在也能担得上一句年轻有为。"

陈屿舟把涮好的一套餐具先放到明芙跟前，明芙立刻把餐具挪到旁边的陈禾面前，速度快得跟拿了什么烫手山芋似的。

陈禾被她逗笑，宽慰她："没事儿，他先给你是应该的，男人就该疼自己老婆，不然还找他们干什么？"

明芙听到那两个字，不好意思地垂垂眼。

陈禾手还覆在明芙的手背上，看向陈屿舟，说道："都三十了还年轻呢？能不能对自己有点儿清晰的认知？别这么自恋。"

明芙听着这话，没忍住弯了弯唇，头顶小片阴影落下，她下意识抬眼，便看到男人把新涮好的另一套餐具放到她面前。

她镇定地拿起茶杯递到嘴边遮住笑。

陈屿舟哼一声，坐回去，屈指敲了敲桌面纠正道："虚岁二十七，没三十，您这数学当年是体育老师教的吧？"

"对啊。"陈禾应得坦然，"你外婆教的，她当年就是体育老师，你有什么意见吗？"

陈屿舟倒是真忘了这茬，他噎了噎："没意见，您对。"

陈禾轻哼一声，想起之前的话题，转头问明芙："陈屿舟没欺负过你吧？对你还成？"

"没有。"明芙腼腆地笑笑，"他对我很好，也很照顾我。"

陈屿舟看她一眼，清浅笑意爬上眼底。

总算不是小白眼狼了。

"那就成。"陈禾说，"要是他对你不好，你可千万别惯着他，下不去手打就跟阿姨说，我替你收拾他。"

明芙心里一暖，原本的紧张也驱散不少。

虽然陈屿舟和陈禾一见面就在拌嘴，但是她也能明显感觉出这母子俩的感情很好。

没多久菜便上齐了，三人一边吃一边聊。

陈禾是个健谈的，和明芙说了好多陈屿舟小时候的糗事，丝毫不怕败坏自家儿子在心上人心里的形象。

陈屿舟见小姑娘听得开心，也没制止他妈。

能哄她高兴，丢点人也没什么。

一顿饭吃得融洽又自然。结束后，陈屿舟去结账，包厢里只剩下了明芙和陈禾。

明芙想了想，觉得自己还是不能就这么收下这只镯子，她摘下来还给陈禾："阿姨，镯子您还是收回去吧，真的太贵重了。"

陈禾接过那只镯子。

明芙正准备松口气，就见陈禾握着她的手又把镯子给她戴上了。

"阿姨……"

陈禾拍了拍明芙的手背，脸上带着温和的笑："明芙，其实阿姨很早就知道你了。"

这句话来得有点儿突然，明芙愣愣地"啊"了一声。

"你和陈屿舟是高中同学没错吧？"

明芙点点头："是。"

"那就没错。"陈禾说，"他家里的床头边放了一张照片，是你和他的合照，看着是你们上高中那年的冬天拍的。

"就你们两个互相看着对方，你抬头看他，他低头看你，你俩深情对望的那张照片。"

那张照片是高三上学期新年前最后一天下雪时，郑颜芗给他们拍的照片。

明芙也有一份，她没想到陈屿舟也有，并且还洗出来放在了床头。

听着陈禾的用词，明芙有点儿脸热，她小声解释："那张照片是偷拍的，我们都没准备好。"

言下之意就是，没有什么深情对望。

陈禾笑眯眯的，也不知道信没信："那个时候我就知道你对他来说不一般，你别看他长得好像挺招女生喜欢的，但其实一次恋爱都没谈过，身边玩得好的女生就是桑吟，他和桑吟也有一两张合照，但是我从来没见他在意那些照片，拍了就拍了，每次板着张脸跟谁欠他钱一样，和你那张照片完全不一样。"

陈禾嫌弃地吐槽了两句陈屿舟，继续道："陈屿舟这人从小就不服管。他外公一直想让陈屿舟继承他的衣钵，以后该怎么走一早就给他安排好了，出国深造学习一圈再回来，所幸他也喜欢这条路，省了不少事。可后来有一天他突然跟我们说他不想出国了,我当时就猜可能会和你有关。"

明芙愣怔着看向陈禾,好半晌没有反应。

她从来不知道陈屿舟的这个打算。

她最开始听到的,便是他要出国的消息。

在她想跟他表白的那个晚上。

"我们家对孩子一向放养,出不出国都凭他自己决定,但是他外公很固执,一定要让他出国留学。他们两个谈了很久,他外公才勉强松了口,具体怎么谈的我们都不知道。"

陈禾抬手给明芙整理了一下垂在身前的头发:"你们高中毕业那年夏天吧,有一天他特别晚才回家,都后半夜了,我下楼去倒水就看到他灯也不开,一个人坐在沙发上,那天还下雨了,他淋得跟落汤鸡一样。"

因为陈屿舟小时候被绑架过,家里人都很宠他。

要什么给什么,只要他提,家里人就一定会满足他的所有要求。

陈禾还有段时间很担心在这么溺爱的环境下,陈屿舟会长歪,但是并没有。

陈屿舟除了有点儿傲慢和娇气,没什么别的毛病。

所以陈禾没想到她有一天会在自己这个恨不得能呼风唤雨的小儿子身上看到"失魂落魄"这四个字。

他整个人隐在暗处,只有楼梯上朦胧的灯光描绘出他的大致轮廓。

陈禾当时被吓了一跳,按开客厅所有的灯才看清陈屿舟的模样。

他僵坐在沙发上,脊背挺得笔直,像是拉到最大限度马上就要断掉的弓弦,被雨淋湿的头发狼狈地往下滴着水。

任谁看到他这副样子都知道出了事。

陈禾走过去问他怎么了,得到的却是沉默。

陈禾伸手摸了摸他的额头,滚烫一片。

她连推带揉地把他从沙发上弄起来,让他回房间洗澡。

人是起来了,紧接着"啪嗒"一声,有什么东西掉到了地上,两人齐齐低头看去。

是个花栗鼠模样的挂坠。

这挂坠像是陈屿舟身上的什么开关一样,陈禾正准备蹲下给他捡起来的时候,就见刚刚还一副提线木偶模样的陈屿舟先一步把东西捡了起来。

外面的雨还没停，雷电交加着在天空劈下，陈屿舟站在落地窗前，身后是被狂风吹动着的木槿树，在黑夜里张牙舞爪。

"妈。"陈屿舟突然开口，嗓子哑得像是被砂纸打磨过数次。

陈禾听见他问自己。

"我这人是不是挺讨厌的？"

很平静的语气，表情也没什么起伏，可这句话却说得让陈禾心里一揪。

即便过去这么多年，她都还清楚地记得这个场景。

陈禾从回忆中抽身出来，看着明芙："所以我那个时候就知道我儿子有个特别喜欢的女孩子，但是他可能是做错了什么，把人家小姑娘弄跑了。

"我这儿子脾气傲还倔，也没受过什么挫折。后来他外公生病去世，遗言就是希望他去国外留学，他没办法，只能答应。再加上当时他可能还拉不下脸再去找你，忙着他外公的丧事就出国了。不然我觉得你们应该不至于错过这么多年，不过好在他回来找你了。"

明芙眼眶倏然变红，想说些什么，可是嗓子却哽得厉害。

"你别多想，阿姨跟你说这些不是怪你什么，只是想告诉你，我们家没有什么门第观念，你也不要有压力，他今天早上着急忙慌地给我打电话，让我过来见你一面，就是怕你多想。你家里的事他怕你伤心，也不让我多问，不过这些都不重要，重要的是你们两个。"

明芙没说话，安静地坐在椅子上，眼泪啪嗒啪嗒往下掉。

眼睛鼻尖都是红的。

陈禾抽了张纸巾，温柔地沾掉她眼角溢出来的泪："如果你也喜欢他，就给他个机会，别辜负你们俩的缘分，也别辜负中间隔着的这么些年。"

50

回去的路上明芙和来时一样，沉默着坐在副驾驶座看着窗外。

陈屿舟觉着小姑娘有点儿不对劲，手伸过去精准地摸上她的耳垂揉了揉："我去结账的时候我妈跟你说什么了？"

"嗯？"明芙转过头来，"没说什么啊。"

陈禾告诉她的那些事情，涉及陈屿舟去世的外公，明芙不准备再提让他难过。

她把陈屿舟捏着她耳朵的手拽下来，握在手里，记着之前的教训，特意把包包拿过来放到腿上垫着，接着说："就和我说了些你小时候的事情。"

陈屿舟余光瞥见她的动作，笑着说："跟你说我不好的事儿了？"

"没有啊。"明芙不解地问他，"你怎么这么问？"

"你这一上车就把脑袋扭过去看都不看我一眼，我不得以为我妈跟你说的那点事儿影响我在你心目中高大帅气的形象，让你嫌弃我了吗？"

"什么啊。"明芙哭笑不得，"你这人怎么这么自恋？"

还高大帅气，没见过有人能这么脸不红心不跳夸自己的。

"不是？我觉着我这张脸长得挺好看啊。"陈屿舟单手打着方向盘，看着前方的路况，"那你说说，我在你心里什么形象，不好的地儿我赶紧改。"

明芙想了想，丢出两个词："有点儿坏，还不正经。"

当时她才转学过去两天，陈屿舟就开始招她，嘴上总是说着不着调的话，算不上轻浮但是每次都把她弄得不好意思。

她很好奇，怎么有人能那么坦然说出那些话来。

一点不好意思都没有。

"我怎么不正经了？"陈屿舟捏捏她的手指，"我在你面前脏话都不敢说，生怕玷污你这乖乖女的耳朵。"

"不是这个。"

青春年少的男生飞扬跋扈，说话的时候偶尔顺出来一两个脏字，好像也挺正常。

明芙舔舔唇，声音比起之前低了些："我才转学过去两天，你就对我示好……"

那个场面明芙到现在都记得很清楚，陈屿舟站在高大的红瓦教学楼前，初初升起的朝阳勾勒出他挺拔的身姿，少年神情散漫又自由，真真切切在她心底掷下一颗巨大的石子，掀起惊涛骇浪。

埋藏在心底的秘密在那一瞬好似得到回应，明芙的心情是慌张无措大过欣喜的。

因为渴望太久，所以当那份东西来临的时候，她只觉得不真实。

"两天怎么了？"

前方的十字路口是红灯，陈屿舟踩了刹车，终于看向明芙："一见钟情难道不是一秒钟的事儿吗？"

明芙心头一震，愣愣地看过去。

那四个字在耳边阵阵回荡。

"不信？"陈屿舟靠过去，手抚上她的脸捏了捏，"这么漂亮的小姑娘，一眼看过去就招人喜欢。"

车厢内灯光昏暗，前车尾灯亮起的红光照进来，无端给两人蒙上一层暧昧。

两人呼吸纠缠在一起，气氛在悄然中发生变化。

陈屿舟视线掠过明芙那双清凌凌的眸，往下滑，最终落在她微张的唇上，嗓音泛着哑："是有点儿不要脸，但我还是得问。"

明芙轻声问："问什么？"

"能亲一下吗？忍不住了。"

明芙眼睫轻颤，垂下眸。

像是默认的意思。

陈屿舟眼睛蓦地一暗，缓缓凑近。

"嘀——"

刺耳的鸣笛声乍然响起，将车厢内酝酿到极点的暧昧气氛瞬间打散。

明芙被吓了一跳，睁开眼，余光瞥到前方的车已经开走，她推了推陈屿舟的肩膀，小声提醒："绿灯了。"

陈屿舟闭了闭眼，深吸一口气沉着脸坐回去，油门一踩车子便蹿了出去。

车速比起之前明显加快不少。

明芙拨弄了下头发做遮挡，又提醒一句："慢点开。"

急速行驶的车子渐渐慢下来，陈屿舟把车停稳在路边，一只手递过去放到她包上，理直气壮的语气："牵手。"

落在耳中又有那么几分憋屈。

明芙不禁勾勾嘴角，没跟他对着干，重新握上他的手。

车内安静了会儿，陈屿舟说道："明天送你上班？"

今天下班是陈屿舟去接的她，另一辆车还放在律所没开回来。

明芙点点头："好。"

陈屿舟问她："明早想吃什么？"

"都可以。"明芙说，"随便什么都行，别太费事了。"

"怎么一点嘴都不挑啊？"

明芙鼓了鼓嘴，咕哝一句："我又不是你。"

陈屿舟哼笑一声，圈住她的手腕摩挲两下："是挺瘦，得给你喂出点肉来，这么个小身板，什么折腾都禁不住。"

第二天陈屿舟送明芙去了律所。

下车前明芙想起什么，动作顿住，回头跟陈屿舟说："芛芛今天下午的飞机，我去机场接她。"

陈屿舟钩下她含在嘴边的一缕头发："郑颜芛？"

明芙点头。

"晚上回来吃饭吗？"

"应该不了。"

"行。"陈屿舟抬抬下巴，"知道了。"

等陈屿舟开车离开，明芙才转身往律所里面走。

刚进去，便收获了众人灼灼的目光。

"明律，今早又是昨天的帕加尼帅哥送你上班来的啊。"

"是男朋友吗？是吗是吗？"

"都叫'宝宝'了，不是男朋友还能是啥？"

"那还有可能是老公呢。"

明芙被他们一句接着一句的调侃弄得面红耳赤，匆匆丢下一句"我回办公室了"便跑开了。

郑颜芛是下午五点多的飞机到B市，明芙提早两个小时下班赶过去。

坐进车里的时候，一条短信恰好进来。

没有备注，陌生号码——

明小姐你好，我是丁欣，李嘉慧的鉴定结果出来了，你今天方便过来取吗？

这段时间以来明芙也经常打电话过去关心李嘉慧的情况，小女孩性格挺坚韧的，每天照常生活上下学，一点点走出了那件事带来的阴霾。

现在鉴定结果出来，便能去警局锁定嫌疑人了。

她回复道——

我现在就过去可以吗？

对方回过来两个字：可以。

医院和机场在一条路上，不怎么费事。

明芙把车停在停车场，直接去了鉴定中心。

找到丁欣的办公室，她站在外面敲了两下门："丁医生。"

"进。"丁欣的视线从电脑上挪开看了她一眼，从柜子里拿出一份档案递给她，"资料都在里面。"

为免缺失什么再跑一趟，明芙打开档案袋先检查了一遍。

看完之后重新封上档案袋，明芙正准备告辞的时候，丁欣抢先开口，说了一句不相干的话："上次我看到你了。"

明芙手上动作一顿，很快便反应过来她指的是什么，淡淡道："我知道。"

简单的三个字让丁欣无言一阵，她没想到明芙这次的反应会这么平淡，想来应该是陈屿舟已经跟她解释清楚了。

"我喜欢陈屿舟，你应该能看出来吧？"

即便是现在，明芙听到有人直白地说出喜欢陈屿舟，心里还是会有波动。

因为那是她所没有的一份勇敢。

人总是缺少什么便羡慕什么。

所以她佩服丁欣的大方坦荡，但是她们毕竟算是情敌，说喜欢肯定谈不上。

也很虚伪。

明芙笑起来："我看不看得出来不重要，重要的是他看不看得出来。"

她在别人面前一向游刃有余，所有的兵荒马乱只在一个人面前展现。

丁欣一愣，随即自嘲般地笑起来："你说得对。"

顿了顿，她又说："其实我很早就知道你的存在了。"

这下愣怔的人换成了明芙。

就在昨天，她在陈禾那里听到了同样的话。

"什么意思？"

"他没告诉过你？"丁欣还以为明芙是故意这么问，仔细打量她一阵发现她是真的什么都不知道，似是无奈似是释怀地叹了口气，"他是真喜欢你。"

明芙感觉自己现在像是窥探到了什么不得了的秘密一般，心跳逐渐加速。

丁欣好心地替她解答："陈屿舟的微信头像不是单纯的一张黑图，那个头像从我认识他开始就没再换过，一直用到现在，好几年了。"

从鉴定中心出来，明芙坐进车里，愣愣地盯着挡风玻璃发呆。

唤回她思绪的是手机消息进来的提示音。

她点开，恰好是陈屿舟发来的。

C：去机场了吗？

丁欣是突然给她发的短信，明芙也就没跟他说自己来医院的事情。

明月照芙蕖：正准备去。

C：注意安全，等你回来。

明芙笑起来，回复一个"好"字。

想起丁欣说的话，明芙点开陈屿舟的头像，保存到相册。

去网上搜索了一下教程，跟着教程一步步调色。

原本纯黑色的图片随着明芙的调整渐渐现出一个模糊的轮廓，直至变得清晰。

图片上的人是她。

准确地说这张照片原本是她和陈屿舟还有郑颜芛程里四个人的合照，也是在高三那年的雪天拍的，陈屿舟单独把她裁剪出来，调成纯黑色做成了头像。

他把她藏在了他的微信头像里。

"一直用到现在，好几年了。"

丁欣的话再次在脑海中响起。

明芙缓缓眨动两下眼，深吸一口气又呼出来。

51

因为耽搁了一点时间，明芙赶到机场的时候时间恰恰好。

她等了没几分钟，便看到郑颜芛推着行李箱出现在出口处。

明芙扬手挥了挥："芛芛，这儿！"

郑颜芛根据声音一眼锁定到她的方向，踩着高跟鞋跑过来，行李箱丢到一边，一把抱住明芙："哦我的小芙宝，可真是想死我了！"

明芙笑着回抱住她拍了拍："好了好了，可以松手了，花要压扁了。"

郑颜芛这才放开她，看到她手里拿着的一捧玫瑰和郁金香混搭的花，眼睛亮起，把花接过去："我们芙宝真好，来给姐姐亲亲。"

说着，噘起嘴就准备去亲明芙。

"好了别闹了。"明芙推开她凑过来的脸，"周围的人一直看我们呢。"

"看去呗,两个美女亲亲多正常。"

明芙无奈地看她一眼,把她丢到一边的行李箱拎过来,带着她往外走:"这次回来待多久?"

"不知道,看情况吧,你也知道我在一个地方闲不住。"

郑颜芎高三的时候突然燃起了对摄影的兴趣,大学学的也是摄影专业,一毕业就开始天南海北地飞,扬言要拍尽世界上的每一处。

郑颜芎拍摄的照片大胆独特,见他人之所不见,从来没有一个固定的风格,拍好的照片她会放到网上,长此以往收获了不少粉丝。

也有很多杂志社邀请她做全职摄影师,她不想被束缚,所以全部都拒绝了。

前年的时候郑颜芎突然想拍摄一组野生动物的照片,很快便收拾好行李飞去了非洲,在那边一待就是两年多,直到今天才回来。

两人走到停车场,明芙按了下车钥匙,打开后备厢把郑颜芎的行李箱放进去。

郑颜芎看了眼面前这辆高大威猛的路虎,问道:"芙宝,你换车了啊?"

"不是。"明芙还没告诉郑颜芎她和陈屿舟的事情,心虚地摸了摸鼻尖,"这车是别人的,我的送去修了。"

"修?你车坏啦?"

"嗯,前段时间不小心蹭了一下。"

郑颜芎闻言立刻跑到明芙身边:"蹭哪儿了?你人没事儿吧?"

"没事,就是车蹭了一下。"

事情都过去那么久了,明芙觉得说出来也只会白白让郑颜芎担心。

郑颜芎仔仔细细绕着她看了一圈:"开车小心点啊下次,我也不经常在国内,到时候万一出点什么事,你身边一个亲近的人都没有。"

明芙温暾地笑笑,那点心虚加重了几分。

陈屿舟,应该算是她亲近的人吧。

郑颜芎在国外的时候最想念的就是国内的火锅,明芙一早便订好了位子,出了机场直奔火锅店。

两人点了一份鸳鸯锅,等待上菜的时候,郑颜芎跟明芙分享着自己这两年多来拍摄遇到的趣事。

最后七拐八拐的不知道怎么就拐到了相亲这件事上。

"我妈现在天天催我回来相亲，就想让我赶紧结婚，最好再生个孩子，这样就能把我绑在国内哪儿也去不了。"郑颜芗端着肩膀冷哼一声，"我妈太天真了！我要是想跑出去，就是挺着八个月大的孕肚都得出去。"

"阿姨也是怕你一个人跑那么远出点什么事，不放心。"明芙给她倒了杯饮料，"喝点水润润嗓子。"

郑颜芗正好有点儿渴，拿起杯子咕咚咕咚连喝了好几口："我知道她不放心我，但是把我关在家里，我的身体是健康了，我的心理绝对会出问题。"

明芙又把杯子给她倒满，问她："你和程里怎么样了？"

上次在酒吧的时候，明芙便觉得程里拨出去的那个手机号码眼熟，后来回家点开郑颜芗的名片一看，果然是她的手机号码。

"什么怎么样了？你这话说得好像我跟他有一腿一样。"郑颜芗奇怪地看她一眼，"你怎么想起问这个来了？"

"前两天见到他了，就想着问问你。"

明芙不知道该不该把看到郑颜芗是程里联系人列表中的第一位这件事告诉她。

其实她挺好奇这俩人之间的关系的，上学的时候两人就总爱跟对方拌嘴吵架，但是也挺互相惦记。毕业后这么多年，明芙也会听郑颜芗偶尔提起程里那么一两句。

可两人就是没在一起。

她也不是那种喜欢探听别人感情生活的人，所以也没怎么细问过，都是郑颜芗主动告诉她。

想到这儿，明芙迟疑着问了句："芗芗，你是不是喜欢程里？"

第一次听到明芙问她是不是喜欢一个人，郑颜芗还有些没反应过来，不过她向来对明芙没什么秘密可言，一愣过后坦然道："开始是有那么点好感，青春年少嘛，更何况他这人长得也不差，后来就不了，女朋友换得比我内衣都勤，喜欢他简直拉低我的档次。"

明芙"哦"了一声，把那件事咽了回去。

既然郑颜芗不喜欢程里，那还是不要说为好，给她造成困扰也不是明芙想看见的。

"不过也是巧啊，你留在B市这么多年都没跟他碰上过，怎么前几天就碰到了？"郑颜芗随口感叹一句，随后想起什么，蹙起眉又松开，最后还是试探地问了句,"我前段时间听说陈屿舟回国了,你知道吗?"

不知道是不是她的错觉,她问出这句话后好像感觉明芙明显松了口气。

明芙点头:"知道。"

郑颜芗沉默两秒,又试探性地抛出一个问题:"你跟他见过了?"

"见过了。"

点的菜上齐,明芙起身一边摆弄着盘子一边说:"他现在住我隔壁。"

郑颜芗觉得自己好像发现了什么不得了的大事:"隔壁?他故意搬过去的?"

明芙张了张嘴,含混道:"我也不知道,他没说。"

郑颜芗直觉有问题,眯起眼审视地看着她,拿筷子点了点桌子:"你俩和好了?"

明芙眼神闪烁一阵,把一盘肥牛卷下进锅里,坐回到椅子上,才小幅地点点头:"嗯……"

她也不是想瞒着郑颜芗她和陈屿舟的事情,只是没想好要怎么说,总不能突然来一句"我现在和陈屿舟在一起了",这也太突兀了。

现在郑颜芗问起来,她倒是轻松了不少。

明芙大概跟郑颜芗说了一遍他们最近这段时间发生的事情。

本以为郑颜芗会怪自己没有第一时间告诉她,没承想她听完之后却是长舒了一口气:"总算是和好了,这下可不用再通过我给你送礼物了。"

明芙懵懂地看着她:"什么礼物?"

郑颜芗头顶三个问号:"你们都和好了他还没告诉你呢?"

"告诉我什么?"

"就是他每年会托我给你送生日礼物啊。"郑颜芗见明芙一脸茫然,跟她解释,"从毕业之后的第一年开始,每年你生日他都会给你准备好礼物,先给我寄过来,再托我寄给你。"

说到这儿,郑颜芗小小地抱怨了下:"为了不让你怀疑,这么多年我都没送过你一份生日礼物,都是他送的。"

明芙愣坐在椅子上,顺着郑颜芗的话喃喃道:"都是他送的吗?"

"对啊。"锅里的肉熟了,郑颜芗先是夹了一筷子给明芙,再夹给自己,"有一回礼物还挺浪漫的,就你十八岁那年,他送你的是一双高跟鞋,不是都说女生成年后的第一双高跟鞋意义非凡吗?

"其实我有好几次都憋不住想要告诉你真相,但是陈屿舟不让我说,说我告诉你之后会打扰到你。"

郑颜芗迫不及待塞了一片肉进嘴里,结果被烫到不行,她囫囵咽下去,拿起手边的饮料含一口在嘴里,咽下去后继续道:"上学的时候我觉得你俩特般配。怎么说,就像狼犬和小奶猫,一个强悍飒爽一个娇软可爱,虽然品种不同但站一起就特和谐,很互补。

"后来你们两个分开,我以为是他做了什么对不起你的事,所以他第一次找到我给你送礼物的时候,我特别生气地把他骂了一顿,他也没解释什么,我以为他就是当时不甘心才有的那个热乎劲,谁承想一送就是这么多年。

"我就在想你们当初是不是有什么误会,但是我不敢问你,怕你伤心,不过好在你们现在和好了,我也跟着放心了。"郑颜芗扭头看向明芙,"真没想到陈屿舟能喜欢你这么多年,我们芙宝就是有魅力。"

这是这两天来,第三个人跟她说陈屿舟喜欢她。

他总是在她看不到的地方爱她,却从来没有在她面前提起过任何一次。

明芙突然很想见他,一刻都等不了。

她从椅子上站起来,抱歉地看向郑颜芗:"芗芗,我——"

不等她说出后面的话,郑颜芗就托着腮笑眯眯地冲她挥手:"去吧,路上注意安全,到家给我发个消息。"

"好,你也是,过两天我再请你。"

看着明芙急匆匆消失在包厢里的身影,郑颜芗羡慕地感叹了声:"真好啊,终于得偿所愿了。"

明芙把车开到限速范围内的最快,所幸晚上车流量比较少,也没赶上什么红灯,一路挺顺畅地到了家。

从电梯里出来,明芙直接拐向隔壁,抬手正要敲门,懒散的男声从身后响起:"敲什么门啊,不是给你录指纹了吗?"

明芙回头,陈屿舟正双手插着兜从楼道里出来,刚才大概是过去扔了垃圾。

"这么早就回来了,我还以为你们姐妹俩得——"

没完的话在明芙突然走到他面前抱住他后戛然而止,陈屿舟短暂地一愣,随即圈住她,笑着问:"干吗呢这是,投怀送抱啊?"

明芙紧紧地揽着他的腰,脸埋在他胸膛,声音有点儿闷:"我考虑好了。"

"嗯?"陈屿舟一时没怎么反应过来,"考虑好什么了?"

明芙以为他是故意装不懂,抿抿唇,从他怀里抬起头,微抬下巴,在他唇角亲了一下,抬眼和他对视,清晰又郑重地重复一遍。

"我考虑好了。"

52

"嘭"的一声门关上,屋内一片昏暗,只余客厅的投影幕布上散发出的幽幽微光,明芙正要去开灯,腰间蓦然一紧,整个人被拖着向后,随即后背便抵在墙上。

屋内开了空调,丝丝缕缕的凉意穿透过雪纺布料袭上她的后背。

明芙忍不住打了个冷战,话还没说出口,男人灼热的气息靠近,嘴唇贴上她的,半点招呼都没打,直接撬开她的齿关,长驱直入。

轻顶着她的上颚。

吻得很磨人。

陈屿舟手掌托着她的一侧脸颊,拇指和食指揉搓着她的耳垂。

男人表现得很强势,不容她后退半分。

像是要把她拆吃入腹。

明芙只觉一阵阵心悸,两只手紧紧地攥着他的衣摆,仰头被动地承受。箍在腰间的大掌越收越紧,明芙觉得呼吸有些困难,忍不住推了推他。

陈屿舟顺势拉过她的手圈上他的脖颈,松开她的嘴唇,侧头挪到她耳朵处,轻吹了口气,复又含住她的耳垂。

明芙攀着他的肩膀,小口小口地喘着气,指腹下意识地摩挲着他凸出的脊骨。

圈着她腰的手有一下没一下地揉捏着,耳边是陈屿舟低哑的嗓音,含着颗粒一般。

"休息好了吗宝贝儿?我要继续了。"

明芙不知道她是如何回应陈屿舟的,也不知道她被陈屿舟抵在墙上待了多久。

等陈屿舟终于放过她的时候,明芙腿都是软的。

眼皮覆上一抹温热，"啪"的一声，她听到灯开的声音。

陈屿舟手按在她眼上轻轻地揉了两下，挪开。

明芙缓缓睁开眼，一直陷在黑暗中，即便刚刚有陈屿舟的遮挡，触及到光亮的时候她还是蹙了蹙眉。

小姑娘眼神带着点迷茫，脸颊泛红，嘴唇艳丽，还覆着一层暧昧的水光。

陈屿舟喉结滚动，又凑过去克制地亲了亲。

看不到的时候还好，现在灯光大亮，害羞瞬间蔓延至全身，明芙红着脸错开陈屿舟，额头抵上他的肩膀，声音小得几乎听不见："别亲了……"

陈屿舟俯身把她抱进怀里，无视掉明芙那句话，偏头啄了下她的耳垂，餍足地叹一声："身上好香。"

明芙羞恼地拧了下他的腰。

这人怎么话这么多？

笑声从胸腔震开，陈屿舟稍一用力，把明芙抱起来。

明芙惊呼一声，下意识圈上他的脖子。

男人身材挺拔，把她的视线遮挡得死死的，现在被他抱起来，视野开阔，明芙一眼便看到蹲在他们身后两步远望着他们的 Lotus。

目光炯炯。

给明芙一种带坏小朋友的感觉。

她紧张得手一用力，指甲抠进陈屿舟的脖颈。

随即便听到男人轻"嘶"了声。

"打击报复呢，刚刚亲得你不舒服？"

陈屿舟本就不是个什么正经人，现在得到小姑娘的答复和臆想已久的亲吻，一跃成为男朋友，算是彻底扔掉了本就不多的端正面具，本性一下子暴露无遗。

"不是，你别说——"明芙被他的话弄得又是一阵羞，脸埋进他肩膀，"Lotus 在后面。"

陈屿舟歪头瞥了一眼 Lotus，抱着明芙往沙发那边走："看呗，正好让它学习经验。"

明芙真是要被他给气死了。

这说的是什么混账话？

她抬手捂上陈屿舟的嘴："你别说了。"

这个举动无异于是再次给陈屿舟提供了机会。

他笑着亲了亲明芙的手心。

明芙又立刻缩回手，被他逗弄得不知道怎么办才好。

"你不是有洁癖吗？"

"嗯。"陈屿舟抱着她坐到沙发上，"对你没有。"

明芙膝盖弯曲腿叠在沙发上，面对面跨坐在陈屿舟身上，这个姿势让她更加不好意思，挣扎着要下来。

陈屿舟稳稳地固定住她："再动我还当着它的面亲你。"

明芙瞬间乖如鹌鹑，僵硬地这么坐着。

脑袋垂下，不敢看他。

陈屿舟习惯性地抓着她的手把玩，想起刚刚小姑娘着急忙慌回来给他答复的模样，问道："不是跟郑颜芎出去吃饭了吗，怎么跑回来找我了？"

明芙闷声不语。

陈屿舟也没再问，两人之间的气氛安静下来。

Lotus 迈着步子走过来蹲下，脑袋搁在沙发上。

明芙的手放在它脑袋上揉着，过了会儿，轻声道："芎芎跟我说，你每年都会给我送生日礼物。"

陈屿舟倒是没想到会是这个答案："因为这事儿才答应我的？"

"不是。"明芙依旧垂着头，"阿姨那天跟我说，你是不想出国的。"

顿了顿，她问："是因为我吗？"

明芙从来没问过别人这种以她为原因的问题，因为她从来不觉得自己会成为别人做出决定的理由。

陈屿舟愣了下，随即笑起来："不然呢？你在这儿我还能去哪儿。"

大半个月前明芙出车祸躺在医院的时候，他也说过同样的话。

她当时根本没去细想他这句话的意思。

现在再次听到，明芙只觉得难受。

他一直都在坚定地选择她。

但是她却从来都不知道。

甚至还一次次把他推开。

"那你在国外这几年，过得好吗？"

"挺好啊，你还不知道我吗，到哪儿不都吃得开？"

这倒是真的。

陈屿舟这人好像天生自带好人缘，为人处世礼貌有原则，到哪儿都能如鱼得水。

"就是有时候挺想你的。"

陈屿舟察觉出明芙的不对劲，想着说点什么好听的哄哄她，结果话音刚落，就看见两滴泪"啪嗒"掉了下来。

毫无征兆，把他吓了一跳。

陈屿舟托着她的下巴让她抬头。

"哭什么啊。"陈屿舟一看见明芙哭就心慌，"我说的这不是好话吗？"

"对不起。"明芙哽着声音，"我不知道。"

陈屿舟给她擦着泪："不知道就不知道，谁怪你了？"

"我当时听他们说你要出国，我才走掉的，我不想被丢下。"明芙有些语无伦次，最后又道了个歉，"对不起。"

陈屿舟愣了下，挺凶地来一句："他们知道个屁！这种事儿你不应该来问我吗？"

"我不敢问，出国这么好的机会，傻子才不去。"

压抑许久的情绪爆发，明芙有点儿收不住，有些话就这么顺了出来。

他挑挑眉，有点儿想笑："怎么哭还没忘骂我呢？"

"不是。"明芙反应过来自己的失言，慌乱地抓住他的手，"没有骂你，你别生气。"

"我没生气。"

抽纸放在茶几上，距离沙发有点儿远，陈屿舟现在抱着明芙拿不到，他拍了拍Lotus："去把抽纸拿过来。"

Lotus迅速地跑过去把抽纸叼过来放到沙发上。

陈屿舟抽了张纸巾给明芙擦眼泪："你骂我我也爱听。"

换作之前，明芙是绝对不会提起那件事。

但许是因为知道陈屿舟为她做的事情太多了，她有了底气，也没什么顾虑了。

"而且，我那天去找你，听到程里说你是跟别人打赌，才接近我的。"

从最开始陈屿舟对她示好，明芙便陷入了不可置信和惴惴不安的情绪里。

青春期少男少女总是对漂亮的人和物情有独钟。

明成德去世之后，有段时间明芙患上了暴食症，导致身材迅速地发胖，再加上说话结巴，她没少被身边的同学嘲笑和孤立。

那几年明芙被当成皮球一样踢来踢去，没人愿意管她，也让她变得越来越敏感内向。

即便后来瘦下来，她也从来不觉得自己长得漂亮，不觉得自己有什么值得别人喜欢的地方。

所以在得知陈屿舟只是因为和别人打赌才去接近她的时候，明芙失落之余，更多的是踏实。

她终于不用每天辗转反侧地去想陈屿舟到底是为什么要来接近她。

也不用每天都担心他什么时候会抽身离开。

因为自卑，所以即便感受到得再多也总是有借口否定，碰上事情甚至连去确定的勇气都没有。

只想着逃避。

中间隔的时间太久，很多记忆早就随着时间冲淡，但是经明芙这么一提，陈屿舟几乎瞬间便记起当年明芙跑来找他那晚，他陪着程里在厕所里吐的时候，瞥到的那一抹熟悉的身影。

"所以你当时就是因为听了这个才把我扔下的？"

明芙闷闷地点了点头，又小声给自己辩解："我没扔下你。"

陈屿舟咬牙切齿地捏了把她的脸："你可真会听啊，好的不听坏的全听过去了，我后面还说喜欢你呢，你怎么没听到？"

"对不起。"

除了这苍白的三个字，她好像也不知道该说些什么了。

如果她当初没有那么懦弱，再勇敢一点。

她和陈屿舟或许就不会错过彼此这么多年了。

到底舍不得真的跟她生气，陈屿舟把明芙揽进怀里，手拍着她的背，哄小孩似的哄她："行了别哭了，没听到就没听到，现在你听到了就行。"

"打赌是真的，我得承认。"陈屿舟跟她解释，"当时听到别人议论你，我觉得不舒服，也没想明白怎么回事儿，就答应他们了。"

他习惯了受人追捧，年少时面对别人的示好和喜欢，他从来都是随意的，完全不上心。

直到遇见明芙之后，才开始正视"感情"这两个字。

"这事儿是我干得不地道，我跟你道歉。"

在知道陈屿舟为她做的那些事情后，当初到底为什么接近她已经变得不重要了。

因为他确确实实惦记了她这么多年。

"程里问你，有没有把你要出国的事情告诉我，你说没必要跟我讲。"

陈屿舟拧眉沉思几秒，想起好像是有这么一番对话："都已经决定不去了，还告诉你干吗？就你这小脑袋瓜到时候胡思乱想一通，再觉着是自己耽误我大好前程。"

明芙当初以为的"没必要"是指自己在他心中根本无足轻重，所以不需要告诉她他的任何决定。

可他所做的一切都是以她为首要前提去考虑的。

陈屿舟的确够了解她，如果当初明芙知道他已经决定不去留学，一定会觉得是自己耽误了他，觉得自己是个拖累。

那样，她只会更加不敢面对陈屿舟。

陈屿舟一边给明芙擦眼泪一边说："而且当时我也不知道你已经听说我准备出国的消息，到时候跑过去突然跟你来一句'我不出国了'，那不傻吗？"

好像还挺有道理的。

明芙吸吸鼻子，圈上他的脖子靠过去，趴在他肩膀上，瓮声瓮气地说："你能跟我说说在国外的事情吗？"

陈屿舟知道她指的是什么，一口回绝："有什么可说的？说了你又哭。"

明芙学着他之前那样，亲了亲他的耳朵："我想听。"

"犯规了啊，怎么还用上美人计了？"

明芙还是重复那两个字："想听。"

第七章

见字如晤，万事顺遂

Un coup de foudre

53

其实也没什么可说的。

跟陈禾告诉她的内容差不多。毕业典礼那天,陈屿舟给吴鹏旭帮完忙赶去教室,却并没有发现明芙的身影。

他当时只以为明芙是被郑颜芗叫走了,给她发了条消息说他在教室等她。

结果一直等到天擦黑都没等到她回来。

陈屿舟这才觉得有些不对劲,给她打电话却被提示关机。

去她家找她,正好碰到她家里的阿姨出来倒垃圾,上前一问,才知道她已经两三天没回家了。

阿姨也不知道明芙为什么搬了出去。

陈屿舟突然发现他对明芙好像一点也不了解,就像现在,他根本不知道除了她家还能去什么地方找她。

他想起她的老家在南方,却也不知道具体是哪个城市。

挺应景的,那天晚上正好下了场大雨,他从头到脚被淋了个透。

回家之后烧了一天,好起来第一件事就是让霍砚行去查明芙的行踪。

但是还没等到结果,陈屿舟的外公就因病住院了。

心脏肿瘤,恶性。

老爷子在医学领域勤勤恳恳了一辈子,到生命最后的时间也没能离开医院那个地方。

他最惦记的就是陈屿舟去国外留学这件事。

出国深造总不会是坏事,尤其是在医学领域。

陈屿舟从小就被老爷子当成继承人培养,爷孙俩的感情自然没话说。

而且在那种情况下,陈屿舟不可能不答应。

接下来就是忙老爷子的丧事,然后又马不停蹄地办理出国手续。

霍砚行最后给他查到了明芙的住址，出国的前一天，陈屿舟去找了她。
依旧是同样的结果，没等到她回来。

那个时候陈屿舟突然发觉，一直以来都是他在追着明芙跑，没问过她的意愿，也没问过她喜不喜欢，便把他想给的一切硬塞给她。

可能她早就烦透他了。

在国外的日子也的确像他说的那样，过得挺好。

家里的物质条件摆在那儿，他到国外总不可能会吃苦。

就是偶尔会想起明芙。

想她今天干了什么，吃了什么，交了哪些朋友。

其实陈屿舟也想过他为什么会喜欢明芙，答案是无解。

一瞬间的心动很难解释得清。

喜欢了就是喜欢了。

然后他便能想起，那天晚上学校停电，他被锁在器材室，小姑娘举着手机从窗户跳进来找他的场景。

头发有些乱，脸蛋也是红彤彤的，手里举着的那束光直直地照进了他的心窝里。

陈屿舟就觉得当时的明芙特别漂亮。

漂亮到让他有一种预感，这个场景他可能会记一辈子。

对一个人的喜欢不一定非要一起经历过什么刻骨铭心的事情才能长久，有时候只需要对方的一个眼神或者一个漫不经心的举动，就足够了。

他生活在父母恩爱和睦的家庭，没有不相信爱情，但是听到那些非一人不可的言论多少会觉得虚假。

没有谁离开谁就活不下去，人生当中比爱情重要的比比皆是。

他也的确没有因为明芙的离开活不下去，只是觉得心里空了一块。

不影响他什么，就是不太舒服。

学校到陈屿舟租住的公寓中间隔了一条繁华的街道。

商店鳞次栉比。

有天他从学校出来回家的时候，路过那条街的时候无意中看到一家鞋店的橱窗里摆放着一双高跟鞋。

白色带了层细闪的高跟鞋，很简单的款式。

也不是什么名牌，只是法国一个小众品牌。

但是名字起得很好听——

Un coup de foudre.

在法语里是"一见钟情"的意思。

他瞬间便想起了第一次见到明芙的情景，鬼使神差地走进去把那双鞋买了下来。

后来给郑颜芗寄过去，让她以她的名义送给明芙。

他记得明芙十八岁的生日快到了。

一月一日元旦，新年的第一天，是个很好的日子。

陈屿舟身边只有桑吟一个玩得要好的女生，她是个特别有仪式感的人，大到春节小到五四青年节，她都要庆祝个遍。

托她的福，陈屿舟知道了女生成年之后收到的第一双高跟鞋，一定是要由最爱的人送出。

他不是明芙最爱的，甚至可能都不是她爱的，但是他想送她一双高跟鞋。

他在鞋盒里放了一张卡片，上面只写了八个字——

见字如晤，万事顺遂。

虽然挺自恋，但他还是怕明芙认出他的字迹，特地换了笔迹，一整晚写了不知道多少张卡片，最后挑出了一张最满意的。

他知道明芙会把这份礼物当成郑颜芗送给她的，但是他知道这份礼物是他送给她的就成。

唯一的私心大概就是写在卡片上的前四个字。

"见字如晤"，明芙看到他写的字，也能算是他们两个见面了。

有了第一次，就有第二次、第三次以及之后的数次。

每年陈屿舟都会提前买好礼物给郑颜芗寄过去，依旧是以她的名义送给明芙。

有衣服有首饰，有一年他还送了一个花栗鼠的公仔。

郑颜芗有问过他要不要告诉明芙，他说不用。

因为他不确定明芙知道这些礼物是他送的之后还会不会收。

郑颜芗也会告诉他一些明芙的事情，所以那几年里，他和郑颜芗这个高中三年都没怎么说过话的人的联系居然是最多的。

再后来就是忙完学业，回国来找她。

这也不算是个故事，流水账一样，没费多长时间陈屿舟就跟明芙交代了个清楚。

感受到肩膀那处的湿润,陈屿舟叹了口气。

手上使了点力把明芙从怀里拽出来。

小姑娘真是个安静的性子,连哭都不出声。

"有什么可哭的,送这么多年礼物现在终于还我名分了,不是件高兴的事儿吗?"

明芙没搭理他,自顾自地哭着,跟开启沉浸模式了一样。

陈屿舟也不拿纸巾给她擦了,直接凑过去用嘴一点点抿掉她的泪。

这招还真挺奏效,把明芙的哭给止住了。

陈屿舟的嘴唇从她的眼掠过鼻尖,最后落到唇上。

温柔地探进去,勾着明芙纠缠。

咸涩在两人的唇齿间蔓延开,很快又消失。

明芙心怀歉疚,存了想补偿他的心思,手圈上他的脖颈,生涩地回应他。

在玄关处站着还好,现在小姑娘软软地窝在他怀里给他亲,陈屿舟觉得自己要是还能忍得住的话,大概率是身体有问题。

他扯过叠放在沙发上的薄毯,扬手往地下一丢盖住 Lotus 的脑袋。

随后不老实地挑开明芙的衣服,从下摆探进去。

明芙只感觉腰间一凉,随即便是一片温热贴上来。她身子一僵,没制止。

这无疑是放纵的意思。

明芙从没有过这种体验,被弄得难受,指腹滑过身体便掀起一阵战栗。

她缩着身子想往后躲,却又被抵在背后的大掌推回来。

脚趾不自觉蜷缩起来,明芙呜咽出声:"可、可以了。"

陈屿舟偏头抵上明芙的肩膀,给她整理好衣服把手撤了出来。

揽着她的腰往自己这边贴得更近些。

两人安静地抱了一会儿,明芙吸吸鼻子,问他:"那你后来回来找过我吗?"

陈屿舟怕她再哭,否认道:"没有,找你干吗?小白眼狼一个!对你那么好,结果听了两句话就跑了。"

"我知道你来找过我。"明芙却没被他糊弄过去,"我看到过你。"

明芙也不记得具体是什么时候了,大概是她刚下课从教学楼里出来,和舍友一起回寝室的路上，总觉得有人在盯着自己。

顺着那道视线看过去，却只看到了一个背影。

一道熟悉却也有点儿陌生的背影。

当时正巧是下午最后一节课下课，不断有人从教学楼里拥出，那道身影混杂在人群中很快便找不见了。

明芙下意识跟上去两步想看清楚，最后被不明所以的舍友给叫了回去。

她当时只觉得自己可能是魔怔了，现在才终于确定她没有看错。

那就是陈屿舟。

陈屿舟见她情绪稳定，"嗯"了一声算是承认。

明芙伸出一根手指拨弄着他空荡荡的耳垂："你怎么不戴耳圈了？"

陈屿舟左耳有一个耳洞，以前不上课的时候会戴一枚黑色的耳圈，重逢之后到现在，他的左耳一直都空着。

"这不是在医院上班，得注意一下形象吗。"陈屿舟也捏了捏她的耳垂，"你十九岁那年生日我送你的耳钉其实是情侣的，另一个在我这儿。"

当初在郑颜芗那里知道明芙在右耳打了个耳洞之后，陈屿舟有瞬间的愣怔。

他想过明芙是不是因为他才打的耳洞。

不然为什么只打一个，还偏偏在右耳？

可很快他便打消了这个念头。

如果是因为他，那又为什么一声不吭地离开？

但他还是在第二年给明芙买生日礼物的时候选了耳钉，又偷偷把其中一个留了下来。

那一刻的猜测，明芙在这一刻给了他肯定答案："是因为你才打的这个耳洞。"

打这个耳洞不是明芙特意为之。

她十八岁生日的那天陪室友出去打耳洞，室友有点儿害怕，提了一句让明芙陪她一起，只是一句玩笑，没想到明芙沉默两秒之后便点头同意。

在右耳上面打了一个。

室友后来问她为什么只打一个，她说觉得打一个比较好看。

脑海里却闪过陈屿舟左耳上那枚黑色的耳圈。

"那我明天就把另一个戴上。"

"不是说会影响形象吗？"

陈屿舟慢悠悠道："形象哪有跟女朋友戴情侣款重要啊？"

明芙抿抿唇，笑起来。

"你跟你妈那边，"陈屿舟顿了顿，问，"还有联系吗？"

"没有了。"

许是母女缘分本就淡薄，再加上过去这么多年，明芙也没什么情绪了，很平静，像是在说无关紧要的事情："当初搬出来之后就没联系了。"

"怎么搬出来了？"

明芙垂了垂眼，轻描淡写地说道："吵了一架，我就搬出来了，反正上大学之后也是要出去住，总不能一直叨扰她。"

差点被杨铭侵犯那件事一直是明芙心里不愿提起的过去，她也无法开口跟陈屿舟说这件事。

因为很难堪。

"是你大晚上跑出来找我那天搬出去的？"

"嗯。"

跟亲妈吵了一架搬出来，受了委屈跑去找他结果还知道了那么些个糟心事，陈屿舟觉得自己怨明芙怨得也挺没资格的。

他紧了紧圈着明芙腰的手："对不起，那天晚上是我没照顾好你。"

明芙抬手覆上他的头发摸了摸："没关系。"

"叮"的一声，不知道是谁的手机响了起来。

两人顺着声源寻过去，看到陈屿舟放在茶几上的手机。

明芙正准备从他身上起来过去拿，就看到有个灰色的身影从地上站了起来。

她看着披着毯子的Lotus，有点儿傻眼："它怎么变成这么一副打扮了啊？"

"你不是害羞吗，刚才亲你的时候给它蒙上的。"陈屿舟吊儿郎当没个正形，模样痞里痞气，"再说刚才那画面有点儿少儿不宜，也不能给它看。"

54

明芙也不指望陈屿舟这张嘴里能说出什么正经话来了，挪开他搭在她腰上的手从他身上下去。

跪坐的姿势保持太久，这么一动，弯曲的腿有些不适应，她动作僵了下，蹙了蹙眉。

陈屿舟扶着她："下去干吗？坐着啊。"

明芙拧了下他的手背："不要，你快接电话。"

Lotus正好把陈屿舟的手机叼了过来，脑袋上还顶着那条灰色毯子。

明芙伸手过去把那条毯子拿下来，叠好放到沙发上。

陈屿舟一手拨弄着手机一手给明芙揉腿，视频接起，桑吟的那张脸直直撑了过来。

"陈屿舟！你跟明芙和好了？"

听到这个声音，明芙抬眼看过去。

陈屿舟把手机往明芙那边侧了侧，让她能看清屏幕，但是这个角度桑吟却看不到明芙。

他问桑吟："你怎么知道的？"

"听妈说的啊，但是妈没直说。"桑吟挺兴奋的模样，"昨天回老宅吃饭，妈跟我说你带着让你醉生梦死的那姑娘跟她见了一面，我一听就猜到是明芙。"

明芙无言地张张嘴。

醉生梦死……有这么夸张吗？

陈屿舟嗤了声："这词儿是你编出来的吧。"

他一边说一边拉过明芙的另一条腿放到自己腿上继续捏着。

"用错了吗？你那时候也差不多这状态了。"桑吟说，"你快把明芙的微信推给我，我给她之前那个微信发过好多消息她都没回，想着应该是换掉了。"

陈屿舟扭头看向明芙，挑眉示意了下。

是问她给不给。

明芙挪着身子靠过去，半张脸出现在镜头前："桑桑。"

陈屿舟把手机递给她，两只手专心给她揉腿。

桑吟"呀"一声："芙宝你跟陈屿舟在一块呢啊，你俩这进展够迅速的啊，都同居了。"

"不是。"明芙着急地解释，"他现在住我隔壁，我就是过来坐一会儿，没同居。"

陈屿舟闻言，揉着她腿的手加重了点力道。

明芙下意识躲了下:"痒,你别捏。"

"捏什么捏什么?"桑吟声音陡然拔高,兴奋得眉毛都扬了起来,"干吗呢你们两个?视频呢别乱搞啊,小心封号。"

一股热气直冲脑门,明芙红着脸否认:"不是,没有,你别乱想。"

说完,她看到有道人影从桑吟后面晃了过去。

看着像是个男人。

她喃喃道:"桑桑,你后面……"

"后面?后面怎么了?"桑吟边说边扭头看过去,"啊,那是陈屿舟他哥,我跟他哥结婚了。"

桑吟话音刚落,一道低沉的男声从画面外响起:"我没名字?"

"说你名字明芙又不知道是谁。"

明芙看见桑吟扭着脸看向别处,几秒钟过后转回来面对镜头,语气不怎么情愿但又好像有点儿雀跃:"好了好了,我再重新给你介绍一下,我和霍砚行结婚了,霍砚行就是陈屿舟的亲哥哥,也是我老公。"

说完,她又把脸转过去:"现在可以了吗?老、公。"

桑吟那边发生了什么明芙看不到,但她问完这句话终于是固定了脑袋,没再转来转去。

桑吟问她:"芙宝你是换微信了吧?我后来都联系不上你了。"

当初离开B市之后,明芙就换了新的电话卡和微信,只和郑颜芗保持着联系,其他和陈屿舟有关系的人,她全都避得一干二净。

就连桑吟也断了联系。

现在想想,她这么做真的很伤人。

桑吟当时对她也很好。

"对不起啊桑桑,当时没告诉你。"

"你道什么歉啊,又不是你的错。"桑吟无所谓地摆摆手,"要怪也是怪陈屿舟,谁让他当时没好好对你,要换成我我也不跟他身边的人联系,不然听到他消息得多糟心。"

明芙还是护着陈屿舟:"我也有错,不全怪他。"

话音落下,她的手被男人捞起递到嘴边咬了一下。

舌尖擦过她的指腹。

湿漉漉的触感,又酥又麻。

明芙呼吸一滞，用力挣了下。

指甲划过他的下巴，陈屿舟"嗞"了声。

还在和桑吟视频通话，明芙臊得不行，她匆匆和桑吟说了两句便挂断了。

陈屿舟这才悠悠地开口："怎么还挠人呢？"

"活该。"明芙语气有点儿恼，"谁让你咬我。"

"不就咬了下手吗，又不是别的地儿。"

"你能不能正经点？"

"不能。"陈屿舟仿佛不知道"害臊"两个字怎么写一样，说得无比坦然，"跟自己女朋友正经不起来。"

"女朋友"三个字像是灭火器一样，嗖嗖两下就把明芙冒起来的火给灭了个干净。

她顿了顿，凑过去看他下巴："疼吗？"

小姑娘那点劲儿跟猫爪子没什么区别，但是陈屿舟在明芙面前从来不知道要脸，装模作样地叹口气："疼啊，你那指甲利得跟什么似的。"

"哪儿有那么严重？"

明芙咕哝一句。

陈屿舟垂眸看着趴在他跟前的明芙："你亲亲我就不疼了。"

明芙哪能不知道他是装的，不过他皮肤白，这么离近了一看，下巴处确实被她划出了一道浅浅的红痕。

想了想，手扶着他的肩膀在他下巴轻轻地啄了一下。

小姑娘软软的嘴唇贴上来，身上清淡的栀子花香也在同一时刻涌入鼻腔，陈屿舟舌尖抵了抵后槽牙，手自发地再次圈上她的腰，把她按进自己怀里："能买一送一吗？再往上亲一下。"

"不能。"

这人也太会得寸进尺了。

还买一送一。

明芙扒开他的手，从沙发上下去："我要回去了。"

"行吧。"

陈屿舟也没勉强，主要是他也不确定如果明芙真的亲上来，他还能不能控制得住。

毕竟刚确定关系，也不好太猛进。

明芙狐疑地看他一眼，似是没想到他会这么好说话。

"干吗？见我没留你失落了？"陈屿舟俯身贴到她面前，墨色的眸子直勾勾地盯着她，嗓音压低，"要不你搬过来住？"

明芙觉得自己挺颜控的，看着陈屿舟骤然放大在眼前的俊脸，她脑子都空白了一瞬。

回过神来后慌乱地避开他的视线，推了他一把："才不要。"

陈屿舟慢腾腾地直起身子，哼了声。

跟在她身后送她出去。

明芙出了门口，制止他再跟出来："你别出来了，就这么两步路。"

"行，那我看着你进去。"

明芙朝自己家那边走出两步，又停下，折返回去在陈屿舟的唇上亲了下。小声丢下一句"晚安"就匆匆转身离开。

陈屿舟猝不及防被偷袭，愣了下，随后抬手碰了碰嘴唇："明芙。"

"嗯？"明芙已经打开门马上就要进去了，听陈屿舟叫自己，转头看过去，"怎么了？"

男人懒懒地斜靠在门框上，笑得勾人："你会愿意的。"

桑吟知道明芙和陈屿舟和好之后第二天便组了个局。

他们这群朋友经常光顾的地方就那么几个，桑吟很巧地把地点定在了明芙和陈屿舟解开误会的那个酒吧。

明芙因为临时接见了一位委托人，留在律所加了会儿班，让陈屿舟先过去。

桑吟不光订的酒吧和那晚的一样，就连卡座的位置也和那晚的一样。

陈屿舟到酒吧的时候，除了明芙其他人差不多已经到齐了。

郑颜芗也在。

见他悠哉悠哉地走进来，程里坐在沙发上调侃道："咋样陈少，这位置熟悉吗？"

他来之前，程里已经把那天晚上在这个卡座发生的"腥风血雨"跟桑吟他们完整地复述了一遍。

现在听他这么说，大家也跟着起哄。

"这还不得把这个卡座长年包下来，这可是你抱得美人归的见证座。"

"就是就是，这座位可是陈少的爱情宝座，可不能让别人再占。"

"一周前的陈少还坐在这里黯然神伤,一周后的陈少满面春光重新回归。"

"傻吧你们?"

陈屿舟扫了他们一圈,挪着步子走到之前明芙坐的那张沙发坐下。

程里贱嗖嗖地"哟"了声:"看我们陈少多闷骚,专挑自己媳妇儿坐过的位置坐。"

"你今儿犯病了?"陈屿舟踹他一脚,"说个没完。"

"咋?你不爱听啊。"程里毫不留情地拆穿他,"你不爱听嘴角翘那么高干什么?"

陈屿舟笑骂一句:"滚蛋。"

这群人都是平常一起玩惯了的,高中就在一起混,张立也在其中。

知道陈屿舟现在心情好,调侃一句接着一句。

程里身为和陈屿舟关系最铁的兄弟,坑起他来更是不留情面。

直接开了一瓶酒放到他面前。

"喝吧,脱单酒。"程里点了点酒瓶,"没忘吧?"

张立当初还和陈屿舟打过赌,现在疯狂煽动氛围:"这可不能忘,当初我们被灌过好几瓶,屿哥可是遗世独立一朵花。"

上大学的时候,他们这群人也不知道是谁发明了这个损招,只要谁脱单就吹一瓶酒,当时程里他们几个换女朋友换得勤的没少喝,但是陈屿舟一次都没有过。

后来这么多年过去,他们这群人也不像上学的时候时间那么自由,没怎么聚过,这个老规矩早已经成为过去式,结果今天被程里重新拉了出来。

陈屿舟靠在沙发背上,八风不动:"我对象不喜欢我喝酒。"

郑颜芗原本一直在旁边看热闹,一听陈屿舟这话,跳出来劝了句:"那就算了吧,芙宝不喜欢就别让他喝了。"

"你听他在那儿瞎扯,他就是故意这么说的。"程里跟郑颜芗解释一句,复又看向陈屿舟,拿着酒瓶在桌子上磕了下,"什么不喜欢?知道你有对象了别拉出来秀了,快点,喝。"

真实想法被揭穿,陈屿舟不光没有半点不好意思,还挺得意地笑起来:"知道就成。"

桑吟搓搓胳膊,表情嫌弃:"肉麻死了,陈二你现在可太像个开屏的孔雀了,花枝招展的。"

陈屿舟没应声，拿起程里开的那瓶酒仰头喝了下去。

今天恰好是周五，酒吧没有和上次一样，在零点之前弄什么伤感模式，场子一早便热了起来。

欢快闹腾的音乐震耳欲聋，热浪层层掀起，众人的起哄声一阵高过一阵。

一瓶酒喝完，程里他们也没再刁难陈屿舟。

有了他这个开头，后续更加热闹。

他们这群人都没少在酒吧玩过，玩起来没个下限，真心话大冒险压根不用抽纸牌，直接指定内容。

除了陈屿舟和桑吟这两个有家室的人，其他人被指定的内容都很开放。程里和郑颜芍甚至还来了一次长达三分钟的热吻。

陈屿舟的酒量可以说是海量，但是他自从工作之后几乎没碰过酒，就怕医院有什么事临时叫他回去，刚才突然一瓶酒灌下去，还有点儿不适应。

他撑着脑袋在沙发里窝了会儿，看了眼时间，拿着手机出去给明芙打电话。

男人身高腿长，长相优越，往酒吧门口的路灯下面那么一站，吸引着过往的女性频频回头看他。

陈屿舟没察觉到丝毫，咬了根烟在嘴里点着，手机贴在耳边等明芙接通。

几秒钟后，"嘟"的提示音断掉，小姑娘柔柔的声音从听筒传进他耳中："怎么啦？"

他不自觉笑起来，被酒液染过的嗓音变得含混："还没来？"

"就去。"明芙听着他和平常不一样的声音，问道，"你喝酒了？"

"一点儿，他们灌的。"陈屿舟拖着调子，格外缠绵悱恻，"你不在，也没人给我撑腰。"

落在明芙耳中，像是在撒娇。

还有点儿委屈。

即便知道他装可怜的成分居多，如果他不愿意，那群人肯定不敢真的灌他，但明芙还是心底一软，哄他："我这就下楼了，马上就到，你再等等。"

"等多久？"陈屿舟开始顺着杆子往上爬，"我要具体时间。"

明芙一共才见过两次陈屿舟喝过酒的模样，今天是第三次。

她发现陈屿舟每次喝完酒都会变得特别磨人。

"二十分钟。"她大概估算出个时间，"二十分钟就到了。"

"行，那我计时了。"陈屿舟提出条件，"迟到一分钟你亲我一下。"

沉默两秒，陈屿舟听见小姑娘硬邦邦地丢过来"挂了"两个字，紧接着听筒里便传出了忙音声。

手机抵着眉心，无声地笑笑。

陈屿舟把烟抽完，转身进去。

路过一个卡座的时候，舞台上的灯光扫过来，陈屿舟看见了一张有点儿熟悉的脸。

他没怎么在意，从他们旁边路过的时候，却听到了明芙的名字。

他们说话声音大，看样子已经喝了不少。

脚步停下，再次看过去。

应该不会那么巧是同名同姓。

陈屿舟眯着眼仔细打量了那张眼熟的脸一阵，最后想起他好像是明芙的那个继兄。

酒吧里人来人往，光线昏暗，没人注意到站在旁边的陈屿舟。

前面他们谈论的内容陈屿舟没听见，只听见杨铭身边的那个男人问了他一句："认识？"

杨铭看了眼举到跟前的手机上显示出来的女人照片，不屑地哂了声："我那后妈带来的拖油瓶，不过长得真对味，我当年差点就把她上了，后来——"

杨铭嘴巴里不干不净的话还没说完，只听到"嘭"的一声，玻璃碎裂的声音在耳边炸响，眼前一黑，额角有什么温热的液体缓缓流下。

卡座周围的人都蒙了一瞬，只凭借着身体的本能站起来躲开四散开来的玻璃碎片。

杨铭这些年流连在女人堆里，脏东西也没少碰，身子骨早就萎靡得不行。

陈屿舟拎着他的衣领把他从卡座的沙发往后甩到地上，手里握着只剩一半的酒瓶抵上杨铭的下颌，尖锐的玻璃直直扎进他的皮肤。

杨铭脸上满是惊恐。

陈屿舟跟没看见一样，蹲在杨铭旁边，一手掐着他的脖子，手背上青筋隐约可见，眼神异常冰冷，像是在看什么死物："刚刚的话，再说一遍。"

杨铭因为缺氧面部涨得通红，咽喉被陈屿舟用力掐着，别说一句话，就是一个字都说不出来。

周围的人都被吓了一跳，酒吧里只剩DJ台上劲爆的音乐做背景，再听不见人声的喧闹。

杨铭卡座上的人反应过来后,立刻上前。

"你谁啊?"

有人抄起一瓶酒照着陈屿舟脑后砸去,还没碰到他,腰间骤然一疼,被人踹到了一边,跌坐在地。

桑吟上去就是一巴掌甩到他脸上:"谁给你的胆子背后搞偷袭?"

打完后她甩甩手,骂了一句:"什么破脸皮,这么厚?"

桑吟偏头看了眼陈屿舟:"干什么呢陈二,好端端的打什么架啊?多大人了都。"

他们的卡座离这里不远,程里他们听到动静也凑了过来。

扫到快要昏死过去的杨铭,程里冲到陈屿舟身边,去掰他的手:"你快把他掐死了,松手!"

陈屿舟恍若未觉,一动不动。

"你这好好的发什么疯啊,一会儿明芙来了你怎么跟她交代?"程里一边用力掰着他的手,一边把明芙搬出来压他,"松手啊哥,我服了。"

听到"明芙"两个字,陈屿舟失控的情绪逐渐回笼。

他松了手,狠狠一甩,杨铭的脑袋重重地磕到了地板砖上。

剩余的半个酒瓶被丢到地上,陈屿舟站起来,一言不发地往外走。

二环路那边今晚出了起车祸,明芙在路上堵了一会儿,时间早已经超过告诉陈屿舟的二十分钟。

想起男人那个无赖的要求,明芙的脸不禁有些红。

前方十字路口是红灯,明芙轻踩刹车停下,手机铃声猝不及防地响起。

她以为是陈屿舟打来的电话,拿出来一看,是个陌生号码。

她接起:"喂?你好。"

"弟妹你好,我是霍砚行。"男人言简意赅,直抒来意,"陈屿舟现在人在警局。"

55

夜店酒吧素来都是极易发生意外的地方,喝了酒脑子发蒙,不小心撞了一下对方就打起来的事情比比皆是,所以距离酒吧街三百米远的位置就有一个派出所。

明眼人都看得出来陈屿舟刚才是真的想把人往死里弄,围观的人不知道是谁报了警,警察赶过来稍微了解了一下情况,把两个卡座的人全都叫走了。

已经甩手走人的陈屿舟也被逮了回来。

霍砚行去派出所保释桑吟,瞥见自家弟弟垂着头靠在墙上不知道在想什么的模样,冷哼一声:"出息。"

陈屿舟眼皮缓缓抬起,好似不认识霍砚行一般,盯着他看了几秒才站直身子:"可以走了?"

"你走哪儿去?"霍砚行站在他面前,"我只保了桑吟。"

陈屿舟问他:"我呢?"

"有人来管你。"

霍砚行话音刚落,高跟鞋踩地的嗒嗒声由远及近,很急促。

陈屿舟似有所感,看过去。

接着面无表情地回看向霍砚行:"你告诉的她?"

霍砚行淡声反问:"有问题?"

明芙视线在屋内扫了一圈,最后落在陈屿舟身上,两三步走过来,看到他肩膀处破开了一道口子,心一下揪起来:"怎么回事啊,怎么跑这儿来了?"

陈屿舟还没来得及说什么,霍砚行便已替他开口:"打架。"

明芙这才注意到身边站着的一男一女,男人一身黑色正装,久居高位周身气场十足,眉眼和陈屿舟有三四分像,比陈屿舟更多一些冷厉和硬朗。

被他牵着的女人自然是桑吟。

见她看过来,桑吟扬起笑脸朝她挥手:"芙宝!"

"桑桑?"明芙一愣,问道,"你也打架了?"

"打什么啊,就踹了想偷袭的人一脚。"桑吟嘟着嘴抱怨,"那警察把我们抓进来了。"

霍砚行睨她:"你很有理吗?"

桑吟瞬间消音,嘴角和脑袋齐齐耷拉下去。

霍砚行看向明芙,颔首示意:"弟妹。"

隔着电话还好,现在当着这么多人的面被冠上这个称呼,明芙难免有些不好意思,但是目前这个情况也容不得她矫情。

明芙略略一点头:"大哥。"

"你来了我们就先走了。"霍砚行朝陈屿舟抬了抬下巴,"他我没管。"

明芙应了声:"好,我知道了。"

等霍砚行带着桑吟离开后,明芙进去给陈屿舟办理手续。

里屋一群男男女女,明芙粗略地扫一眼,倒是没看到有谁挂了彩。

杨铭已经被送去了医院包扎伤口,不在这里。

明芙很快办好手续出去。

路过陈屿舟身边的时候,她脚步没停,看也没看他一眼,扔下一句"走吧",便目不斜视往派出所外面走。

陈屿舟眼皮轻轻一跳,直觉不太妙。

跟上去,手伸过去想去牵她。

明芙像是预料到他的动作,换了只手拿车钥匙,避开陈屿舟。

她拉开副驾驶的车门,侧身让出位置,语气有点儿硬:"上车。"

"明芙,我——"

陈屿舟想说些什么,但是触及到她冷肃的神情后,把话咽了回去,乖乖坐进车里。

无奈地捏捏眉心,在心里暗骂几句霍砚行。

他哥肯定是故意的。

明芙从车前绕过坐进驾驶座,见陈屿舟已经系上安全带,也没再说话,默不作声启动车子。

车开出派出所,明芙直奔医院开过去。

陈屿舟看着越来越熟悉的道路,转头跟她商量:"咱回家行不行?刚从医院出来不想再回去。

"而且我就是被划了一下,回去你给我弄弄就成。"陈屿舟伸手过去把她颊边的头发别到耳后,"行吗,宝宝?"

"自己弄。"

明芙硬邦邦地丢出三个字,打了转向灯拐弯,回繁华里。

陈屿舟很识趣地应了声:"行。"

顾念着他肩膀上的伤,明芙踩着油门的脚愈发往下压。

陈屿舟倒是没觉得速度有多快,只不过小姑娘一向遵纪守法,之前从来不超过限速，可刚刚他看着仪表盘上面的显示，已经超速了好几次。

"明芙。"他咳了两声清清嗓子，"你开得是不是有点儿快？"

明芙没搭理他，驶过这个路口的限速拍照，她利落地继续加速。

虽然此时此刻不应该有这种想法，但是陈屿舟觉得自家小姑娘真挺帅的。

他探过去一根手指钩了钩明芙的小拇指："生气了？"

明芙的冷硬有片刻松动，很快又恢复原样，拍掉陈屿舟不老实的手："别闹我。"

陈屿舟思索了一会儿自己现在死缠烂打是能从轻处决还是会罪加一等，几秒后，收回手，老老实实地坐在副驾驶没再招她。

车子很快驶入繁华里，把车停好，明芙推门下车。

陈屿舟紧随其后。

明芙原本想过去给他开门的脚步一顿，转身往楼里走。

正好有同一栋楼的其他住户也在一楼等电梯，楼层还在他们之上，两人全程没交流。

出了电梯，明芙直接拐去隔壁，按了指纹开锁。

这次没等明芙开口，陈屿舟便很有眼力见地先一步进屋。

明芙跟着进去，刚关上门，腰间一紧，双脚腾空，被人拦腰抱起放在了玄关处的柜子上，双腿被分开。

阴影落下，男人的身影压下来。

在酒吧待了一晚上，陈屿舟身上沾染了酒味，混杂着冷香一起包裹住明芙。

明芙下意识想去推他肩膀，触及到他那道伤口后又停下："放我下去。"

"不放。"陈屿舟倾身过去亲了亲她，嘴唇贴着她的唇没离开，声音含混，"别生气了宝宝，我错了。"

明芙偏头避开他，没理。

陈屿舟的嘴唇顺势落在她的脖颈，叼起她颈间的一小块肉含在齿间轻轻磨了磨，又舔了一下："肩膀疼。"

明芙经不起他这样的撩拨，再一听他说疼，立刻心软，摸了摸他的头发："你放我下来，过去沙发上我给你看看。"

陈屿舟埋在她肩窝没动："那你还生气吗？"

"不生气了,你快放我下去。"

"真的?"陈屿舟声音有些闷,"我不信。"

明芙歪头亲了亲他的耳朵:"可以了吗?"

陈屿舟得逞地勾勾嘴角,抱着她腰的手往下,把她的腿圈到自己腰上,没怎么费力便把她从柜子上抱了起来朝着客厅走去。

她挣扎着要下去:"你别抱我,一会扯到伤口了。"

陈屿舟拍了拍她的屁股:"你乱动才会扯到。"

明芙立刻变得老实,乖乖让他抱着。

陈屿舟抱着她刚坐到沙发上,小姑娘就跟条泥鳅似的从他怀里跑了出去。

明芙把放在电视柜底下的医药箱拿过来:"把衣服脱了。"

陈屿舟扬眉。

"算了我给你脱,你别动。"

陈屿舟听话地没动,任由她摆弄,明明知道她是什么意思却还是故意逗她:"干吗呢明律,怎么还扒人衣服啊?"

明芙没好气地瞪他一眼,一颗颗解开他衬衫的扣子,最后往下一拽,将衬衫从他身上脱下来。

衬衫肩膀处的布料也被划破,衣服没办法再要,明芙把衬衫随意攒了两下,暂时放到茶几上。

再一转身,僵在原地。

男人赤裸着上半身坐在沙发上,腹肌块块分明,肌肉匀称线条流畅,是正正好的那种身材。

黑发刚才在她颈窝蹭得有些乱,他双手向后撑,锁骨明显凸出,肩膀处那道破口的血迹已经干涸,印在冷白的皮肤上莫名有些艳。

像个妖精。

明芙刚才只顾着脱衣服没想那么多,这下突然看到全貌,她又惊又羞,眼睛都不知道该往哪儿放。

陈屿舟眉眼懒散地看着她,嘴角噙着一抹笑:"我知道你对我身材挺满意,但你再这么看下去,我大概会害羞。"

明芙慌乱地低下头,去医药箱里翻出消毒水和棉棒,俯身凑近陈屿舟的肩膀。

破口大概有五六厘米长,是陈屿舟把酒瓶砸在杨铭头上时,飞溅开来的玻璃碎片划伤的，隐约可见皮下的红肉。

明芙拧眉："真的不用去医院？看着挺严重的。"

"没事，我是大夫我还不知道严不严重吗？就被划了一下。"

明芙又弯下点腰，抬手碰了碰。

披散在身后的鬈发随着她的姿势从肩膀滑下，发梢荡到陈屿舟的胸膛，又麻又痒。

陈屿舟空咽了一下，揽着她的腰抱到自己腿上。

"干吗呀你？"

明芙被吓了一跳，手撑在他胸前，毫无阻隔的肌肤相贴。

距离变近，她感受到男人身上源源不断的热气。

"坐着弄，给你省点力。"

"不要。"明芙一口回绝，"放我下去。"

从进门开始她已经不知道说过多少次这句话。

这人怎么就那么喜欢抱她？

陈屿舟开始耍无赖："我怕疼，得抱着你止疼。"

明芙瞥他一眼，没再吵着要下去，就着这个姿势给他消毒："怕疼你还打架，多大人了啊？"

"没多大。"陈屿舟眼睛落在明芙脸上，目不转睛地看着，"不过娶你正好。"

明芙手一顿，随后加重力道拿棉棒按了下伤口边缘："你正经点。"

她没看陈屿舟，自然也没有看见他眼底的认真和诚恳。

陈屿舟闷哼一声："谋杀亲夫啊你。"

"你别说话了。"明芙耳根泛红，凶他，"闭嘴。"

陈屿舟哼哼两声，安静闭嘴。

过了会儿，明芙问他："你为什么打架？"

"没什么，看他不爽。"

"陈屿舟！"她挺生气地喊了他一声。

小姑娘板起脸来还真有点儿唬人，落在陈屿舟眼中像只奶凶的小狮子。

他忍着笑："在呢。"

"你能不能严肃一点？"

"能。"见明芙真的要生气，陈屿舟认错态度良好，"知道错了，下次不了，保证听你话。"

明芙习惯性拧了下他的手背，算是回应。

暖白的灯光照亮客厅的每个角落，小姑娘坐在他怀里，乌溜溜的眼眸认真盯着他的肩膀，秀气的眉毛微蹙，透着心疼。

陈屿舟喉间突然涩得厉害，凑过去亲了下她的耳垂。

"你别动呀！"明芙没想到他会突然靠近，棉棒恰恰好按在他的伤口上，她着急忙慌地抵着陈屿舟另一侧肩膀把他推开："疼不疼啊？你靠——"

"明芙。"

她话还没说完，便被陈屿舟打断。

明芙满心满眼都是他的伤，见他这么不在意地胡来，不禁有点儿恼："干吗？"

男人嗓子微哑，语气晦涩难懂："对不起。"

"道什么歉啊，我不是说了不生气了吗。"干涸的血迹擦干净，明芙转身拿了根新的棉棒消毒，"我也不是生气你打架，我是生气你把自己也弄伤了。"

知道明芙误会，陈屿舟也没解释。

在听到杨铭说出那句话的时候，陈屿舟只觉得脑子里有根线断掉了一般。

暴戾因子在那一刻瞬间涌上，如果不是程里后来提起明芙，他真有可能做出更过分的事情。

因为他想到了高考结束几天后的那个晚上，明芙大半夜跑出来找他的事情。

即便杨铭没有说出事情发生的具体时间，可他就是莫名笃定这两者之间有必然联系。

后来在派出所等待的时候，陈屿舟在脑海里一遍又一遍回想着那晚的场景。

过去这么多年，那晚的情景依旧清晰。

小姑娘第一次主动给他打电话，在他消息发过去后的第一秒。

接连说了两遍想来找他，见面之后第一次主动跟他亲近。

他明明察觉到明芙情绪的不对劲，却没有追问，只默认她是和妈妈闹别扭。

还有后来她离开之后，他去她家找她，阿姨说她已经好几天没回家了，想来是在明芙去找他的那晚就已经搬了出来。

可是最后送她回家的时候，她却什么都没有告诉他。

他是明芙受了委屈之后想到的第一个人，可她得到的是别人口中他要出国的消息，也知道了他最开始接近她的原因是和朋友打的一个赌。

他有什么资格怪明芙不告而别？

在明芙把他当成唯一依靠的时候，他给她的只有失望。

如果说那天晚上明芙便已经和她妈妈断了联系，那这些年她又是怎么过来的？

陈屿舟不敢去想。

他也想象不出来，一个还没成年的小姑娘在经历那些不好的事情之后，是怎么一个人熬过来的。

他理所当然地认为明芙这些年过得很好，毕竟当年是她"抛弃"了他，他觉得自己是这段感情里的受害者，觉得是明芙对不起他。

所以心里有怨气，即便是因为她才回国，却还是用那种阴阳怪气的态度对待她。

好像这样就能扳回一局。

陈屿舟从来没有觉得自己这么不是东西过。

他配不上明芙的喜欢。

可他也不想放手。

"我脸上有东西吗？你一直盯着看。"

小姑娘疑惑的声音把他从失神的状态中拉回来。

他看见她越说话拧得越紧的眉毛，耳边是她紧张的念叨："夏天这么热会不会化脓啊？你晚上洗澡的时候小心点，要不你别洗了吧，擦一擦就好了，应该不会臭，不过臭一点也没关系，别化脓就行。"

絮絮叨叨的像个小话痨。

明芙给他贴好纱布，抬眸看他："你说呢？"

"行。"他喉结滚了滚，压下翻涌的情绪，"听你的，以后什么都听你的。"

明芙狐疑地瞅了陈屿舟一眼："你这句话怎么听上去怪怪的？"

陈屿舟笑了笑，手往上扶住她的后脖颈，仰头吻上她的眉心。

虔诚又郑重。

而后顺势往下，贴上她的嘴唇，没有再进一步。

"只听你一个人的。"

明芙不知道陈屿舟怎么突然间跟变了一个人似的,明明是在回应她说的话,却好像又不是。

男人灼热的呼吸和她的纠缠在一起,搅得她脑子成了一团糨糊。

不知道该作何反应。

两人鼻尖相抵,嘴唇厮磨,一时间谁都没有动作。

打破寂静暧昧的是骤然响起的犬吠。

明芙侧头看过去,Lotus正扒拉着陈屿舟那件染了血的衬衫撕扯。

她恍然回神,从陈屿舟身上下去,红着脸收拾医药箱,还不忘叮嘱陈屿舟:"你快去收拾收拾,别一会让Lotus把衣服吃了。"

陈屿舟烦躁地"啧"了声,起身朝Lotus走过去。

他蹲到Lotus面前,扯住衬衫一角:"三秒,松口。"

话音刚落,Lotus就把衬衫从嘴里吐了出来。

陈屿舟捏住它的嘴,垂眼睨着它:"你是不是故意的?平常虐待你了?这么坏老子好事儿?"

Lotus叫不出声,只能从嗓子眼呜咽两声出来,上半身往下压,企图避开陈屿舟的魔爪。

"你别欺负它——"

明芙把医药箱放进电视柜,转身过来的时候,话音顿消。

陈屿舟依旧裸着上半身,他背对明芙,因为下蹲的姿势,后背绷起,肌肉线条走势漂亮,后脖颈处往下有两个文身。

明芙上次没有看清全貌。

她下意识往前两步,看得更清楚一些。

后脖颈下方大概在衣领正好能遮盖住的位置,是一朵被蛇缠绕着的莲花,蛇头妖娆向上,嘴里吐露着芯子。

莲花下方大约三指宽的位置开始,是一串竖排的古希腊文——

Ἱπποκράτης

明芙大学选修过世界历史,正好认得出这串古希腊文。

翻译过来是希波克拉底,西方医学的奠基人,被誉为医学之父。

更是多数从医人员的信仰。

蛇、莲花的图案在古希腊文的上方，给人的感觉像是河流的源头。

陈屿舟正在教育 Lotus，倏然感觉有什么轻抚上他的背。

扭头看去，明芙正弯着腰盯着他的后背。

他这才想起后面有两处文身。

文的时间太久，他早已经习惯，不刻意地去想甚至都不记得他还有两个文身。

他挑挑眉，颇为得意："好看吗？我设计了好几天呢。"

明芙的指尖无意识地描绘着那朵莲花的形状，讷讷出声："这朵莲花……"

"就是你。"陈屿舟直接给出肯定答案，"少跟我在这儿装傻。"

明芙极其缓慢地眨了眨眼，情绪难辨："你怎么把这两个文在一起了？不伦不类的。"

陈屿舟也没站起来，就这么蹲在地上仰头看着她，像是在仰视着他的神明："很难理解？"

文在一起是因为，在我这里你和我的信仰并重。

甚至，你比我的信仰还要重要。

因为莲花在古希腊文之上。

明芙心里早就有了答案，虽然陈屿舟没有直接告诉她，但是她也能肯定她的答案就是他的答案。

手拢住头发，她俯身在蛇莲花上轻轻一吻。

"不难理解，我知道。"

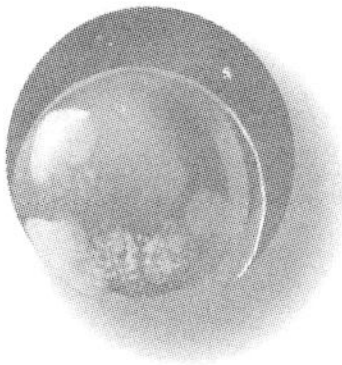

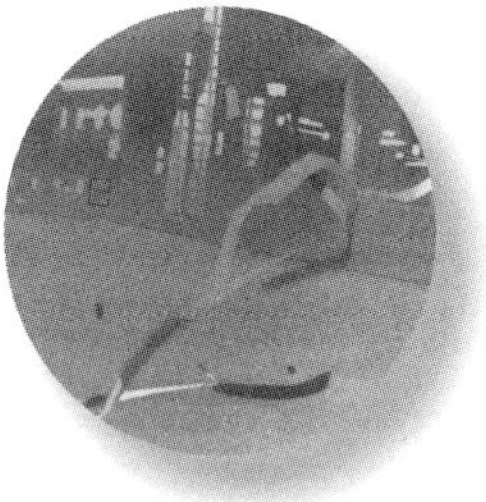

图书在版编目（CIP）数据

慢热 / 二两鱼卷著 . -- 成都：四川文艺出版社，2024.7
　　ISBN 978-7-5411-6895-6

Ⅰ．①慢… Ⅱ．①二… Ⅲ．①言情小说—中国—当代 Ⅳ．① I247.5

中国国家版本馆 CIP 数据核字 (2024) 第 052473 号

MAN RE
慢热
二两鱼卷　著

出 品 人　冯　静
特约监制　王传先　临　渊
责任编辑　邓　敏
责任校对　段　敏

出版发行　四川文艺出版社（成都市锦江区三色路 238 号）
网　　址　www.scwys.com
电　　话　010-82068999（市场部）　028-86361781（编辑部）
印　　刷　河北鹏润印刷有限公司
成品尺寸　146mm×210mm　　　开　本　32 开
印　　张　10.625　插页 2　　　字　数　350 千
版　　次　2024 年 7 月第一版　　印　次　2024 年 7 月第一次印刷
书　　号　ISBN 978-7-5411-6895-6
定　　价　49.80 元

版权所有·侵权必究。如有质量问题，请与本公司图书销售中心联系调换。电话：010-82069336